ピンポン外交の陰にいたスパイ

ニコラス・グリフィン 著
五十嵐加奈子 訳

柏書房

Nicholas Griffin

PING★PONG DIPLOMACY

The Secret History Behind the Game That Changed the World

PING-PONG DIPLOMACY:
The Secret History Behind the Game
That Changed the World
by Nicholas Griffin

Japanese translation rights arranged with
the original publisher, Scribner, a Division of Simon & Schuster, Inc.
through Japan UNI Agency, Inc., Tokyo

アイヴァー・モンタギューの父、第2代スウェイスリング卿。

アイヴァー・モンタギューの母、スウェイスリング卿夫人。

幼少期のアイヴァー・モンタギュー。

10代のころのアイヴァー・
モンタギュー。

1926年のケンブリッジ大学チーム。後列右がアイヴァー・モンタギュー。

1959年のドルトムント大会で男子シングルスのタイトルを獲得した容国団。

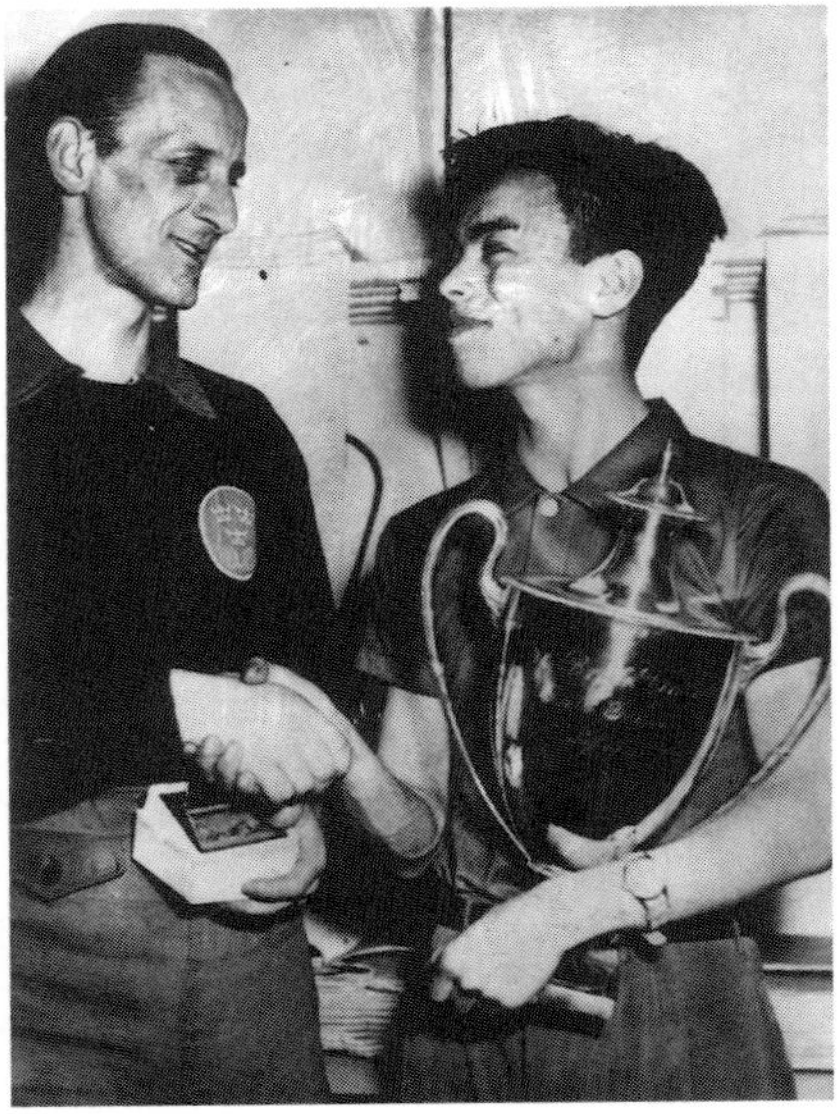

1954年のロンドン（ウェンブリー）大会で勝利をおさめ、優勝カップを手にする荻村。

世界チャンピオン、夜間フロント係、兵士の顔をもつリチャード・バーグマンのプロモーション・カード（1940年代）。

ルイセンコの密植農法の効果を宣伝する、中国河北省のプロパガンダ写真（1958年）。

クレムリンでレーニン平和賞を授与されるアイヴァー・モンタギュー（右）（1959年）。

食事を終えたアイヴァー・モンタギュー、周恩来、賀龍（左から）。テーブルには卓球のラケットをかたどったケーキが置かれている（1961年4月）。

スタンドの中央に座るアイヴァー・モンタギュー。彼の左隣りは周恩来、右隣りは鄧小平、奥でサングラスをかけているのが賀龍（1961年4月）。

スウェイスリング杯を渡すアイヴァー・モンタギュー。左側手前から2番目が李富栄、次が荘則棟、その奥が容国団（1961年4月）。

中国チームに優勝杯を授与し、微笑むアイヴァー・モンタギュー。表彰台の最上段は荘則棟、2段目は李富栄（1961年4月）。

周恩来と手を握りあうアイヴァー・モンタギュー。賀龍がジョークを披露する。

荻村（左）と荘則棟（右）――チャンピオン2人の貴重なツーショット写真（1962年頃）。

北京で『毛沢東語録』を掲げる紅衛兵（1967年4月21日）。

アーミン・マイヤー駐日大使（右）と
握手するチャイナ・ウォッチャー、
ウィリアム・カニンガム（左）。

北京で人々に囲まれるグレン・コーワン（1971年4月）。

万里の長城を訪れるアメリカチーム。後列右端はジョージ・ブラスウェイト。隣はグレアム・スティーンホーヴェン。左端で座っているのはグレン・コーワン。彼の後ろがジョン・タネヒル。タネヒルの隣がジュディー・ボヘンスキー（1971年4月）。

北京を極秘訪問中のキッシンジャー（1971年7月）。

中国チームの到着を待つアメリカの報道陣（1972年4月）。

飛行機から降りてすぐにグレン・コーワンと手を握る荘則棟（1972年4月）。

ローズ・ガーデンでニクソン大統領にチームを紹介する荘則棟（1972年4月）。

カリフォルニアのマリーンランドを訪れる中国チーム（1972年4月）。

国連でスピーチをする荘則棟（1972年4月）。

1972年の中国訪問で周恩来と江青のあいだに座るニクソン大統領。

トマスとエバに捧げる

ピンポン外交の陰にいたスパイ ✪ 目次

Part.2

★東洋

Part.3 ★ 東洋と西洋の出会い

Part.4

余波

本書に登場する主な人物

アイヴァー・モンタギュー……イギリスの男爵家に生まれる。社会主義に傾倒し、ソ連をたびたび訪問。アルフレッド・ヒッチコックの映画プロデューサーも務める。国際卓球連盟を創設し、初代会長になる。

《中国の政治家》

毛沢東（もうたくとう）……中華人民共和国主席。

周恩来（しゅうおんらい）……国務院総理（首相）。

陳毅（ちんき）……外交部部長（外相）。

賀龍（がりゅう）……国家体育運動委員会主任。

彭徳懐（ほうとくかい）……国防部長。

蔣介石（しょうかいせき）……中華民国総統、中国国民党総裁。

《中国の卓球選手》

容国団（ようこくだん）……一九五九年、世界卓球選手権で優勝。中国初の金メダリストとなる。

荘則棟（そうそくとう）……一九六一・六三・六五年の世界卓球選手権で優勝。七一年の名古屋大会では、チームのバスに乗り込んだアメリカ人選手と親交を結ぶ。

李富栄（りふえい）……一九六一・六三・六五年の世界卓球選手権で準優勝。

傅其芳（ふきほう）……中国男子卓球チームのヘッドコーチ。

《アメリカの政治家》

リチャード・ニクソン……………第三十七代アメリカ大統領。

ヘンリー・キッシンジャー…………ニクソン大統領の国家安全保障担当補佐官。

ウィリアム・カニンガム…………駐日アメリカ大使館・中国部門担当。

《アメリカの卓球選手》

グレン・コーワン……………パフォーマンスが好きな若手選手。名古屋大会で中国チームのバスに乗り込む。

ジョン・タネヒル……………読書が好きな、心理学専攻の若者。

グレアム・スティーンホーヴェン…………クライスラー社に勤める、アメリカ卓球協会会長。

ラフォード・ハリソン…………国際卓球連盟・アメリカ代表。

《日本の卓球選手》

荻村伊智朗（おぎむらいちろう）………一九五四・五六年の世界卓球選手権で優勝。第三代国際卓球連盟会長。

後藤鉀二（ごとうこうじ）………日本卓球協会、アジア卓球協会会長。荻村伊智朗とともに、一九七一年・名古屋大会の中国出場に貢献。

《ジャーナリスト》

エドガー・スノー……………国共内戦時の毛沢東らにインタビューを敢行し『中国の赤い星』を書く。

装幀＝小林剛

ピンポン外交の陰にいたスパイ

プロローグ

世界チャンピオンが死んだ——。

一九六九年、世界卓球選手権に集まった選手たちのあいだで、さまざまなうわさが飛び交った。圧倒的な力で卓球界に君臨していた中国男子チームが、何万という毛沢東の紅衛兵の前に引き出され、罵倒され、唾を吐きかけられ、監禁、拷問された。スパイとして銃殺された。暴徒化した若者軍団によって木に吊るされ絞首刑にされた。亡骸《なきがら》はロープの先でぶらぶらと揺れ、その動きが止まったとき、飛び出た目は台湾や香港の方角を向いていた。それこそが、彼らが毛沢東の信奉者ではなく、中国共産党に対する反逆者である確かな証拠だった、など——。信じられないような話だが、うわさは事実に根ざしていた。

卓球選手が、なぜこのような地獄を味わわなければならないのか。その答えはただひとつ。中国における卓球は、たんなるスポーツではないからだ。西洋では、スポーツは娯楽にすぎない。だが中国では、あらゆる文化が政治と結びついている。中国チームのある選手いわく、スポーツは「世界革命のための一種の戦争」だった。

一九七一年、生き残った選手がふたたび臨んだ世界卓球選手権の名古屋大会で、政治色はより鮮明になる。大会には、アメリカチームも参加していた。当時、外交レベルでの米中会談は実現不可能と見られていた。アメリカにアプローチすれば、毛沢東は党内の急進左派に誹謗《ひぼう》されただろう。一方のリチャード・ニクソン大統領も、中国に和解を申し出れば、共和党右派に裏切り者と批判されたに違いない。遠く隔《へだ》たる二つの国が歩み寄る最初の一歩を踏み出したのは、政治家ではない。それを成し遂げたのは、卓球選手だった。

その四月、名古屋大会に参加したアメリカ人選手のひとり、長髪のヒッピーが、うっかり中国チームのバスに乗りこんだ。彼は世界最強の選手と握手を交わし、プレゼントを交換する。一方のチームが何気なく他方を招待し、その四十八時間後には、卓球選手の一団が北京の地に降り立とうとしていた。一九四九年に毛沢東政権が発足して以来初めての、公式な米国代表団である。

アメリカにとっては思いがけず訪れた転機だった。だが中国にとっては、何年もかけて周到に準備を重ねてきた成果である。これこそが、卓球にとって最も輝かしい瞬間、いわゆる〝ピンポン外交〟の第一歩だった。

〝ピンポン〟すなわち卓球といえば、とかく地味なスポーツというイメージがあるが、じつは思いのほか奥深い歴史をもつ。初めて卓球のルールを定めた人物アイヴァー・モンタギューにとって、卓球はただのスポーツではなかった。イギリスの男爵家に生まれたモンタギューは、ピンポン外交の忘れ去られた立役者なのだ。

一九二〇年代、ケンブリッジ大学の学生だった十八歳のモンタギューは、父親の期待に反して共産党員となる前に、卓球のルールをまとめあげた。このスポーツが世界中に共産主義を広める道具になりうると確信した彼は、国際卓球連盟を設立し、最終的に毛沢東時代の中国へと道をきりひらいていく。現在、中国では三億人もの人々が日常的に卓球を楽しんでいる。この状況の生みの親は、ほかならぬモンタギューなのである。

モンタギューには、国際卓球連盟会長のほかにもうひとつ、〝ソ連のスパイ〟という副業があった。卓球の真の歴史とは、スパイ活動、世界情勢の悪化、和解、殺人、復讐、巧みな外交などがからむ、奇想天外な物語である。本書は、アイヴァー・モンタギューが卓球というスポーツを作り上げ、中国がそれを取り入れて巧妙な外交手段に仕立て上げていくさまを描いている。毛沢東は「外為中用」という言葉を好んで使った。「外国のものを中国のために役立てる」といった意味だが、モンタギューが生んだ卓球というイギリスのスポーツほど中国のために役立ったものはほかにはない。

Part. 1

西洋

第一章

高貴な幼少時代

アイヴァー・モンタギューは、子供部屋の窓から外を見ていた。そこは、ロンドンの高級住宅街ケンジントン・コートに建つ大邸宅。未来の共産党スパイは、まだ四歳だった。

彼は皇太子妃の到着を待っていた。乳母に念入りに髪をとかされ、階下へ引っぱりおろされたアイヴァーは、足載せ台にまたがって、期待に胸をふくらませる。まもなく金ぴかの馬車が止まって、アーミンの毛皮をまとい、まばゆい宝石を身につけた女性が降りてくるだろう。

ところが、皇太子妃は簡素なグレーのスーツを着て、車でやってきた。何年ものち、すでにイギリス王妃となったメアリー妃は、アイヴァーのスキャンダラスな結婚に落胆する母親に同情の手紙を送る。だが、このとき大いに落胆させられたのはアイヴァーのほうだった。彼には「完全に裏切られた思い」で応接間をあとにした記憶だけが残った。

母親の親友のひとりが、〝メイ〟の愛称で知られるメアリー皇太子妃なのは、モンタギュー家ではとくに驚くべきことではなかった。モンタギュー家はイギリス屈指の富豪で、初代サミュエル・モンタギューが政党に惜しみない寄付をしたおかげで貴族の称号を与えられた。その後、長男であるアイヴァーの父親が、ロンドンの邸を受け継いでいた。冬のあいだは、一日中火が絶えることのない暖炉が放つぬくもりと琥珀《こはく》色の光で、よりいっそう心地よさと贅沢感が増した。邸には将軍や提督、王族、大臣らがおおぜいやってきて、カットグラスのシャンデリアの下を通り、分厚いカーペットの上を歩いた。逆に、モンタギュー一家もまた、錚々《そうそう》たる人々の邸を訪ね、ときにはダウニング街十番地の首相官邸に立ち寄ることもあった。父親が首相と会っているあいだ、幼いアイヴァーは官邸の庭で遊んでいたという。

モンタギュー家は、イギリス南部ハンプシャーに「タウンヒル」と「サウス・ストーナム」という二つの大邸宅を構え、アイヴァーは少年時代の大半をそこで過ごした。夏になると、二つの邸のあいだでクリケットの対抗試合がおこなわれ、使用人たちが対決した。試合に参加した兄たちが打席に立って喝采を浴びる一方で、アイヴァーはヒナギクに囲まれてのんびりと外野手《ロングストップ》をつとめた。

大晦日には、タウンヒルで使用人のためのダンスパーティーが開かれ、アイヴァーも無理やり参加させられた。パーティーでは、彼の母親がまず口火を切って、執事か庭師頭とダンスをする。ほかの使用人たちは、自分の家族と一緒にダンスホールの壁ぎわでもじもじしながら、順番が回ってくるのを待っていた。男女を問わず誰かにさわられるのが大の苦手のアイヴァーも、やはり踊る相手の名前をダンスカードに記入しなければならなかったが、ある年の大晦日の朝、ついに名案を思いつく。彼は大きな石を拾い上げ、「大まじめに……腰の高さから自分の足の親指めがけてそれを落とし」、ダンスを免除された。このころからすでに、ものごとを力ずくでもやり遂げる意志の強さをもっていたのである。

アイヴァー・モンタギューが歩む人生に地図はなかった。彼はこの先、大陸や政治体制を越えて数々の決断を下し、ハリウッドから香港まで、急進的思想とそれを受け入れようとする人々とをつなぐ架け橋となる。ときには命を危険にさらし、暗殺者と秘密を共有し、偽りの人生を生き、二つの戦争を無事にくぐりぬけ、ついに彼自身の秘密が暴かれるまで。

アイヴァー・モンタギューは、ベルベットの半ズボンやフリル付きベビーボンネットがあたりまえの高貴な幼少時代を過ごすが、彼の祖父の幼少時代は質素だった。モンタギューはのちに、自宅の図書室にある本の中で「いちばん薄いのがわが家の家系図だ」と自伝に書いている。紋章と彼の父親の名前、祖父の名前が記載されているだけで、ほかには「何もない」と。それは言いすぎだが、モンタギュー家が急に貴族に格上げされたのは事実である。アイヴァーの祖父モンタギュー・サミュエルは、一八三二年にリヴァプールの厳格なユダヤ教徒の家庭に生まれた。彼は二十一歳ですでに銀行を設立し、イギリスにおける外国為替取引をほぼ一手に担っていた。大英帝国の内外を問わず、世界各地に支店があった。

彼はまず、名前をモンタギュー・サミュエルからサミュエル・モンタギューに改めた。そこへさらに、政党への巨額の寄付のおかげで「スウェイスリング卿」の称号が加わった。スウェイスリングという名は、一家がハンプシャーに所有する二つの所領のあいだにある村の名前から取ったものだ。本当はスウェイスリング卿ではなく「モンタギュー卿」と呼ばれたかったのだろうが、すでに存在するモンタギュー卿の言い分は、スウェイスリング卿の財産も共有できるならば名前を共有してもいい、というものだった。

名前は英国風に変えても、ユダヤ人としてのルーツを忘れたわけではない。スウェイスリング卿は、一八八〇年代にロシアで起きた大虐殺《ポグロム》から逃れてきたユダヤ人や、ハンプシャーの邸の近くでおこなわれる慈善事業に惜しみなく富を分け与えた。十五年にわたり英国議会議員をつとめた彼は、グラッドストン政権下のイギリスに深い愛着を抱いていたが、「偏狭な異教徒ども」と闘った幼少時代をけっして忘れなかった。反ユダヤ主義はウイルスのようなもので、どの国で出現してもおかしくなかった。

イギリスの有名な風刺作家ヒレア・ベロック（反ユダヤ主義者だった）は、次のような痛烈な批判の詩を書いている。

スウェイスリング卿は
世間じゃサミュエル・モンタギューと慕われたが
地獄に落ちた仲間には
ミスター・モーゼ・サミュエルと呼ばれてる

実際のスウェイスリング卿はけっして地獄に落ちるような人物ではなかった。礼拝堂や救貧院、ヘブライ語を教える学校をいくつも建て、一九一一年に世を去ったときには、ロンドンの貧民街イーストエンドから貧しい人々が続々とやってきて、葬列のあとに続いた。棺を載せた先頭の馬車からいちばん後ろの馬車までは三マイルもあったという。カムデン・タウンからベイズウォーターまでの通りは封鎖され、警察に守られながら黒い服をまとった人々の行列が延々と続いた。もうすぐ七歳になろうとしていたアイヴァーは、黒いベルベットのスーツに儀式用の剣を差していたが、群衆に混じって葬列に連なるのを許されなかった。

亡くなったスウェイスリング卿は、英国全体でも五本の指に入る大富豪で、土地、金銭、その他の財産の大半は、第二代スウェイスリング卿となったアイヴァーの父親に受け継がれた。アイヴァーには兄が二人と末っ子の妹がおり、信仰を同じくする相手とさえ結婚すれば、かなりの相続財産が保証されていた。アイヴァーが爵位を受け継ぐ可能性は、まずなかった。これまでも、この先もずっと、彼はただのアイヴァー・モンタギューのままである。

モンタギュー家は、都市で儲けた金を田舎で誇示するという伝統的なやりかたを踏襲した。所領を愛し、あらゆるスポーツにいそしむのが、ヴィクトリア朝時代から伝わる美徳のひとつだった。アイヴァーの父親はクリケットに熱心で、有名な〈メリルボーン・クリケット・クラブ〉に所属していた。三兄弟の長男スチュワートはラグビー選手、その一方で牛の繁殖にも夢中だった。次男のユーエンは、なんでもこなせる万能選手だ。ところがアイヴァーには、やりたい気持ちはあっても、深く関われるほどの才能はなかった。眼鏡をかけた少年は、スコアをつけたり、ホイッスル片手にサイドラインを小走りに行ったり来たりする審判をつとめるのがせいぜいだった。

そんな彼にも、ひとつだけ得意なスポーツがあった。卓球である。まだ五歳のとき、アイヴァーはロンドンの邸に置く卓球台を買ってほしいと父親にねだり、玄関ホールを見おろす広々とした踊り場には台が設置された。彼が卓球をしていないときには、台の上をきれいに片づけて、父親が友人の外務大臣や内務大臣たちとブリッジ用のテーブルとして使った。

アイヴァーが生まれた一九〇四年は、ピンポンが死んだとされる年でもある。短期間ながら、イギリスはある時期、さかんに競技《ゲーム》を生み出し海外に輸出していた。サッカー、ラグビー、クリケット、テニス、ホッケー、ビリヤード、バドミントンは、大英帝国内外に広く普及した。二十世紀に入ると本格的な卓球ブームが到来し、またたくまに世界中に広まった。とはいえ、しっかりしたルールにもとづくスポーツというよりは、ブランデーやポートワインを飲みながら、あるいは異性とおしゃべりしながら楽しむ食後の娯楽といった趣だった。

卓球はゴッシマ、ウィフ＝ワフ、テーブル・テニスなどと呼ばれたが、ゲーム用品メーカー〈ジェイクス&サン〉が商標登録した〝ピンポン〟という名称が最もよく知られていた。見ている女の子たちが床に這いつくばって、ソファーやサイドテーブルの下に転がったボールを探すさまが、さかんに描かれた。また、ピンポン・パーティーやピンポン・トーナメント、ピンポン・ピクニックがおこなわれ、果てはピンポンの詩まで作られた。

次の『ピンポン狂』という詩は、楽しげな雰囲気をうまくとらえている。

やけに楽しいこのゲーム、これはいったいなんだろう
どうか教えてくださいな
テニスのように見えるけど、どこかゴルフに似ているし
名前の響きは広東《かんとん》風
そうか、これが例のあれ、世にも名高いあのゲーム
ピンポン、ピンポン、ピンポンピン

この詩はまだ良いほうだが、同じ詩集には、もういいかげんにしてほしいというムードが伝わってくる詩もある。「ピンポンさんの顔なんか、見すぎて今やうんざりだ。どうか頼むよ、お願いだ、誰か殺してくれないか、未練たらしく駄洒落《だじゃれ》を飛ばす、ピンポン詩人というやつを」

卓球の起源については諸説《しょせつ》ある。インド、マレーシア、あるいは小アジアに駐屯していた英国陸軍によって、食堂、騎兵隊クラブ、あるいは仮設大テント《パビリオン》において考案されたという。ボールはシャンパンのコルクを削って作られ、ラケットは葉巻タバコの箱の蓋だった。誕生神話はどれも根拠に乏しく、信奉する者たちをその先百年にわたって悩ませるのだった。ピンポンは男の子も女の子も、しらふでも酔っぱらっていてもプレーでき、本でもヘアブラシでもボールを打てて、ビリヤード場でもキッチンでもどこでもできるゲームだった。

ほかのスポーツでは、チームやトロフィー、リーグ、スタジアムなどが確立されていったが、ピンポンは一貫性に欠けていた。正式なルールがなかったため、しょっちゅう論争が勃発した。その結果、ある未来の世界チャンピオンいわく、ピンポンは「長患いすることなく、石鹸《せっけん》の泡がはじけるように、ある日とつぜん消えてなくなってしまった」のである。

ピンポンが世を去りアイヴァーが誕生した一九〇四年は、日露戦争が勃発した年でもある。当時、アジアの大国である中国はまだ立ち上がる準備が整っていなかった。アヘン戦争でイギリスに負け、一八九五年には日清戦争で日本に敗れ深い痛手を負った国の前途には、さらに半世紀にわたる屈辱の時代が待っていた。そんな中、アジアの一国には不可能と考えられていた快挙を成し遂げたのが日本だった。ヨーロッパの大国ロシアと戦い、打ち負かしたのだ。ある記事によると、日露戦争の初期、二隻のロシア艦艇が旅順港で航行不能におちいった。乗組員たちが卓球をしているあいだに奇襲を受けたのだった。彼らはどうやら、卓球のネットはしっかり張ったが魚雷防護網《ネット》のほうは張り忘れたらしい。

アイヴァーの父親、二代目スウェイスリング卿は、日本軍の勝利に感銘を受けた。のちに彼が亡くなったとき、イギリスの経済紙《フィナンシャル・タイムズ》は、死亡記事に「偉大なる人物のならいで、他に趣味をもたず、ひたすら仕事に情熱を注いだ」と記した。だが、彼が情熱を注いだものがもうひとつあった。日本である。のちにアイヴァーがアジアでの冒険に乗り出すさい、日本に対する父親の熱い思いが重要な役割を果たすことになる。

日本の勝利に目を見張った外国人は、スウェイスリング卿ひとりではなかった。日本の快挙は、のちに中国の指導者となる毛沢東と周恩来にとっても、みずからの行く末を決めるひとつの契機となった。若き学生だった彼らは、日本が大国ロシアに勝ったのならば、中国が一丸となればどんなことでも成し遂げられるはずだと考えたのだ。

日本の勝利の余波は、予想だにしないスピードで急激に世界を揺さぶりはじめる。敗戦はロシア帝政にとって致命傷となり、数年間はかろうじて持ちこたえるが、やがて共産主義が台頭し、ロシア革命の到来を告げた。その時期、およそ共通点のない毛沢東とアイヴァー・モンタギューはともに共産主義に目覚め、それぞれの道をたどりはじめるのである。

第二章

反骨精神

一九一七年、アイヴァー・モンタギューの上の兄スチュワートと従兄弟たちは、イギリス海峡の対岸で敵と戦っていた。十三歳のアイヴァーには、自分がスリリングな冒険のチャンスを逃しているように思えてならなかった。そんな彼が戦争を肌で実感したのは、一九一五年の飛行船ツェッペリンによる初のロンドン空襲のときである。爆弾の破片が弧光を発する中、彼は無邪気にも、ブローニーカメラを高く構えて街を歩きまわった。

モンタギュー家の邸タウンヒルには、戦闘機パイロットたちが飛行機でやってきた。週末になると、一家は車に乗ってポーツマス港へ軍艦を見にいった。使用人の多くが徴兵されたため、アイヴァーは空いた使用人部屋のひとつに大判のリノリウムシートを敷き、独自のアルゴリズムにもとづく海戦地図を描きはじめた。モンタギュー家には、親しくしている英国艦隊司令官も訪れた。司令官はアイヴァーと一緒に何時間も床に這いつくばって過ごしたのち、王立海軍大学でレクチャーしないかと彼に勧め、一家を驚かせた。

アイヴァー・モンタギューは、入学したてのウェストミンスター校でいい成績を維持していた。学校では、三つ揃えのスーツにシルクハットの着用が義務づけられていた。放課後、彼は地下鉄のセント・ジェームズ・パーク駅の遺失物預り所にシルクハットを預け、かわりに楽な上着と布製の帽子を受け取った。労働者階級に化けたつもりらしいが、黒檀《こくたん》にシルバーの握りがついたお気に入りのステッキで身分はばれていた。

地下鉄の駅と学校とのあいだ、トットヒル・ストリートに、フェビアン協会（一八八四年設立の漸進的社会主義思想団体）があった。その春、協会の窓の前で立ち止まり、ある小冊子を見たモンタギューは、「これは、自分に向いている」と感じた。ジョージ・バーナード・ショーが書いた『富豪のための社会主義（Socialism for Millionaires）』である。人類の歴史と世界の成り立ちをうまく説明できるのは社会主義だけだ、と彼は確信した。年若き貴族にとっては飛躍的な発想だが、それが彼のその後の人生の足掛かりになるのである。モンタギューは、机上作戦のレクチャーにそなえて息子の汚いメモを整理する母親を手伝うどころか、自分は平和主義者になったから戦争にはもう関わらない、と告げる。

一九一七年十月、メディアを通じてロシア革命にまつわる血なまぐさい情報が漏れ伝わってくるにつれて、国民の意識に一種の恐怖が入りこんできているのに彼は気づいた。革命は伝染するのだろうか。母親の友人であるメアリー王妃もまた、そのうちロシアの皇后と同じ運命をたどり、急進派に処刑されてしまうのだろうか。モンタギューが通う学校は、議会議事堂や彼の父親が所属する貴族院のすぐそばにあり、目の前をひっきりなしに行進の列が通り過ぎていった。

ある日、授業を終えて学校を出たモンタギューは、警察隊と失業した退役軍人の乱闘に巻きこまれる。彼が地面にたたきつけられたとき、警官がひとりの男の手からスローガンを掲げた旗をもぎ取るのが見えた。彼はステッキを振り、警官をたたきのめした。その警官が、どさくさにまぎれて自分を攻撃した犯人を突き止めようとしても、下校途中の貴族の御曹司アイヴァー・モンタギューが容疑者として浮かび上がることはなかっただろう。幼少のころから、モンタギューは自分が階級という厚い煙幕に守られているのを知っていた。その煙幕は、その後も数十年にわたり彼の身を包みつづける。ケンジントン・コートの邸に帰った彼は、その日の出来事についていっさい父親に語らなかった。

早熟なアイヴァー・モンタギューは、十五歳でケンブリッジ大学の入学試験に合格するが、志望するキングス・カレッジ（ケンブリッジ大学を構成する学寮のひとつ）からは入学を二年待つようにと言われる。長身でやや猫背、眼鏡を鼻までずり下げてかける癖のある彼は、動物学と政治学に夢中になり、ロイヤル・カレッジ・オブ・サイエンスで植物学と生物学を学んだ。毎日同じレストランへ行き、お気に入りの「ミネストローネと、ぷるぷるしたピンクのブラマンジェ」を食べた。父親のコネで、彼は大英博物館の館長と王立地理学会の会長と出会う。また、一家と親交のあるロンドン動物園の園長から許可を与えられ、オオカミがライオンに吠え、ライオンがオオカミに唸り返す声を聞きながら動物園で一夜を明かした。

そのころはまだ、彼の反骨精神は表面化していなかった。週末はタウンヒルで過ごし、邸をこっそり抜け出しては、労働党を支持する小作人たちと議論を戦わせ、平日のあいだはロンドンで、社会主義シンパのH・G・ウェルズやジョージ・バーナード・ショーと親しく交流した。社会主義への献身を示すため、彼はイギリス社会党に協力し、密かに販売されていたレーニンの小冊子『国家と革命』を隠す役目を買って出る。ロンドン警視庁が目をつけている禁書だった。モンタギューはそれを自宅の階段の踊り場にある卓球台のそばに置いた。あえて人目につく場所に置く――生涯を通じて、それが何かを隠すときの彼のやりかたとなる。

あるとき、イギリス社会党で発表しようと準備を進めていたスピーチ原稿が執事に発見され、両親の手に渡った。スウェイスリング卿は、即刻党から離れるよう申し渡し、一家の資産を政党に注ぎこむことを禁じた。そのときモンタギューは、子供というのは組合のない労働者のようなものだと悟った。以来、家族の愛情に対して警戒心を示すようになった、と彼は記している。

ようやくケンブリッジ大学に入学したモンタギューは、家族から離れて暮らす生活を楽しんだ。片っ端からクラブに入り、自身もクラブを二つ創設する。そのひとつ〈チーズイーターズ・ソサエティ〉で、彼は率先してクジラの乳で作ったチーズを入手しようと努力した。もうひとつは〈スピリキンズ〉という左翼クラブで、メンバーは赤い水玉の入った黒い蝶ネクタイを着け、台頭する共産主義について語りあった。

ただひとつ、アイヴァー・モンタギューがケンブリッジでしなかったこと――それは勉強である。「はっきり言って、大学生活がうまくいくかどうかは課外活動次第であり、自分が熱烈に追い求めたものは政治、アート、スポーツ、そして新たな仲間だった」と彼は書いている。キャンパスの花形は団体競技だと知ったモンタギューは、そこで人気を得たかった。サッカーとテニスに挑戦し、挫折したのち、彼はひらめいた――ピンポンだ！　小遣いの一部を投じて、彼は卓球台を二台あつらえた。そうとう裕福な学生にしかできないことだが、その後の半世紀で、この贅沢な出費をもったいないと思った共産党員は、まずいなかっただろう。なにしろ、このときの彼の判断が、世界に大きな影響をもたらすのだから。

初めて開いたトーナメントで、モンタギューは驚く。百四十人ものエントリーがあったからだ。ピンポンは死んでなどいなかった。車椅子の選手がケンブリッジ大学でいちばん足の速い選手に勝った。モンタギュー自身ははやばやと敗退し、人がまばらになっていく競技場を眺めていた。決勝戦では、ケンブリッジ一のチェス名人が、テニスのトッププレーヤーを打ち負かした。

モンタギューはさっそく卓球チームを結成し、キャプテンとしてオックスフォード大学に挑み、三一対五で勝利をおさめる。失った五ゲームはすべてモンタギューによるものだった。その一年後、まだ十八歳に満たないモンタギューは〈イギリス・ピンポン協会〉を設立し、会長に就任した。

以前からピンポンの復活に関心を寄せていたマンチェスターの実業家が、彼の活動を聞きつけ、一流大学の学生が卓球のルール作りを手伝ってくれればうれしいと声をかけてきた。モンタギューは水を得た魚だった。彼はホイッスル担当、審判、さらに主催者として、卓球のルールを決める権限を与えられた。彼が作ったルールの基本部分は、その後四十年のあいだ形を変えずに、各国語に翻訳される。

ところが、動き出して早々、ある問題が浮上した。ピンポン協会の名を冠したトーナメントを企画するさい、じつはその名称が商標登録されていることを、モンタギューも仲間たちも知らなかった。「ピンポン」という言葉を商標登録した有名なゲーム用品メーカー〈ジェイクス＆サン〉は、すべてのイベントで同社の製品を使うべきだと主張した。〈ジェイクス＆サン〉の代理人が話し合いの場を設けるが、モンタギューはそこで相手方をあっと驚かせた。彼はその場でピンポン協会を解散すると、即座に隣室で〈イギリス卓球協会〉を結成したのである。彼はこのときすでに、資本主義の圧力からイデオロギーを守る道を歩みはじめていた。

　卓球に目を向けるようになった理由について、モンタギューはのちにこう記している。「政治的な理由だった……卓球とは、まさに低所得者層にうってつけのスポーツであり……金儲けの要素はほとんどなく、大々的に宣伝しても、それに見合う見返りはないし、新聞ネタにもなりにくい……私は改革運動としての卓球に身を投じたのだ」。卓球はまた、モンタギューが掌握できる手頃なスポーツでもあった。彼は卓球を利用して東西を結びつけ、みずからの政治的課題を推し進める。スパイとして共産主義世界の中枢を訪れるさいにも、卓球は絶好の隠れ蓑となっただろう。

　卓球には、一九二〇年代にはまだ知られていなかったメリットがもうひとつある。卓球は脳に最もいいスポーツなのだ。他の球技と同様、脳のある部分の神経細胞《ニューロン》を活性化させるが、それだけでなく、卓球は戦略や感情をつかさどる部分も刺激する。言わば〝ステロイドを使ったチェス〟くらいの効果があるのだ。重要なポイントは相手との距離である。長さ九フィートの卓球台を挟んで向かい合うと、相手の表情がわかる分、緊迫感が増す。距離の近さが、より試合に熱中させる。そこで有利なのはつねに、モンタギューのように感情を隠すすべを身につけたプレーヤーである。

第三章

ローストビーフとソ連

モンタギューは、ロンドンとケンブリッジを行ったり来たりして、卒業に必要な最低限の勉強をしながら、ソ連へ行きたくてうずうずしていた。ソ連の労働組合代表団がイギリスを訪れていると聞いた彼は、「いつか動物学者としてソ連に行けるかもしれない」となかば期待しつつ、すぐに代表団をケンブリッジに招待した。結局、動物学者としての入国ならば、ビザは容易に取れそうだった。

モンタギューはまだ正式な共産党員ではなかったが、すでに発想は党員並みで、スポーツ、文学、映画など、あらゆる文化は思想を伝える道具になると考えた。どうやってイギリスに共産主義思想を浸透させるか。その方法のひとつが卓球であり、彼はすぐに、映画を第二の方法に位置づけた。

モンタギューは、一家と親交のある《タイムズ》紙のオーナーのつてで、ベルリンへ行くチャンスを手に入れる。当時、一部の人々によって〝映画の中心地〟と呼ばれたベルリンで夢のような時を過ごした彼は、ロンドンへの帰路、〈フィルム・ソサエティ〉の設立を決意する。いつまでもイギリスとアメリカの興行ネタが幅をきかせている時代は終わり、イギリス国民はこれから〝高尚な芸術〟を――ついでに共産主義のプロパガンダもたっぷりと――味わえるようになるだろう。プロデューサーから映画のフィルムを寄付してもらい、フィルム・ソサエティが無料で上映会を開く。モンタギューは、友人たちを株主として呼び入れた。SF作家H・G・ウェルズ、劇作家ジョージ・

バーナード・ショー、元イギリス首相ハーバート・ヘンリー・アスキスの息子で映画監督のアンソニー・アスキス、イギリス屈指の生物学者J・B・S・ホールデンと、その大半は左翼の知識人だった。

二十一歳の誕生日を迎えた日、モンタギューはソ連へ向けて旅立った。出発前の二カ月間は、〈ベルリッツ〉で語学の特訓を受けた。父親はどうにか思いとどまらせようと、彼を肉汁したたるローストビーフとカリカリのローストポテトの昼食に誘い、最後の説得を試みた。スウェイスリング卿は、自分やほかの銀行家たちがソ連で情報提供者のネットワークを雇ったことを明かし、入国すればたちまち共産主義者に捕えられるぞと脅しをかけた。考え直すそぶりも見せない息子に、スウェイスリング卿はさらに、「きっと伝染病にかかるぞ」と釘を刺した。

モンタギューの表向きの任務は〝プロメテウス・マウス〟の採集だった。目の見えないハタネズミの一種で、コーカサス山脈のみに生息する。ところが、彼が最初に向かったのはモスクワだった。西海岸のロサンゼルスからシカゴへ行くのに、わざわざ東海岸のニューヨークを経由するようなものだ。

おそらく、共産主義かぶれの確実な治療法はソ連へ送りこむことであり、厳しい現実にさらされても理想を失わずにいられる者はほとんどいなかった。ところが、モンタギューにとってソ連は夢のような場所だった。モスクワで、彼はせっせと狩猟のライセンスを取得し、フィルム・ソサエティ用の映画を確保し、なかなか進まない列に並んで、蠟のように白いレーニンの遺体を見物し、ボリショイバレエを観に連れていってもらい、訪れた撮影スタジオでは、「おどけたロシア人のアコーディオン弾きに触発されて、弾圧された火星人が反乱を起こす、奇抜な衣装満載の」ＳＦ映画を観た。

ところが、ようやく北コーカサスに到着したとたん、ソ連に対して抱いていたパラダイスのイメージは脅かされる。列車に子供たちが群がってきて、しきりに金をせがんだ。持ち合わせがなかったため、窓ぎわの席に座ったモンタギューは、鉛筆を細かく切りきざみ、開いた窓からからみついてくるいくつもの手に分け与えた。

調査隊が探索を始めると、プロメテウス・マウスはたちまち暑い山の中に逃げこんでしまった。モンタギューは、やぼったい麦わら帽子を買い、二日ほどネズミ探しをしたが、その後は一匹あたり一ルーブルで買い取るという、純然たる資本主義的手法を用いるようになる。調査隊のもとには、袋に入れたマウスを売りにくる楽天的な農民が殺到し、調査隊が去ったあともしばらくそれが続いた。

モンタギューは、動物の標本採集が下手くそだった。最初、彼はマウスをひとまとめにケージに入れておいた。すると激しいけんかが起き、八、九匹を残して死んでしまった。モスクワへ戻る列車の中で、三匹が逃亡。モンタギューはロシア兵に依頼し、車両を包囲して逃亡犯をつかまえてもらわなければならなかった。結局、ロンドンへ帰り着くころには、マウスは全滅していた。

モンタギューは、共産主義世界にもっと深く入りこみたいと切なる思いを胸に抱いてイギリスへ帰国し、その第一歩として〈ソ連文化協会〉に加入する。彼が第一級の動物学者になれそうにないことだけは確かだった。飼っていた犬は、まず自宅の前で自動車事故を引き起こし、その後毛虫まみれになって死んだ。また、奔馬《ほんば》性肺結核（進行の速い肺結核）で死んだケナガイタチや、彼が世話をしようとしたらケージの中で自分の足を食いちぎったテンもいた。

一方、モンタギューが主催した卓球トーナメントは、はじめの数回は人の集まりもよかったが、これを本業としてやっていけるかどうかは疑問だった。そこで彼は、映画業界で働くことにした。最初に手がけたのは、友人のプロデューサーを手伝い、アルフレッド・ヒッチコックという男の作品を編集する仕事だった。二週間にわたる『下宿人』の再編集作業によってヒッチコックの仕事仲間としての地位を得たモンタギューは、その後十年にわたり、ヒッチコック映画に飛躍的な大ヒットをもたらすのである。

ソ連から戻って二、三カ月後のある朝、モンタギューのちっぽけな映画会社へ、ひとりの使いがやってきた。筋金入りの共産党員ボブ・スチュワートからの、突然の呼び出しだった。スチュワートとモスクワとの密接な関係が明るみに出るのは、まだ何年も先である。彼はこのあとまもなく、ウィンブルドンに無線送信機を設置し、じかにクレムリンからの指示を受けるようになる。それから約十年後、彼はケンブリッジ大学の卒業生をさらに管理下におく。やがて訪れる冷戦時代に活躍する、最も有名な五人のスパイである。しかし、このとき彼の目の前に立っていたのは、当惑した表情のアイヴァー・モンタギューだった。

スチュワートは、モンタギューに一通の手紙を手渡した。差出人は共産主義インターナショナル。共産主義のプロパガンダを世に広めるために創設された、一般的に〈コミンテルン〉として知られるこの組織は、スパイ、二重スパイ、三重スパイの巣窟《そうくつ》だった。

「いつ発てる？」とスチュワートは訊いた。

「今夜にも発てると思います」モンタギューが答えると、スチュワートは急に厳しい態度になり、いわくありげに手紙を指さし、「誰にも見せるな」と言った。モンタギューはまだ知らなかったかもしれないが、この手の手紙は、ソ連では勅命に匹敵するほど重要なものだった。

こうして、モンタギューはふたたび、鉄道で一路モスクワへ向かった。急な旅支度で、ゴム引きの卓球ラケットを荷物に入れ忘れてしまったが、重要なコミンテルンの任務中、ラケットの出番などあるはずがなかった。

モスクワへ到着したとき、ポケットにはわずかな小銭も残っておらず、出迎えも見当たらなかった。じつは、スウェイスリング卿の子息が来るということで、迎えの人間は一等客車の出口で待っていたのだった。固い座席の普通車両からあふれ出るように降り立ったモンタギューは、途方に暮れてモスクワの街をさまよった。ようやく労働組合ビルに現れたモンタギューを見て、待っていた人々は心底ほっとすると同時に、時間がかかりすぎだと、いらだちをあらわにした。

モスクワではちょうど、十月革命の記念日を祝う準備が進められ、モンタギューはしばらく滞在するよう求められた。私は何をすればいいのでしょうと尋ねると、待っていろ、と役人は答え、部屋を出ていくモンタギューにこう言った。「できることがもうひとつある……きみは、卓球をするそうだね」

モンタギューはその週、ソ連屈指の強豪と次々に対戦した。どうやら、彼らはモンタギューをあっと驚かせるためにソ連全土から送りこまれてきたらしい。彼はイギリスにいる新しいガールフレンドに電報を打ち、至急モスクワへラケットを送ってほしいと頼んだ。

モスクワで、モンタギューは前回以上の厚い待遇を受ける。赤の広場でおこなわれた軍事パレードに出席し、ＶＩＰ席でスターリンのそばに座った。ボリショイ劇場では、ヴャチェスラフ・モロトフ（ソ連の革命家・政治家。スターリンの補佐役）の長ったらしい報告を客席で聞いた。三列前には、偉大なる人物スターリンが座っていた。モンタギューが何かの教育をほどこされているのは明らかだった。だが、いったいなんの教育だろうか？　まさかピンポンではあるまい――。

結局、それは映画だった。フィルム・ソサエティは、モスクワとロンドンとをじかにつなぐじょうごの役目を果たすことになる。そのじょうごを通して、ソ連は極上のプロパガンダ作品を送りこもうとしていた。モンタギューは、ロンドンにおける手先となるのだ。少なくとも、モンタギューは未刊の手記でそう明かしている。彼がその後コミンテルンのためにおこなった旅の頻度と範囲の広さは、彼がソ連のスパイだったことを物語っている。

二度目のモスクワ訪問以降、モンタギューはコミンテルンの奥へ奥へと引きこまれ、名うてのスパイや暗殺者との親交を築き、それまでソ連が出会った最も熱心な活動家のひとりとなり、映画、ジャーナリズム、卓球における才能のすべてを、共産主義のために惜しみなく注ぐのだった。新たな信奉者へのオマージュなのか、モンタギューにならってソ連全土でピンポン旋風が巻き起こった。あらゆる文化はプロパガンダになりうる。だが、無防備な西側諸国に向かって、それをどう放てばいいのだろうか。

第四章

世間の嘲笑

私生活でも仕事でも、モンタギューは政治思想のプリズムを通してものごとを判断し、卓球にもそれが如実に表れた。ルール作りと普及活動の助っ人として彼が選んだのは、W・J・ポープという男だった。卓球の世界に入る前、ポープは全国鉄道労働者組合で働いていた。彼は第一次世界大戦中の大半を良心的兵役拒否者としてブラッドフォードの刑務所で過ごし、そこで卓球を覚えたのだった。

卓球をコミンテルンの観点でとらえ、共産主義文化として世界に広めようとするなら、国際試合が開かれるようなスポーツに成長させなければならなかった。一九二〇年代なかばには、イギリスでは卓球への関心がだいぶ高まっていたが、それはおもに、《デイリー・ミラー》紙に出した全英選手権の宣伝の効果だった。賞品として男子シングルス優勝者には車、女子シングルス優勝者にはミンクのコートが約束されたそのイベントには、三万人がエントリーした。

一九二六年以降は、卓球熱をうまく誘導し、ちょうど労働組合が組織されるように各地に卓球クラブが創設されるよう仕向ける役目をポープが担った。モンタギューとポープは、ヨーロッパ各国の代表チームをロンドンに呼び、一九二六年十二月にヨーロッパ選手権を開催することにした。そのために、会場として選んだファリンドン・ストリートにある記念館に階段状の観客席を設置しなければならなかった。幸い、モンタギューには祖父からの遺産の残りが三百ポンドあり、それで費用がまかなえそうだった。彼はけっして金遣いに臆病ではなく、いったん決めたらいさぎよく賭けに出た。

十二月になると、ファリンドン・ストリートの記念館はアリーナに生まれ変わり、中央に卓球台が四台設置されていた。

当日、試合場はハンガリー、スロバキア、フランス、ドイツからやってきた選手で埋めつくされた。インドからも八人の学生グループが参加した。そこでモンタギューは、この大会を急きょ〝世界選手権〟に改めた。卓球はたんなる室内ゲームではなく、本格的なスポーツだ。そうでなければ、これほどの人数が集まるはずがない。わざわざ金を払って観戦する客が初日だけで三千人、トータルで一万人を超えそうだった。卓球には、まだまだ伸びしろがあった。

モンタギューの両親は、つむじ曲がりの息子が政治以外に興味をもってくれたのを喜んだ。優勝カップの代金を払ったのは母親だが、カップを選んだのは父親だった。彼は息子を〈サミュエル・モンタギュー商会〉の金塊保管庫へ連れていき、ふっくらと丸みのあるオールドイングリッシュ・スタイルのカップを選んだ。価格は三十五ポンド。この優勝カップは今もなお、一家の名を冠して「スウェイスリング杯」と呼ばれる。

世界選手権ができたからには、たとえ主催者側はみなロンドンにいるにせよ、大会を維持するための連盟を組織する必要があった。こうして、第一回国際卓球連盟会議がモンタギュー邸の書斎で開かれた。仲間のピンポン愛好家たちは、その意味を理解した。卓球が前途洋々たるスタートを切るとしたら、それはひとりの男――二十二歳のアイヴァー・モンタギューの影響力と財力のおかげだと。全会一致で連盟会長に選出されたモンタギューは、それから四十年以上にわたり、その座にとどまることになる。

こうして連盟ができ、多くの愛好者を得た卓球だが、一人前のスポーツとして扱われていたのだろうか？《タイムズ》紙は、ネットのかわりにカーテンレールを使う改善策を提案した。また別の新聞では、モンタギューの卓球選手たちが「どんなトレーニングをしていると思う？」と問いかけ、「忍耐力を養う長距離行軍、じょうずにピアノの下にもぐりこんでボールを拾うための腕立て伏せや屈伸運動、楽しげに飛びまわれるよう足首を鍛える縄跳び。ピンポン軍団を編成し、徴兵制を敷くのも一案か」と揶揄《やゆ》した。そして記者は最後に、「この記事の執筆中、あるうわさを耳にした。この高貴な例に触発され、ティドリーウィンクス（小さな円盤を飛ばし壺に入れるゲーム）の練習に励む人が急増しているそうだ」と、痛烈に皮肉った。

卓球がスポーツとジョークのあいだをさまよっていたころ、アイヴァー・モンタギューは未来の妻アイリーン・ヘルスターンと出会う。「ヘル」と呼ばれる彼女は、モンタギューの両親から見れば最悪の相手だった。ヘルは離婚歴のある一児の母親で、実家は矯正靴屋。父親の死後、母親は精神病院に入っていた。出会いから丸二年後、モンタギューとヘルはセントジャイルズ登記所で密かに結婚する。

同じ月、スウェイスリング卿にサッカー観戦に誘われたモンタギューは、うれしさのあまり、ふいに真実を打ち明けたい衝動にかられた。

「お父さん、ご報告したいことがあります。じつは、結婚しました」

父親は彼をまじまじと見つめた。「相手は誰かね?」

「お父さんがご存じのかたではありません」モンタギューは、新妻についてざっと説明した。

びっくりしてしばらく言葉を失っていた父親は、息子の顔を見つめ、「ユダヤ人か?」と訊いた。

ヘルはユダヤ人だった。「なぜその女と結婚しなければならなかったんだ? 子供でもできたのか?」

スウェイスリング卿にとって、この結婚は「取り返しのつかない災い」だった。化粧着姿で入ってきた母親が身をかがめて父親をなぐさめるのを見たモンタギューは、静かに邸を出ていった。

結婚のニュースはロサンゼルスやニューヨークにまで伝わり、ロンドンの新聞という新聞が第一面で取り上げた。「男爵家の御曹司、秘書と結婚」とタブロイド版の夕刊紙《イヴニング・スタンダード》はセンセーショナルに書きたてた。それから一週間、新婚夫婦はメイクや映画関係の取引先から借りた衣装で変装し、報道陣から逃げまわった。新居のアパートへは、非常階段や屋上からこっそり出入りした。最終的に、モンタギューは友人のアドバイスを聞き入れ、ヘルの美しい写真を一枚撮って新聞業界に渡した。すると、ヘルはもう一日だけ第一面を飾ったが、それきり話題はやんだ。

モンタギューの母親は、何十通ものなぐさめの手紙を受け取った。うっかり置きっぱなしにしたため、それがモンタギューの目に留まる。ざっと目を通した彼は、いちばん短い手紙を記憶にとどめた。「グラディス、心中お察しします。メイ」というたった一行の手紙は、メアリー王妃から届いたものだった。スウェイスリング卿は、息子には何も告げず、弁護士を呼んで遺言書を書き換えた。

つかのまのハネムーンを過ごしたシチリア島で、ヘルはパラチフスに感染し、モンタギューは黄疸を起こした。帰国後、モンタギュー邸での初めてのディナーという緊迫した場面で、ヘルの病状はピークに達した。呼ばれてやってきた医者は、ヘルを客用寝室に、新婚の夫を医療施設に隔離するよう指示を出し、一家を不安にさせる。スウェイスリング夫人はヘルの看病をした。スウェイスリング卿は、仕事から戻ると義理の娘が寝ている部屋を訪ね、十分ほど黙って腰かけた後、何も言わずに出ていった。ヘルが徐々に快方に向かうにつれて、夫人は彼女に好意を示すようになり、自分の古いドレスの中からヘルが着られそうなものを見つくろって持ってくることもたびたびあった。

その週のうちに、スウェイスリング夫人からはヘルを家族の一員として快く迎えようとする気持ちが大いに感じられるようになったが、それでもまだ階級制度の色眼鏡を通した歩み寄りであり、それがモンタギューをひどく怒らせた。ある晩、夫人はベッドの横に腰かけ、話しかたを変えてみる気はないかとヘルに尋ねた。「費用はわたくしが払うから、訛《なま》りを直すレッスンを受けてはどうかしら……わたくしも外国へ行くといつも、その国の人々が話す言葉を少しは覚えようとするのよ」。黄疸がほぼ消えたモンタギューがようやく戻ってくると、父親は彼をそばに呼び、「もう和解はすんだと思ってくれていい」と告げ、そのうち週末にタウンヒルへ遊びに来るといいと誘った。

タウンヒルで過ごした週末、五十三歳のスウェイスリング卿は魚釣りに出かけて風邪をひいた。ロンドンへ戻って王室お抱えの医者の診察を受けるが、こん睡状態に陥り、数日後に亡くなった。

「これまでどおりの家族ではなくなってしまうだろう」とモンタギューは書いている。彼は母親から、スウェイスリング卿が息子の結婚について判断を早まったことを後悔していたと聞かされる。ところが読み上げられた遺言書には、父親の氷解した気持ちは反映されず、アイヴァー・モンタギューの相続分は、〝五分の三〟減額されたままだった。なぜ五分の三なのか——彼はその先ずっと「不思議な割合」と呼ぶことになる。

一九二〇年代も終わりに近づき、共産主義そのものが深刻な分裂状態にあった。革命の父のひとり、赤軍の創設者レフ・トロツキーは、ソ連におけるスターリンとの覇権争いに敗れ、失脚した。亡命先のトルコで、トロツキーは警察による二十四時間体制の警護を受けていた。モンタギューは、一九二九年にハンガリーで開催された世界卓球選手権のあと、トロツキーのもとを訪れる。やはり、卓球のそばには政治があった。

第五章

卓球とトロツキー

モンタギューは、できて間もない卓球チームとともに、ハンガリーの首都ブダペストへ向かった。チームには、フレッド・ペリーという前途有望な十九歳の選手もいた。彼がのちにテニスの選手となりウィンブルドンで優勝するとは、誰も予想だにしなかった。モンタギューには、ペリーの「真っ赤な顔と限りない自信」が印象に残った。当時まだ二十四歳だったモンタギューは、「これほど若いチームが、イギリス代表として何かに出場したことがあるだろうか」と記している。

モンタギューが世界選手権の開催地に国際都市ブダペストを選んだ理由は単純だ。イギリスが卓球の生みの母ならば、ハンガリーは生き残った唯一の子供だからである。試合のレベルがそれを如実に物語っており、ハンガリーで外国人選手が勝利をおさめたためしはなかった。ハンガリーにおける卓球は、イギリスにとってのクリケット、あるいはアメリカにとっての野球に匹敵した。

ハンガリーでは、政治家のあいだでも卓球人気が高まっていた。国の実権を握る海軍提督ホルティ・ミクローシュから決勝戦を観戦する旨の通知を受け取ったモンタギューは不快感を覚える。彼はこう公言していたのだ。「国の指導者が国際的なスポーツイベントで顔を売ろうとするのは感心しない……立憲君主、あるいは市長やスポーツ大臣といった中立的立場の役人はともかく、専制君主や首相が論議を呼ぶ公共イベントに顔を出すのは──断じてよろしくない。すぐれた能力を人気取りに利用されては、選手もいい迷惑だ」と。もっとも、モンタギューの見解はもっぱら、その君主なり首相の政治思想に左右されたのだが。

競技場全体が驚きの目でペリーを見つめた。ある海外の専門家は、「ペリーのフォアハンドドライブは、これまで見た中でいちばんすごいストロークだ」と書いている。彼は男子シングルスで次々と敵を倒し、はいていた白い長ズボンとスニーカーは大会期間中に擦り切れた。

決勝戦の相手はミクローシュ・サバドスという地元ハンガリーの選手で、ペリーよりも年下の背が低くずんぐりとした無表情な青年だった。広い競技場は三千人の観客で埋めつくされ、閣僚たちが正装したクリスマスツリーのごとく林立し、出口という出口から人があふれ出していた。学生たちが外の通りにたむろし、愛国的な歌でサバドスを応援している。ペリーを安全に競技場内へ入れるのに、モンタギューは建物の裏手にある石炭シュートからこっそりしのびこませなければならなかった。

モンタギュー自身は試合には出場せず、ゲームのゆくえを見守っていた。サバドスは卓球台からどんどん後ろへさがり、三十五フィートも離れた位置からボールを打ち返した。いくらペリーのフォアハンドが世界一でも、それでは通用しない。これほど遠くからの返球を、モンタギューは見たことがなかった。その後、ペリーはドロップショットを試み、球はかろうじてネットを越えた。サバドスは唸りを上げて突進し、球が台に落ちる寸前に拾うが、ペリーがそれをまた強打し、球はサバドスを越えて飛んでいった。ペリーが優勝した。観客は立ち上がり、歓声は十分以上も続いた。

ハンガリーでは新聞各紙がいっせいにそのニュースを報じたが、ペリーの地元イギリスはまったく興味を示さなかった。「まじめに卓球に打ちこむのは、もうやめました」ペリーは父親への手紙にそう書き、チャンピオンとして引退した。その後、彼はイギリスへ戻ってテニスの腕を磨きはじめる。一方、モンタギューは大切なことを学んでいた——卓球には、一国の指導者層の注目を集める力がある。そして彼はトルコへと向かった。

その年の七月に、モンタギューはトロツキーに手紙を出し、自分は「動物学者で、一九一八年から労働運動に関わっている」と自己紹介していた。世界選手権のあとトルコを訪れたモンタギューは、世界を根底からくつがえすのに加担した男とひと晩をともに過ごす。トロツキーは、スターリンによる暗殺にたえず怯《おび》えながら暮らしていたが、彼がその晩自宅に泊めたアイヴァー・モンタギューはじつはスターリン主義者であり、密かにクレムリンの手足となって動いていた。夜遅く、枕の下に入れておくようにと、トロツキーはモンタギューに弾を込めたリボルバーを渡した。いくつもの顔をもつモンタギューだが、殺人者ではない。銃が暴発するのではないかと恐ろしくて、彼はろくに眠れなかった。夜が明けると、二人は二名の警官に付き添われて釣りに出かけた。

モンタギューがのちにこっそり明かした話では、トロツキーはじつにざっくばらんな、慣習や形にとらわれない魅力的な人物で、警官も、漁師も、礼儀正しい老庭師も、見るからに彼を心から慕っていたという。

二人の警官は船を漕ぎ、荒波に必死に耐えるモンタギューを見て笑っていたが、そのうちに波がますます高くなり、モンタギューの顔はますます青ざめた。しばらくして、トロツキーもようやく危険な状況に気づく。小さい船は速い波に持ち上げられてはすとんと落とされ、モンタギューは船底で身もだえしていた。猛烈な揺れのあいまを縫って、警官たちは必死に船を漕いだ。

イギリスへ戻るころには、それまで抱いていたトロツキーに対するあこがれの気持ちはすっかり消え失せていた。モンタギューはほどなく、グレートブリテン共産党の正式党員となる。これはかなり異例だった。モンタギューが裕福な貴族だからではなく、彼がイギリス人だからだ。一九三〇年当時、イギリスの人口は四千万人。そのうち共産党員はわずか二千五百五十人だった。

トロツキーは、自分との会話をもとにモンタギューが発表した記事に動じなかった。深夜の語らいで、彼は若きモンタギューに言った。「党とともにあってこそ、党によってこそ、われわれは正しい道を進める。歴史的に見て、正しく生きる方法はほかにない」と。そのとき彼はモンタギューの正体を知ったのだ。モスクワが認める共産主義こそが真の共産主義だと公言する、まぎれもないスターリン主義者なのだと。

第六章

文化と迫りくる戦争

一九三七年ごろには、モンタギューは新国王ジョージ六世からイギリス卓球協会への資金援助を得ていた。王はみずからバッキンガム宮殿で卓球を楽しみ、対戦者から返球不能と言われるスペシャルショットを完成させるほどの熱心な卓球愛好者となっていた。

その年、新王妃エリザベスは、ロンドンにあるオリンピア展示場で開催された英国産業フェアを視察し、モダンな卓球用品に多大な関心を示すとともに、昨今の卓球人気に驚いた。エリザベス妃の義母に当たるメアリー皇太后は当時もまだモンタギュー家に頻繁に出入りしていたため、階段の踊り場に置かれた卓球台にも当然気づいていたはずだ。モンタギューの母スウェイスリング卿夫人も卓球のためにひと肌ぬぎ、ボクシングチャンピオンのジョー・ベケットと卓球で対戦して勝ったという。「冬の晩、手足の冷えに悩む人々に卓球は最適」だと夫人は記している。

アイヴァー・モンタギューはそのころ、イギリス映画界で最も多忙な人物のひとりとなっていた。フィルム・ソサエティを設立してソ連有数の映画会社から作品を輸入するかたわら、彼はイギリス映画界きっての若手監督アルフレッド・ヒッチコックと二人三脚で作品づくりに励んでいた。ヒッチコックの仲間たちは〝ヘイト・パーティー〟を開いては、その週に出た映画を念入りに分析した。モンタギューはそのグループの中心メンバーであり、ヒッチコックは彼のストーリー解釈を非常に高く評価していた。二人が共同制作した作品には、ヒッチコックのスパイ映画の中でも第一級の『三十九夜』、『サボタージュ』、『暗殺者の家』、『間諜最後の日』などがある。

今にして思えば、信じがたい、滑稽ですらある状況だ。筋運び《プロッティング》に関するお気に入りの本『プロット（Plotto）』をひざに置いたヒッチコック。その横で、腹回りに贅肉がつきはじめたぱっとしない風貌のアイヴァー・モンタギューが、黒ぶち眼鏡を鼻までずり下げ、アドバイスする。貴族階級から転落し、給料で身を支える質素な身なりの紳士は、ありふれた設定に突飛なプロットを織りこませようとしていた。二人のこうした作業は、明け方まで続いた。

一方で、モンタギューはコミンテルンが急速に推し進めるプロパガンダの普及活動にも深く関与していた。彼はアメリカへ行き、一家の友人であるフランクリン・ローズヴェルトと昼食をともにし、ソ連の映画監督セルゲイ・エイゼンシュテインと落ち合い、明らかに左寄りの企画をロサンゼルスのスタジオに売りこんだ。二人は映画プロデューサーのサミュエル・ゴールドウィンと会った。彼はちょうど、目をかけているイギリスの俳優ロナルド・コールマンのために『戦艦ポチョムキン』（一九二五年公開のエイゼンシュテイン監督作品）のような感じでもう少し安い脚本を探していた。

パラマウント社への売りこみに成功したモンタギューとエイゼンシュテインは、それから数カ月、仲良く脚本の執筆に励む。二人は友達になったチャーリー・チャップリンと車でビバリーヒルズへ乗りこみ、チャップリンにロシアの罵り言葉を教えては、駐車係という新たな役目を得て直立不動の姿勢で立つ白系ロシア人の元将官たちに向かって、車の窓から罵声を浴びせた。

そのころすでに、モンタギューは尾行されていた。アメリカ労働省は、彼は「狡猾なモスクワの伝道者であり、労働者を蜂起させようと全エネルギーと少なからぬ知恵を注いでいる……彼の言うことや彼を擁護する発言にはいっさい耳を貸してはならない……容赦なく追放すべきだ」と警告を発した。ハリウッドは、この警告にすぐ従った。エイゼンシュテインは新聞で「赤い犬」とたたかれ、パラマウント社は「合衆国を裏切った」と非難を浴びた。二人が共同執筆できる脚本はもうなかった。ヨーロッパ大陸は不穏な状況にあるため、モンタギューはまっすぐイギリスへ帰国し、エイゼンシュテインはそのまま南下してメキシコへ行き、ある映画を監督する。

ヒトラーの不吉なスピーチ、ドイツで急増する武器製造、さらに伝えられるナチスの動きは、左派を怯えさせた。イギリスの秘密情報機関がモンタギューのスパイ活動の証拠をつかむのは一九四〇年の夏だが、彼が世界中で活動を展開するコミンテルンの中枢部と親しく関わっていることは、このころすでに重大な懸念事項となっていた。

ヨーロッパに共産主義のプロパガンダをもたらした人物は、〝赤いゲッベルス（ゲッベルスは、ナチス・ドイツの宣伝相）〟と呼ばれたドイツ出身の共産主義者ヴィリー・ミュンツェンベルク、十代にしてレーニンと同じテーブルで食事をした男である。モンタギューは、一九二四年にベルリンでミュンツェンベルクと出会った。このときミュンツェンベルクは、初めてモスクワを訪れるというモンタギューに多数の知人を紹介した。レーニンじきじきの任命で西側諸国における極秘活動を一手に担うミュンツェンベルクは、数々の偽装組織を作ったばかりでなく、偽装組織という概念そのものを生み出した。そうした組織のひとつが〈ソヴィエト友の会〉であり、モンタギューはソ連から帰国してすぐにメンバーに加わった。ＭＩ５（イギリス軍情報部第五課）に所属するエージェントたちは、ミュンツェンベルクからモンタギューへの金銭の流れは監視していたが、それを使ってモンタギューが何をしているかは把握できなかった。

イギリスでは、一九三三年になってもまだ、大陸におけるファシズムの高まりに対する国民感情と政府の消極的なアプローチとのあいだにずれがあった。それはモンタギューら共産主義者にとって絶好のチャンスだった。彼らは突如として、イギリス国民とのあいだに多くの共通項を見出したのである。大戦を生きのびた人々は、今度はわが子をドイツとの戦争に送り出さなければならないかもしれない非常に不安な状況に置かれていた。

迫りくる戦争の予兆を最初に感じたのは、スペインである。一九三〇年代なかば、スペイン内戦はファシズムと共産主義《コミュニズム》の戦いの最前線となった。当然、モンタギューもスペインへ赴いた。今回はドキュメンタリー映画の制作チームを引き連れての旅である。

当時、ドイツ軍とロシア軍双方にとってスペインは実験場であり、ばかばかしいほど多くのスパイがいた。ばかばかしくはあっても、笑いごとではなかった。リスクが大きすぎたからだ。最近になって、三十三人の名前が書かれたナチスの処刑者リストが発見された。いちばん上には、ヴィリー・ミュンツェンベルクの名前があった。リストには、「これらの人物に会ったら、殺せ」と指示が書かれ、それに続く文には、モンタギューのような者に迫っていた危機が記されていた。「ユダヤ人ならば、骨という骨を残らずへし折れ」

一方、いたるところにいるソ連のスパイは、敵の分析のみならず味方の分析にも力を注いでいた。国際旅団（スペイン内戦で共和国政府側について戦った国際義勇軍）の兵士のうちトロツキー主義と関わりのある者たちが、最前線から遠く離れた後方でなぜか大量死した。スターリン主義の将校による〝ミニ粛清《しゅくせい》〟の犠牲となったのだ。モンタギューはソ連による殺害をどうにかまぬがれるが、ミュンツェンベルクは一九四〇年の夏、フランスの抑留キャンプ付近で木に吊るされ処刑される。手を下したのは内務人民委員部――ロシア語の頭文字をとって〈ＮＫＶＤ〉と呼ばれる組織に所属する二人のスパイだった。その夏、モンタギューとかつて親交のあったトロツキーもまた、亡命先のメキシコでＮＫＶＤのスパイによって脳天にアイスピックを突き立てられる。

フランコによる国家転覆を本気で懸念しはじめたスペイン政府は、すべてをスターリンに委ねた。最初に東側に流出したのはスペインの金《きん》だった。スターリンは自分の都合のいいときに、しかも水増し価格で、スペインに二級品の兵器を供給した。スペインの金はやがて、内戦とはなんの関わりもない多くの地域へ流れこんでいく。そのひとつが中国中部であり、そこではアイヴァーの未来の卓球仲間――〝赤い中国人《レッド・チャイニーズ》〟が、独自の覇権闘争をくりひろげていた。

こうした皮肉な展開の裏には、よりいっそう皮肉な意図があった。スターリンは、敵の中でも最も憎い相手――アドルフ・ヒトラーと協定を結ぼうとしていた。ヒトラーは、そもそも若き反ファシストたちをスペインへ追いやった張本人である。共産主義を純粋に信奉する者にとって、一九三九年にソ連とドイツが締結した不可侵条約はあまりにも衝撃的だった。それでもモンタギューは、二つの戦線に挟まれるのを避ける意味で必要な手段だったとする党の公式見解に従うのだった。

スペインへ赴いたモンタギューは、ソ連のスパイのトップが書いた紹介状をたずさえて撮影隊とともに前線を巡回しながら、ソ連びいきのドキュメンタリー映画を二本制作する。一九三六年の作品『マドリード防衛（Defence of Madrid）』は、ヒッチコックと共同制作したものに比べれば粗雑だが、未加工の映像ゆえの緊迫感があった。ある朝、撮影隊が早起きしてホテルのバスルームでひげを剃っていると、爆弾が落ちてくる音が聞こえてきて、隣の建物が破壊される。死者や瀕死の重傷を負った人々が瓦礫《がれき》の中から引き出されるのを、彼らは窓から見ている。

マドリードのアルバ公爵邸の前では、フランコがヒトラーのドイツから直接的支援を受けている証拠を探すモンタギューの姿がカメラに収められている。空から砲弾が降ってきて、爆裂の衝撃でカメラが揺れた。モンタギューは身をかがめて不発弾をそっと拾い上げ、ゆっくり回転させてドイツ製を示すマークをカメラに向けた。そのとき、彼の頭上を別の砲弾がひゅうと飛び去った。慌てて身を伏せたモンタギューは、まともに不発弾の上に倒れこむ形となった。彼は立ち上がって体から土を払い、その後「われながら幸運な、そしてじつに愚かな瞬間だった」と記録にとどめた。数年後、予期せぬ爆発シーンでクライマックスを迎える『逃走迷路』という映画にそのときと似たシーンを入れるかどうかで、モンタギューはアルフレッド・ヒッチコックと仲たがいをする。

共産主義への忠誠を貫くモンタギューを愚かしいほどの楽天家と見る者は多かった。共産主義の名のもとに引き起こされる惨事に目をつぶり、死ぬまで盲信しつづけた愚直な人間だと。モンタギューほどの切れ者にとっては大迷惑なイメージである。初めてモスクワを訪れたときから、彼は共産主義世界のリーダーと深く関わってきた。愚か者を演じることも、階級や人種の切り札を使うこともできただろう。しかし彼は一生涯、ひとりの共産主義者でありつづけた。共産主義の名における殺戮をまのあたりにしながらも、それを正当化し、必然的なものと割り切った。家族への裏切りも、国への裏切りも、人類への裏切りに比べれば些細なものだ。それが最後の戦争になるのなら、もう一度戦ってもいいではないか。

第七章

疑惑

スペインには、モンタギューの旧友J・B・S・ホールデンもいた。一九三〇年代、彼はすでにイギリスで一流の科学者に数えられていた。二人の出会いはケンブリッジの街である。選挙が行われた日の晩、通りで保守党の勝利に不満の声を上げているのは彼ら二人きりだった。ホールデンはがっしりした天突くような大男で、後退した生え際が広い額をよりいっそう際立たせていた。彼はモンタギューが開くパーティーにはためくようなつば広の帽子をかぶって現れては、回転いすにどっかと腰かけ、自分はスコットランドの王族だと豪語するのだった。その後まもなく、二人はスパイとしてパートナーを組むことになる。

モンタギューと同様、ホールデンもまた上流階級の教育を受け、社会主義者に身を転じた人物である。イートン校でハウスキャプテンだった彼は、同級生を「まちがいなく、知的に未熟な人間」と見なしていた。モンタギューよりも少し年上の彼は第一次世界大戦中に塹壕《ざんごう》戦を経験し、「仲間の大半はそう思わなかったようだが、おもしろかった」という感想を抱いた。兵士のあいだでは「陽気な狂人」の異名を取り、陸軍元帥ダグラス・ヘイグは、彼を「最も勇ましく、最も下劣な将校」と呼んだ。

一九一五年、襲撃中に鉄の破片で脚をずたずたに切り裂かれたホールデンは、後方で皇太子

（のちのエドワード八世）が運転する傷病兵運搬車に拾われた。皇太子は彼に向かって「あっ、きみか」と言った。オックスフォードで顔を合わせて以来、約一年ぶりだった。ホールデンが同じ隊にいると予測できたならば、皇太子は特権を使っていくらでも回避できただろう。

ホールデンは一九一八年から軍の情報部門で働きはじめ、その関係は断続的に二十五年間続く。一九二〇年代のはじめには、ケンブリッジ大学で教鞭をとりながら、公然と愛人と暮らしていた。彼はすべての医学実験に自分の体を使うことにこだわり、塩酸や塩化カルシウムを飲んだこともあった。ある実験の結果、激しい下痢が起き、そのあと大きく硬い便のかたまりができて便秘になった。全身にかなりの不快感があり、頭や手足、腰が痛み、夜は眠れなくなるが、いやな実験ではなかったという。

モンタギューと同様、ホールデンも一九二六年にモスクワへ行き、スペインで内戦が勃発すると、政府の招きでスペインへ赴いた。共和国政府が彼に期待したのは、フランコがドイツとのパイプを通じて仕掛けかねない毒ガス攻撃に関するアドバイスだったが、スペインで経験を積んだホールデンは世界屈指の防空エキスパートとなり、まずはイギリス政府にとって、次いでソ連のスパイとして不可欠な存在となる。

一九三六年十一月のとある午後、ホールデンがマドリードの公園でベンチに腰かけていると、空襲警報が鳴った。人がいなくなり、公園に残ったのは、生の情報を集めようとするホールデンと、ベンチで彼の隣に座る老女の二人きりだった。空襲がやんでホールデンが微笑みかけると、老女は爆弾の破片を受けて即死していた。彼にとってそれは、塹壕で味わった戦慄をはるかに超える衝撃だった。なぜなら、これから幾度となく、死と隣り合わせの任務が待っているのだと気づいたからだ。

一方、モンタギューは陰謀を企てたり危うく命を落としかけたりしながらも、卓球の重要性を忘れてはいなかった。じつに幸運なことに、MI5は彼が卓球に向ける異常なまでの情熱にすっかり当惑していた。そんな中、モンタギューに並々ならぬ関心を寄せる人物がいた。MI5で初めて防諜部門を率いたヴァレンタイン・ヴィヴィアン大佐である。彼もまた、もう少しでモンタギューの尻尾をつかめそうなところまでいきながら、卓球との密接な関わりに惑わされていた。

ヴィヴィアンみずから調査に当たったのは、MI5がいかにモンタギューの件を重視していたかを示す証拠である。大佐のもとに届いた第一報は、言いわけじみた調子ながら、モンタギューとゾルターン・メクロビッツというハンガリー人との関係にはどこか胡散臭《うさんくさ》いものがあると確信させる内容だった。

われわれがこれらの人物に注意を向けている理由は、いささか奇妙に思えるかもしれません。彼らは卓球や、ピンポン球のテストに関し、アイヴァー・モンタギューに際限なく手紙を書いています。何カ月にも及ぶ作業にあまりにも時間をとられすぎたとの理由で、ゾルターン・メクロビッツはもう続けられないとモンタギューに告げ……この手の常軌を逸した行動は、イギリスではけっしてめずらしくはありませんが、それにしても大の男が来る日も来る日もピンポン球のテストに明け暮れるとはとうてい信じがたく……ブダペスト在住のこの者たちに関し、ほかに何か不穏な情報がないかどうかお教えいただければ幸いです。

この報告書では、卓球がもつ意味にほとんど触れていないため、MI5はメクロビッツが数年前の世界卓球選手権の優勝者であることを突き止められなかった。彼はアイヴァー・モンタギューが初めて監督した映画にも主演している。卓球選手たちがみごとなストロークを披露するスローモーションの短編無声映画である。ハンガリー警察もやはり手紙のやりとりに当惑したが、メクロビッツと共産主義との接点を見出せずにいた。

MI5もハンガリー警察も見逃したが、じつは十月革命の時期、メクロビッツは戦争捕虜としてシベリアで服役していた。解放されると、彼はハンガリーへ帰国するが、経由地のモスクワで、「ロシアにとどまり新共和国のスポーツ計画に力を貸してほしい」というレーニンの要請を断っていた。モンタギューはそこからヒントを得たに違いない。レーニンは卓球を知っていた。世界のトッププレーヤーを知っていた。そして、モンタギューがケンブリッジ大学に入る前からすでに、ソヴィエトに卓球を広めようとしていた。卓球が共産主義で花開く運命にある、何よりの証拠ではないか。ヴィヴィアンは、まだモンタギューをあきらめるつもりはなかった。卓球は何かの隠れ蓑に違いない、と彼は確信していた。例のユダヤ系ハンガリー人は、それとは無関係なのか？　モンタギューをたどっていけばドイツに通じるのだろうか？　共産主義者どうしが暗号でやりとりしているのか？　もしそうならば、何を伝えているのか？

MI5が検閲したあるドイツ人からの手紙は、「〝ハノー・ボール〟について返答がないし……ネット・ストレッチャーについても返事をもらっていない」とモンタギューを非難する怒りの苦情だった。ばかばかしい内容だが、モンタギューにとっては幸運だった。彼が共産主義を広めようと映画業界で働いていたころ、MI5は彼が卓球に注ぐ異常なまでの情熱に目をつけた。共産主義を広める方法として卓球を唱道すると、今度はフィルム・ソサエティに目をつけた。そして祖国に対してスパイ行為を働いていたとき、彼らはまったく気づかなかった。

一九三六年三月、モンタギューはスペインの前線から直接、世界選手権大会が開催されるプラハへ向かった。じつに快調な旅だった。今回は、イギリスチームを引き連れての三等列車の旅ではないからだ。チームメンバーのひとり、大学の学監をつとめるA・J・ウィルモットは、三等列車の座席で眠るための「スリーピング・ハーネス」を考案した。網棚に紐を取りつけ、わきの下を通し、最後は顎に引っかける。ハーネスを装着した彼の姿は、「縛りつけられた馬」のようだった。

モンタギューは、世界選手権の開幕を祝うオープニング・ディナーに何とか間に合った。豪華な催しで、国ごとに割り振られたテーブルには目印の国旗が立てられていた。ハンガリーチームが堂々と入場したあと、国際卓球連盟会長アイヴァー・モンタギューが立ち上がり、歓迎のスピーチをし、開会を宣言した。のちに男子シングルスで優勝するリチャード・バーグマンは、「英語、フランス語、ドイツ語をあやつる会長の聡明さに感銘を受けた。私はすっかり夢中になって、ミスター・モンタギューは知恵と知識を兼ねそなえた奇跡のような人だなと思いながら聞いていた」と振り返る。

モンタギューは、〝ガット〟で有名なルーマニアのファルカス・パネスの試合を最前列で見ていた。ラケットの面を上に向けて押し出すように返球する〝カット〟は最も退屈なフォームで、攻めるというよりは守りのためのわざだった。パネスがプラハで証明してみせたように、攻めのストロークを一本も打たずに試合に勝つことが可能なのだ。ただし、観客にはひどく嫌がられる。試合が進行し、二流の選手たちが守りに徹しようとカットを使いはじめると、熱気に沸いていた八千から一万人の観客がしだいにまばらになった。

パネスの次の対戦相手は〝アレックス〟ことアロイズィ・エーリッヒ、世界トップクラスの選手だった。物思わしげな顔つきをした、背の高いユダヤ系ポーランド人のエーリッヒは、片手をポケットに入れたままプレーするのを好んだ。彼はモンタギューが決めたルールの弱点を、本人の目の前で見せつけようとしていた。カットを熟知したエーリッヒは、パネスのプレーをそのまま真似ることにしたのだ。見る者が見れば、すぐにそのジョークに気づいた。ボールがゆっくりしたペースで行ったり来たりすると、観客席は笑いでどよめいた。二人ともほとんど動かず、関節炎を患う老婆のようにボールを打ち合っている。一点も入らないまま十分、二十分が経過した。ブーイングが起きはじめるが、二人は非難を浴びながらもプレーを続ける。観客は黙りこみ、ついには席を立って建物から出ていきはじめた。

モンタギューは、一点目のなりゆきを信じられない思いで見つめていた。怒りがむくむくと膨れあがる。カット戦法を選ぶ者は卓球選手として最低だ。卓球を存続させるためにも、そういう輩《やから》は恥をかき、軽蔑され、のけ者にされ、公共の場から追放されなければならない。モンタギューは身を乗り出し、訴えた。きみの実力はわかっているし、何をしようとしているのかもわかる。だが、とにかくさっさと進めてくれないか？　だめです、とエーリッヒは答え、ゆっくりとボールを打ちつづける。

一点も入らないまま三十分がたつと、エーリッヒはチームメイトに頼んで近くのテーブルにチェス盤を置いてもらい、大声で駒の動きを指示しはじめた。点が動かないまま四十五分が経過すると、首が凝ったと訴え、審判が交代した。エーリッヒはとんでもなく高い球を打って相手のスマッシュを誘うが、パネスが返すのはやはり軽く打った球だった。エーリッヒはランチを持ってこさせ——チーズを挟んだバゲットだった——プレーしながら食べた。

モンタギューは席を立って会場から出ていき、国際卓球連盟理事の過半数を招集した。あきれたことに、理事たちがアリーナに戻ってくると、まだ一点目を争っていた。試合開始から二時間が経過していた。エーリッヒの横で会議が開かれ、パフォーマンスと化した試合をどう終わらせるかが話し合われた。今後は時間制限を設ける。試合は二十分間とし、対局時計《チェス・クロック》で時間を計り、延長は五分、その時点でリードしているほうが勝ちとする。

試合開始から二時間十三分後、すでに客席は空っぽになっていた。エーリッヒが打った緩い球がネットに当たり、一瞬静止し、パネスのコートにことんと落ちた。そこからは十分もかからずエーリッヒが勝った。

カットで勝利をおさめた最後の世界チャンピオンは、翌一九三七年にウィーン近郊のバーデンで開かれた世界選手権で優勝した、ゲルトルード・プリッチというオーストリアの若い女子選手だった。とてつもなく退屈な決勝戦で勝った彼女は、晴れやかな笑顔で壇上にのぼり、モンタギューからメダルを授与される。そのとき自国の観客から容赦ないブーイングが起き、プリッチの顔に屈辱的な表情が広がるのを、男子シングルスの優勝者リチャード・バーグマンは見ていた。

プリッチはオーストリアの代表選手だが、翌一九三八年、〝アンシュルス〟すなわちナチスドイツによるオーストリア併合がおこなわれたあとに開催された世界選手権では、ナチスドイツの代表として出場する。その大会では、不吉な未来の前触れのような出来事があった。

プリッチの対戦相手ルース・アーロンズは、金髪の、陽気なユダヤ系アメリカ人だった。試合の前日、彼女のもとへ幼い少年が近づいてきた。サインがほしいのだろうと思ったアーロンズは、少年のほうへ身をかがめる。すると少年は片手を持ち上げ、手のひらに山盛りのコショウをアーロンズの目に向かってフーッと吹きかけたのだ。

その大会には、日本からも二人の記者がやってきて、たえず笑みを浮かべ、つねにメモをとっていた。ようやくアジアの卓球を世界につなげる準備が整ったのだ。上海を占領した日本は、次はアジア大陸のみならず、卓球の世界選手権までも制覇しようともくろんでいた。

迫りくる戦争によって国際試合は中断を余儀なくされるが、アイヴァー・モンタギューにはそれまで以上に忙しい日々が待っていた。一九三八年のトーナメントを世界平和に関するスピーチでしめくくる一方で、モンタギューは祖国を裏切ろうとしていた。

第八章

兄弟

ケンブリッジ大学へ進学したとき、アイヴァー・モンタギューは大好きな二番目の兄ユーエンと同じ学校へ通えるのがうれしかった。子供のころ、二人は一緒にタウンヒルの邸で手製の花火を作り、膨大な署名《サイン》コレクション作りを企てた。生垣に突っこんで自転車を大破させたり、車のエンジンに火をつけてまつ毛を焦がしたこともある。

ユーエンはランスロットという名の猟犬を飼い、アイヴァーはフェロシティ（狂暴）という名のウサギを飼っていた。ユーエンはハンサムで有能な法廷弁護士となり、ピンストライプのスーツを好んだ。アイヴァーは胴回りが太くなり、トレンチコートに古臭いベレー帽をかぶった。十五年にわたって断続的にアイヴァー・モンタギューを追ってきたMI5のエージェントは、彼をだんだん悪く描写するようになった。一九二七年には「気になる領域で活動している長身で紳士的な男」だったものが、一九四〇年には「かぎ鼻の、いかにもユダヤ人の顔をした、むさくるしい男」になっていた。イギリス南東部ハートフォードシャー州の警察に言わせれば、彼はただの「不愉快きわまりない共産主義者」だった。

ユーエンもアイヴァーも、家族が「平凡」だと言うサッカーを好んだ。ロシアでは、サッカーファンのことを「苦しむ者」を意味する「ボレルシク」と呼ぶと聞いて以来、アイヴァーはサッカーに親近感を覚えていた。十六歳のとき、アイヴァーは〈サウサンプトン・サポーターズ・クラブ〉の会長に就任し、ユーエンを副会長に据えた。二人はホームゲームにメガホンを持ちこみ、監督席にいる相手チームのチェアマンを挑発した。

そんな仲のいい兄弟だが、大きな違いもあった。ユーエンは立憲民主主義の信奉者であり、アイヴァーは依然として、イギリス卓球界のパトロンでもある国王を権力の座から引きずりおろそうとしていた。

家族とのあいだに緊張が生じるたびに橋渡し役としてのユーエンに頼ってきたアイヴァーは、彼を通じて、自身の左翼活動がどれほど母親の心を乱しているかを知る。一九四一年、アイヴァーは同じ貴族階級に属するハミルトン公爵をナチスのシンパと非難し（ナチスのルドルフ・ヘスと関わりがあるとの疑惑があった）、一家を動揺させた。公爵はアイヴァーに対して訴訟を起こした。両家は上流階級の紳士が集うクラブで話し合いの場を設けようとするが、アイヴァーは出席を拒否する。裁判のゆくえを注意深く見守るMI5は、アイヴァーのみならず母親の通話まで盗聴していた。裁判の結果、アイヴァーはしぶしぶ謝罪を強いられるが、諜報活動のほうは順調に続けていた。

戦争が勃発すると、兄弟はそれぞれ別の問題を抱えこむ。ユーエンは政府のさまざまな部署から誘いを受け、アイヴァーはそのすべてから嫌われた。ソ連とイギリスは連合国であるため、アイヴァーは公然と戦争を支持した。彼は英国空軍に志願するが、空軍を選んだ裏には、おそらくソ連大使館の指示があったのだろう。

驚いたことに志願は受け入れられ、アイヴァーは荷造りをし、ハートフォードシャー州セントオールバンズへ向かう準備を整える。そこへ行けば、連合国側の重要な拠点であるイギリス空軍基地に直接アクセスできるはずだった。ところが直前になって、この配属の誤りが発覚する。内務省内で、ある手紙が書かれた。「当省では、一九二六年よりこの人物に関するかなりの情報を入手しており、彼をイギリス軍の任務につかせるのは非常に望ましくないと思われる」。二週間後、「極秘」と書かれた一通の封書がイギリス労働省に届いた。アイヴァー・モンタギューへの「召集令状の永久停止」を求める手紙だった。

モンタギューは、必要とされなかった。彼は次に、当時住んでいたハートフォードシャー州バックス・ヒルの防衛委員会に身を置こうとする。ナチスの攻撃にそなえて組織された市民防衛軍〝ホーム・ガード〟に所属する組織である。意外なことに、今度もまたハートフォードシャー分隊長に抜擢された。

そしてまた、すぐに手紙が飛び交った。二月、恐れをなしたある地元の陸軍大尉が上官に宛てて、モンタギューのような男は「愛国心と見せかけて、わが国の安寧を脅かす準備を着々と整えているかもしれません」と手紙で訴えた。モンタギューは分隊長のポストを剝奪され、バックス・ヒル防衛委員会の食料担当助手という滑稽なほどつまらない仕事を与えられるが、頻繁にロンドンへ行かなければならないことを理由に辞退する。その後も、モスクワへ派遣してソ連軍の戦力に加えてほしいと再三求めるが、そのたびに却下された。

一九四一年当時、兄のユーエンは、同じく〝軍服を着た英国貴族〟チャールズ・チャムリー卿とともに、海軍情報部の主要なポストについていた。二人はそろって、小説家でオックスフォード大学の学監でもあるジョン・セシル・マスターマンが委員長をつとめる〈二十委員会〉に加わった。「二十」はローマ数字のXX――「裏切り」を意味するダブル・クロスに由来する。含みのあるジョークが好きなイギリス人らしい命名である。正式に定められた活動計画はないが、委員会の目的は、ドイツのスパイの裏をかき、敵に誤った情報を流すことだった。

まったく異なる方法で、モンタギュー兄弟はそれぞれ戦争を有利に導こうとしていた。アイヴァー・モンタギューの任務は、必然的に脚光を浴びることなく終わるが、一方のユーエン・モンタギューとチャムリーは、のちに広く世に知られる、ある途方もない作戦を成功させようとしていた。彼らの大傑作は「ミンスミート作戦」と名づけられた。もともとのアイデアは、ジェームズ・ボンドの生みの親イアン・フレミングが考案したものだが、たった一行のフィクションを現実のものに変えたのは、ユーエン・モンタギューとチャムリーである。この作戦の目的は、ヒトラーを騙し、イタリア南部に向けた連合国の侵攻を、実際はギリシャが標的だと信じこませることだった。

二人はアル中のウェールズ人の死体を手に入れ、入念に偽の身分をでっちあげた。死体にはイギリス海兵隊員ウィリアム・マーティンという新たな名前が授けられ、ロイド・ジョージ内閣の元議員の持ち物だったズボン下と、ユーエン・モンタギューが書いたフィアンセへの手紙が数通、さらに婚約指輪の領収証やロイズ銀行の支店長からの注意をうながすメモといった〝財布の中の紙きれ〟まで与えられた。マーティンの手首にくくりつけた革のブリーフケースには、戦況報告書、写真、そして最もだいじなもの――イギリスのある将官から別の将官に宛てた手紙が入っていた。この手紙が本物らしく見えたとすれば、それはユーエンの要望で本物の将官によって書かれたものだからだ。そこには、とりとめのないゴシップや業務に関する些細な話題に加え、連合国の侵攻艦隊はすべて、イタリアではなくギリシャ北部に上陸するという重要な秘密情報が綴られていた。

ユーエン・モンタギューは、このミッションは時間との闘いだと考えていた。死んだアル中男は、すでに腐敗しはじめていた。死体はプロのレーシング・ドライバーによって猛スピードでイギリス国内を運ばれたのち、ポーツマスで金属容器に入れられ、ブロックアイスで覆って海中の潜水艦に乗せられて急いでジブラルタル海峡を渡り、幾重にも配備されたナチスの魚雷をかわし、ついにスペイン沿岸に到着する。イギリス情報部は、ヒトラーのトップ・スパイのひとりがスペインにいることを知っていた。ウエルバ港を拠点とする裕福な蝶の収集家アドルフ・クラウスである。マーティンの書類が彼の手に渡れば、情報網を通じてまたたくまにベルリンのヒトラーのもとへ伝わるはずだった。

スペインの沖合二マイルの地点で潜水艦が浮上すると、ウィリアム・マーティンは大型モーターボートに積みこまれ、カディス湾を横切りウエルバへと運ばれ、海に捨てられた。朝の波が彼を海岸のほうへ運ぶだろう。あとはウエルバの漁民によって発見されるか、さもなければ夕方の波に乗ってふたたび大西洋の沖合へ運ばれ、三カ月にわたる入念な工作がばかげた徒労に終わるかのいずれかであった。去る四月十五日、ウィンストン・チャーチルはロンドンでこの計画について説明を受け、すべてがうまくいく可能性はきわめて小さいと聞かされた。するとチャーチルは、「その場合は、死体を回収してもう一度泳がせる必要があるな」と言ったという。

モンタギュー家の中で、ローマ数字の名前をもつ秘密組織で働いていたのはユーエンひとりではなかった。弟がソ連軍の巨大な海外情報機関GRU（参謀本部情報総局）のメンバーと接触していることを、ユーエンは知らなかった。GRUはもともと、アイヴァー・モンタギューの同志レフ・トロツキーの支援のもとに組織され、NKVD（内務人民委員部）よりもはるかに大規模で機密性が高く、もっぱら軍事情報を収集していた。アイヴァーは〈Xグループ〉を組織し、イギリスの戦況を左右する重要な情報を集めてソ連大使館にいる情報員シモン・ダヴィドヴィッチ・クレーメルに報告するようGRUから指示を受けていた。クレーメルの表向きのポストは、ロンドンに駐在しているソ連大使館付き陸軍武官の秘書だった。アイヴァーのコードネームは「インテリゲンツィア（知識階級）」、まもなく彼は、古くからの友人で社会主義シンパのJ・B・S・ホールデンをスカウトし、ホールデンは「ノビリティ（貴族）」と呼ばれることになる。

GRUの指示でイギリスの情報を収集しているグループは、少なくとも四つあった。ひとつ目は印刷業者、二つ目は最新の飛行機製造技術を入手できる立場にある英国空軍将校をスカウトするのが得意なポーランド人女性、三つ目は航空省にコネをもつピアニストによって運営されていた。そして四つ目、ソ連がいかにイギリスの階級制度を把握していたかを見せつけたのが、モンタギューの〈Xグループ〉である。ソ連ははじめから彼の一族の影響力に期待していた。

最初のうち、モンタギューの動きは鈍かった。一九四〇年の八月を迎えるころには、クレーメルはもっと活動するよう圧力をかけるのもいやになり、誰かと交代させようと思いはじめていた。「折を見て、インテリゲンツィアとは違ったタイプの、もっと大胆な人材が必要だとXグループに指摘した」と彼は書いている。一カ月後、モンタギューはある英国陸軍大佐と接触するよう指示を受けながら、それを遂行できなかった。クレーメルは、「このような状態であり、インテリゲンツィアは田舎に住んでいて連絡をとるのも難しいため、ほかの誰かと交代させるようノビリティを通じてXグループに要請」した。

はじめは腰が重かったモンタギューだが、秋になるとめきめき手腕を発揮し、ロンドン大空襲の詳細な被害状況、イギリスの防衛力、ホールデンの機密報告書の写し、それに加えてきわめて重要な三つの情報を提供する。ソ連はモンタギューを通じて、イギリスがドイツ空軍《ルフトバッフェ》の無線信号を妨害する方法を発見したこと、イギリスの科学者が時限爆弾を完成させたことを知った。さらに重要なのは、「政府機関で働く若い女性が、ある文書の中で、イギリスがすでにソ連の暗号を解読したことに触れている」という情報だった。モンタギューのおかげで、クレーメルはソ連の情報システム全体が危険にさらされている可能性があると知ったのである。彼はすぐにモスクワへ手紙を書き、きわめて重大な問題であるため、グループ一丸となって報告書を作成するようインテリゲンツィアに指示した旨を伝えた。当然ながら、アイヴァー・モンタギューは自身の手柄による恩恵を受けただろう。しかし、もしも兄が所属するイギリス情報部に見破られれば、彼は国への反逆者として逮捕されることになる。

第九章

卓球のゆくえ

戦時中、国際舞台からすっかり姿を消したかに見えた卓球だが、じつは各地の戦場でしたたかに生きのびていた。ある英国空軍パイロットは、南アフリカ、イラク、エジプト、ウガンダ、ケニア、南北ローデシア、セイロン、ビルマで卓球をしたという。一方、卓球のふるさとイギリスの状況はもっと厳しかった。質の悪いボールですらかなりの希少品で、ピンポン球一個と交換するのに生みたての卵が最低三個は必要だった。質のいいボールとなると、ある選手いわく「まだ生まれていないニワトリ数世代分を抵当に入れてやっと一個手に入る」状態だった。

奇妙な話だが、ジュネーヴ条約もまた卓球の普及にひと役買っていた。戦争捕虜が最も恐れたもののひとつが、とてつもない退屈である。その対策として、赤十字社はボードゲームや卓球を推奨し、ボール二十四個、ラケット四本、ネット二枚、ボール二本が入った卓球セットを配布した。

イギリス情報部がおこなったモンタギューに関する念入りな調査からヒントを得たのか、MI9はある卓球セットをデザインした。ラケットの握りの部分を空洞にして、中にシルクの地図やごく小さな方位磁石を隠す。この卓球セットを、赤十字社の慰問品とは別に、ドイツ人が「愛の小包」と呼ぶ荷物に入れて捕虜収容所へ送りこむ。そうすれば、大量の卓球用品にまぎれて見つからずにすむだろうと思われた。

卓球の生命力にはモンタギューも感銘を受けただろうが、戦時中はプロパガンダを伝える道具としては使えなかった。そのころモンタギューは、イギリスの共産党機関紙《デイリー・ワーカー》に大々的に寄稿し、グレートブリテン共産党への関与を公言していた。とはいえ、ウェストミンスター校やケンブリッジ大学を出たエリートが本気で共産主義者になるわけがない、知的な気晴らしとしてかじってみただけの、いわゆる「応接間の共産主義者」だろう、というのがおおかたの見かただった。しかし、〈二十委員会〉の委員長ジョン・セシル・マスターマンは別だった。彼は会議の途中でテーブルに身を乗り出し、とまどうユーエン・モンタギューに「卓球のほうはどうだ」と尋ねた。ユーエンは堂々と、「それは共産党かぶれの弟のほうです。卓球の創始者は弟で、私ではありません」と答えた。

これがもし挑発で、二人の共産主義者を暴き出すつもりだったとすれば、マスターマンのあては外れた。ユーエン・モンタギューは実直な人間だった。彼とアイヴァーは仲のいい兄弟で、二人はよくロンドンで会って食事をし、ユーエンは妻への手紙でも、「あいつはとにかく太りすぎて、お腹がぽっこり出ている」と、弟について愛《いと》しげに触れている。

ユーエンは、つねに肩掛けホルスターに入れて自動拳銃を携行するのを条件に、機密文書を自転車の荷物入れ《パニエ》に入れて職場と家とを往復する特別許可を海軍情報部から得ていた。国の最高機密にアクセスできる人物としては、ずいぶん無頓着である。

アイヴァーは、「今回の戦争ではかなりまずい立場にある」とユーエンに打ち明け、コミンテルンとの関わりについては明かしたが、目下ＧＲＵの仕事をしていると明かす手前で一線を引いた。

では、ユーエンのほうは弟とのあいだでどう線引きしていたのだろうか。彼が本気でアイヴァーを無害な変人と見なしていたとすれば、ウィリアム・マーティンの冒険談をおもしろおかしく語って聞かせただろう。母親が住むケンジントン・コートでともに食事をするさい、ユーエンのブリーフケースはどこに置いてあったのだろう？　アイヴァーは、自分たちは開戦当初こそ立場を異にしていたが、一九四一年六月にヒトラーがソ連に装甲師団を進軍させた瞬間からソ連とイギリスは同盟国なのだと、もっともらしい理屈を述べたのではないだろうか。

ＭＩ５は監視を強化させた。アイヴァー・モンタギューに関する情報量は増え、彼のファイルは数百ページに及んだ。近隣住民や地元警察は、彼の母親をはじめ家族全員を見張り、近所のパブ〈ローズ＆クラウン〉に通う娘（養女にした妻の連れ子）までが監視対象となった。情報提供者たちは、モンタギューがガソリンを入手したことや、娘がスウェイスリング卿夫人は自分の身内だと自慢したことまで報告した。パブでの気軽なおしゃべりで、娘は近所の住民に、モンタギューが「夜通し起きていて、庭に建てた小屋に置いてある無線機で高額通話をたくさんしている」と語っていた。

敷地内の捜査令状の請求は、にべもなく拒絶された。ＭＩ５はモンタギューの人脈を警戒していた。前回彼らがモンタギューの逮捕状を手に入れたとき、モンタギューはすぐに気づいたばかりか、内務大臣に直接手紙を書き、いとこで元内務大臣のハーバート・サミュエルの力も借りて逮捕状を無効にさせた。

ＭＩ５が入手したモンタギューの自宅に関する詳細な情報は、（合法的にであれ非合法的にであれ）確かにエージェントが入りこんでいたことを物語っている。ＭＩ５は、出入りした人物から室内装飾、電話の位置、書斎にある本まで知っていた。また、ラジオが何台あり、モンタギューがいつ聴いているかも把握しており、「なぜかいつも外国のニュース、とくに午後八時と午前零時のニュースを非常に熱心に聴いている」と記録している。

そのころスペイン沖では、ウィリアム・マーティンの死体がブリーフケースとつながったまま、朝の波に乗ってぷかぷかと浮遊していた。スペイン南西部の都市ウエルバから車で少し行ったところにあるプンタ・ウンブリアという小さな町の近くである。イワシ漁に出ていた小船が、昼前にマーティンを発見した。船主は近くの船に呼びかけるが、腐敗が進み黒くなった死体を誰もさわりたがらなかった。結局、船主はウィリアム・マーティンを船に引き上げ、足を水中に垂らしたまま海岸まで引き返す。岸に着くと、彼は死体を砂丘へ引きずっていき、マツの木の下に置いた。

マーティンが持っていた書類がウエルバ内をゆっくりと移動するあいだ、ブレッチリー・パーク（第二次世界大戦中に暗号センターが置かれた、バッキンガムシャーにある大邸宅）にいるイギリスの暗号解読者たちは、ドイツの通信網をそわそわしながら監視していた。ようやく書類の写真が、ドイツの軍事情報が集まるベルリンの国防軍最高司令部へ急送され、そこから本来の目的であるアドルフ・ヒトラー――おそらくモンタギュー兄弟のどちらからも同じくらい嫌われていた人物――のもとへ届けられた。

ヒトラーは、「入手した書類の真正性に疑いの余地はない」とするドイツ情報部の判断を支持し、二万人近い兵士、装甲師団、さらに多数の魚雷艇がギリシャ沿岸へと配置転換された。連合国のシチリア島上陸のさい、最初の一週間で死傷した兵士は、当初予想された一万人を大きく下回る千四百人だった。ユーエン・モンタギューによって始まったドミノ効果により、三カ月後にはイタリアの独裁者ベニート・ムッソリーニがロープの端で揺れることになる。その結果、ヒトラーはソ連における攻撃を打ち切る。兄が、意図せず弟を助けた形になった。

ソ連がミンスミート作戦について入手した情報は、並大抵のレベルではなかった。別の情報源から伝わった可能性はあるものの、ユーエンははたして、幼いころからのいたずら仲間に心躍る冒険談を語らずにいられただろうか。ましてその策略に引っかかったのは、ほかでもないヒトラーなのだ。戦争が加速的に終結へ向かうなか、イギリスにいるアイヴァー・モンタギューとスパイ仲間たちのおかげで、ソ連は来《きた》るべき冷戦への準備を万端に整えていた。彼らは、イギリス流の〝騙しの手口〟をじつによく知っていた。

第十章

ユダヤ人問題

イギリス南岸で、卓球の世界王者リチャード・バーグマンは、十六万人の兵士のひとりとしてノルマンディー上陸作戦決行の日を待っていた。ユダヤ系オーストリア人の彼は、友好的な外国人《フレンドリー・エイリアン》として五年前から亡命を求め、アイヴァー・モンタギューの指示でイギリス卓球協会に雇われていた。残念ながら、協会は雀の涙ほどの給料をくれる以外はほとんど何もしてくれないため、世界チャンピオンは昼間はウェイター、夜はフロント係として働かなければならなかった。

ようやく体育指導教官として英国空軍への入隊を認められたバーグマンは、イギリスの州対抗クリケット試合の選手やスコットランドのハンマー投げ選手とともに働くことになった。信号士官の資格ももつバーグマンは、飛行中に遭遇する可能性のある敵機の能力や位置、型などを、最前線にいる味方の戦闘機や爆撃機に伝える役目を担っていた。

一九四四年六月三日、あわただしい侵攻準備のさなか、体育士官職に志願する書類の提出場所を探していたバーグマンは基地で道に迷い、まちがって別のドアを開けてしまった。その広い部屋には、つやつやと輝く白いピンポン球が床から天井までぎっしり詰まっていた。彼はドアを閉め、もう一度開け、幻ではないことを確かめた。この五年間、ピンポン球の供給がやけに少なかったわけがやっとわかった。ピンポン球はもっぱら英国空軍のために製造され、水上機の翼に入れる安価な浮き、として使われていたのだ。

ノルマンディー海岸への侵攻が開始されたその日のうちに、バーグマンは上陸用舟艇《しゅうてい》で急ぎイギリス海峡を渡った。バックパックには卓球用具が入っていた。イギリスを離れる前に、身分がわかるような書類はすべて焼却処分していた。ドイツからの反撃があれば、ユダヤ人である彼は即刻撃ち殺される可能性があるからだ。バーグマンは無事にベルリンへ到達し、親切にしてくれたドイツ人カメラマンと親しくなる。どうしても見せたいものがある、とカメラマンは言った。脳裏に焼き付いて離れないのだという。彼がドイツ軍で働いていたときに撮ったそのスナップ写真には、死体の山と、その前でにこやかにポーズをとる軍服姿のドイツ兵が二人写っていた。何千もの死体が積み重ねられてできた不気味な山だった。カメラマンからもらったその写真を、バーグマンは軍に渡した。死体の山は、ポーランド東部で発見された。

戦前の卓球は、中央ヨーロッパのユダヤ人が得意とするスポーツであり、彼らはよく非ユダヤ系白人用のスポーツクラブに偽名でまぎれこんでいた。一九四五年以降、その多くが姿を見せなくなったのも不思議はない。たんに行方不明と記録された者もいたが、ちらほらと断片的な情報が明らかになった。モンタギューとの手紙のやりとりがイギリス情報部をひどく惑わせたゾルターン・メクロビッツはナチスによる死の収容所送りを二度まぬがれたが、そのうち一度は、動いている列車から飛び降りての逃走だった。バーデン、ウェンブリー、カイロで開かれた世界選手権に出場し、モンタギューの前で試合をしたユーゴスラヴィアのアドルフ・ヘルスコヴィッチは、強制収容所で終戦を迎えた。弟は彼の目の前でドイツ兵に暴行されて断崖から投げ捨てられ、父親と姉はアウシュヴィッツで死んだ。

卓球史上最も長い時間をかけて最初の一点を取ったアロイズィ・エーリッヒは、アウシュヴィッツの収容所で与えられた仕事をこなしながら狩猟採集をして生きのびた。ある日、ハチの巣を見つけた彼はそれを二つに割り、丸裸になってハチミツの上を転げまわった。それからまた服を着て収容所に戻ると、仲間の捕虜たちに自分の体をなめさせて貴重なカロリーを摂取させた。それでもなお、彼の体重は以前の半分に減っていた。エーリッヒをガス室から呼び戻したのは、一九三〇年代に卓球選手としての彼を見ていたハンガリー人監守だった。モンタギューが一九四七年に世界選手権を復活させたとき、卓球台の後ろに立ったエーリッヒがシャツの袖をまくりあげると、前腕に刻まれた識別番号の入れ墨が見えた。エーリッヒはもう一度準決勝に進出し、その後引退してコーチとなる。

モンタギューにふたたび多忙な日々が訪れた。堂々とした態度、家柄、そして彼のやさしさは、あいかわらず疑惑の目をそらすはたらきをした。もちろん、彼が共産主義者なのは誰もが知っていたが、当時の有閑階級には風変りな趣味を大目に見る風潮があった。言ってみれば、ヴィクトリア朝ポルノグラフィーの膨大なコレクションをもつおじさんのようなもので、彼を反逆者と混同する者はいなかった。

にもかかわらず、戦争が終結すると、家族は彼から離れていったようだ。母親とも、一九六五年に亡くなるまでたまにしか会っていない。もっと不可解なのは、アイヴァーとユーエンがたがいに距離を置いていたことだ。ユーエンの子供ジェニファーとジェレミーは、叔父にまつわる戦後の記憶は二つしかないという。ひとつは、父親と叔父がお気に入りのサッカーチームの試合を観にサウサンプトンへ行ったこと。もうひとつは、兄弟の祖母の葬儀のさい、二人が車に同乗していたことである。二人のあいだに会話はほとんどなかった。

モンタギューが国際卓球連盟会長として鉄のカーテンの裏側への旅を再開したころ、アメリカ、イギリス、オーストラリアでは、数百人規模のチームが、すでに西側諸国を覆いつくしていると思われるソ連のスパイ網の解体に取り組んでいた。彼らの暗号解読プログラムは、「ヴェノナ作戦」と呼ばれた。

モンタギューは、ヴェノナ作戦の存在すら知らなかった。アメリカのトルーマン、ローズヴェルト両大統領すら、この作戦について知らされていなかった。一九四三年に始動したヴェノナ作戦は、世界各地のソ連大使館に出入りするおびただしい人数のスパイを投げ縄方式でとらえ、一九四五年にヴェノナ作戦の存在がソ連に漏れたころには、アメリカの手元にはすでに膨大な情報が蓄積されていた。「インテリゲンツィア」と呼ばれるスパイを有罪に追いこめる証拠が、何十人もの暗号解読者の机に置かれていた。問題はただひとつ、彼らがまだ暗号を解読していないことだった。

一九四五年八月、モンタギューはドイツのニュルンベルクへ飛び、《デイリー・ワーカー》紙の記者として戦犯の裁判を取材する。彼は鉛筆製造業でなした巨万の富で建造された大邸宅ファーバーカステル城に滞在していた。全室にスチーム暖房が完備されているはずだったが、部屋で仕事をしていると、つねに窓から「小さなブリザード」が吹きこんだ。ピンポン・ルームからは、とうの昔に卓球台はなくなっていた。各部屋に水道は通っているものの、水は「誰かが嘔吐した袋で濾《こ》したような味」で、アメリカによって提供される食料はどれもみな、「粉末卵で作った古い革」のようだったという。彼はファーバーカステル城に滞在するあいだじゅう不快な思いをし、下痢に苦しみ、鼻におできまでできた。

ユダヤ人、共産主義者、さらに貴族であるモンタギューは、独特な視点でニュルンベルク裁判を見ていたが、記者仲間と傍聴席で証言を聞きながら、みなと同様ユダヤ人大虐殺《ホロコースト》に憤慨し、信じがたい思いを味わった。

公判中、モンタギューは飲み物がコカ・コーラしかないと不平を述べた。彼はまた、アメリカの記者、とくに女性記者に嫌悪感を覚え、「あの連中はレーズンパンよりもたちが悪い」と妻にこぼした。女性記者はモンタギューが取り入ることのできない男たちにうまく取り入り、聞けるはずのない話を聞き、座れるはずのない傍聴席に座った。スターリン政権がしだいに反ユダヤ主義を強めているとはいえ、モンタギューが冷戦でどちら側に肩入れするかは明らかであり、イギリスのジャーナリストの中で真っ先にスターリン擁護に走るのは、つねにモンタギューだった。ヒトラーと不可侵条約を結んだのち、スターリンは自身の内閣からユダヤ人を一掃し、一流のユダヤ人作家をいっぺんに処刑した。それでもなお、モンタギューはモスクワとの関係を断とうとはしなかった。厳格に信仰心を貫いた祖父の遺志は、完全にないがしろにされていた。モンタギューのような真の共産主義者にとっては、ユダヤ教もキリスト教も、体制を支える梁の一本にすぎなかった。

イギリスを発つ前、モンタギューは思った。冷戦はこれまでとはまったく様相の異なる戦争になるだろう。武力を行使して戦った国々が得たものが、敗北もしくは多くの犠牲を払ったうえでの勝利だとすれば、〝熱い戦争〟が回避されるのは明らかだ。しかし、冷たい戦争が長く続けば、異文化間の静かな戦いにおいて情報活動が重要な役目を果たすことになるだろう。つまり、彼のようなプロパガンダの伝道者がこれまで以上に不可欠な存在となる。共産主義にとって必要なのは、捕虜ではなく改宗者なのだ。

一九四六年の春、ニュルンベルクからロンドンへ戻ったモンタギューは、世界卓球選手権の早期再開のために国際卓球連盟会議を招集し、次のトーナメントにはソ連を参加させるよう強く働きかけた。ソヴィエト社会主義共和国連邦の参加なしには、いかなる国際組織も真に世界規模の組織とは言えないからだ。

卓球がらみの旅を再開したモンタギューは、MI6に尾行されるようになる。卓球はあいかわらず、モンタギューを追跡するイギリス情報部を惑わせた。通関手続きや移動手段に関して国の渉外機関の便宜を受けることなく、取材許可証ひとつで戦後のウィーンを通り抜けたのは、彼が初めてだった。やがてMI6は、彼の東欧諸国への旅がことごとく〝スムーズにいく〟のは、どこへ行くにもソ連当局が面倒を見ているからだと気づく。モンタギューのせいで、イギリス情報部は今や、イギリスの卓球選手はソ連のスパイから政治的影響を受けていると確信していた。

ソ連の手厚い庇護のもとでの伝道活動は、さぞ赤々と危険信号を発していたに違いない。イギリス情報部は確実に彼を囲いこめたはずである。しかし、イギリスにいるソ連のスパイはモンタギューひとりではなかった。各地に配置されたエージェントからMI6に集まってくる報告はことごとく、〝キム・フィルビー〟として知られるH・A・R・フィルビー――ソ連の二重スパイの中でも最も重要な人物――に関するものだった。フィルビーは、戦時中にユーエン・モンタギューが所属していた〈二十委員会〉のメンバーに任命されていた。ＭＩ６でアイヴァー・モンタギューの追跡を指揮した人物は、クレムリンの手先だったのだ。

一九四〇年代が終わり、アイヴァー・モンタギューは新たな可能性に気づいた。父親が抱いていた極東への情熱は、彼が思う以上に豊かな遺産を残してくれたのかもしれない。これまでなぜ、アジアに関わろうとしなかったのだろう？　なぜヨーロッパとアメリカだけなのか？　フィルム・ソサエティへの賭けは成功とは言いがたいが、卓球はまだ彼の手中にある。このスポーツを広めるなら、ソ連に限らず、もっと視野を広げてもいいのではないか。卓球は、アジアに共産主義を広めるのに、役立ってくれるかもしれない。

Part.2

東洋

第十一章

卓球場の山賊

エドガー・スノーは、一九三六年に中国・陝西省《せんせい》の西安を出発した。若きアメリカ人ジャーナリストは、一週間かけて徒歩で高原を渡り、高い峠を越え、北部にある中国共産党の革命根拠地に到着した。彼は世紀の大スクープをねらっていた――謎多き人物、毛沢東への初のインタビューである。

当時の中国では、蔣介石率いる中国国民党が国土の大半を掌握し、西洋諸国からも、国をひとつにまとめ、国共内戦と日本の台頭という二つの大きな問題に立ち向かえる人物は蔣介石だと見なされていた。蔣介石は毛沢東を「山賊の頭《かしら》」と呼び、どうせすぐに国民党軍に包囲されると見くびっていた。

しかし、蔣介石がとった軍事的行動は、その楽観的な言葉とは相矛盾していた。じつは彼にとって、毛沢東は大きな懸念材料だったのである。スノーが西安を出発したころ、蔣介石はすでに毛沢東率いる共産党軍（紅軍）に対する一連の根絶作戦を開始し、生き残った紅軍兵士は徒歩で山や川を越え、何千マイルもの距離を移動していた。これが有名な「長征」である。彼らはしばらくのあいだ陝西省保安（現在の志丹）に近い山岳地帯にとどまり、自分たちが置かれた状況を全世界に伝えようとしていた。彼らは国共合作で日本と戦おうと呼びかけるが、実際は蔣介石と同様、その目はより大きな目標に向けられていた。中国共産党による単独支配である。

その二年後には、彼が共産党根拠地への旅で見聞きしたことを好意的に描いた『中国の赤い星』が、毛沢東こそが中国の未来の指導者である証拠として西洋の学生たちに受け入れられる。だが、このときのスノーには、いかに生きのびるかということがより重要な問題だった。スノーは、蔣介石の国民党が引いた境界線を許可なく越えた。故郷のミズーリ州から七千マイルも離れた場所で、中国語もほとんどわからない彼は、天然痘と発疹チフス、コレラ、さらに腺ペストの予防接種を受け、とぼとぼと長い道のりを歩いて未知なる領域へと踏み入ったのである。

ようやく革命キャンプに到着したスノーを迎えたのは、ひげをぼうぼうに生やした周恩来だった。ひげの奥の笑顔は非常に印象的で、美しいと言ってもいいくらいだった。一九三六年、周はすでに中国共産党を率いる毛沢東と運命を共にする姿勢を明らかにしていた。毛沢東は思想家であり、周恩来はそれを実現させる行動力の持ち主だった。

周恩来は裕福な家庭に生まれ、アイヴァー・モンタギュー同様、将来は帝国に仕える人間になるべく、それにふさわしい学校へ押しこまれた。これもまたモンタギューと同様、父親に反発し、二十代なかばまでに数カ国語を身につけ、生涯にわたって卓球を愛する。やがて登場する指導者たちの中で、彼は最も象徴的な存在である。高貴な身分として生まれた周恩来は、ゼロから再出発しようとしていた。のちに彼はみずから苦しみを味わい、同時に苦しみを与える側となる。毛沢東が進歩と見なすもののために屈従の達人となり、数知れぬ人々がその犠牲となるのである。

周恩来がスノーを受け入れたのには、ある理由があった。成功を渇望する年若いスノーは、おそらく感化されるだろう。彼に接触の機会を与えれば与えるほど効果は大きい。スノーは、指揮官、兵士、労働者など百人を超える人々にインタビューし、毛沢東と周恩来とも長時間にわたって会見する機会を与えられた。

蔣介石の国民党軍に比べて、共産党軍はごくわずかな資金で活動しているのをスノーは知る。飛行機ひとつ意のままにならず、ライフル銃は兵士の数にまったく足りず、軍は限られた装備を必死に守ろうとしていた。彼らが若きアメリカ人に見せた一大ショーは、まるで幻想のようだった。らっぱが鳴ると、偽装した千人の騎兵隊が一瞬にして「緑の草に覆われた広大な農地に」変わったのである。

スノーが訪れている革命根拠地は、軍の兵舎であるとともに紅軍大学の拠点でもあった。学生は平均八年の戦歴と、ひとりあたり三つの傷をもっていた。「おそらく、ここは防弾壕の教室と石とレンガでできた机と椅子、石灰石と土でできた黒板と壁をもつ唯一の〝高等教育〟の場だろう」とスノーは書いている。

最初の週、陣営を歩いていたスノーは、士官学校の生徒たちが川のほとりでバスケットボールやテニス、卓球をしているのに気づいた。共産主義者がスポーツにも熱心なのは偶然ではなかった。スポーツは日々の生活に欠かせない要素なのだ。なぜなら、共産党の方針としてすでにそう明記されているからだ。毛沢東が最初に発表した論文は、軍国主義やマルクスについてではなく、「身体文化」すなわち体育に関するものだった。「東亜病夫（アジアの病人）」という汚名が、中国の若者全体につきまとっていた。一九〇五年の日露戦争における日本の勝利は、アジアが秘める実力に気づかせた。しかし、一九三一年に満州において日本軍に哀れな敗北を喫したことで、中国の相対的な弱さが浮き彫りとなった。強くなるか弱くなるかは自分次第だと確信した毛沢東は、まず長距離歩行で、次に水泳で体を鍛えようと決意していた。

これはじつに画期的なアイデアであり、きわめて局地的でもあった。同じ年、中国にやってきた詩人でモンタギューの友人であるW・H・オーデンは、この国ではスポーツがどう見なされているかに、すぐさま気づいた。広東で、彼はアメリカ人とイギリス人の船員が波止場でサッカーをしているのを見た。毛むくじゃらで、肉のようなピンク色の肌をした、大きな尻の男たちだった。それを見ていた痩せ型で腰が細くくびれた中国人は、ゲームに参加しなかった。あらゆるスポーツや戦闘は労働者階級のものだった。

共産党が支配するエリアを少しずつ移動していたスノーはある晩遅く、呉起鎮《ごきちん》に着いた。宿泊所を手配する時間はなかったため、レーニン・クラブのひとつに泊めてもらうことになった。会合や娯楽に使われる共用施設である。彼が泊まったところは洞窟のような場所で、床は土でできており、白い漆喰の壁にはカラフルな紙で作った鎖が飾られ、ウラジーミル・レーニンの肖像画が一枚飾ってあった。スノーはその日最後のタバコに火をつけ、卓球台に寝具を敷いた。まるで米中関係の未来を暗示するような光景である。スノーと卓球は、毛沢東の外交政策を世に伝える最も堅実な道具として、一九七一年のドラマチックな瞬間を迎えるまでたびたび利用されることになる。

中国共産党が支配する地域で、スノーはどこへ行っても卓球と出会った。卓球は日本へ伝わってまもなく広東にやってきた。一九三〇年に、イギリス人がマカオ、香港、広東の港対抗トーナメントを開始した。その後さらに海岸を北上し、一九三五年には香港のあるチームが上海へ赴き全中国大会に出場している。当初はイギリス人、ドイツ人、アメリカ人用のクラブで楽しまれていた卓球は、少しずつまわりへ広まっていった。内陸部にある革命根拠地にまで到達していたと知り、スノーは驚く。

「卓球というイギリス生まれのゲームに熱狂する共産党員たちの話をすると、みんなおもしろがった」と、彼は『中国の赤い星』の中で書いている。

奇妙なことに、なぜかどのレーニン・クラブでも中央に大きな卓球台が置かれ、たいてい食卓を兼ねていた。食事時になるとレーニン・クラブは軍の食堂に早変わりするのだが、ラケットとピンポン球、ネットで武装した〝山賊〟が必ず四、五人いて、さっさと食べてしまえと同志たちを急かした。彼らは早くゲームを始めたかったのだ。隊ごとに卓球チャンピオンがいて、私などとうてい歯が立たなかった。

共産主義は、あらゆるものを政治化した――アート、映画、食べ物、会話、さらに娯楽までも。トランプすら政治化され、スノーが見たカードはどれも「打倒、日本帝国主義！」、「打倒、地主！」といったスローガンが書かれていた。バスケットボールがチームワークのシンボルとされているのは明らかだった。運動競技は公然と政治化され――円盤や砲丸のかわりに、兵士たちは模造の手榴弾を投げた。すべての徒競走は、ライフルと装備一式をたずさえておこなわれた。一九三六年当時、紅軍の拠点でまだ政治化されていない競技は卓球だけだったと言っても過言ではない。

卓球は誰もが楽しめる特別なスポーツだった。周恩来は、以前は乗馬に熱中していたが、一九三九年に落馬して右腕を骨折する。そのときにリハビリのひとつとして勧められたのが卓球だった。彼はよく毛沢東と対戦した。中国人民解放軍〝建軍の父〟と慕われる朱徳《しゅとく》も卓球がうまかったという。

朱徳は、毛沢東の片割れと見なされた人物である。陰謀家で、野心とリスク、革命とのバランスを保つ毛沢東に対し、朱徳のほうはひたすら崇拝の対象となった。中国の農村部がラジオよりもむしろうわさ話でつながっていた時代、朱徳はまるでスーパーマンだった。蔣介石が活字でたびたび彼の死の詳細を伝えたことも、期せずして人々の信仰心をかきたてた。一九三〇年代後半には、朱徳は空を飛び、数マイル先まで見通し、戦いの前に塵雲《じんうん》を生み出し、弾丸にもびくともしないとうわさされていた。コミック誌でスーパーマンが初登場する一年前、アメリカの読者はエドガー・スノーの著作で朱徳を知った。クラーク・ケント同様、延安の革命根拠地周辺をぶらぶらしているときの朱徳は、彼が指揮する軍の兵士と見分けがつかず、農民としても通用しそうだった。

朱徳は、貧しい一家にとってとてつもない賭けだった。小作農一家に生まれた才能豊かな息子は、二十世紀初頭、衰退しつつある清朝の官僚となる夢を抱いて厳しい教育課程をくぐりぬけた。ところが初期の革命運動に加わり、彼が軍隊に引き入れた兄弟は二人とも、従軍してわずか一週間で命を落としてしまう。その罪悪感から、彼は両親と距離を置くようになる。のちに中国の指導者となる共産党員の多くがそうだったように、朱徳もまた、共産党に対する過酷な弾圧から逃れるため、一九二〇年代なかばにヨーロッパへ渡った。しばらくのあいだ、彼は周恩来とともにフランスとドイツを漫遊し、絵画を鑑賞したりベートーヴェンのコンサートを聴きにいったりしていた。

革命を続けるため中国へ帰国したとき、朱徳は靴をはかずに歩き、自分の馬を兵士たちにも使わせたという有名な逸話がある。普通の人間、ひとりの軍人として見てほしくても、アメリカの伝記作家アグネス・スメドレーの目に、彼は〝思索の人〟に映った。政治と生活とを融合させ、軍隊をイデオロギーの代行者に変えたのは彼が初めてである。行く先々で、兵士は木の幹や壁、崖などにペンキでスローガンを書いた。縫製工場を中心とする町を占拠したさい、朱徳は兵士に自分たちの軍服を縫わせ、グレーの布製の帽子にあの有名な赤い星を縫いつけさせた。彼らは共産主義について語り、共産主義について書き、共産主義を身にまとった。同じ赤い星がレーニン・クラブの玄関の上にも貼られ、そこで卓球台を囲んで夜の話し合いがおこなわれた。

スノーは、著書を『中国の赤い星』と題した。著者本人のみならず書かれた対象にも貢献したためずらしい本である。一九三八年、日本軍に包囲された上海で、スノーは著書を中国語に翻訳する許可を与えた。蔣介石が支配するエリアで、その本は『西行漫記』という無難なタイトルで出版され、密かに販売されたのである。

アメリカの極東研究者オーウェン・ラティモアは、『中国の赤い星』の影響を「打ち上げ花火」と表現した。スノーのおかげで、触発された中国の若者がおおぜい共産党の支配エリアへと向かった。スノーは、毛沢東の足場となる神話を生み出したのである。偉大なる自由の闘士、毛沢東。中国から日本軍を駆逐すべく猛然と闘う、貧しき戦士。この神話の威力は、その後何十年も続くことになる。

スノーの著作は、熱心に読まれた。しかし、革命にあこがれ、共産党の支配エリアへ向かおうと決意した者たちは、とてつもないリスクを負っていた。共産主義者の疑いがかかれば、一家皆殺しにされたからだ。朱徳の妻は斬首され、切り落とされた首は、長沙《ちょうさ》で棒にくくりつけられ晒《さら》された。毛沢東の妻もまた、共産党のスパイに加担した容疑で銃殺された。

ところで、エドガー・スノーが考えた良き共産主義者の条件とは何か？　苦悩、思索、自制である。そこに喜びはあったのか？　あった――同志との親交である。なにも共産主義者がみなくそまじめに生きていたわけではない。スノーは、周恩来はダンスを楽しみ、朱徳はバスケットボールや卓球を楽しんでいたと書いている。卓球が毛沢東にとって良いものであり、周恩来にとっても良いものならば、中国内陸部にある共産党の前哨基地へ向けてゆっくりと前進する数千人の若者たちにとっても良いものであっただろう。

『中国の赤い星』はロンドンで大ベストセラーとなった。アイヴァー・モンタギューの著作と同じ出版社から出たこの本は、最初のひと月で五度も増刷された。その後、恐れを知らぬ外国のジャーナリストが相次いで毛沢東と紅軍を追い求めた。多くは女性であり、そのうちのひとり、ポーランド系アメリカ人のアイロナ・スーは、もともと中国で蔣介石夫人の広報秘書をつとめていた。毛沢東の共産党と蔣介石の国民党が日本打倒を目指して力を合わせたとされる、短い国共合作時代のことである。

ある日、昼食の席で、スーはのちに毛沢東のもとで初代国防部長となる彭徳懐《ほうとくかい》に思いがけず紹介され、食事が終わるころには共産党の八路軍を〝友好訪問〟しようと決めていた。手土産に何か持参したいが必要なものはないかと尋ねると、軍の総司令官である彭徳懐は、学校で使う紙や懐中電灯、電池、それに歯ブラシと歯磨き粉を頼んだ。「キャンディーはいかが？　タバコは？」とスーが尋ねると、くだらない提案を咎めるように彭徳懐は首を振った。「いりません。ただ、ピンポン球を少しお持ちいただけると、みんな大喜びするでしょう」

エドガー・スノーの本は、十年後の一九四九年十月一日、毛沢東が中華人民共和国の誕生を宣言すると、ふたたび脚光を浴びる。一九四五年に原爆によって広島と長崎に壊滅的打撃を受けた日本は、すでにすべての軍を引き揚げていた。一方、蔣介石の後衛部隊との戦いは、彼が台湾に撤退してもなお、一九五〇年まで続く。

アイヴァー・モンタギューは、遠く離れた地から長年にわたって「中国問題」を追っていた。一九三七年八月、彼はコミンテルンから、中国がひとつにまとまって日本と対決するよう後押しするための会議を開くよう指示を受けていた。各地を旅してきた彼だが、極東を訪れたことは一度もなかった。さらにまた、モンタギュー家にはもうひとつ別の〝壁〟があった。

モンタギューの母親は、まず一九二七年に、次いで一九三一年に日本を訪れ、日本の中国占領を擁護する投書が《タイムズ》紙に何度か掲載されていた。彼女は「残虐行為」という言葉を使うジャーナリストたちに強硬に反論した。上海事変で犠牲になった中国人の中には、偽装した軍人が多数含まれていたからだというのだ。彼女はイギリス国民に向かって、中国農村部で殺された日本兵への同情を呼びかけたが、そもそも日本人が中国の領土で何をしていたかについては、いっさい問題視しなかった。

一九五〇年の元日の朝、ロンドンの人々がまた新たな〝霧雨と配給カード〟の一年を迎えようとしていたころ、アイヴァー・モンタギューは机に向かい、紅軍の創設者であり、かつて運動協会の名誉会長をつとめた朱徳に手紙を書いていた。中華人民共和国が産声を上げて三カ月たったその日、モンタギューは中国と国際的スポーツとあいだに最初の文化的かけはしを築こうと心に決めていた。

一九三五年当時、中国の国民的スポーツ候補としての卓球のランキングは、縄跳びに次ぐ十二位、十三位の住宅建設よりもわずかに上だった。一番人気はバスケットボールで、次がサッカーである。

タイミングは絶妙だった。中国ではちょうど、全国規模の運動委員会を組織するための準備会議が開かれていた。「中国にも国を代表するスポーツ選手がいなければならないな」と、新設される〈国家体育運動委員会〉の主任となる賀龍《がりゅう》に周恩来は言った。「新たな技術の時代を迎えるには、健康な体が必要だ」。役所や学校、工場では、十分間の体操休憩を一日に二回とるよう指示が出された。

中国が真に求めているのは「職場になじむスポーツ」だった。工場から一歩も出ずに楽しめるスポーツ。それこそが、モンタギューが夢見てきた卓球の姿である。卓球は、中国が求めるものにぴったりだった。セルロイド製のボールは非常に軽く、最もよく飛ぶのは、窓がなくわずかな風も吹きこまない屋内だ。だが、はたして中国はモンタギューとともに夢をかなえてくれるだろうか？

第十二章

トロイのハト

一九五〇年代まで、卓球は特異な個人、世界征服をねらうことに執着する人々によって前進してきた。その背景にはつねに、このスポーツをはぐくみ導くアイヴァー・モンタギューの存在があった。一九四六年、イギリスのチャーチル首相は〝鉄のカーテン〟の存在を発表する。そして一九五〇年、モンタギューは鉄のカーテンのむこう側で初の世界卓球選手権大会を開催した。カーテンの裏側への進出は「驚きの目で見られた……ソ連の影響が絶大な国々へ、われわれは真っ先に入っていったように思える」と、モンタギューの国際卓球連盟で事務局長をつとめたロイ・エヴァンズは無邪気に記している。

モンタギューは、卓球を積極的に世界に広めようとしていた。彼の連盟は国際団体として初めて、アフリカとアジアの都市を開催地に選んだ（一九三九年のカイロ、一九五六年の東京）。モンタギューの善意の独裁下にある卓球に、ある政府が着目する。抑制と均衡の制度に縛られた民主主義国家の政府ではなかった。中華人民共和国は、建国以前の状態にソ連の型をはめたトップダウン型共産主義国家であり、ささやかなスポーツに注ぐ資金、労力、熱意では、どの国にも引けを取らなかった。

当初は中国も他の共産主義国と同じように、スポーツを政治化しようとしながらも、多すぎる選択肢に惑わされていた。東ドイツ人はすぐれたアスリートであり、あらゆるオリンピック競技に参加していた。ソ連はバスケットボール、アイスホッケー、陸上競技でアメリカと対抗しようとしていた。中国はスピードスケート、体操、サッカー、水泳、バレーボールに目を向けるが、きわめて意図的に「小さなボールを使うスポーツ」に的をしぼっていく。小さなボールを使うスポーツでアジア人が成功していたものといえば、卓球だった。

アメリカの外交家たちは「シロアリ理論」を懸念していた。彼らをベトナムへと引き入れていく「ドミノ理論」の親類のようなものである。国際連合など西側諸国の組織にシロアリを寄せつけないようにしないと、いつのまにかもぐりこまれ、組織が台無しになってしまう。モンタギューのおかげで、卓球は中国を国際政治の舞台へ導く意外な足がかりとなったが、一九七〇年代に入り卓球を通じた国交回復がおこなわれたあともなお、その役割の大きさは認識されなかった。

中国へのアプローチは、もっぱらモンタギューの一存でなされた。一九五一年にウィーンで開かれた会議の議事録で「中国とのあいだで文書のやりとりがあった」と公表するまで、彼は丸一年ものあいだ国際卓球連盟のメンバーにも伏せていた。

モンタギューは、連盟のルールを完全に無視しないまでもどうにか曲げて、国際規模のスポーツ組織として初めて、共産主義国家となった中国を迎え入れようとしていた。一九五二年にボンベイで開催される世界選手権に中国人選手を参加させたかった彼は、参加申し込みの期限はとっくに過ぎていたが、自分宛てに手紙をくれれば、それを正規の参加申請書と見なす旨を、中国に通知した。

モンタギューには不可解だった。中国はなぜ、なかなか誘いに応じようとしないのか？　ソ連と足並みをそろえている中国が、れっきとした共産主義者であるモンタギューの再三の勧めに二の足を踏むとは信じられなかった。

じつは中国がためらう理由は別のところにあった。ひとつは、能力のレベルである。いそいそと世界選手権に出場し、アメリカやイギリスと戦って惨敗すれば、新中国の名誉がどれほど傷つくことだろう。

モンタギューは知らなかったが、中国は真剣に、卓球を自分たちの本領を世界に見せつけうる場ととらえていた。しかし、孫子いわく「勝算なきは戦うなかれ」である。中国は、ぜひとも出場したい気持ちと「一家の恥を他人に知られるな」という古来の格言とを天秤にかけなければならなかった。最下位に終わるくらいなら、参加は待ったほうがいい。こうしてボンベイ大会は見送られるが、そこで日本が堪能した勝利の味に彼らは大いに興味をそそられた。

モンタギューも中国共産党中央委員会の上層部もみな、当時すでに解散していたコミンテルンの出身である。彼らは、全体に向けて発信しているかに見せかけて特定の相手にシグナルを送るすべを心得ていた。一九五一年、モンタギューは『東西スポーツ交流』という小冊子の執筆に着手した。

モンタギューがそこで示したものは、じつは中国への提案だった。「スポーツ交流は、平和のために非常に重要である。スポーツとは友好と理解を意味する活動であり、とりわけ、国と国との関係悪化をもくろむ者たちが維持しようとする障壁を突き破る」。そこには暗に、卓球は共産主義を宣伝するすばらしい道具となり、中国政府がいかに非情あるいは打算的であろうとしても、北京にぬくもりの感じられる人間の顔を与えるだろう、というメッセージが込められていた。

熟慮がなされたかに見えながら、モンタギューはこの小冊子を最悪の言葉でしめくくる。中国に関するさまざまな資料を読んできたにもかかわらず、中国人が台湾奪還に抱く執念の深さを、彼はまだ理解していなかった。モンタギューは読者に、国際卓球連盟のメンバーになるには、必ずしもひとつの国である必要はないと念を押したのだ。「一定の地域を管轄する事実上のスポーツ団体であれば加盟できる……また、一国に複数の団体がある場合は、申請があればいずれも加盟できる」

中国にとっては、許しがたい暴挙である。政治であれスポーツであれ、台湾が中国代表として認められるなど笑止千万だと示すのが中国のスタンスである。モンタギューとしては、台湾も中国も両方受け入れる余地があった。しかし毛沢東にとって中国はひとつである。台湾は省のひとつにすぎず、今は欠落しているが、いずれは元のさやにおさまるものなのだ。

モンタギューにとって頭の痛い問題は（これは同様に、いずれニクソンとキッシンジャーをも悩ませる）、蔣介石をどう扱うかだった。大陸から海を隔てた台湾へ追いやられてもなお、彼は中国本土を代表するのは自分だと主張しつづけていた。国際社会の見かたは政治体制の境界線できっぱりと二分され、アメリカは蔣介石を認め、ソ連をはじめとする共産主義圏は〝赤い中国《レッド・チャイナ》〟を承認した。

出だしでつまずいたモンタギューだが、『東西スポーツ交流』が発行された数カ月後には中国へのビザを取得する。折しも朝鮮戦争のさなか、中国との国境付近ではまだ熾烈な戦いがくりひろげられていた。モンタギューの今回の旅は、表向きは〈世界平和評議会〉のイギリス代表としての中国訪問だった。共産主義国が主導し、西側でも多くの支持を得る組織である。

モンタギューは朝鮮戦争のプロパガンダに関与しており、その働きが中国に評価されたに違いない。中国と北朝鮮は、アメリカが朝鮮半島の戦場で細菌戦をおこなっていると告発していた。《デイリー・ワーカー》紙は憤然と、中国東北部のとある村では「目が覚めると、伝染病にかかったハタネズミと呼ばれる無数の小動物に囲まれていた」と報じた。アメリカの戦闘機から「十八種類の昆虫」が放たれるのを見たという、観察眼の鋭い目撃者も現れた。国際赤十字社も世界保健機関《WHO》も、アメリカに対する告発をすべて却下した。しかしモンタギューは、プラハに置かれた世界平和評議会の事務局でそのハタネズミと昆虫のサンプルを受け取り、以前足しげく通った場所——大英博物館に持ちこんだ。博物館から提出された報告書によれば、そのハタネズミはもともと満州にいるものではなく、生息地はロシアだった。三十年前にモンタギューがコーカサスから死骸を持ち帰ったプロメテウス・マウスの、そう遠くない親戚かもしれない。ソ連がハタネズミを供給した可能性が浮上したことで、中国と北朝鮮の論拠は強まるどころか、むしろ弱まる結果となった。

モンタギューの中国訪問は、一九五二年十月一日、中華人民共和国の建国三周年に合わせておこなわれた。北京中心街の建物には真っ赤な横断幕が張られ、モンタギューと代表団のメンバー数人は天安門の上にある貴賓席に案内され、毛沢東、周恩来、共産党中央委員会のメンバーたちと並んで立った。彼らは軍事パレードを観覧し、朝鮮戦争を彷彿させる戦車や銃、爆撃機の轟音を聞くことができた。夜になると、首都全体を覆いつくさんばかりの政治的スローガンが提灯の明かりに照らし出され、北京のいたるところで花火が打ち上げられた。世界平和評議会は、どこの国でもこのような歓迎を受けたわけではなかった。〝平和〟という言葉で覆っても中身は〝共産主義〟——言わば〝トロイのハト〟ではないかと警戒されたからだ。中国を訪れる前、モンタギューはイギリスを含めヨーロッパ各地でたえまなく講演してきたが、三、四十人規模のつまらない集まりがほとんどだった。ところが今、演者たちはそれまで見たこともない大観衆に迎えられていた。故宮の黄金の屋根のもとに集まった五万人もの人々がいっせいに「平和万歳！　平和万歳！」と叫んでいる。モンタギューの耳に、「失業はすでに根絶された……かつて二千万人いた有閑領主の大半は、今では新たな労働力として奉仕している」という言葉が聞こえてきた。

十日間を通して、新中国については平和と豊かさ以外は何ひとつ報告されなかった。また、三度の食事は「朝日が昇るごとく」確実に提供された。そのころイギリスでは、《エコノミスト》誌が痛烈な論を展開していた。「世界平和評議会の代表として中国を訪問中のアイヴァー・モンタギュー氏に、建国三周年を祝って中国で詠まれた詩の解釈を聞かせていただきたいものだ。そこには次のような興味深い一節がある――『われらは平和を愛し、あらゆる敵を木端微塵《こっぱみじん》に打ち砕く』」

中国共産党がモンタギューに真に求めていたものは、平和ではなく卓球に関するアドバイスだった。十月十二日、モンタギューは北京郊外への小旅行に招待される。そこで開かれた全中国卓球選手権を見ようと集まった七万人の観客に、彼は感銘を受けたことだろう。開会式では、地方ごとの選手団が色とりどりのユニフォーム姿で彼の目の前を行進した。モンタギューは立ち上がって観客に挨拶し、その年にボンベイで開催された世界選手権における香港チームの活躍を伝え、中国が卓球界で成功をおさめる可能性は充分にあると述べ、近い将来、ぜひ世界の国々としのぎを削ってほしいという言葉でスピーチをしめくくった。

そのあとモンタギューは貴賓席に腰を据え、中国屈指の選手たちの試合を観戦する。彼の報告は、「彼らはあまりうまくなかった」という、簡潔かつ憂鬱な内容だった。それこそが、中国が恐れていたものである。二十世紀のアジアでは、日本が機先を制するのがお決まりのパターンだった。

その年、突如として、ひとりの日本人男性がアジア人として初めて世界選手権で優勝した。中国はこれを、嫉妬と希望の入り混じった複雑な思いで受け止めた。日本は過去に戦争で勝ち、今度は卓球で優勝した。ならば朝鮮戦争でアメリカと拮抗する中国が、卓球の勝者となれないはずがない――。

モンタギューは、卓球に政治を持ちこむのは控えめにしたかったが、中国は認めなかった。それどころか、国際卓球連盟は、その先中国がより公式な場面で世界に求めていくルールを真っ先に定める場となったのである。国際卓球連盟の初代中国代表は、一九五三年にルーマニアのブカレストで開かれた会議で、中国卓球協会は地方組織ではなく全国組織であると厳かに宣言した。

それは一組織の内情にまつわる些細な発言ではなかった。その言葉は、各国が今後中国とつきあっていく上でたえずつきまとう厄介な問題を予感させた。台湾問題はもつれた結び目となって、一九七一年のピンポン外交のさいに再浮上する。そのさいキッシンジャーとニクソンは、結び目をいっぺんにほどこうとはせず、少しゆるめて未来に託す。しかし、したたかなモンタギューにとって、中国の望みを聞き入れない手はなかった。なにしろ念願の夢がかなうのだ。ある意味、ソ連をせっついて卓球を採用させようとしていたこれまでのやりかたは、スケールが小さすぎた。中国はソ連の三倍の人口を擁し、しかも積極的だ。夢想家でひねくれ者のモンタギューは、最初から中国の要求を呑んだ。こうして台湾は、その後長期にわたって連盟から遠ざけられることになる。モンタギューは台湾側にこう告げた。参加する権利は充分にある――「中華人民共和国台湾省」という名称を受け入れるならば。このやりかたをモンタギューに教えたのは、ほかならぬ周恩来だった。

　モンタギューがどれだけのことをしてくれたかを、中国側はよくわかっていた。ある人物は、「わが国にとって歴史的機会であり……モンタギュー氏はじつに心の広い人物だった」と語った。中国人の目に、彼は心の広い人物であると同時に風変りな人物として映ったに違いない。よほどの変わり者でないかぎり、いったい誰が頤和園《いわえん》（北京にある歴代皇帝の夏の宮殿）にある湖の真ん中へ船で漕ぎ出し、服を脱いで深さ四フィートのよどんだ水で泳ぎたいなどと言い出すだろう。警備員が心配して彼のすぐ後ろをついてきた。「二十ヤードばかり泳いだところで、しかたなく断念した。私にはもう一度試すほどの勇気はなかったし、それほど無情でもなかった」とモンタギューは記している。

第十三章

アジアの台頭

東京都立第十高等学校（現在の都立西高等学校）の体育館に置かれた卓球台は、空襲による破壊をまぬがれた。体育館の屋根には穴があき、窓は板でふさがれ、朝になると、卓球台はうっすらと白いほこりに覆われていた。敗戦を思い知らせるように米軍のジープが轟音をたてて走り過ぎ、巻き上げられた砂塵が壁のすきまから吹きこんでくるのだ。一九四九年、卓球台をくまなく雑巾がけするひとりの少年がいた。この学校で最も小柄な生徒のひとり、荻村《おぎむら》伊《い》智朗《ちろう》である。そのころの荻村は政治にはまったく興味がなかった。十七歳の少年の関心は、もっぱら卓球に向いていた。ゆくゆくは彼もまた、卓球への激しい情熱と意欲によってまわりの世界を変えていく。彼のように現状の壁に立ち向かい、それを打開しようとする者には、いつか不意にチャンスが訪れるものだ。そんな荻村の前進を密かに見守るのは、世界で最も人口の多い国家の新たな礎《いしずえ》を築こうとしていた中国政府の最高幹部だった。結局は、これが荻村に中国独自のやりかたを教え、国務院総理（首相）となった周恩来とのあいだに友情を築く土台となるのである。

終戦当時、荻村は大きな目をした華奢な生徒だった。中学時代は野球の名ピッチャーだったが、もうあまり背は伸びないとわかっていた。高校へ行ってからも野球を続けるよう勧められたのは、背の高い生徒だけだった。どうせプロになれないのなら続ける意味はない。そのかわり、彼はこう予見した――ヒロシマの灰の下から現れる新たな世界には、やがてスポーツの時代が訪れ、卓球がアジアで日の目を見る時がきっと来る。かなり飛躍的な発想である。荻村が所属していたのは少人数の卓球愛好グループだった。新しい卓球台を買ってほしいと願い出ると、「うちは男子校だ」と校長は言った。「卓球は女子がやるものだ」

卓球が日本経由でアジアに伝わったのは一九〇二年、まだルールが整備されていなかったころにイギリスで起きた最初のブームの時期である。ヨーロッパの大学に留学していた日本人（東京高等師範学校の坪井玄道）が、東京へ戻るさいに卓球道具を三セット持ち帰った。その約一年後、日本で開かれた第五回内国勧業博覧会で、あるスポーツ用品店が国内で製造した卓球道具を展示した。

日本の卓球は孤立状態で成長した。まだ正式なルールがなかったため、日本人はヨーロッパのものよりもかなり小型の卓球台と低いネットを使い、どうにかプレーしていた。この状況を変えたのは、やはりモンタギューだった。彼は日本が国際的組織と足並みをそろえられるよう、一九二七年に東京旅行に出かける両親の荷物に自分が書いたルールブックをしのばせた。

一九二九年に国際卓球連盟に加わるまで、日本にはトーナメントの勝者に与えられる賞はなかった。そのかわり、優勝者は明治神宮体育大会の額にその名前が刻まれた。また、試合観戦料も選手の参加費も無料で、費用はすべて文部省が負担していた。卓球があまり普及しない要因はそこにあったのかもしれない。また、ヨーロッパと同様、最初のころの卓球は一般的に低く見られていた。

荻村と数人の仲間はひたすらねばって校長を口説き落とし、ついに卓球台を手に入れる。卓球の知名度を高めようとする彼らに、思いがけない味方がついた。ダグラス・マッカーサー元帥である。

一九四七年、彼は卓球のために「マッカーサー元帥杯」に名前を貸すことに同意した。感謝のしるしに、選手たちはラケットの裏面に派手な色でマッカーサーの絵を描いた。当時は羽子板の感覚でラケットの裏に絵が描かれ、たいていは美しい女性や力士の絵だった。マッカーサーはその後、海のむこうの中国で、アジア人の血を求める〝悪魔のマック〟や〝狂人マック〟と呼ばれるようになる。
学校に設置された新しい卓球台は大人気だった。荻村たちは、運動靴の底で台をこするとボールの弾みがよくなるという話を耳にした。また、ピンポン球の小さなひび割れをふさぐための酢酸アミールも買った。荻村は日誌をつけ、自分が出る試合は練習試合にいたるまですべてスコアを記録し、ノートの余白には「天才中の天才になるんだ」と記した。満州占領、拡大する戦争、空襲、原爆投下、降伏、そしてアメリカによる占領。それらをくぐりぬけてきた彼にとって、スポーツは一種の救いだった。

日本が国際卓球連盟への再加盟を許されて一年たった一九五〇年の秋、荻村は東京にオープンした新しい卓球場を訪れる。すぐそばには武蔵野八幡宮があり、祭りのシーズンになると入れ墨を彫ったヤクザも盆踊りにやってきた。サラリーマンは会社帰りに木造の卓球場に立ち寄り、八百屋や鉄道員、医者や学童たちと一緒にプレーした。これぞまさに、モンタギューが理想とする階級や上下の区別を超えたなごみの場だった。もっとも、東京でこうした人々が対等の立場になれるのは、卓球場の中だけだった。

荻村は二歳のときに父親を亡くした。母親がパンを焼いて三鷹の駅前で売るのを、彼は手伝った。そのパンをポケットに入れておき、卓球の練習をしながら食べる。試合の途中で手を止めてパンを口に放りこむと、『チョコレート工場の秘密』のチャーリーがチョコバーを少しずつかじるように、噛まずに口に含んだままラケットを振った。十八歳のころ、荻村は都内で六位にまでしかいけず、かなり落胆する。母親はそんな彼をたえず心配していた。外交官になってほしいという母親の期待とは裏腹に、荻村は卓球選手を目指していた。のちに彼は、中国のおかげで両方の夢を実現させるのである。

荻村は世界チャンピオンになる夢をけっしてあきらめず、持って生まれた身体的弱点を克服する方法を編み出した。しばらく肺炎を患っていたころ、彼はその方法について知人にこう語った。「人間の細胞は、十年ですっかり入れ替わるんだそうです。丈夫な体に生まれた人は、最初は有利かもしれないけれど、十年後にどんな体になっているかは自分次第なんです」

荻村は、卓球の世界に〝鍛錬〟という新たな基準をもたらした。彼は毎朝一時間、右手に卓球のラケットと同じ重さの石を握って走った。ウサギ跳びを一キロ、そのあと一・五メートルほど離れた位置からの壁打ち。さらに縄跳びをし、ダンベルを持ち上げる。スピンを研究しにビリヤード場へ行くこともあった。ある友人に言わせれば、彼が自分自身に課した日課は「まるで拷問のように過酷」だった。そして、どこへ行くにも『五輪書』を手放さなかった。日本の有名な剣豪、宮本武蔵が著した兵法書である。荻村はそこに書いてある兵法を、頭の中で卓球に置き換えた。

一九五二年は日本が占領から解放された年である。政府が前年の九月に署名したサンフランシスコ平和条約が発効し、アメリカによる占領は終わった。それとほぼ同時期、日本代表チームで最下位だった二十八歳の佐藤博治《ひろじ》が、世界選手権ボンベイ大会で優勝を果たす。

しかし、佐藤の名声はあまりにも短命だった。二週間にわたって無敵だった彼は、その後はかろうじて一勝しただけで年末を迎え、卓球界から引退する。急成長を遂げる戦後日本の縮図とも言うべき〝サラリーマン〟を絵に描いたような風貌。痩せて青白く、出っ歯で、分厚い黒縁の眼鏡をかけた彼は、後生大事に木のケースを抱え、〈ボンベイ・スポーツ・アリーナ〉をうつむいてとぼとぼと歩いた。

結局、佐藤の武器はスピードや力、敏捷さではなく、ラケットだった。一試合ごとに、佐藤はコートに入るとまず客席に一礼し、それからケースを卓球台に置いてラケットを取り出し、世界の強豪を敗退させた。球を打つ音から〝ピンポン〟と名づけられた卓球だが、腕のいい選手はその音で球質を読む。パンという鋭い音ならスピード系、シューッという音ならスピン系といった具合に、相手がどんなボールを返してくるかを聞き分けるのだ。ところが、佐藤のラケットは分厚いスポンジで覆われているため音がしない。また、相手がどんなスピンを打ってきても、さらに増幅されたスピンで返球される。トーナメントのあいだじゅう、佐藤は反則と非難されつづけるが、モンタギューはルールどおりに得点を与えた。どんなラケットを使おうが制限はなかった。靴で打とうが眼鏡で打とうが、モンタギューの関知することではなかった。

トーナメントの初期段階で、佐藤は熟年の世界チャンピオン、リチャード・バーグマンと対戦する。佐藤のクッション付きラケットに狼狽したバーグマンは敗れ、憤然とコートをあとにした。準々決勝で佐藤と対戦するのは、ニューヨーク生まれのマーティ・レイズマンだった。モンタギューから借りたスニーカーをはいたレイズマンも、たちまちバーグマンと同じ運命をたどる。彼は佐藤のスポンジ付き新型ラケットを、音も立てず相手のエネルギーをことごとく吸収し、スピンをそのまま、あるいは増幅すらさせて返す〝サイレント・カタパルト〟と呼んだ。「ラケットに当たるときもラケットを離れるときも、今までにない感触」だったという。このときの敗北があまりにも深く脳裏に焼き付いたため、卓球界がじわじわとアジアのスポンジ中毒に染まっていく中、レイズマンは六十年後に死を迎えるまで、かたくなに硬い木のラケットで戦いつづけた。あたかも、火薬のにおいを嫌った十六世紀の射手のように。

佐藤は、もっぱら防御に徹した試合で世界選手権を征した。いまだ戦後の動乱が続く国にとっては、めざましい快挙である。卓球という軟弱なスポーツが、突如として、日本の国際性と革新力を示す道具となったのだ。

この大会で、日本は男女両方のタイトルを奪った。荻村は、女子ダブルス金メダリストのひとりによって、日本の過去と復元力が体現されているのを知る。その選手とは、広島出身の楢原静《ならはらしずか》、二十四歳。身長百五十センチあまり、体重四十キロ台の小柄な女性だった。

一九四五年八月六日、楢原は重たい通学鞄を持って広島駅まで歩いていった。発車直前の路面電車は満員だった。そこで列車の外側につかまって乗ることにした。高校に入学して早々、遅刻したくなかったからだ。五分後、楢原が電車から降りたとき、突然、あたりが不思議な緑っぽい光に照らされた。かと思うと、まわりの家々が崩れはじめた。

リトルボーイ――高度三万千六百フィートから広島に投下され、約十万人の命を奪った世界初のウラン原爆である。楢原がさっきまでいた広島駅は跡形もなく崩壊し、構内にいた何百人もの人が命を落とした。楢原には二つの幸運が重なった。ひとつは爆風から顔をそむけていたこと。もうひとつは、黒っぽい制服の下に白い下着をつけていたことだ。それが火傷からほぼ完全に守ってくれた。傷を負ったのは、右腕と首の後ろの部分だけだった。「弾丸のごときフォアハンド」と恐れを知らぬ度胸で、楢原はボンベイ大会を勝ち抜いた。

その年、荻村は全日本軟式卓球選手権大会に初めて出場する。彼は国のトップ選手と対戦したことが一度もなく、相手の選手たちも、バッグの底に米の配給通帳をしのばせて遠征してくるほど貧しい青年に何を期待できるのかまったく見当がつかなかった。荻村は、世界最強チームのメンバーを相手に優勝し、初めて飲むビールで祝杯をあげた。頑固な青年の顔に満面の笑みが浮かんだ。荻村にはわかっていた——勝ちつづけるかぎり、この笑顔を絶やさずにいられるのだと。

第十四章

小型戦闘機《トルネード》

一九五三年にブカレストで開催された世界選手権に、日本チームは参加しなかった。鉄のカーテンの裏側への遠征を政府が認めなかったのだ。ロンドン近郊のウェンブリーで開かれる翌年の世界選手権を目指し、荻村はトレーニングを強化した。それまでのウサギ跳び一キロを四キロに増やし、しかも肩に重さ四十キロのダンベルをかついで跳んだ。ボールめがけてラケットを振るときにできるだけ勢いがつくよう、体を真後ろまでひねる方法も身につけた。しかし、彼にとって最大のハードルは、体力ではなく資金の問題だった。ロンドン行きのチケットは四十万円以上した。サラリーマンの平均年収が約十万円の時代に、日本卓球協会は各選手に経費として総額八十万円の負担を求めていた。ほとんどの選手にとって法外な金額だが、学生の荻村にはなおさらである。

彼は三カ月間必死になって、こつこつと資金を集めた。友人たちと街頭に立ち、「荻村伊智朗をロンドンへ行かせてください」と呼びかける。「荻村？」と人々は尋ねた。ぼくが荻村です、と彼は説明した。日本の代表選手として、前回守れなかった選手権のタイトルを取り戻しに行くのです、と。彼が通う大学の職員や遠い親戚、日本大学芸術学部、地元の市長などから少しずつ寄付が集まった。さらに資金集めの試合をしたり、ラッシュアワーの駅に立って募金活動をして、ようやく経費がまかなえる額に到達した。

厳しいトレーニングは、さらに激しさを増していった。万年筆のキャップを卓球台の端に置き、それを連続で百回倒せるまでくり返し打つ。途中で失敗すると、はじめからやり直しだ。さらに、今度は目隠しをしてそれに挑んだ。イギリスへ旅立つ前、荻村はデパートで大判の風呂敷を買った。彼は先のことまで考えていた。その風呂敷は、モンタギューから手渡されるトロフィーを大切に包んで持ち帰るためのものだったのだ。

一九五四年、荻村が初めて降り立ったロンドンは、モンタギューが理想とする〝人類みな兄弟〟のユートピアではなく、空襲で大被害を受け、世界大戦には勝ったがその栄華は二度と戻ってこないと思い知らされた帝国の首都だった。戦後、奇跡的な経済成長が起きているのはドイツと日本ばかりで、イギリスに奇跡は起きなかった。

六年にわたる戦争で五十万人のイギリス人が死んだとされる。せめてものなぐさめは、そうした犠牲にもいくらかの価値があったことである。ある感情の高まりによって、戦時中の勇敢な行為《ヒロイズム》を反芻し、新たな解釈を加えた数多くの本や映画が生み出された。とりわけ好まれたのは、日本人の残虐行為に毅然と立ち向かったイギリス人の話である。タイとビルマを結ぶ泰緬《たいめん》鉄道の建設中に日本人将校に酷使されたイギリス人捕虜の話が、生存者たちから漏れ伝わった。六千五百人のイギリス人捕虜が、ジャングルに線路を敷く過酷な労働で命を落とした。荻村がロンドンにやってきたのは、フランスのピエール・ブールによるベストセラー小説『戦場にかける橋』がイギリスで刊行され、日本人に対する根深い怒りが再燃した年だった。

荻村は事前に警告されていた。出発前、彼は笑顔を作る練習をしていた。微笑みは不安を覆い隠す仮面だった。荻村は、チームでただひとりの英語が堪能な選手だった。東京にいるアメリカ人の小学生から学び取り、通訳養成学校の受講を認められて磨きをかけた。彼は日本のトッププレーヤーであるとともに、事実上の通訳、すなわち一国の代弁者だった。

ロンドンに着いた日、荻村は日本の国旗マークが入ったブレザーを着て街を歩いた。最初に入ったレストランでは、客がひとり残らず席を立って出ていった。スープが入ったままの皿から引き剝がすようにして子供を連れていく母親もいた。荻村は、誰もいなくなったテーブルから立ちのぼる湯気を見つめていた。入っていった床屋でも散髪を拒まれた。イギリスで暮らす数少ない日本人には、簡単な戦術があった。中国人のふりをするのだ。

ウェンブリーの試合会場で八千人の観客の前に初登場した荻村を迎えたものは、ブーイングの嵐だった。イギリスの新聞も、日本チームを公平に報じる気にはなれないようだった。日本チームはおやつに炭を食べているとけなされ（実際は海苔である）、麻薬を使っているとそしられ、ニップやジャップと呼ばれた。イギリスの審判は、彼らが日本語で話すと減点した。日本の発展は「原子爆弾のおかげ」だとも言われた。途中で観客のひとりがスタート合図用のピストルを発砲したせいで日本人選手が楽なショットをはずし、試合が四十分間も中断される場面もあった。

荻村は精神を統一し、新たな戦略「五一パーセント理論」を実践しようとした。打つ前に相手の弱点を探れというコーチの指示を守らず、打てるときはとにかく打っていくべきだと判断したのだ。そのうちの五一パーセントさえ得点できれば勝てる。そうしなければ、選手は訪れるかどうかわからない〝チャンス〟を待つことになる。一回戦で、荻村はチームを勝利に導いた。対戦相手は優勝候補のハンガリーである。イギリスの新聞は論調をゆるめはじめたが、「破壊的な力を見せつける、日本の小型戦闘機《トルネード》」といった具合に、彼らが使う比喩表現からは、まだ軍国主義的な色調が抜けなかった。

次の対戦相手は、大観衆をバックに女王陛下からの応援メッセージに支えられたイギリスチームだ。荻村が観衆の目の前でイギリスのナンバーワン選手を倒すと、会場はしだいに静かになっていった。終盤、日本の勝利が決定的になったころには、八千人の観衆は水を打ったように静まりかえり、元世界チャンピオンをかすめて飛んでいく球を打つたびに、荻村にはスポンジを貼ったラケットがたてる静かな打音が聞こえた。「賢く、とびきり元気なやんちゃどもが、容赦なく卓球台を支配した」と、新聞各紙はあいかわらず棘《とげ》のある言葉で日本チームを賞賛した。団体戦で優勝したあと、荻村は男子シングルスでも楽勝する。

荻村は表彰台に立ち、おじぎをした。アイヴァー・モンタギューの妻ヘルが男子シングルスの優勝カップ「セントブライド杯」を手に彼に歩み寄ると、客席を埋めるロンドンの労働者階級からようやく拍手が起きた。荻村のマネージャーが、覇者に振らせるために日本の国旗をかばんから出そうとするが、荻村は「出すな」と合図を送った。すでに外交家としての才能が芽生えていたのだ。ずらりと並んで目の前でフラッシュをたくカメラマンたちに向かって、荻村は満面の笑みを見せた。少なくとも《タイムズ》紙はその態度を高く評価し、「彼らを軽蔑のまなざしで見るのはやめよう」と書いた。

その後、日本チームは一試合も落とすことなく、ヨーロッパ各地をめぐる勝利ツアーを楽しむ。

そのころ日本のメディアは、「いまだに日本の国技は花見とハラキリだと思っている人々にとって、日本人の勝利は信じられないほどの驚きだった」と、皮肉めいた論評を展開していた。

帰国した日本チームを出迎える人々は、羽田空港始まって以来の人数に達した。卓球はもはや女子のスポーツではなかった。荻村は「戦後の日本における真の国民的英雄」として称えられた。オープンカーでのパレードや全国ツアーをおこない、数々の雑誌に登場し、数えきれないほどのサインをした。一心不乱に卓球に打ちこんだ貧しい青年が、九千万人の国民の目を新たなスポーツに向けさせた。その年の暮れには、日本の卓球人口は三百万人に達していた。

オランダで開かれた翌年の世界選手権もまた、日本人選手にとって風当たりの強いものとなった。連日、日本大使館に掲げられた日の丸は卵やケチャップを浴びせられ、塀を越えて石が飛んできた。太平洋で捕虜にされ苦しんだのは、イギリス人ばかりではない。荻村の耳元で、誰かが「原爆を落とされて、いい気味だ」とささやいた。日本チームは、トーナメントのあいだじゅうブーイングを受けた――ある日本人選手が、片腕でプレーするハンガリーの選手（小児まひの後遺症で右手がきかなかった）と対戦するまでは。

ハンガリーの選手が、日本ベンチのそばまで飛んできた球を打ち返そうとしてバランスをくずし、床に倒れそうになった。それをベンチにいた荻村と、彼とダブルスを組む選手の二人が身を投げ出して受け止め、手を貸して起き上がらせた。すると、ブーイングのかわりにぱらぱらと拍手が起きた。

翌日、その週を迎えて初めて、大使館の日の丸には卵が投げつけられなかった。日本チームが帰国すると、当時の鳩山一郎首相は、「一夜にして投石を終息させた」功績を称えた。周囲の態度の変化を日本政府が見守っていたとすれば、中国もまたそれに気づいていた。ピンポンには何か不思議な力が、外交的な力があり、それによって日本は、全世界が彼らを見る目を変えつつあった。だがもちろん、日本が優勝しなかったならば、誰もそれほど注目はしなかっただろう。

荻村の勝利は、まちがいなく根性と能力のたまものである。日本大学芸術学部映画学科に所属していた彼は、卒業制作で『日本の卓球』という短編映画を作った。この映画を真っ先に購入したのは――当時は荻村自身も知らなかったが――中国政府だった。

一九五六年の世界選手権は東京で開催された。父親が好きだった国を訪れたモンタギューは、卓球は「スポーツを通じて国を超えた友情をはぐくむ一助となり、ささやかながら人類すべての平和に寄与する」と書き記した。東京のスタジアムには、一万人の観衆が押し寄せた。もはや日本の優勢はゆるぎなく、男子シングルス準決勝に進んだ四人はすべて日本人だった。荻村は、男子シングルス、男子ダブルス、男子団体戦と、三つの金メダルを守りぬいた。日本はまた、女子シングルスでも優勝した。決勝戦が終わると、うれしさのあまり興奮した観衆がコートとコートのあいだのフェンスを倒して詰めかけ、あやうく女子チャンピオンの汗で光る腕をもぎ取りそうになった。

モンタギューは、試合を見ている中国人の一団のそばで立ち止まり、イギリスから持ってきたバッジを配った。彼らは日本の選手をつぶさに観察していた。卓球が戦後の復興を示す効果的なシンボルであることを、彼らは日本の勝利から学んでいた。

第十五章

偵察

一九三〇年代の中国では、内乱と日本による占領が引き起こしたすさまじい高波が、国全体に影響を及ぼしていた。中国南部で生まれ育った容国団《ようこくだん》の一家には、どこまでも不運がつきまとった。一家の故郷である珠海《じゅかい》は、珠江《しゅこう》デルタの右岸に位置する小さな町だ。当時イギリスの統治下にあった香港からは、わずか二十五マイルの距離にある。

香港への移住は、多くの広東人にとって苦渋の選択だった。家族が生きのびる代償としてイギリス人にへつらい二級市民の身分に甘んじなければならないのはしゃくに障るが、一九一一年に王朝が滅亡したあとに出現した軍閥と山賊だらけの世界よりはましだった。容国団が生まれた一九三七年、父親は香港にあるイギリス系のスタンダードチャータード銀行で安定した仕事についていた。そこはスーツと大理石の丸天井の世界だった。ところが、一九四一年の日本による香港占領によって一家の安定は打ち砕かれ、父親は家族を連れて珠海へ戻る道を選んだ。

戦争が終わっても、銀行での仕事はもう取り戻せなかった。父親は社会の階段を転げ落ち、香港の汽船の炊事係となった。この仕事で得られる数少ない特典のひとつが、地元の漁師組合に加入できることだった。組合には、小さな図書室と使い古した卓球台があるだけのささやかなクラブハウスがあった。

容国団は、それほど体が丈夫な子供ではなかった。背が高く、面長にぱっちりした目、痩せこけた腕にX脚。雑にこしらえた案山子《かかし》のような風貌は、生涯変わらなかった。彼は地元の魚屋に就職するが、それはたんにその魚屋がギャンブル目的の卓球クラブを経営しており、卓球ができる人材を求めていたからにすぎない。十八歳というちょうど体が発達する時期に、彼は肺結核にかかる。香港の貧民街では、ごくありふれた病だった。

一九五七年四月、結核から回復した容が香港チームに所属していたとき、世界王者の荻村が短期ツアーで香港へやってきた。容自身も驚いたことに、彼は二対〇で荻村に勝った。ロッカールームへ戻ると、親友のスティーヴン・チョンがすぐそばに寄ってきた。容にインタビューをするために報道陣がドアからなだれこんでくると期待したのだ。ところが誰ひとり来ないので、二人とも気まずい思いをする。

容は、つかのま夢想にふけった。荻村と互角の力があるのなら、世界選手権で優勝できるのではないか？　それがだめでも、コーチになったりスポンサー契約を結んだりできるのではないだろうか。荻村も一時期スウェーデンでコーチをつとめ、いい報酬を得ていた。もしかすると卓球で食べていけるかもしれない。

数週間後、容は中国香港チームの一員として北京へ招かれていた。彼はそこでも異彩を放ち、中国が差し向けてくる選手をすべて倒した。そして彼は、中国で最も偉い二人の人物と昼食をともにしないか、という奇妙な誘いを受ける。

香港から来た客と中国側のホストとのあいだには、筆舌に尽くしがたいほどの差があった。二人の人物とは、中華人民共和国元帥――毛沢東が一九五五年に創設した最高ランクの階級を与えられた軍人だった。その年、〝偉大なる指導者〟毛沢東は、おごそかに儀式をとりおこない、自分の息のかかった軍人の胸を勲章で飾った。長征を生きのび、有能な策士として国共内戦で活躍した者たちへの、言わばご褒美だった。人口が八億もいる国で、容は国の重鎮十人のうちの二人から昼食に招待されたのである。結核もちの卓球選手の何にそれほど興味があるというのだろう？

当時、容を招いた元帥のひとり陳毅《ちんき》は、国務院副総理と外交部部長（外務大臣に相当する）を兼ねていた。一九四八年の淮海戦役《わいかいせんえき》では、百万人を超える軍人と民兵を率い、蒋介石の軍を打ち破った。一九二〇年代には、周恩来と同様に、蒋介石による共産党弾圧を逃れてフランスへ渡っていた。パリでの皿洗いやセーヌ川埠頭での荷役人、ミシュランタイヤ工場の工員などをしていた日々から、かなりの大出世を遂げたのである。人生のあらゆる部分で戦略を練らずにはいられない陳毅は、卓球も好きだったかもしれないが、真に情熱を注いだのは「碁」――中国版のチェスで、敵を包囲するがけっして殺しはしない戦いだった。

容国団を食事に招いたもうひとりの元帥、賀龍《がりゅう》もまた、陳毅と並んで国務院副総理の座についていた。革命の英雄である賀龍は、国家体育運動委員会の主任に任命された。これはちょうど、アメリカがアイゼンハワー将軍をナショナル・フットボール・リーグの責任者に、イギリスがモントゴメリー陸軍元帥をクリケットチームの責任者に任命するようなもので、中国共産党がいかにスポーツを重視していたかを物語る人選である。

賀龍は遅咲きの政治家だった。一九二〇年代のはじめには〝パートタイムのロビンフッド〟と呼ばれ、農村の人々に戦利品を分け与えては、また新たな獲物を求めて放浪の旅に出ていた。人を殺すのが好きで、捕虜として八カ月を過ごしたあるスイス人宣教師によれば、彼の部下たちは、あたかも夕食用にニワトリをつぶすように、こともなげに地主たちをめった切りにしていた。

賀龍はもともと読み書きができなかった。そのため、命令を下すさい、彼は兵士の左手に自分の名前の印を書いた。隊に戻った兵士は、記憶した命令を口頭で伝え、左手をかざしてその印を見せた。ギャンブルやアヘンの吸引、ほかにも鉛筆の芯ほどの細い口ひげを生やしたり、輿《こし》（ひとり乗りのかつぎかご）で移動するのを好むなど数々の奇癖はあるものの、賀龍は忍耐と勇気の人であり、正式に共産主義に転向したのちも（賀龍は国民党側の軍人だった）、彼の型破りぶりは健在だった。あるとき、アメリカのジャーナリストが何気なく、奥様は勇敢なかたですね、と言った。すると賀龍の部下たちは笑い出し、上官の妻の数を指でかぞえはじめるが、片手では足りなかった。「妻たちのことには目をつぶってくれ！」と賀龍はジャーナリストに懇願した。「すべて私が新たな人生を歩みはじめる前の話だ」。ジャーナリストはうなずくが、彼の言葉は猛烈な嘲笑を買った。

容国団が二人の元帥と昼食の席についた一九五七年の夏、毛沢東は「百花斉放《ひゃっかせいほう》運動」を開始した。いろいろな花がいっせいに咲くように、さまざまな発言や議論を展開させようとする運動である。政府は大赦をおこない、人民からの批判を受け止め、率先して自己改革を進めるはずだった。ところが、批判が政府によって受け止められることはなかった。人々が行き過ぎた批判をしたのか？それとも、この運動ははじめから、共産党への不平不満を引き出そうとする毛沢東の策略だったのか。

毛沢東はかつて、「有害」な人間が国民の五パーセントもいるとは思えない、と語った。ある同僚との個人的な会話では、反動主義者は四千人前後だろうと予想していた。ところが、遠隔地に送られて重労働をさせられ、あるいはもっとひどい目に遭わされた者は五十万人以上に達した。容国団は、香港における卓球のパイオニアで共産主義者に転向した姜永寧《きょうえいねい》もそのひとりだと聞いていた。姜が何か話したのだろうか、自分も尋問されるのだろうか、と容は不安になった。

「容さん、こっちへ戻って中国で働く気はありませんか？」と賀龍は尋ねた。容が即答せずにいると、賀龍はさらに「ご両親の意見を聞いてみるといい」と言った。「われわれが無理やりきみを引きとどめていると、香港でうわさが立っても困る」

「うわさなど、ぼくは気にしません」と容は答えた。「父はぼくを応援してくれるはずです」。見たところ、賀龍は答えを急いでいるようではなかった。彼は身を乗り出し、容に言った。「中国のスポーツが世界に通用するレベルに達するには、少なくともあと五年はかかるだろう」

それから約一カ月後、香港チームはマニラで開催されるアジア卓球選手権への出場を発表するが、自分がメンバーにすら入っていないと知り、容は愕然とする。共産党とのつながりが疑われている組合事務所で働いたせいだろうか。それとも、賀龍と陳毅と会ったという情報が伝わったのか。いずれにしろ、アジア選手権で選ばれないのなら、次の世界選手権で香港チーム代表に選ばれる可能性はほとんどなかった。

容の不安はやわらいだ。国境を越えてすぐの広東省チームとの試合で、容はさらにいくつかの勝利を手にするが、それ以上にうれしかったのは、北京政府が姜永寧を広東へ送りこんでいたのがわかったことだ。姜は逮捕されたわけではなく、元気でしあわせそうだった。広州のホテル〈新亜大酒店〉で会ったさい、姜はできるだけ早く中国へ移ったほうがいい、と容に勧めた。

その年の七月、親友スティーヴン・チョンがカナダへ移住した。最後に会ったとき、貧しい二人の青年は、こうして顔を合わせることはもう二度とないとわかっていた。賀龍元帥からはすでに正式な手紙が届き、容は北へ旅立ちさえすればよかった。彼は組合の図書室にある自分の小さなオフィスにチョンを呼び出し、お気に入りの卓球ラケットを渡した。卓球しか頭にない容らしく、彼は親友への最後のプレゼントとして、みずから開発した新型サーブを披露する。ボールにトップスピン（前回転）をかけようとしているのかバックスピン（下回転）をかけようとしているのか、相手からはまったく判別できない、彼が組合の図書室で独自に生み出した画期的なサーブだった。本当はチョンのように北米へ行きたかった、と容は認めている。しかし、彼にその選択肢はなかった。

得意とするものが卓球でなかったならば、容はチョンのあとを追ったかもしれないが、彼はじつに皮肉な立場にあった。卓球選手としての成功を求めるなら、資本主義体制から離れて中華人民共和国の一員となることを考えなければならない。香港が本当に自分をほしがらないなら、北へ行くのもいいかもしれない。二人の元帥から、中国は卓球にかなりの資金を投じると聞いていた。少なくとも、むこうへ行けば強豪チームに快く迎え入れられるはずだ。

中国への帰還者には、九カ月間に及ぶ厳しい政治的再教育が課された。容と同時期に帰還した者たちは広東駅に集合し、仮宿舎へ連れていかれ、八人でひと部屋を与えられて共同生活を送った。

帰還者の多くは香港やマカオの貧しい若者である。彼らは米と野菜の食事を与えられ、週に六日の授業を受けた。食事に肉が出ることはめったになかった。ひと月もたたないうちに、大半が幻滅を味わった。教師への質問は歓迎されず、そのうちに彼らは、教師は自分の頭で考えてものを言っているのではなく、ただ覚えたフレーズをくり返しているにすぎないのだと気づく。服従が絶対の義務だった。

一方、容が受けた待遇は別格中の別格だった。まず、彼に与えられた住居は、ほかならぬ蔣介石が所有していた広い邸宅だった。次に、彼は最高の食事と住居が保証される〝一等級〟に指定された。一般の労働者が月に四十元のところ、彼には百元の月給が支払われる。けっして大金ではないが、容は中国に来ただけで、香港にいたら望むべくもなかったステータスと高い評価を与えられたのである。中国政府はまた、彼に特段の配慮を示した。結核再発の兆候が出ると、容は北京から広東へ送られ、半年のあいだサナトリウムで療養した。

容国団は謙虚な努力家として知られ、見るからに内気そうな青年だった。しかし、療養から復帰したときの彼は、さほど謙虚な気分ではなかったようだ。「三年後、ぼくは世界チャンピオンとして金メダルを持ち帰れると思います」と彼は言った。しかし彼はまちがっていた。容国団があらゆるスポーツを通じて初の金メダルを新中国にもたらすのは、二年後だった。

第十六章

ゴールデン・ゲーム

ドイツのドルトムントで卓球台の前に立つ容国団は、まだ学生のようにしか見えなかった。対戦相手たちがみな短パンにシャツで軽やかに卓球台のまわりを動きまわるなか、ウエストまで引っぱり上げた黒い長ズボンに真新しい白の運動靴、赤い襟のついたシャツというでたちの彼は、まるで一九三〇年代か四〇年代の選手のようだ。なめらかな動きでプレーする選手が多い中、体をすばやくひねるようにして打つ容は、驚くほど規則的に伸縮するバネのようだった。

強豪十人とコーチからなる中国チームは、以前よりもはるかに腕を上げていた。開催国は戦後に奇跡的発展を遂げたドイツである。世界を戦争に巻きこんだこの国は、わずか十五年で再建を果たしたらしい。

中国政府は、この皮肉を見逃さなかっただろう。アメリカは、ソ連と中国という双子の巨大共産主義国家とのバランスをとるために、ドイツと日本を計画的に復興させた。ドイツでは、新しくできた高速道路《アウトバーン》を新しい車がすいすいと走っていた。無検閲の映画もあった。また、さほど遠くない場所に東ドイツもあった。アメリカのほうがずっと豊かだとは聞いているが、西ドイツは少なくとも中国チームを歓迎してくれた。実際は、西ドイツは日本をスタジアムに近い最高級ホテルでもてなし、中国には「毎日バスでスタジアムに通える電子カード」を渡して郊外へ追いやっていた。とはいえ、当時の日本は世界チャンピオンであり、中国は卓球のみならず、いかなるスポーツでもメダルを取ったことのない国だった。

容国団が準決勝で対決するのは、三十四歳のアメリカ人選手ディック・マイルズだった。マイルズは閉鎖的で人好きのしない、学者タイプの選手だ。ニューヨークの自宅のマントルピースには、自分と同じように不当な中傷を受けた天才ベートーヴェンの胸像を飾っていた。接戦の末、マイルズは第一ゲームを落とすが、その後盛り返し、七ゲーム制で二ゲーム連取した。容は、アメリカの選手に負けるわけにはいかなかった。資本主義の犬に負けてはいられない。負けようものなら、北京に帰ってどれだけ批判を浴びるかわからなかった。

双方が攻撃に回ろうとするすさまじい神経戦だった、とマイルズは振り返る。守りに追いこもうとしても、容は何度も打ち返し、巻き返した。マイルズはすでに中国の選手を二人打ち負かしていた。国境を越えてしまえば、中国には神秘的雰囲気など少しもなかった。「正直言って、中国人はみんな同じ顔に見えた」と、マイルズのチームメイト、マーティ・レイズマンは語った。あと数点取れれば、マイルズは決勝戦に進める。勝者を待っているのは、トーナメントの大御所、四十歳になるハンガリーの選手フェレンツ・シドだ。容もマイルズも、一九五三年に男子シングルスで優勝したベテラン選手との対戦を夢見ていた。はたして、勝者は容だった。彼は最後のゲームでマイルズをたたきのめした。マイルズの得点は、わずか八点だった。

迎えた決勝戦は、卓球というスポーツがもつ滑稽さと荘厳さが余すところなく盛りこまれた試合だった。満員のスタジアムで、闇の中央を貫くひと筋のまぶしいスポットライトに照らされ、二人の男が対決する。それはまるで、流血のないボクシングのチャンピオン決定戦のようだった。二人は対照的だった。容国団はひょろりと細長く、悲しげなまなざしのひ弱な青年。対するは、ハンガリーのベテラン選手フェレンツ・シド。体つきこそレスラー並みだが、フットワークはまるでバレエのプリマドンナだ。容はスピードで攻め、鋭いアングルのショットで相手をネットに近づけ、強いドライブでシドの巨体を後方へ押しやろうとしていた。シドは何度も何度も額に手をやり、汗をぬぐった。

勝った容の顔には満面の笑みが浮かび、同時にシドの顔にも安堵の表情が浮かんだ。彼にとっては思ってもみない展開だった。中国がこれほど早く世界チャンピオンを生み出すなどと、いったい誰が予想しただろう。ところが試合が始まってみると、シドにはまったく勝ち目がなかった。彼は紳士的な態度を保ちながらも、観客席にさっと手を振り、拍手を浴びる容を残して立ち去った。

スポーツと名のつくもので中国初の優勝者となった容国団は、閉会式で表彰台に立ち、〝中国の友人〟アイヴァー・モンタギューからトロフィーを受け取った。モンタギューは、祖父の膨大な銀製品コレクションから選ばれた優勝杯のほかに、中国にはさらに大きなご褒美を用意していた。中国に対する世界の見かたを変えるかもしれない、ある提案だった。モンタギューは、二年後に開かれる次の世界選手権の開催国になりませんか、ともちかけたのだ。

中国と国家体育運動委員会にとって、この話は願ってもないタイミングで転がりこんできた。まず、これで大躍進政策の功績を祝うことができる。次に、かつての日本と同様に中国もまた、外に目を向けた友好的な国としての地歩を固めることができるだろう。

アメリカチームは、北京大会に参加するつもりはなかった。共産党政権下の中国と何らかの形で接触を試みることに、国務省が反対していたわけではない。現に一九五四年以降は、不活発ながら大使級の対話が継続しており、中国が提案するジャーナリストの交換についても慎重に検討が進められていた。しかし、こうした交渉は国民の目に触れないところでおこなわれるため、アメリカの卓球選手が微妙な動きを把握できるはずはなかった。

一九五九年の時点で、中国が各国チームの旅費の一部を負担すると言っているにもかかわらず、アメリカの選手マーティ・レイズマンは、中国へ行くためにパスポートを申請するという考えを一笑に付した。「いったいどうしろっていうんだ？　窓口で、中国へピンポンをしに行きたいんですが、とでも言うのか？　いかれた連中だと思われるだろうな」。ほんの少しでも共産主義に触れれば〝非愛国者〟のレッテルを貼られた時代、レイズマンが「おれたちは精神病院にぶちこまれるぞ」と思ったのも無理はない。

一九五九年四月十七日、北京の人々は容国団優勝のニュースに歓喜した。周恩来は、通常は外国の要人を迎えるのに使う〈北京飯店〉で容の祝賀会を開き、選手たちが果たした外交的役割について改めてこう述べた。「私は国務院総理（首相）という立場上、どこへでも出かけていくわけにはいかないが、きみたちは卓球選手だから――世界じゅうどこへでも行ける」。モンタギューの信念を端的に表す言葉だった。ピンポンは国境も、共産主義社会と資本主義社会が生んだ境界線の下をも密かにくぐりぬけることができる。容国団は、国内外に中国の名を売りこむという、どんな大使にも負けない役割を果たしたのである。

そのころ、毛沢東はひとり静かに容国団の勝利を祝っていた。中国に卓球という新たな「精神的核兵器」ができたと喜ぶ一方で、地方から届いたある不穏なニュースが気にかかっていた。ほぼ農業によって国の経済が成り立っている中国にとって、穀物はすなわち通貨である。その通貨の量がかなり不安だった。

大躍進政策——国を急速に工業化しようとする毛沢東の計画は、鉄の生産があってこそ実現する。共産党の指示により、全国の農村地帯には独自の精錬所ができていたが、大躍進政策を続けるためには、まだ穀物を輸出して外貨を稼がなければならなかった。三月二十五日、毛は農民の耕作量の三分の一という、従来の量をはるかに超える穀物の徴収を指示した。党の集会で、毛は「食料が足りなければ飢え死にする者が出る。国民の半分は死なせたほうがいい、そうすればあとの半分が腹を満たせる」と述べた。少なくとも、そうなれば大躍進政策は順調に進むだろう。

まだ慌てるほどの状況ではなかった。一年かそこらの軽い飢餓状態など、中国では少しもめずらしくはないのだ。遅々とした前進を覆い隠すべく、大々的なプロパガンダも打ち上げられた。容国団が優勝トロフィーを高々と掲げると、国内の新聞は大躍進政策を擁護しはじめた。「中国を訪れる海外の友人たちが口々に、いったいどうやって穀物や綿の生産量を倍増させたのですかと尋ねる……最も重要な要因……それは共産党の指導力の強化……つまり政治的側面にある」

建国十周年に合わせたかのような容国団の思いがけない優勝に、国は祝祭ムードに包まれた。祖国に栄光をもたらした容を、共産党系の新聞が絶賛した。五千マイルも離れたロンドンのタブロイド紙《デイリー・ミラー》までが、「鉄と竹のカーテンの陰から聞こえてくる、ときには大げさな主張を笑いものにするのは簡単だが、そうした若い――スポーツ界でという意味で――国々が、文字どおり一夜にして奇跡を起こしたという事実は否定できない」と、容に敬意を表した。〈紅双喜〉という会社が新設され、建国十周年の年に果たした容国団の功績を祝ってピンポン球と卓球用品の製造を始める。三カ月後、上海の工場が受注したピンポン球の数は、合わせて二千百六十万個を受注した。前年に比べて七百パーセントの増加だった。暗澹《あんたん》たる時代に、卓球はささやかな笑みをもたらした。

第十七章

お膳立て

第二次世界大戦が終わったあと、アイヴァー・モンタギューはさまざまな形で共産主義に貢献するが、彼が何よりも重視したのは、モスクワが打ち出す党是に従うことだった。たとえそれが、いかに論理に沿わないものであろうとも――。

一九四九年の夏、毛沢東と周恩来が政権樹立に向けて追いこみにかかっていたころ、モンタギューはモスクワを再訪していた。今回はジャーナリストとしての訪問である。イギリスの《デイリー・ワーカー》紙にソ連の発展に関する連載記事を書く仕事は、科学分野の知識をもつ彼にうってつけだった。今回の訪問の目玉は、ソ連農業科学アカデミー総裁トロフィム・ルイセンコへのインタビューである。共産主義社会にとって、ルイセンコは偉大な農学者であり、幼いころからの農業経験をもとに新たな学説を展開する農民科学者たちの中でも群を抜いた存在だった。ルイセンコに言わせれば、遺伝学は科学の〝行き止まり〟であり、農業にとって真に重要なのは、ソ連の政治と同様にイデオロギーだった。ソ連がルイセンコの作物増産計画を推進したのは、それが望ましい結果を生んだからではなく、スターリンの思想が反映された計画だったからだ。

インタビューの数週間前、イギリスの《タイムズ》紙は、ルイセンコを科学者というよりもペテン師だと愚弄《ぐろう》し、それがもとで巻き起こった激論を、世界中の新聞がおもしろがって取り上げた。

《デイリー・ワーカー》紙によれば、西側の新聞やラジオは「みな一様に、彼をとてつもない悪党として報じて」いた。そのときルイセンコに批判的だった人々も、まさかその十年後、彼が二十世紀最大級の人口減少を幇助《ほうじょ》することになるとまでは想像できなかっただろう。彼の学説は、第一次世界大戦で出た死者の約二倍の人々を殺すのに役立ったのである。

十九世紀の終わりにウクライナの農民の子として生まれたルイセンコは、アゼルバイジャン人の記者を説き伏せ、厳しい冬のあいだも育つよう、彼が単独で豆の春化処理に取り組んだ話をソ連の《プラウダ》紙に掲載させた。その実験が再現できないことなど、おかまいなしに。ルイセンコはすでに、みずからの科学を歪めてマルクス理論を反映させていた。一九三〇年代から四〇年代にかけてソ連の学界で徐々にのしあがった彼は、ついに大学で反乱を起こす。学部間の抗争は今なら少しもめずらしくないが、ルイセンコの時代、負けた側は国外追放になるか射殺された。一九四八年までに、彼はスターリンから「メンデルの遺伝学を信奉する者は反動主義者と見なす」という言質をとっていた。遺伝学者は職を失い、家を失い、命までも失った。一方のルイセンコは、運転手付きの車を三台とモスクワ郊外にある美しい別荘、さらに自身のテーマ曲まで手に入れ、彼がスピーチをする前には、ブラスバンドがその曲を演奏した。

西洋の科学思想はほぼすべて、使い物にならないとは言わないまでも限定的だ、とルイセンコは主張した。彼はシベリアに何百万本もの木を植えさせ、気候を温暖化させようとした。それ以上に危険なのは、種子は良き共産主義者に似ているという彼の政治思想だった。種どうしを近づけて密にまけばまくほど、同志の精神でたがいに助け合うようになる、というのだ。延安の革命根拠地でこの説に触れた毛沢東はいたく感銘を受け、大躍進政策が進められるあいだ、ルイセンコの学説は中国の農業政策の中心に据えられることになる。

ルイセンコの権勢がモスクワに伝わると、起こるべきことが起きた。生き残っているソ連の科学者たちがこぞって、ルイセンコの学説を支持する論文を書き出したのだ。ルイセンコはさらに作物の研究を続けた。そのさい統計はあまり気にかけず、農民へのアンケート方式を好んだ。

ルイセンコの躍進は、恐ろしいほど道理にかなっていた。彼の研究成果はすべて、マルクス主義のプリズムを通して解釈されたからだ。たとえ矛盾があろうと、どんどん左へ寄っていけばスターリンの世界にぴったり合致する。ルイセンコは、人は生まれつき平等ではないかもしれないという異端的な見解をもちながらも、人類を統制によって「求められる条件」に近づけていくのは可能だと信じていた。政治的にも社会的にも、体制にとってきわめて有意義な思想である。

今回のモスクワ再訪はモンタギューのひとり旅ではなく、イギリスでも指折りの科学者であり共産党シンパとしても知られるJ・D・バナールが同行していた。ルイセンコと一緒だと、どこへ行くにも特別なパスでモスクワの輸送機関を優先的に利用し、短時間で移動することができた。スターリンはルイセンコをソ連農業科学アカデミー総裁に任命し、さらに二院制議会の一方の議長に据えていた。モンタギューやバナールが、これほどの人物に反論できただろうか?

モンタギューはかなり小さく細長い文字を書き、一枚の紙を二千もの単語で埋めることができた。彼の手書き原稿を読むにはアスピリン二錠と虫めがねが必要だった。記録によると、初めてルイセンコと握手したとき、モンタギューは皮膚のきめの粗さに驚き、きっと「作物を扱うために生まれてきたような男なのだろう」と思ったという。ルイセンコは奥まった目をして、サンダルをはき、ときどきいたずら小僧のような茶目っ気のある笑顔を見せた。散らかった彼のオフィスの壁には、チャールズ・ダーウィンの肖像画が飾られていた。モンタギューはたちまち彼に好感を抱くが、バナールのほうは半信半疑で、探りを入れるようにいくつか遺伝学に関する質問をしたところ、ルイセンコの答えは「私は自分がなんでも知っているなどと思ったこともなければ、言ったこともない。そんな人はどこにもいない」というあいまいなものだった。

モンタギューのほうはほとんど疑念を抱かず、西側諸国から非難を浴びせられたルイセンコの失望に同情していた。「聞く耳を持たない者は、どんなろう者よりも耳が聞こえない」とモンタギューが言うと、ルイセンコはげらげらと笑った。モンタギューは、「ルイセンコはこれがすっかり気に入り、さもおもしろそうに何度もくり返す」と記している。

ところで、ルイセンコはどのようにして成果を上げたのだろうか。シベリア奥地の長い過酷な冬に耐えて生育できるよう、小麦がすばやく遺伝子構造を変えたというのは本当なのか？　それができるなら、世界を飢饉から救えるのではないか？　もう誰も飢えに苦しむことはなくなるはずだ。バナールとモンタギューには、ルイセンコの幻想を打ち破ることはできなかった。二人はイギリスへ戻り、モンタギューはルイセンコの学説を積極的に擁護する記事を書いた。

一九五〇年代なかば、毛沢東はルイセンコの学説の実践に意欲を燃やしていた。全国に派遣されたソ連の研究者たちが「種の生命力の法則」についての知識を広め、ルイセンコの〝協力的な〟種子と、階級闘争に対する毛沢東の信念とがぴったりかみ合った。中国では、まだ遺伝学を信じている者は猛烈な迫害を受け、植物が枯れると環境的な要因のせいにされた。そして一九五八年、中国の運命が決定づけられた。毛沢東はみずから、全国の農地に適用する八項目にわたるルイセンコ式農業計画を策定したのだ。ルイセンコを訪ねた数少ない西洋人であり、科学とジャーナリズムの素養をもつモンタギューは、神話を打ち破るチャンスをのがしたのである。

やがて訪れる飢饉が最悪の時期を迎えるころ、モンタギューは中国を二度再訪し、予定どおり、大規模なスポーツイベントを開催する初めての機会を提供した。一九六一年の世界卓球選手権である。こうしてピンポンは、かつてないほど政治色の濃いものとなる。あらゆるプロパガンダが、一九六一年四月の二週間という一点に向けられた。そこにすべてがかかっていた。中国はまず、開催国として海外のチームやジャーナリストをおおぜい迎え、大飢饉の事実が露見しないようにもてなさなければならない。次に、優勝しなければならない。目くらましや数字の操作で達成できる勝利ではなかった。生身《なまみ》の味方と敵がいて、そこには荻村のいる日本チームも含まれる。彼らを打ちのめさなければならないのだ。

一九六一年、最後まで残った者たちも地に倒れ、農民はもはや死者を埋める力さえ失っていた。死者の数はとうに数百万人レベルに達していた。そんな中、モンタギューはふたたび中国を訪れる。その年、卓球界初の共産主義者は、政治とスポーツの聖火をみずから中国に手渡したのである。

第十八章

兄弟の訣別

すがすがしい春の日、北京では生暖かい風が吹き、モンゴルから飛来する砂塵が舞った。広大な天安門広場は労働節《メーデー》を祝う大観衆で埋めつくされ、毛沢東の大躍進政策を称えるパレードがおこなわれた。飢饉はすでに農村部を手中に収め、都市部にもゆっくりと手を伸ばしはじめていたが、その朝、人々の視線はすべて北京に注がれた。中華人民共和国の建国十周年を迎えた北京は、街全体が楽観的なムードにわいていた。労働者は工場の幹部とともに、新製品の図面や見本、成果を誇らしげに掲げながら行進した。そして毛沢東と周恩来の像のところへさしかかると、龍や鳳凰の形をした風船や花かごつきの風船を飛ばし、空一面が錦絵のようにいろどられた。

《デイリー・ワーカー》紙は、ハトが空に放たれ、鳥たちとともに風船のあいだを勢いよく飛ぶさまを詩的に描写した。ところが実際は、ハトには一緒に飛ぶはずの仲間はほとんどいなかった。一年ほど前から、大躍進政策を推進する運動のひとつとして「四害駆除」キャンペーンが展開され、スズメは人間の食料である穀物を盗む「害鳥」に指定されたからだ。何百万人という忠実な市民が、鳥に羽を休める場所を与えないよう、上着やシーツをばたばたと振りながら通りや屋上を駆けまわった。数時間後には、何千羽もの鳥の死骸が空からぼたぼたと落ちてきた。その結果、昆虫の数が爆発的に増加した。そのうちに幼虫が銀色の巨大な網で葉を包みこんで美しくも破壊的な光景を生み出し、たちまち北京じゅうの木を枯らしてしまった。しかしこれは、やがて訪れる狂気の前兆にすぎなかった。

大躍進政策のもと強国と公然と張り合おうとした時期、国の中枢である北京は多忙を極めた。この政策により、中国は五年という短期間で産業化時代へ突入するはずだった。鉄鋼の生産量でイギリスをしのぎ、小麦の生産量を五倍に増やし、カナダとアメリカを合わせた量に追いつくという目標が設定された。信頼できる少数のジャーナリストには、その根拠が示された。アメリカ人ジャーナリストでモンタギューとも古くから親交のあるアンナ・ルイーズ・ストロングは、「ひとつの省だけで、今はアメリカ全体の生産量を超える小麦を生産している」と書いている。だが、ケーキに砂糖衣はつきものである。

一九五七年に、毛沢東は革命十周年を祝う大々的な建設計画を発表していた。変革の十年にちなんで、十棟の壮大な建造物を作る計画である。建国十周年の一九五九年十月までに完成予定の建物には、北京工人体育場、人民大会堂、北京駅などがあり、それらはすべて、ソ連と中国の建築家が協力して設計し、スターリン様式と中国的な特徴をあわせもつデザインとなった。壮大な建物には、「人はちっぽけな存在であり、ひとりでは生きていけない。だからわれわれの仲間に加わり共同体の一員となろう」という明白なメッセージが込められていた。膨大な資金と労力が注がれ、たとえば北京駅の場合、二百万人が建設にたずさわり、総工費六千万元をかけて、わずか七カ月という異例の工期で完成した。そこへもうひとつ、周恩来によって承認されたばかりの建設計画が加わった。中国は、世界最大の卓球スタジアムの建設に着手しようとしていた。そしてこの建物は唯一、西洋のデザインをもとに規模だけを拡大したものになる予定だった。

一九五九年五月一日、北京から三千五百マイル離れたモスクワでも、同様の祝典がおこなわれようとしていた。首相のニキータ・フルシチョフが閣僚たちを率いてレーニン゠スターリン廟の壇上へ続く階段をのぼっていたちょうどそのとき、まぶしい太陽が雲間から顔を出し、赤の広場が光で満ちあふれた。フルシチョフにとって記念すべき日だった。彼はノーベル賞のソ連版〝レーニン平和賞〟を受賞したのである。その日、同じ賞に輝いた人物がもうひとりいた。男爵家の子息であり、ヒッチコック映画のプロデューサー、近代的ピンポンの創始者でもあるアイヴァー・モンタギューである。

モンタギューはソ連全土で賞賛され、彼の逸話は世界中の共産党系組織に伝わった。モンタギューは「国家間の平和と協調の強化に多大なる貢献をした」として、世界の「平和の闘士」に選ばれた。何よりも驚くべきは、「貴族の家庭に生まれたにもかかわらず、その人生は西洋の革新的な知識階級《インテリゲンツィア》そのものであり、彼は多くの人々との共闘に天職を見出した」という大胆なくだりだった。モンタギューを祝福する言葉に、GRU（参謀本部情報総局）が彼に与えた「インテリゲンツィア」というコードネームが使われたのである。それが意味するものは明らかだった。レーニン賞の受賞によって、彼は共産党のための伝道者としてだけではなく、スパイとしての功績も認められたのだ。少なくとも、モンタギューはそう受け止めた。

北京でも、人々はモンタギューの健康を祈って乾杯した。中国は世界卓球選手権の開催国に選ばれた。工業と農業が大躍進政策の肉となり骨となるならば、スポーツは新中国にとって筋力だった。

しかし、モンタギューの申し出を受け、一九六一年の世界選手権の開催国になると決めた周恩来には、そこまでの二年間が過酷な日々になるのが目に見えていた。大躍進が実際に大きな躍進になる見込みはなく、それどころか後退になりかねないとわかった今、世界選手権は彼が予想した以上に重要なものとなっていた。

十月一日、天安門広場がふたたび人で埋めつくされ、建国十周年の祝典が開かれた。貴賓席には、国際卓球連盟会長アイヴァー・モンタギューと事務局長ロイ・エヴァンズの姿もあった。緑茶や、モロコシを発酵させて作った〝マオタイ〟という強い酒を飲みながら、「およそ四時間にわたり、中国の暮らしを象徴するものを余すところなく披露する途方もないパレードを眺めた」とエヴァンズは記録している。モンタギューは来たるべき世界選手権の準備に余念がないが、エヴァンズは自分たちが〈フレンズ・オブ・チャイナ〉というグループの一員になっていることにとまどいを感じていた。ロンドンにある、モンタギューが関わる左翼グループのひとつである。二人は北京にいるあいだ、いつでも自由に使えるソ連製の大きな黒塗りの車で、世界最大となる卓球スタジアムの建設予定地などを巡った。

その後、モンタギューは十月三日にモスクワ入りし、レーニン平和賞の金メダルを授与された。心のこもった祝辞を受けたあとのスピーチで、「もはや戦争の勢いは弱まっています。平和は皿に載せて差し出されるものではありません、勝ち取るものなのです」と彼は語った。

ソ連と中国の前途には困難が待ち受けていた。毛沢東は、ソ連とのあいだに一線を引いた。中国はそれまでソ連の「弟」としての役割に甘んじてきたが、もはやどちらの目にもそうは映らなかった。天安門広場は、成長して兄を追い越していく弟の象徴だった。ソ連側のアドバイザーは、天安門広場を九ヘクタールある赤の広場を超えない広さにするよう勧めたが、毛沢東はきっぱりとはねつけ、四十四ヘクタールにすることを承認した。

毛沢東に言わせれば、フルシチョフは反動主義者だった。中国への核技術供与について煮え切らない態度をとり、スターリンが死んだとたん、彼が残した遺産をねじ曲げた。かと言って、毛はけっしてスターリンに好感を抱いていたわけではない。国共内戦中、スターリンはいっとき蔣介石を支援していた。毛沢東を「(本物のバターではない)マーガリン・マルクス主義者」と呼んだこともある。また、朝鮮戦争では、毛沢東の軍を空から援護すると約束しておきながら、結局は何万人という中国人歩兵を米軍機による空爆にさらした。戦士した兵士には、毛沢東の大切な息子も含まれていた。それでもなお、スターリンは毛にとって、彼の像と並べて自分の像を立てたいと思わせる人物だった。

フルシチョフによるスターリン時代の再考は、毛沢東自身の功績が後継者によって再解釈されるきっかけとなりかねない。それだけでもフルシチョフに不信感を抱く理由としては充分だった。そこへもってきて、フルシチョフは無謀にもアメリカを訪問し、アイゼンハワー大統領主催の公式晩餐会に出席した。いったいどこまで臆面がない修正主義なのだ？　毛沢東は中国沿岸部を掌握したいと思っているに違いないソ連の首相に恥をかかせてやることにした。政治の中枢であり自身の居宅でもある中南海（日本の「永田町」に相当する）の専用プールで一緒に泳ぎましょうとフルシチョフを誘った毛沢東は、レクチャーしながらすいすい泳ぎまわった。一方、まったく泳げないフルシチョフは、ボディーガードに見守られながら、浮き輪をはめてぷかぷか浮かんでいるしかなかった。
一九六〇年七月、突如として中国からロシア人が追放された。前年の秋、《モスクワ・ニュース》紙は中国とソ連の仲の良さを「目に入れても痛くないほど大切な友人どうしであり、この友情は何世紀も続くだろう」と賛美していた。この言葉は、八カ月後にはすっかり滑稽なものと化していた。以来、ソ連の新聞は中国について沈黙を守り、中国という文字が登場することはめったになくなった。その年の夏にモスクワで開かれた大規模な国際オリエント学会議は、欠席した中国の穴埋めにナイジェリアの発表者に声がかかったことで注目を浴びる。

中ソ間では、じつは何年も前からじわじわと緊張が高まっていた。一九五五年四月にインドネシアで開かれたある会議（アジア＝アフリカ会議）で、周恩来は反植民地主義を力強く提唱し、賞賛を得る。その結果、第三世界の多くの国々が、中国は冷戦で対立する二つの大国のあいだに新たな道を切り開くだろうと確信するようになった。当時、ソ連政府は、社会主義および共産主義思想の中心はあくまでもクレムリンだと主張していた。すべてが計算ずくで進められる共産主義中国において、周恩来のこうしたパフォーマンスは、ちょうど六年後の世界選手権の場でも威力を発揮するのである。

一九六〇年に荷物をまとめて出ていったソ連の置き土産は、あらゆるスポーツに通用する効率的なスカウトシステムだった。小学校の教師が〝有望〟と見た子供たちは地元のスポーツ学校へ送られ、そこからさらに都市のチームに送りこまれる。そして省レベルの試合で勝ち抜いたチームから、国の代表チームのコーチが目ぼしい選手を引き抜く。ここでもまた、中国の独楽《こま》はソ連の枠組みの中で卓球へと向かっていくのである。

第十九章

準備

世界選手権が半年後に迫った一九六〇年九月、男女合わせて百八人の精鋭選手が集められ、冬の特訓がおこなわれた。百八人というのは、けっして恣意的な数ではなかった。中国の子供ならばみな『水滸伝』を知っている。ロビン・フッド物語よりさらに壮大な小説だが、内容もより激烈である。そこには、堕落した皇帝たちに対して蜂起する百八人の豪傑《ごうけつ》が登場する。彼らは人々のために戦い、切り離された首が飛び、山道には臓物が散る。

『水滸伝』の中で最も有名な物語は、皇帝の庭の話である。その庭にあるみごとな草木や美しい花はすべて、臣民の命とひきかえにもたらされたものだった。君主の壮麗な暮らしぶりは、臣民の苦しみを示す指標だった。国が世紀の大飢饉に見舞われているさなか、国家体育運動委員会が卓球にどれだけのものを注ぎこんでいたかを示すのに、これ以上わかりやすいたとえはない。

全国各地から引き抜かれた堂々たる若者たちが、上海、広東、北京の三カ所にある卓球の拠点に送りこまれた。そのころ賀龍は、北京の竜潭湖《りゅうたん》のほとりに卓球練習場を建設する仕事に邁進《まいしん》していた。練習の妨げにならないよう、建物の風上には窓がひとつもない、完全に周囲から隔絶された環境を作り上げるのだ。

百八人の選手は、各地でおこなわれたトーナメントの優勝者からさらに上澄みだけをすくい取った、言わば極上のクリームである。たとえば上海だけで、トーナメント参加者は三十万人もいた。トーナメントは北京、南京、重慶、西安、武漢、さらにハルビンでも開催された。もしも空に浮かんでゆったりと中国を上から眺めることができたなら、モンタギューは自分の夢が奇妙な形で実現した光景をまのあたりにしただろう。無数のピンポン球が、寄宿舎や工場、教室、食堂などでピンポンパンポンと飛び交っているのだ。

紀元前一四一年にできた中国最古の学校（成都石室中学。前身は石室精舎）にも、今や六台の卓球台が設置されていた。ある病院では、四百人いる従業員のうち三百人が試合にエントリーし、そこには看護師長と院長も含まれていた。報道員や記者は試合に参加して競い合いながら、一方でそのもようを報じ、二重の宣伝役をつとめた。共産党幹部や大学の学長、企業運営者もまた、みずから試合に参加し、あるいは審判をつとめた。

精鋭中の精鋭である百八人は、巨大なスポーツ複合施設内にある七階建ての寄宿舎に割り振られた。明・清時代の皇帝が天を祀った天壇《てんだん》が近くにあり、最上階からは金色と紫色の屋根が見えた。共産党の赤いスローガンが掲げられていない、北京では数少ない場所だった。ソ連の協力を得て建設された複合施設には、一流のアスリートを収容するための設備が整っていた。サッカー場、屋内外のランニングトラック、オリンピックサイズのプール、アリーナ、広いウェイトトレーニング室、それにもちろん、卓球専用の練習ルームもある。目と鼻の先にはスポーツ記者用のオフィスがあり、スポーツ管理センター、スタッフの宿泊施設、さらに選手や役員が使う車やバス用のガレージまであった。

国内最強のアスリートたちは、バスケットボールのコートほどもある広大な食堂で一緒に食事をした。食堂に入ってすぐの壁ぎわに、各自が食器を置いておく棚があり、そこから食器を持って食堂の奥へ行き、自分が食べる分を取ってくる。牛乳をどんぶり半杯、甘い菓子、おかゆ、饅頭《マントウ》、それに漬物を好きなだけ。朝食でこれだけあった。昼食や夕食には、肉が入った料理が少なくとも二品は含まれ、ヨーグルトもひと壜《びん》ついた。食べ終わると自分の食器を洗い、また入口のそばの棚に戻す。

選ばれた百八人は、国のために全力を尽くさなければならなかった。韓志成《かんしせい》は一九五九年に十七歳で親元を離れ、以来一九六二年まで家族とは一度も会わなかった。それがあたりまえだった、と彼は語る。「春節（旧暦の正月）にも、自由に家に帰ることはできませんでした。われわれ選手は、国民に模範を示さなければならなかったのです」。スローガンにあるように、「父母は良きもの、されど毛沢東主席は偉大なるもの」だった。

ほとんどの選手にとって、家から離れて暮らす不安よりも、贅沢な設備を与えられたありがたさのほうがまさっていた。中国にはもはや、裕福な人などいなかった。それまで彼らは、木を彫ってラケットを作り、木挽《こび》き台やドアを卓球台にしたり、コンクリートにチョークで台を描いたりして練習していた。竹竿がネットがわりだった。靴が擦り切れて薄くなると、テープを貼って補強した。ところが今は、すべて共産党持ちで、靴が擦り切れれば交換してもらえ、好きなラケットを選び、傷ひとつない新品のボールが使える。「新生活はじつにすばらしかった」と、ある選手は振り返る。

卓球が急きょ担うことになった重責の大きさを示す、かすかな手がかりがあった。賀龍は、卓球は「スポーツによって国民の士気を高める」のに欠かせない要素であると言明していた。卓球以外に選択肢はなかったのだ。一九五八年の時点で、中国はすでに国際オリンピック委員会（ＩＯＣ）からも国際サッカー連盟（ＦＩＦＡ）からも脱退していた。また、大躍進政策の時期、まだ廃れずに残っていたスポーツはほかに二つしかなかった。バレーボールとスピードスケートである。北部のスポーツであるスピードスケートが、全員が中央部出身である党の最高幹部の支持を得られるとは考えにくいし、一方の男子バレーボールも、当時はまだ体格でまさる国々が優勢だった。国家体育運動委員会も、さすがに大躍進政策が立派な体格の人間を生み出すとまでは期待していなかった。

男子卓球チームのヘッドコーチは、傅其芳《ふきほう》だった。世界チャンピオンの容国団と同じく香港出身だが、見た目はまるで正反対で、傅は丸々と太っていると言っても過言ではない、恰幅のいい広東人だった。父親の組合活動を通じて共産主義にもいくらかなじみのあった容とは異なり、傅のほうは政治とはまったく無縁だった。彼はアメリカ型のアスリートで、よくプレーし、よく飲み、ひとりの女よりも二人の女を好んだ。気分のいい晩には、ビール十本をらくらく飲み干した。

一九五〇年代のはじめ、アメリカが生んだ最高の選手マーティ・レイズマンは、数年間をアジアで過ごした。理由は単純で、卓球をするならアジアがいちばん稼げたからだ。痩せ型で、卓球場では針《ニードル》と呼ばれた彼だが、ひとたび卓球場を離れ、英国スーツにイタリアの靴を身につけた姿は、万年筆のようにエレガントだった。

傅其芳とレイズマンの試合があると、香港ではギャンブラー人口が急増した。サザン・プレイグラウンド（修頓遊樂場）でおこなわれる二人の試合には、四千人を超える観客が集まった。「傅も私と同じで、演出がうまかった」とレイズマンは語る。二人は結託してわざと試合を長引かせては、宙に舞ったり、レイズマンのトレードマークである、爪先でくるりと一回転して放つショットをたっぷり披露した。七月の香港のうだるような暑さの中、ただでさえ重量オーバーの傅は汗だくだった。レイズマンに前へ後ろへと走らされた傅がついに床にばったりと倒れ、あえぎながら横たわっていると、観客からブーイングが起きた。そのため、レイズマンは卓球台の反対側へ回りこみ、傅を助け起こした。そのゲームは傅が取るが、レイズマンが勝って賞金を手にした。

そのころ、中国はすでに傅に目をつけていた。前年（一九五二年）のボンベイ大会では、日本の佐藤博治《ひろじ》が不思議なラケットで対戦相手を次々に片づけた。傅はその大会に、小粒ながら銅メダルを獲得した香港チームの選手として参加していた。モンタギューが決めたルールにより、香港はイギリスの植民地ではあるが、中国の一チームとしての参加が許されていた。

ボンベイ大会は、傅にとってなじみ深い世界だった。卓球のラケット以外にまともな収入源がなく赤貧に近い暮らしぶりの選手は傅ひとりではなかった。練習場は——世界選手権の場でさえも——賭博場兼交易場と化した。戦後、戦いの影響を受けた多くの国々では配給制が敷かれ、贅沢品の入手は困難だった。「当時は誰もが商売をしていた。一種の密輸だった。チェコ人はリンネル製品を、フランス人はコニャックや香水を持ってきた」とレイズマンは語る。そして選手たちは、ふだんはなかなか手にすることのない二百、三百、四百ドルという大金を稼ぎ出すのだった。

モンタギューの目と鼻の先で、世界選手権大会は中央ヨーロッパや香港の街路に根付いた、闇市場へと変貌した。そこには二つの規律が存在した。ひとつは役員の前で従う規律、もうひとつは選手しかいない練習場での規律である。

卓球で金を稼ぐのは、モンタギューのルールで禁じられてはいないが、いかがわしい行為ではあった。選手は、出場するすべての試合について、自国の協会から承認を得なければならない。これは、親の金で一生涯暮らしていける人物によって課されたルールである。モンタギューはそもそも、ピンポンを政府が積極的に後ろ盾となってくれる国でのみ普及させるよう仕向けてきたのだ。傅は、うまく隙を突こうとしていた。しかし、ひと儲けしようとした者はたいていの場合、出場停止になったり、煩雑な手続きに追いこまれた。あるいは傅のように、賭博で大負けし借金を背負いこむ羽目に——。

傅が置かれた状況は、友人でありライバルでもあったマーティ・レイズマンが知る以上に複雑だった。重婚者で、卓球ラケットとすばやい動き以外の収入源をもたない傅は、香港で二つの家庭を維持するのに四苦八苦していた。借金は莫大な額にふくらんでいた。一九五四年、追いつめられた状況にある彼に共産党幹部が目をつけた。北京へ来て中国チームのコーチにならないか、と賀龍が持ちかけたのだ。どちらかの妻を選べ、家族も選べ、残ったほうはわれわれが面倒を見る、と。共産主義体制が始まって間もないころの融通のきかない恐怖政治のさなかにあっても、どうしても手に入れたいものがあれば多少の欠点には目をつぶった。傅は月額二百元という破格の給料を与えられた。これはほかの選手の五倍の額である（もっとも、二つの家族で折半されたが）。賀龍はこのやりかたを「買収政策」と呼ぶようになった。共産主義を強化するために、ほんの少しだけ資本主義的手法を用いたのである。

選手はおおぜいいても、コーチはほとんどいなかった。傅ひとりで全員を指導することはできないため、彼は百八人の中からコーチを募った。梁友能《りょうゆうのう》は大学で鉄道建設を学んでいた。広大な国土を縦横に結ぶ鉄道網の建設に貢献するのが夢であり、卓球は腰かけのつもりだった。ところが、国家体育運動委員会は彼の学識を優秀なコーチになる資質ととらえ、友はいつしか傅其芳の〝副司令官〟となっていた。

英国陸軍がルーツとされるにもかかわらず、卓球がどこか中国的なのは、大衆的な造語と労働者《プロレタリ》階級的《アート》なイメージのせいかもしれない。ピンポンという名前は翻訳しやすく、〝乒乓《ピンパン》〟になった。二つの漢字は、鏡に映したように左右対称である。「誰が考案したか知らないが、この名前を思いついた人は詩人だ」と中国研究者のロバート・オクスナムは説明する。

「乒《ピン》」は砲弾、「乓《パン》」は砲声。そしてこの二つの漢字を重ねると「兵」という字になる。そこには「外交」の意味も含まれるが、あくまでも軍事的外交だ。孫子の兵法に立ち戻るなら、武力で優るのではなく、敵をよく知ることこそが勝利への道なのである。

乒乓《ピンパン》は中国にみごとに適合した。

周恩来には、当分のあいだ中国は世界の一大軍事力にはなれないとわかっていた。国民に充分な食料さえ供給できていない状況なのだ。今は巧妙に前進すべき時だ。第三世界のリーダーとして位置付けられるよう、失敗を隠し、成功を誇張すべき時だ。リーダーにふさわしい資質を示すためには、世界選手権で優勝しなければならない。

これまでも政治がからむ対決はあった。一九五五年のユトレヒト大会で、中国は日本と対戦しなければならなかった。そればかりか、韓国とアメリカと同じグループだった。いずれも、終結して間もない朝鮮戦争で戦った敵国である。「(中国チームは)非常に緊張していました」と、男子チームの選手だった荘家富《そうかふ》は当時を振り返る。それでも彼は冷静さを失わず、接戦で韓国を破り、対アメリカ戦では三ゲームをすべて取った。

メダルは取れなくても、彼らの遠征そのものが快挙と受け止められた。帝国主義者のアメリカ人と反動主義者の韓国人を打ち負かしたのだ。中国チームが帰国すると、賀龍元帥が空港で荘家富を呼び止めた。彼の給料は男子チームで最も高い一等級に格上げされた。政府の指導者たちも、チームの活躍を喜んだ。

その年、中国は初めての大規模なスポーツイベントとなる「全国第一回工人体育運動大会」を開催し、毛沢東、周恩来、朱徳の三人も顔をそろえた。しかし、これは国内での成功にすぎない。世界選手権の開催国として立派に役目を果たし、なおかつ優勝してこそ、強力なプロパガンダとしての卓球の真価が試されるのだ。

第二十章

犠牲

大躍進政策の時期、中国全土で不自然な現象が展開していた。急激に拡大する飢饉は、イデオロギーと科学、失政、残虐行為を混ぜ合わせたようなもので、その害をこうむったのは、権力の面でも地理的にも共産主義の中枢から最も遠いところにいる人々だった。都市部が立ち行かなくなると、農村部からどんどん穀物が吸い上げられ、国の穀倉以外の場所にはひと粒の米も見当たらなくなった。

天候とはまったく無関係な飢饉だった。北大荒《ほくたいこう》と呼ばれる広大な北の荒野にある労働収容所に入れられていたある知識人は、一九六〇年は「トウモロコシ、米、麦、大豆が大豊作」だったと記憶している。外からの干渉を受けず、過酷な環境のもとで農作業をする収容者たちは立派に作物を育てた。ところが、収穫したものは近郊の都市のために徴用され、トウモロコシの芯や皮をすりつぶした代用食しか与えられなかった彼らは、衰弱し、「汚れたぼろきれをまとう青ざめた死人」のようになっていた。

北京の建設ラッシュと世界一立派な卓球スタジアムの費用をどうやってまかなうのか？ 中国共産党が目指す成功のための費用をどうやってまかなうのか——穀物の輸出である。飢饉が始まった当初、穀物の輸出量は実際に伸びている。中国はまた、ソ連からの借金を穀物で返済し、第三世界の仲間たちへ気前よく食料を輸送しつづけた。イギリスの歴史学者ジャスパー・ベッカーは、その結果起きた飢饉を「意図的な大量殺人」と呼んだ。

ソ連で第一次五カ年計画が実施されたのは、農民が比較的裕福だった時期である。ところが一九五〇年代の中国では、国民の大半がどうにか食べていけるていどの暮らしぶりだった。穀物の徴用量がわずかに増えただけでも、農村部は飢餓状態に陥ってしまう。逃げ道はなかった——卓球選手でもないかぎり。

中国はもともと小作農で構成される国だが、今やすべての土地が国に帰属していた。個々の農民が穀物を育てる費用は、それに対して政府が払ってくれる額を超えていた。農業の集産化がおこなわれているため、政府のほかに買い手はない。家畜から農機具にいたるまで、農場にはもはや農民の所有物は何ひとつなかった。そんな中、意欲をもちつづけたのは、国の穀倉に空前の収穫をもたらす役目を担う共産党幹部だ。

割り当て量が達成できなければ、政治的大失態となる——共産党内での降格は、配給量が削られることを意味していた。国のあらゆるレベルで生み出された嘘がまかりとおり、雑誌や新聞は数々の進歩を報じた。「果敢に〝密植農法〟を試みた農民の勇気——科学者の想像を超える思い切った挑戦」と、ある政府刊行物は誇らしげにうそぶいた。密植と並ぶもうひとつの即興的農法が、稲の〝深耕〟栽培だった。ただ、田植えのさいは腰まで水に浸からなければならない。北京から田園地方へと向かう汽車で毛沢東の隣に座った主治医は、田んぼで稲をかき分けながら作業をする農民たちの姿を眺めていた。彼の目には、「技術的に進歩した」というよりもむしろ「婦人科系の感染症を招き寄せている」ようにしか見えなかった。

指令は毛沢東からじかに下された。穀物は、農民の口に入る前に徴収すべし。必要ならば暴力に訴えてもかまわない。強制を恐れる者は、思想そのものがまちがっているのだ、と。中国政府は、モンタギューがふたたび北京を訪れる一九六一年の春までに、千七百万人の「過剰死亡」があったとしている。一方、オランダ出身の歴史学者フランク・ディケーターをはじめ西欧の専門家が出している数値は、四千五百万人である。

飢餓状態になると、人の体はそれに適応しようとする。腹を立てた共産党幹部にいくら脅されようと、畑に出ていくエネルギーは少しも残っていなかった。仕事を怠けたり食料を盗んだりした村人は、溺死、凍死、焼死などの拷問死を遂げた。世界選手権が始まるころには、暴力を直接的死因とする死亡者数は二百万〜三百万人に達していた。

飢えた人々は、〝戸口《フーコー》〟と呼ばれる戸籍登録制度があるために農村を離れることができなかった。ある種の国内パスポートのようなもので、移動には政府の認証が必要だった。一九五八年に設けられた制度である。労働者は、戸口がなければ都市で食料配給券がもらえず、地方でも食料が分配されない。都市部でも農村でも、食料が手に入るかどうかは政治への忠誠度に左右された。ただし卓球選手は例外で、共産党員であろうとなかろうと、彼らには三度の食事が与えられた。

農村部では、労働者が人民公社の食料配給所に一列に並び、ひしゃくですくって与えられる食料を待った。ひしゃくの中身がどれだけかを誰もが食い入るように見つめた。些細な問題ではない。生きるか死ぬかの問題だった。政治に不満を抱く者、食料不足や共産党幹部による虐待について苦情の手紙を書いた者は、じわじわと殺される可能性があった。飢饉の時期、共産党員の数は一気に膨れあがり、三年間で千二百五十万人から千七百四十万人になった。政治に目覚めたのではなく、食料を得るための非常手段だった。

戸口制度は、農民が各地に移動して飢饉の情報を広めるのを食い止めた。移動する者がわずかにいたとしても、エネルギー不足でさほど遠くへは行けなかった。人々の大半は自分の村で死んだ。一九六一年の春になって最後に死んだ者は、埋葬もされなかった。多くの村では、墓を掘る人がひとりも残っていなかったからだ。このような衰弱状態の中で、病気が蔓延し、小児麻痺《ポリオ》、髄膜炎、肝炎、マラリアの罹患率がすべて上昇した。北京は、こうした悲惨な状況をあるていどまぬがれることができた数少ない場所のひとつだった。国が存続するには、首都は例外として維持されなければならないのだ。

容国団が優勝した一九五九年の夏、江西省廬山《ろざん》で開かれたある会議で、出席していた毛沢東に対する強固な反対勢力が生まれ、路線変更を迫った。当時の国防部長彭徳懐《ほうとくかい》は毛沢東に手紙を書き、「人民のために、ただちに現状を変えなければなりません」と訴えた。農村部を訪れた彼は、子供たちが飢え、共産党幹部が幅をきかせる由々しき現状をまのあたりにしたのだ。彼の手紙は毛沢東の姿勢をまともに否定するものだった。「政治による統制は経済原理のかわりにはならず、まして具体的な経済活動のかわりにはなりません」

二日のあいだ毛沢東は何も言わず、かつて自分が詩で褒め称えた男の手紙について思案していたが、やがてその手紙を手に壇上にのぼり、国防部長を完膚なきまでにこきおろした。毛沢東批判は共産党批判に等しい。もはや両者の違いは皆無だった。毛沢東は自分をマルクスやレーニンと比較した。彼らとて誤りは犯した。たかが一地方の穀物割当量などという経済的理由を持ち出し大躍進政策を批判するのは、右寄りのブルジョア的思想である。

毛は、党を二つに分裂させ、自分はまた農村へ引っこんで農民による新たな革命を指揮してやると脅した。彭徳懐は同調していた仲間からも見放され、即刻国防部長の任を解かれる。現状を救える手立てはいくらでもあったはずだ。穀物の輸出量を減らし、その分を最もひどい飢饉に見舞われた地域に分配することもできただろう。しかし、国は国際舞台で面子《めんつ》を失うことを、国民が餓死する以上の損失と考えたのである。

もう少しで多くの人命を救えたかもしれない国防部長は、無言のまま席についた。彭を慕っていた者たちは、毛沢東が描く勢力図の中で、自分がまちがった立ち位置にいたと悟ったことだろう。中国では、内紛が起きるとまず部下や支持者が排除され、最後に当事者が攻撃を受ける。できたばかりの卓球チームは、その先十年のあいだに自分たちが大規模な報復作戦に巻きこまれることを、まだ知らなかった。主治医によれば、その年、毛沢東が好んで観ていた映画は、ゲイリー・クーパー主演の『真昼の決闘』（孤立無援で正義を貫く保安官の話）だった。

第二十一章

卓球チームに栄養を

国家体育運動委員会は、差し迫った問題に直面していた。なかでも急務は、卓球チームにどうやって充分な栄養を与えつづけるかである。賀龍は、ふと思いついた。国家体育運動委員会には、飢餓対策の秘密兵器があった――国際射撃チームだ。射撃チームはさっそく、北京から車で十時間以上かかる内モンゴルへヤギ狩りに派遣された。ヤギ肉がたっぷり手に入ると、それと引き換えに卵が手に入る場所も見つかった。

選手たちの生活環境はシンプルだった。チームは練習場の近くの平屋に移り住んだ。屋内には給水設備がなく、雨が降ると屋根から雨漏りがしたが、食事だけはファーストクラスで、牛乳、缶詰の豚肉、新鮮な卵が毎日出された。トレーニング用ユニフォームとソックス、シューズも支給され、シューズが擦り切れると、新しいものと交換してもらえた。

スケジュールは厳しかったが、中国全土に与えられた苦しみや死と比べれば物の数ではない。彼らは男子、女子、混合、ジュニアの四つのチームに分けられた。全員が六時に起床し、どんなに寒い日でも中庭か運動場に集合して一連の体操やウェイトトレーニングを始め、そのあと朝のランニングをする。八時半に朝食をとり、三時間の卓球練習ののち、たっぷり昼食をとり、昼寝をする。午後三時から六時までさらに三時間の練習をしたあと夕食をとり、晩にはトレーニングやミーティングがおこなわれた。自由時間はごく限られていた。月に一度、戦争映画くらいは観にいったかもしれないが、充分すぎるほどの給料をもらっていても買うものはほとんどなかった。卓球のフィルムはたびたび上映された。荻村のいる日本チームやハンガリーチームなど、世界チャンピオンを目指す中国にとっておもな脅威となる選手たちの、めったに手に入らない貴重な映像だ。それをはじめは普通のスピードで見て、そのあとスローモーションで念入りに研究する。

韓志成は主力選手の練習相手だった。フィルムを研究し、海外チームが北京へやってきたら、できるだけ練習風景を観察するのが彼の役目である。そのあと急いで練習場へ戻り、チームの柱となる選手たちに見てきたテクニックを真似してみせる。「理解してほしいのは」と彼は言う。「みんなが一丸となっていたということです。まさしく団体競技であり、団としての栄光のために戦っていました」。〝団〟という言葉は軍隊や工場でも使われ、個人よりも全体を優先するという強い意味合いをもつ。個々の行動は全体の一部にすぎず、個人の活躍はすべてチーム全体のものとなるのだ。

本番の試合で愛国心が語られることはなくとも、練習場では共通の話題だった。周恩来は国内に高まる緊張をやわらげようとしていたが、選手は自分たちがどれだけ重い責務を背負っているのか自覚していた。飢饉のニュースは彼らのもとへも漏れ伝わってきた。どうしようもない窮状を抑えこんで書かれた手紙を読んだあとで缶詰の肉や野菜料理を見れば、故郷の人々に大きな借りを負っているのだと思わずにはいられなかった。

選手たちにとって最大の問題は、肉体的なプレッシャーよりもむしろ精神的なストレスだった。極度の緊張を振り払えない者もおり、そうした選手は冷静を保てる者と交代せざるをえなかった。

卓球よりも政策づくりや宴会への出席に慣れている役人たちが、練習場の後方に立って球拾いをした。彼らの仕事もまた危機に瀕していた。はじかれた選手や降格処分を受けた役人は、列車で故郷へ帰る羽目になりかねない。一九六〇年の冬、帰郷は死刑宣告にも等しかった。

周恩来には一国の首相としての仕事がある。彼は夜遅くまで働き、午前十一時まではいっさい会見を受け付けないという一定のスケジュールを守り、時間を最大限に有効活用していた。そのため、彼が卓球チームのもとを訪れるのはたいてい真夜中ごろになる。すると選手はベッドから飛び起きて首相の前に出なければならなかった。外交部部長の陳毅《ちんき》元帥もまた、緊張をほぐしてやろうと訪れたが、むしろ選手たちの緊張は高まった。「もしも試合に負けたら、きみたちをディナーに招待しよう。勝ったら招待しないと約束しよう」と彼は言った。なんとも不安にさせるジョークだ。中国では、敗者にごちそうするのは追放のしるし、死刑囚に与える最後の食事のようなものなのだった。すべてがプレッシャーを増大させるかに見えたが、極めつきは、練習中に毛沢東主席が「激励」にやってきたことだ。

成り行きまかせのものは何ひとつなかった。満員の観客の前でプレーするのに慣れるため、チームの練習スケジュールを公開し、観客を呼び入れた。娯楽などほとんどない時代、スタジアムは満員になった。観客は拡声装置を通じて操られる。「ここで中国チームに拍手！」の声で手をたたくと、次に「拍手やめ」の指示が出る。そしてまた拍手。練習が終わると、百八人の選手が全員スタジアムの外に残り、卓球に関する観客からの質問に答えた。

選ばれし者たちは外界から隔絶された別世界で暮らしていたが、身内に広がる窮乏に無頓着でいたわけではない。彼らの多くは飢饉についていくらか知っていた。なぜなら、それは国内最大の都市の中心部にまで忍び寄っていたからだ。北京を訪問していたある女性医師は、劇場に入ると、まわりの人々は「男も女も、疲れと寒さで、座席に着くとみんな眠りこけていた」と回想している。夕食のさい、器に盛られたごはんを少し残した彼女は、給仕にひどく咎められた。

北京近郊の農村部では、農民の大半が浮腫でグロテスクなほど膨れあがり、死者も相当な数にのぼっていた。北京市内の状況はこれほどひどくはなかったが、わざわざ遠くへ行かなくても浮腫に苦しむ人々の姿は見られた。世界卓球選手権が始まるころには、(北京)住民のおよそ十パーセントが浮腫に悩まされていたからだ。商店には何もなく、空っぽの棚の前に店員が静かに座っているだけだった。人々は首をすくめ、足をひきずるようにして、あてもなく店から店へとさまよい歩いた。

外交部の庁舎に暖房が入るのは一日に二時間未満だった。周恩来の官邸ですら配給が厳しくなり、夫人はイラクサのお茶をふるまった。卓球練習場へ届く手紙は、選手たちを苦悩させた。だが、彼らに何ができただろう？　そのころにはもう、農村に食料を送ることはできず、実家に現金を送っても無駄だった。買える商品など何も残っていなかったからだ。それでもなお、印刷所へ送られる世界選手権のプログラムで、北京は「成長いちじるしい繁栄の舞台」と謳《うた》われていた。

ヘッドコーチ傅其芳はペンを片手に練習場を歩きまわり、卓球台のわきで立ち止まっては練習する選手たちを観察し、つぶさにノートに書き留めた。彼のみごとな手腕は、厳格なシステムの中に柔軟性を生み出すところにあった。国全体が同じ服装をして、同じように考え、同じように話す党幹部を世に送り出そうとしている一方で、傅は日本やハンガリーに向けて放つ多種多様な兵器を作り上げようとしていた。彼が求めるものは、サーブ、スピン、ブロック、ドライブ、シェークハンド、ペンホルダーのエキスパートだ。それが揃えば思いのままに兵器を配備できる。

一方、女子チームの状況は思わしくなかった。国家体育運動委員会の役人たちは、まだ日本の女子のほうが優勢なのではないかと心配だった。中国の期待の星はベテラン選手の邱鐘恵《きゅうしょうけい》、メガネをかけた小柄な選手だ。高校教師の娘だった邱は、幼いころから高校で卓球をする生徒たちを眺めていた。あるとき、誰かが邱を抱き上げて卓球台の片側に置かれたスツールに座らせ、ラケットを握らせた。すると生徒に腰を抱きかかえられたまま、体を左右に動かしはじめたのだ。小さな子供のパフォーマンスは運動場の見ものとなるが、卓球台を見おろせるようになると、もはや彼女を打ち負かすのは至難の業だった。

邱鐘恵は、雲南省で育った。はじめはバレーボールの選手を目指し、身長が低いにもかかわらず高校のバレー部に入るが、本人いわく、「早い話が、先生たちに卓球のほうへ追いやられた」のだという。一九五三年、雲南省体育委員会は省全体から選ばれた四人の卓球選手を北京へ送りこんだ。その中のひとりが邱だった。四人のうち二人は三十歳を超える男性だったが、委員会は旅費を邱に託し、彼女はそれを上着の縁に縫いこんだ。そのお金は、彼女にとって天の恵みほどの価値があった。「私のお金ではありません」と邱は言った。「私にとって、それは農民たちの血と汗でした」。北京へのバスの旅は七日かかった。邱はホテルやレストランもいちばん安いところを選び、小さなチームを卓球の試験にちょうど間に合うように北京へ到着させ、渡された資金を半分残したまま雲南省へ帰ってきて地元の役人たちを驚かせた。そのひと月後、通知が届いた。邱はナショナルチームの補欠に選ばれていた。

一九五五年、ポーランドで開かれた世界青年学生祭典に参加したあと、邱はアウシュヴィッツを訪れる。その一年後には、訪問先の日本で、初めてアイヴァー・モンタギューと顔を合わせた。「私たちにこの特別なバッジを持ってきてくれたの」と、彼女は中国選手たちの胸にバッジを留めた。一九五九年のドルトムント大会では容国団が金メダルに輝き、邱の銅メダルはかすんでしまったが、今や彼女は中国の大本命だった。

邱はかつてないほどのプレッシャーを感じていた。日本の女子チームは前回よりも腕を上げているかもしれない。男子がメダルを総なめにして女子がひとつも取れなかったら、それでも天の半分は女性が支えている（男女平等を謳った毛沢東の言葉「婦女能頂半辺天」）と言えるだろうか？

賀龍は女子チームに、客席を埋めつくす騒々しい観客の前でプレーするという特別な練習を指示していた。あるとき、邱が卓球台で練習相手を待っていると、見たこともないような醜い女たちが、太い声で話しながらぞろぞろとやってきた。一瞬とまどったが、練習相手となる男子選手が女装しているのだとわかった。「もう大笑いでした。笑いすぎて、誰も試合なんかできる状態じゃありませんでした」と邱は語った。

観客も立派に役目を果たした。女子チームがついに男たちに勝つと、観客は立ち上がって大歓声を上げ、いくつもの帽子が宙に舞った。

卓球チームは中国が目指すユートピアのシンボルとなったが、国土の大半が窮乏している――それも劇的に窮乏しているのは明らかだった。ある日の午後、練習場へやってきた賀龍は練習を中断させた。いつもならば、わらじをはいての長征で傷《いた》めた足をかばって腰かけるのだが、その日は男子チームの前に立ち、こう言った。「いいか、卓球は戦争と同じだ。死を恐れる者は、きっと死ぬ。恐れを抑えこめ。恐怖心に打ち勝てば、死ぬことはない」

選手たちは納得してうなずいた。すると賀龍は「もうひとつ聞かせよう」と言い、思わせぶりに間を置くと、両手を口元に持っていき、入れ歯をはずした。そして歯茎のあいだから空気が漏れる声で話を続けた。

私は以前、騎兵部隊で戦っていた。突撃のとき、先頭にいた私は口を撃たれ、歯が粉々に砕けてしまった。だが、あのときぴんと背筋を伸ばして座っていなかったら、弾は頭のど真ん中を貫いていただろう。

「その話に、私たちは心から勇気づけられました」と、元選手のひとりは語る。「もう怖くはありませんでした」。国の最高幹部からたえず注目を浴びつづけた選手たちは、これだけ国に大切にされているのだから、恩返ししなければならないと感じていた。傅其芳コーチのおかげで、技術の面でもかなりの自信がついていた。ところが、その自信は一夜にして崩れ去るのだった——。

第二十二章
ピンポン・スパイ

中国チームはすでに尋常ならぬ量の下調べをしていたが、その対象はおもに日本人選手だった。「最もよく研究したのは、荻村です」と梁友能コーチは語る。彼は、一九六二年のある出来事を思い出す。ツアー中に北京を訪れたある日本人選手が、〝自分自身〟と対戦することになったのだ。当時、一軍選手の練習相手だった梁は、もっぱら他国の選手のスタイルを真似るのが仕事だった。「彼はびっくりしていましたよ」と梁は笑った。「うらやましがってもいました」。さすがの日本にも、そのような人材はいなかったからだ。

北京大会の開幕をちょうど一週間後に控えた中国に、不穏なニュースが飛びこんできた。国家体育運動委員会が、日本の雑誌に載ったある記事の翻訳を入手した。自信たっぷりに、日本は世界一のチームだと語るその記事には、「選手たちがサーブ用に新たに編み出した秘密兵器のスピンのおかげで、その地位は保たれるだろう」と書かれていた。

卓球とは、攻撃の成功率が半分をわずかでも超えれば勝てるという荻村の「五一パーセント理論」のように、突き詰めればじつにシンプルなスポーツである。三球目攻撃《スリーボール・アタック》の鍵となるのはサーブだ。サーブが効果的であれば、それを返すだけで相手は苦労する。返球をしくじれば――つまり、ネットをクリアする高さがほんのわずかでも高すぎたり打ちかたが弱すぎたりすれば、たちまち強打されてしまう。日本が本当に新しいサーブを編み出したのだとしたら、中国にとって大きな打撃となるに違いない。一九五九年のドルトムント大会では、たいてい二、三点差まで迫っていた。だが、ここで打ち返せないようなサーブを出されたら日本に勝利を与えかねない。そうなれば、大躍進とは名ばかりという政治的に誤ったメッセージを発信してしまうことになるだろう。

一週間で何ができるか――。それが最重要課題となった。国家体育運動委員会は、最後の切り札があると信じていた。卓球も戦争と同様、今や中国にとって政治問題だ。こうして、荘家富《そうかふ》は中国初のピンポン・スパイとして送り出されたのである。

荘家富は、広州の郊外に位置する番禺《バングウ》という貧しい町で育った。番禺では、卓球台がある家などひとつもなかった。両親が朝早く果物を売りに出かけると、子供たちは玄関の戸をはずして卓球台がわりにした。荘は体育教師の勧めで広州市チームに加わるが、そこでも彼の能力はずばぬけていた。大人になり郵便配達員として働いていたころ、インドのチームが広州にやってきた。そのときインド勢に勝てた選手は、荘ただひとりだった。褒賞として、三十六時間も列車に揺られて天津へ行き、国のトッププレーヤーと試合をする機会が与えられた。そして彼は、ナショナルチームに欠かせない存在となるのである。

賀龍の指示により、日本チームを偵察するため、荘は帝国主義イギリスの居留地だった香港へと向かった。バスケットボールのナショナルチームに所属していた妻を心配させないために、行き先は上海だと告げていた。プロペラ機で北京から武漢へ、さらに長沙へ飛ぶが、そこで大雨に見舞われ足止めを食う。郵便配達員という職業柄、全国の列車運行表が頭に入っている彼には、次の列車で南へ向かわなければ貴重な一日を失うとわかっていた。そこで長沙で車を調達し、駅へと急いだ。朝の六時に列車が広州に到着すると、タクシーで体育委員会へ向かった。委員長はベッドから飛び起き、最後の行程である深圳《しんせん》への短い列車の旅で荘と合流した。深圳に着くと、委員長は香港を拠点とする諜報員ミスターXに荘を引き渡した。

荘に課されたルールは三つあった。第一のルールは、香港へ入ったらミスターXと一緒にいるところを誰にも見られてはならないこと。二人は離れて歩き、たがいに知らないふりをした。第二のルールは、人前ではつねにサングラスを着用すること。第三のルールは、国境を越えるさい、いかに緊迫した状況になっても平然としていること。中国と香港のあいだには三つの検問所がある。予期せぬ事態が起きたらミスターXが対処する、と荘は告げられていた。

荘は、高まる恐怖を感じていた。彼は今、卓球チームを代表して中国政府のためにミッションを果たそうとしていた。しかし、もし逮捕された場合、彼にはしかるべき書類がない。良くても香港からの即刻退去、最悪の場合は逮捕されて共産主義の活動家として裁判にかけられるかもしれない。

香港への入国を審査する最初の検問所には制服を着たイギリス人がいて、すぐそばに通訳係の警官がひとりいた。「ここへ来た目的は?」とイギリス人が訊いた。

「交換留学です」荘は教えられたとおりに答えた。数人後ろにミスターXが並んでいるのがちらりと見えた。

「学生証を見せてください」

ポケットからカードを引っぱり出しながら、それは北京の警察局が発行したものだと気づいた。

香港の警官たちが一歩踏み出してカードを調べる。「はるばる北京から来たのか——共産主義の中枢だ」。その瞬間、荘の脚が震え出した。するといつのまにかミスターXがそばにやってきて、香港の警官に広東語で話しかけた。「この人はね、例の深圳の旅行業者のいとこですよ。あいつも、おたくらに渡す金くらい持たせてよこせばいいものを。でもまあ、いとこってことで大目に見てやってくださいよ」

荘は、何を話しているかわからないふりをしていた。ミスターXの落ち着いた態度に感心し、自分ではなくほかの誰かが形ばかりの検問を通過するのを見ているような気分だった。「まるでスパイ映画みたいでしたよ」と荘は振り返る。こうして二人は無事に検問所を通過した。ミスターXは香港行きの列車の切符を渡し、駅名を小声で伝え、自分のそばには座るなと荘に告げた。

駅を出ると、荘は香港の街を歩き出した。数分後、道の反対側を歩いていたミスターXが一軒のアパートに姿を消した。荘もあとに続き、階段をのぼっていく。ミスターXの自宅に泊まり、彼をおじさんと呼ぶことになっていた。ミスターXは妻と息子、使用人と暮らしていた。荘の正体を知っているのは妻だけだ。翌朝、一家とともに気まずい朝食をすませたあと、荘はミスターXのあとを追ってスタジアムへ向かった。

出かける前に、荘はミスターXに卓球の試合のチケットを二枚渡された。一枚は安いチケット、もう一枚は高いチケットで、安いほうを使って人波にまぎれてスタジアムに入り、そのあと高いほうで試合がよく見える席に座るよう指示を受けた。二人が最も恐れたのは、荘の顔見知りに気づかれることだった。過去のツアーで対戦したことのある香港の選手が何人かいた。世界選手権では荻村とも対戦している。ミスターXは荘のサングラスをチェックし、顔を隠せるよう広東語の朝刊を渡した。

二人は試合が始まる三十分前にクイーン・エリザベス・スタジアム（伊利沙伯体育館）に到着した。荘はドキドキしながら前から二列目の席に座り、新聞の陰からそっとのぞいた。最初の試合は接戦が予想される、香港きってのチョッパー（カットマン）と日本でトップクラスのスピンの名手の戦いだ。ところが、数分のうちに日本が一〇対〇でリードした。香港のベテラン選手は、相手のサーブを読めずにいた。ボールは左へ、右へ、上へ、下へと飛び、同じようなリターンは二つとしてできなかった。

気が短い香港の観客は立ち上がり、ブーイングを始め、自国の選手に向かって罵声を浴びせる。「おまえなんか選手失格だ！　田舎へ帰れ！」荘はまわりを見回した。こんなふうに批判が起きるなど、北京では考えられないことだ。「農場へ帰れ！　豚の糞でも集めてろ！」次の犠牲者が足早に卓球台へ駆けていき、またしてもあっけなく日本選手に片づけられる。しかし、第三試合がおこなわれるころには、荘はある事実を発見していた。日本チームのスピンが生きるのは、相手の選手が卓球台から離れた位置にいるときだった。つまり、台から一歩も引かずにいれば、このスピンに対抗できるかもしれない。

荘は知らなかったが、観客に混じって見ていたスパイは彼ひとりではなかった。中国は荘のほかにもうひとり、改造したカメラを持ったカメラマンを送りこんでいた。カメラマンはスポーツ記者と並んで最前列に立ち、日本の選手がくり出すサーブを高速撮影していた。

試合が終わると、荘は人混みの中へ姿を消し、国境を越えて、北京行きの飛行機に乗るために広州へ向かった。予定よりも遅れ、タラップを全速力で駆けのぼり、心底ほっとしながら小型飛行機の搭乗口をくぐったそのとき、通路の後ろのほうを見た荘はぎょっとした。そこには日本チームが全員乗りこんでいたのだ。本番の数日前に、彼らは北京入りするところだった。ライバルの荻村が立ち上がり、軽く会釈した。

「お会いできてうれしいです」と荻村は言った。「選手権大会へいらっしゃるんですか?」

「ええ、そう、そうなんです」荘は答え、広東省にいる親戚を訪ねたのだと、とっさに作り話をする。

じっと眠ったふりをしていた五時間のフライトのあと、荘がまっすぐ練習場へ向かうと、ルームメイトの容国団と若き二人の天才選手、荘則棟《そうそくとう》と李富栄《りふえい》が、役人たちとともに待っていた。彼らは荘の報告を聞き、戦略を立てた。「一点や二点を失うことを恐れるな。短いショットで相手を台に近づけておき、球を左右に広めに打て。相手に強いスピンをかけさせるな。チャンスが来たら、強く長い球を打て」。この知識が勝利に結びつくかどうかはわからないが、少なくとも荘家富は彼らにふたたび希望を与えた。

第二十三章

陽気な軍歌

一度におおぜいの客を迎えることに、中国政府は不安を感じていたに違いない。外国人客の到着まであと数カ月となった一九六一年の一月、農民が食料ほしさに起こす列車強盗事件は、ひとつの省だけで五百件にのぼった。

外国人の大半は香港経由で中国へやってきた。中国政府も旅程まではコントロールできなかった。つまり、彼らが最初に触れた中国は広東ということになる。「とてつもなく気の滅入る場所だった」と、ニュージーランドの元トッププレーヤー、アラン・トムリンソンは語る。拡声器からは陽気な軍歌が流れていた。それが、チームの面々が耳にする最初のプロパガンダだった。共産党が発信する〝健康的で活力みなぎる中国〟という虚構には、早くも亀裂が入りかけていた。最初の食事のさい、世界選手権の参加者は分厚い本のようなメニューを渡されたが、どの料理を注文しても、出てくるのは同じ魚料理だった。

何十人もの外国人が、二週間にわたって北京市内を散策することになる。中国に対するいいイメージを持続させるために、主催者側は次の点を徹底しなければならなかった。ひとつ、あまり遠くまで行かせないこと。二つ、彼らが中国語を話さないこと。三つ、体制への忠誠心と熱意で選ばれた通訳がつねに同行すること。「通訳の目の届かないところへは、けっして行かせてもらえなかった」と、アラン・トムリンソンは語る。
中国が周到に準備を進めていたとは知らず、世界はまだ日本が優勝候補だと思っていた。ハンガリーもまた有力候補だった。ハンガリーチームには、当時のヨーロッパ・チャンピオン、ワイルドな髪が印象的なゾルターン・ベルチックがいたからだ。中国は第三位、というのがおおかたの予想だった。

選手、コーチ、報道陣が全員宿泊している〈和平飯店〉でバスに乗せられた選手たちは、アメリカのハイウェイよりも道幅の広い北京の大通り〝長安街〟を通って移動した。各国チームの団長が乗った黒塗りの車がそのあとに続く。北京の通りをゆく無数の自転車が、イルカの群れを避けてさっと横にそれるイワシの大群のごとく、いっせいに道をあけた。選手の多くは、せわしなさと静寂という奇妙な取り合わせに強烈な印象を受けた。車はほとんど目につかず、クラクションも聞こえず、無声映画の世界を通っているような気分だった。「騒音が聞こえるのはブロンドの中国人を見かけるのと同じくらい稀だった」と、イギリスのあるジャーナリストは書いている。

選手団を乗せたバスが、初の公式練習のために真新しい北京工人体育館（北京工人体育場に隣接する屋内競技場）の前で止まった。その建物を見たとたん、選手たちは既視感《デジャヴ》に襲われる。それは、一九五九年に見たものと瓜二つだった。まるでドイツのドルトムントにあるヴェストファーレンシュタディオンを二年かけて少しずつ東へ東へと引っぱってきたかのように。

米や麦の輸入もままならなかった当時の中国にとって、このスタジアムの建設は目玉が飛び出るほどの出費だったに違いない。そこには医務室があり、テレビとラジオの放送設備があり、ビュッフェやクラブルームもあった。また、スタジアム全体にスピーカーが配置されていた。気流速度は、モンタギューが推奨する制限値をはるかに下回り、小さなボールの自然な飛びかたを妨げるものは何もないと、中国科学院の専門家による保証付きだった。わずか数秒で分厚いカーテンを引き、日射しを遮ることもできる。風も起きず日も射さないスタジアムは、この国の閉塞的孤立を象徴するかのようだった。

建物への入口は、さまざまなポーズをとるアスリート像が目印になっていた。スタジアムを眺めていたあるドイツ人記者は、イギリスの同業者に向かって、「こっちのコピーのほうがオリジナルより出来がいいと認めざるをえないな」と言った。

選手たちを北京郊外へ案内するバスツアーに参加したさい、ニュージーランドの選手アラン・トムリンソンは、ガイドからおかしな注文を受けた。あまりお腹が空いていなくて弁当を食べきれなかった場合は、残りをバスに持ち帰ってほしいという。「絶対に捨てたりしないでください」と彼は念を押された。「弁当箱にそのまま残しておいてください、あとでスタッフか誰かが食べますから」

今にして思えば、そんなふうに飢饉がちらりと顔をのぞかせる場面がいくつかあった。トムリンソンは、料理を手つかずで返す女子選手や、翌日の朝食にトマトをつけてもらえないかと注文をつける選手に向けられたウェイターの表情が忘れられないという。

モンタギューは、イギリスで最もすぐれた三人のスポーツジャーナリストのビザを自分で手配した。リスクを承知で賭けに出たのだが、中国政府は二つの点で先手を打っていた。まず、ビザは期間限定で、選手権前後の旅行は許可されなかった。また、中国に住んだ経験がないため誰も気づかなかったが、北京警察は新聞への死亡通知の掲載や喪章を禁じていた。

飢餓が都市部にも迫ってくるにつれて、人々はいろいろな工夫を始めた。子供たちは棒の先に糊をつけ、食べるためにセミをつかまえた。また、メスのトンボの肢にひもを結びつけて池のほとりを歩き、交尾しようと近づいてくるオスをつかまえて食べた。二本足のもので食べられないのは飛行機だけ、四本足のもので口に合わないのはベンチだけ、という辛辣なジョークもあった。

人々は、薄いスープに加える雑草を求めて小さな緑地を探しまわった。しかし、都市の住人には往々にして田舎の知恵が欠けていた。北京では、たった一週間で百六十人がギザギザの棘をもつオナモミを食べて死亡した。長い苦しみを味わった末、痙攣《けいれん》を起こして死に至ったのである。

女子シングルスの期待の星、邱鐘恵は、何週間もの練習のあと外出許可を得て練習場の外へ出かけたときのことを覚えている。人っ子ひとりいない街のようすに彼女は驚いた。ようやく人の姿を見つけて近づいてみると、三十代と思われる女が道端の土を掘って雑草を集めていた。邱がものめずらしげにそばでじっと見ていると、女は「なにじろじろ見てるんだよ！」と怒鳴った。

「何をしているんですか？」と邱は尋ねた。

「あんた、なにすっとぼけたこと言ってんの？」女はまた黙って雑草を掘りつづけ、それから顔を上げて小声で言った。「国じゅうが飢え死にしそうなんだよ。これでスープを作るに決まってるじゃないか」

第二十四章

輝くチャンス

ついに開会式が始まった。「今で言う《シルク・ドゥ・ソレイユ》みたいなもので、当時はもう、目を疑ってしまいました。あんなのは見たことがなかったから」と、ニュージーランドの選手マレー・ダンは語る。「それはもう壮大なショーで、一時間か二時間のあいだ延々と……体操やダンス、宙返りを次々に見せてくれました」。スタンドで周恩来と並んで座るアイヴァー・モンタギューはまさしく時の人であり、とても満足そうなようすだった。

周恩来首相と毛沢東の妻江青《こうせい》とはすでに食事を共にしたモンタギューだが、イギリスの在北京連絡事務所からの申し入れは極力却下し、イギリスチームとのお茶会にだけしぶしぶ参加した。連絡事務所の所長は、「彼はいわゆる応接間の共産主義者のような印象で、あれで中国側に顔がきくのかどうか疑わしい」とモンタギューを切り捨てた。しかし、モンタギューは前の晩も盛大な晩餐会で賀龍に歓迎を受けていた。賀龍の見解とモンタギュー自身のスポーツ観はしっかり合致していた。選手たちは今まさに、「世界の国々の連帯強化と世界平和に貢献しようとしている」と賀龍は言った。ただ楽しむためだけに参加した者などひとりもいないのだ、と。

いよいよ試合が始まると、観衆の熱狂はもはや抑えようがなかった。準備万端、栄養満点、技にも磨きがかかった中国チームは、貪欲に勝利を求めた。同じ共産主義国キューバが相手の一回戦から中国チームは容赦なく力を発揮した。二一対〇、二一対一、二一対〇。〝ピンポンの春〟を長いあいだ待ちわびていた中国国民は、相手をやりこめるたびに喜びの唸りを上げた。すると試合の途中でスピーカーからメッセージが流れた。「みなさんの反応は冷遇と誤解されかねないので、ご注意ください。どちらのチームも公平に応援するようお願いします」

ヨーロッパで同じ放送があったら、観衆はますます態度を悪化させたかもしれないが、そこは中国である。歓声がぴたりと止み、態度ががらりと変わった。試合が終わるまでに、キューバチームは合計四ポイントを取り、観衆は両チームに拍手を送った。

報道陣は試合の合間にスタジアムの廊下を行ったり来たりし、七百万人の北京市民が身を横たえる灰色のタイルを張ったみすぼらしいねぐらとは対照的なモダンさに目を見張った。記者はひとり残らず、中国が自分たちの新たな役割をどれだけ誇りに思っているかを知った。スタジアム内には、窮乏という文字はなかった。中国産シャンパン（というよりも、泡立つブランデーといった味）を出すレストランは大盛況……ツバメの巣からフカヒレ、北京ダックまで何でも味わえた。卓球スタジアムはまるで皇帝の庭、驚きのあまり言葉を失った国の真ん中にぽつんと浮かぶ贅沢な泡《バブル》だった。

初戦のさい観客席を見上げたニュージーランドチームのマレー・ダンは、あまりに単調な光景に驚いた。歓声を上げる二万人の観衆を見上げると、「全員が、ひとり残らず……青いデニムの服を着ていた」からだ。さらに、全員が同じようなショートヘアだった。「はっきり言って、男女の見分けもつかなかった」とダンは語る。《デイリー・エクスプレス》紙の記者は、中国の女性は「イギリス国鉄の機関士」を連想させたと、さらに踏みこんだ表現をした。

試合を終えたダンが客席と試合場とを隔てる木のバリケードを通過したとき、信じられないことに、客席から彼の名を呼ぶ声が聞こえた。ニュージーランド人のアクセントだった。「やあ《グッダイ》、マレー！」彼は青い海を見上げ、びっしり並んだ顔を見渡した。と、ひとつの手が揺れた。青いデニムの帽子に隠れてほとんど顔がわからないが、それは学生時代の友人で、ヨーク・ヤンという「頭のいいやつ」だった。中国人移民の息子としてニュージーランドで生まれたヤンは、改革後に中国へ戻っていたのだ。彼もまた、大躍進政策に貢献したいと考えた多くの楽観主義者のひとりだった。ヤンがダンに会いにバリケードのそばへ駆けおりてくると、すぐさま通訳の女性が前へ進み出て、二人のあいだに割って入った。それからヤンの腕をつかみ、十分にわたって質問攻めにしたのち、ダンをわきへ引き寄せ、話に食い違いがないか確かめた。

通訳があいだに立ちはだかっているため、ダンは友人と何を話せばいいかわからず、「そのうちコーヒーでも飲みながら話そうよ」と、ばかげた言葉を口走ってしまった。するとヤンは、ダンをじっと見つめて言った。「ぼくらはもう話せない。二度と話をさせてもらえないよ」。そして彼はくるりと背を向けると、寂しそうに青ずくめの観衆の中へ戻っていった。こうして言葉を交わすチャンスは失われた。「彼とはそれっきりだった」とダンは語る。

モンタギューが意図的に目をつぶったため、中国は試合のルールを極限まで拡大解釈した。主催国には選手を多めに出場させる権利が認められていた。海外からの参加で最も人数が多いのはポーランドで、選手は十一人いた。一方、中国は七十人だった。彼らの強さは尋常ではなく、シングルスの試合では、まもなく避けがたい事態が起きた。中国と中国が対戦することになったのだ。すると選手たちはさらにルールを曲げ、次に当たる相手がわかるまで試合をわざとゆっくり進行させた。イギリスではスポーツと切り離せない〝フェアプレー〟の精神に相当する言葉は、中国にはなかった。スポーツは政治であり、彼らの目的はただひとつ——共産主義の勝利である。次の試合にどちらの選手が向いているかによって、もう一方の選手はわざと負けた。

ゲーム運びが少しでもあやしくなると、六〇年代最大のニュースが、《人民日報》ではなく北京工人体育館の真ん中で人々に伝えられた。照明がぱっと明るくなり、ニュージーランドチームにとって重要な試合がいきなり中断され、共産主義の輝かしい勝利が発表された。ソ連のユーリイ・ガガーリンが地球を周回し帰還した。ひとりの共産主義者が、人類史上初めて宇宙へ飛び出したのだ。拍手に応え、ソ連チームが前へ進み出た。ソ連トップの若手選手ゲンナジー・アヴェリンは、「宇宙船ヴォストークに乗ったガガーリン少佐は卓球で優勝していないのに、世界中に名前が知れ渡りました」というしゃれたスピーチでスタジアムを沸かせた。ニュージーランドチームは隅っこに立ち、横で得意げにしている通訳の肩をたたいて「試合はいつ再開できるのかな?」と尋ねた。

男子団体戦の金メダル争いは、中国チームが満を持して日本に挑む遺恨《いこん》試合になることが確定した。日本にとっては歴史を生み出すチャンスだった。そこで勝てば、日本は世界で唯一、六大会連続優勝を果たした国となる。そうなれば、この大会をプロパガンダの推進に利用しようとした中国の努力もむなしく、一瞬にして様相は一変するだろう。かつての敵国の首都で戦いながら、日本はアジアの覇者となるのだ。

あと一勝で中国チームの優勝が決まるというときに、容国団はひるんだ。彼が点を取るごとにスタジアムの歓声は大きくなるが、失点は甲高い、絶望的な叫びで迎えられた。世界チャンピオン容国団は、見るからに不安げだった。彼が逆転できなかったことに観客は驚愕した。日本が勝ち、もうひと試合を余儀なくされた。

世界チャンピオンが倒された今、スタジアムの期待を担うのは地元北京の選手、ハンサムでがに股の青年、荘則棟《そうそくとう》だった。彼は胡同《フートン》と呼ばれる迷路のような北京の横丁で育った。貧しくて卓球台が買えなかったため、自宅の壁にボールを打ちつけていた。母親は心配しなかったが、それも彼が大きくなって力が強くなり、ピンポン球で窓を打ち破るまでの話だった。以来、母親は「若虎」と呼ばれた息子に、一時間早く学校へ行って授業の前に球を打つよう勧めた。

荘は豪胆な性格で、身長も、並外れて発達した脚も荻村と似ていたが、年は八つ下だった。客席からの励ましと期待の混じった大声援の中、荘は荻村の前へ歩み出た。

日本に対して根深い恨みを抱く国々の中で、十五年にわたる残虐な占領時代を経験した中国ほど日本を恨む理由をもつ国はない。南京大虐殺ひとつを取っても、十数万人の死者が出た。辱めを受けた死体——街路にずらりと並べられた中国人の生首や竹の棒で串刺しにされた女性の写真は、中国人全体の記憶に焼きついていた。中国政府は、一九六一年の世界選手権は友好的だったとしているが、二万人の観衆は勝利を求めて半狂乱になっていた。荘則棟のチームメイト徐寅生《じょいんせい》は、日本との対戦が始まる直前に客席を見上げ、見つめ返す年老いた顔の多さに驚いたのを覚えている。「卓球のことなど何も知らない人たちです。彼らにわかるのは、それが遺恨試合だということでした」

周恩来にとっては、かなり悩ましい状況だったに違いない。彼は努めて日本選手を歓待していた。

平和のために過度に歩み寄ろうとしていたわけではなく、東京へのシグナルとしてである。中国にはこれといった船舶がなく、食料を輸入するためにできるだけ多くの船を日本からチャーターする必要に迫られていたからだ。

荻村と荘則棟は、二―二のタイだった。モンタギューは、スタンドで周恩来と並んで座っていた。今や収容人数を超える観衆であふれんばかりのスタジアムは、汗と熱気でじめじめしていた。あまりにも騒々しくて頭が回らなくなった荻村は、空中で手を振り、試合の一時中断を求めた。スタジアム全体が震えるほどのすさまじい騒音に、日本チームのコーチは審判員に抗議した。注意を求める声がふたたびスピーカーから流れるが、今回はおさまらない。しかたなく、荻村は試合を続行することにした。日本チームが点を取ると、唸り声や嘆きの叫びが聞こえてきた。荻村は若い荘則棟を相手に得点を稼ぐことができず、屈辱を味わう。

卓球界で最も俊敏な男、頭脳的なプレーで中国人から〝ザ・ブレイン〟とあだ名された男が、まるで石の運動靴をはいているかのように見えた。荘は、「日本人選手に向けて放つショットはすべて、(日本の侵略に苦しんだ)中国人の仇討ちだ」と思いながら打った。

最終ゲームは二一対一三で荘則棟が勝った。日本チームはそこで力尽き、容国団は最後の対戦者をあっさりと倒す。最後の一点が入ると、スタジアムは総立ちになり、帽子やスカーフ、手袋が宙に舞った。四月の、風が強く寒い日だったが、誰もそんなことは気にしなかった。会場は喜び一色だった。中国は世界チャンピオンになった。アリーナに割れんばかりの大歓声が沸き起こり、いつもは引きつった笑みを浮かべている中国人が、うれしさのあまり新月のように顔を輝かせ、手をたたき、踊り、チームはイギリスのサッカー選手のように抱き合って喜んだ。

コントロール・ルームでは、技術者がスタジアムの照明を何度も何度も点滅させ、中国の選手団が一列に並び観客に拍手を送ると、スタジアムが揺れた。「中国！　中国！　中国！」の大合唱が響きわたり、ドアの外へ、さらに会場に集まってくる群衆へと伝わっていく。その音は、北京じゅうのラジオのまわりに鳴り響いたことだろう。

スタジアムから人がいなくなったあと、作業員は空っぽの客席を黙々と歩き、帽子やスカーフ、手袋など、これほど物のない時期に惜しみなく宙に投げ出された物を次々に袋に詰めこんでいった。北京の街では、夜通し銅鑼《どら》や太鼓が打ち鳴らされ、爆竹や花火の音が鳴り響いた。邱鐘恵が女子シングルスで優勝し、次に荘則棟が男子決勝戦で若きライバル李富栄に勝つと、同じシーンがふたたびくり返された。それに劣らず盛大な拍手が沸き起こったのは、スタジアムに毛沢東主席が現れた瞬間だった。「大変な歓迎ぶりでした」と、ある選手はその時のようすを振り返る。「全員が立ち上がって拍手で敬意を表し、毛主席も手をたたきました」

決勝戦で観衆が見せた痛烈な反応をやわらげるため、周恩来は日本チームだけを招きお別れ会を開いた。おそらく、船の必要性を考えてのことだろう。帰国を前に、国際卓球連盟の各国代表がもう一度集まり、モンタギューは対抗馬なしに会長に再選された。彼は立ち上がり、荘則棟ら中国の有望な若手選手が示した「勇敢さ、積極的に学ぼうとする態度、勝っても奢らず、負けてもくじけない姿勢」を褒めたが、負けてもくじけない姿勢など、彼らには必要なかった。中国がようやく手に入れたものは、ほかならぬ勝利だったからだ。

第二十五章

予期せぬ影響

いかなるスポーツの基準に照らしても、北京大会は驚くべき偉業だった。通常、オリンピックなどの国際的スポーツイベントは、他の国々に力を見せつける場である。しかし一九六一年の世界選手権は、国内向けのメッセージとしてより意義深いものとなった。北京大会の快挙は、国民が払った犠牲が報われたことを物語っていたからだ。大躍進政策は中国を崖っぷちまで追いこんだが、国が前進しているという嘘は保たれた。イギリスの外務機関の長をはじめ、今回の大会を「あの国の政府にとっては、かなりの発奮材料になっただろう」と軽くあしらう者も多かった。しかし、彼らは重要なポイントを見落としていた。プロパガンダとは往々にして、情報の発信よりもむしろ隠ぺいのためのものだ。千七百万〜四千五百万人に及ぶ中国人の死は、秘密として国内にとどまったのである。

ソ連と中国のあいだの深い亀裂さえも露見しなかった。党の中堅クラスですらよく知る事実であるにもかかわらず、あからさまな敵対感情を除き、観衆は海外メディアにほとんど何も明かさなかった。四月五日、荻村と対戦し、予想に反して五ゲームを奪って勝ったイギリスのイアン・ハリソンは、北京の人気者となった。彼の勝利に中国は沸いた。ところが翌日、ハリソンが今度はソ連の選手を破ると、会場は「一輪のハスの花が落ちる音も聞こえる」ほど静まりかえった。観衆が何を応援しているかは一目瞭然であり——それがイギリスでないのは明らかだった。周恩来はそれに大満足した。中国は自立への道を模索しつづけていたが、周囲にはソ連の核の傘下にあると思わせておいたほうがはるかに好都合だった。そうすることで、中国はより強い立場で西側と向き合っていけるからだ。

外国のメディアから多少の不満は出たが、プロパガンダの観点から言えば、北京大会は大成功だった。もてなしに感謝すべき客の役目を放棄してホストを批判した者たちの目も、的外れな方向を向いていた。たとえば飛行機や食べ物の質、はたまた国家が「六億五千万匹の青いアリ」で構成されていることなど。また、イギリスのジャーナリストたちは、人民公社《コミューン》をくまなく探索しても一軒のパブも見つからなかったことに強い不満を抱いた。

中国当局の許可を得てもっと遠くへ足を伸ばした者は、政府が発表する統計値をためらいもなくそのまま引用した。《デイリー・ワーカー》紙の記者は、中国が目指す三百パーセントの成長率は「充分に達成可能な範囲内にありそうだ」と断言した。三十年前に卓球台に寝たエドガー・スノーもふたたび訪中したが、どこへ行っても飢饉の兆候にはまったく気づかなかった。しかし、小説家で医師のハン・スーイン（中国出身で、中国人の父とベルギー人の母をもつ）は、北京全体に脚気《かっけ》の兆候を見た。顔のむくみは一目瞭然だった。しかし、彼女がそのことを書く気になるまでに十九年の時を要した。それは面子《めんつ》の問題だった。全世界が喜々として中国に脅しをかけようと立ち上がったかに見える時期、探りを入れてくる外交家や報道記者に、にっこり笑って白々しい嘘をつくのが自分の務めだと思ったのだ。世界は万事順調であり、中国も万事順調だと。

冷戦の得点状況について言えば、一九六一年の春の時点では、快調な走りを続けるレッドチームがいまだ優勢だった。北京大会が終わった週、キューバのフィデル・カストロは、アメリカによるピッグス湾侵攻の撃退に成功した。周恩来はこれを支持し、「アメリカ帝国主義は平気で世界の平和を破壊し、人々を戦争に引きずりこむ」と非難を表明する。ガガーリンはまだニュースで大きく取り上げられていた。四月二十三日には、フランスの退役軍人がアルジェリアで反乱を起こし、またひとつ植民地帝国衰退のきざしが見えた。

海外のジャーナリストは、中国で起きている飢饉の兆候にほとんど気づいていなかった。世界選手権が始まってまもなく、選手団に随行して北京郊外まで足を伸ばした日本人カメラマンは、次のように記録している。

都市や農村部で見かけた五十代以上の人々は、ほとんどみな元気がなかった。何人かに話しかけたが、何かを恐れてなかなか質問に答えてくれない。自分たちには理解できない体制のもと、彼らはそれが運命とあきらめているようだ。

香港にいるイギリス外務局の職員は、中国で大規模な飢饉が起きているのではないかと疑いを抱いた数少ない人々だった。本土から香港へ農産物を運ぶ貨物列車には、原産地である省の名前が記されている。すべてのブタとニワトリの目方を量ったところ、以前よりもだいぶ軽くなっているのがわかった。そこで彼らは、本土ではかなりの死者が出ているに違いないと推測したのだ。しかし、大々的に報道されたインタビューに反するデータを示してなんになるだろう？　各国の選手たちが中国を去った週、バーナード・モントゴメリー子爵（イギリスの陸軍元帥）は《シドニー・モーニング・ヘラルド》紙のインタビューを受け、数カ月前の中国訪問について語った。彼は毛沢東を「正真正銘の平等論者」と呼び、「中国はソ連と密接に連携しており、皇帝が支配していたころよりも国民の生活はかなり向上している。少なくとも、食べる物に困らないからだ」と断言した。さすがの周恩来もこれ以上の擁護はできなかっただろう。

　北京で世界選手権が開かれ、中国人はピンポンがじつにいい消化剤だと知った。モンタギューが予言したとおり、共産主義が以前よりもソフトに見えた。実際に友好関係も築かれ、それが一九七一年のピンポン外交を実現させるひとつの要素となったのである。

　一九六一年にはほかにもさまざまな出来事があり、その波紋は中国の玄関先にも迫ろうとしていた。その春、アメリカのケネディ大統領もまた何かを学んだ。ピッグス湾侵攻計画の失敗は、アメリカといえども哀れに崩壊しかねないという不穏なシグナルを発し、事態の悪化を招いた。アメリカによる侵略的意図の確証を得たカストロがソ連に核ミサイルの供与を迫り、世界は核戦争寸前の危機的状況へと追いこまれるのである。こうした背景のもと、アメリカは力を誇示するため、ベトナムに派遣する軍事顧問団を大幅に増員した。中国にとって、アメリカが第一の敵となるにはそれで充分だった。中国は、ベトナムにおいてアメリカが支援する側が勝ち、自分たちがアメリカ、台湾、インド、日本、さらにソ連に囲まれて八方ふさがりになるのを恐れた。中国とアメリカのあいだの沈黙は、何かを声高に語りはじめていた。

国のヒーロー

優勝した中国の選手たちに、目が回るほど忙しい日々がやってきた。男子チームはスウェイスリング杯を手にしただけではなく、荘則棟がチームメイトの李富栄を破りシングルスで優勝を果たし、邱鐘恵は女子のタイトルを取った。

さらに重要なのは、深刻な食料不足が解消し、選手は自分たちの成功と国の状況との差に言葉を濁すことなく喜びを味わえるようになったことだ。容国団の優勝を機に一九五九年に人気が高まった卓球は、一九六一年の夏を迎え大ブームを巻き起こしていた。公園では石のテーブルのまわりに人だかりができ、どこを歩いても、ズボンの尻ポケットから顔をのぞかせる卓球ラケットが見えた。北京の通りでは、重い足取りで学校へ向かう生徒たちが、目に見えないラケットで空を切っていた。

優勝した男子チームのメンバーのひとり張燮林《ちょうしょうりん》は、真っ白なシャツを着てアパートを出た日のことを覚えている。帰宅したころには、シャツは手形や指紋だらけになっていた。誰もが、世界チャンピオンにさわると運がつくと考えたのだ。邱鐘恵は、自分は平凡な顔をしていてよかったと語る。彼女の場合、外に出るときにはスカーフを巻けばよかったが、容国団はかなり特徴的な顔だったため、街をぶらつくときにはマスクをかけなければならなかったという。

優勝を果たし万人の注目を浴びた選手たちは一躍有名人となったが、共産主義国の有名人であり、いろいろな意味で、彼らをそう仕立て上げたのは国である。選手たちはみな、自分は中国人である以上に、党員であるなしにかかわらず共産党の代表であるとわきまえていた。

選手の給料は上がったが、せいぜい月に数ドル分だった。それでもかなり大きかったが、今の給料に比べればささやかな額である。彼らはあいかわらず謙虚で、自分が何者かの説明がまだ必要だとばかりに、サインの下に「卓球選手」と記したという逸話がある。

選手たちの活動は、周恩来と陳毅による外交政策を反映していた。一九六二年、アメリカとソ連の傘下にない発展途上国による連合体を作ろうとする周恩来の拡大政策の一環として、彼らは容国団を団長にギニア、マリ、ガーナ、アラブ連合共和国（一九五八年にエジプトとシリアが合併して成立した国）、スーダンへ二カ月にわたって派遣された。中国はまだ国連に承認されていなかったため、スポーツ交流は周恩来が外交に役立つと考える数少ない方法のひとつだった。ガーナで中国チームが敗れた唯一の試合は、卓球連盟会長との対戦である。彼はたまたま国防大臣でもあった。

傅其芳が率いる男子チームは、今や世界チャンピオンであると同時に外交官の役割も果たしていた。そのため国家体育運動委員会の国際協力部門からテーブルマナーや礼儀作法の手ほどきを受けたが、いつもスムーズにいくとは限らなかった。ユーゴスラヴィアで一九六五年に開かれた世界選手権の晩餐会で、彼らは鶏のもも肉をナイフとフォークで食べる難題に直面した。ある選手が骨にぐいと切りこむと、皿が勢いよく宙に舞い、テーブルを挟んで向かいに座っていた選手が巧みにそれを受け止める一幕があった。

中国を代表して海外へ赴く選手には、三百元という多額の支度金が支給されたが、それを三年間もたせなければならなかった。仕立屋がオーダーメイドの人民服を作り、採寸してシャツと靴が用意された。しかし、北京へ戻ったあとは、安く買い取るだけの資金を貯められなかった選手は服を返却し、それをまた別の誰かが使った。シャツもまた、本当にシャツの形をなしているとは限らず、簡単に取り外して洗濯できる木綿の当て布にすぎないものもあった。海外では、ポケットマネーとしてひとり二十元が支給された。これもやはり、彼らにとっては大金でも、当時アメリカで活躍したプロ野球選手ハンク・アーロンならば、試合後の食事のさいにチップとして与えるていどの金額だった。

中国の外交手法は、つねに歓迎されたわけではない。一九六六年の夏、四人の卓球選手がチュニジアで拘束された。スポーツを教えにやってきたにもかかわらず、あらゆる機会を利用してチュニジアの若者に毛沢東の思想を教えこもうとしたからだ。チュニジア当局に目をつけられたひとりの選手が盗聴され、警察の取り調べを受けて中国大使館に引き渡される結果となり、両国の外交関係は即座に断絶した。

最も有名になった若手選手は、荘則棟と李富栄である。二人は十代のころにダブルスを組んでいた。一見したところ、二人は仲のいい友達同士に見えた。いずれも写真うつりのいい顔立ちで、李富栄は〝美男子〟として名を馳せていた。二人はともに、北京大会に次ぐ二大会で中国を優勢に導き、ほぼすべての種目で中国勢が準決勝に進出する。男子シングルス決勝戦は、三大会連続で荘則棟と李富栄の対決となった。

それぞれの金メダルには（メダルのゆくえは中国政府が決めていた）、各選手のチームへの貢献度が反映された。一九六一年に荘が李を下して最初の金メダルを勝ち取ったのは、彼が荻村を破り、決定的な勝利をおさめたからである。あの金メダルは、上からの指示によるご褒美だった。一九六三年、荘はほかのどの選手よりも多くの勝利をチームにもたらし、ふたたび李を破って金メダルを手にすることを許される。ところが、一九六五年の大会で最も活躍し、チームメイトの誰よりも多く試合に勝った李は、決勝戦で荘に負けるよう指示された。試合のまぎわになって、三大会連続で荘に金を獲得させたほうが中国にとって名誉になるとの判断がなされたためだ。こうして荘は得をし、李はまたしても、モンタギューから銀メダルを授与される結果となった。観客からの人気が高く、つねに荘よりも圧倒的に大きな拍手をもらったことが、李にとってはささやかなぐさめだっただろう。チームの仲間は、敬意とからかいの気持ちを込めて彼を「弟」と呼んだ。

世界選手権で海外に遠征すると、卓球チームは各国の中国大使館とその料理長から外交官並みの待遇を受けた。中国人が国際試合に（他の国よりもはるかに多い）四十人を超える軍団を結成して押し寄せるのはほぼ慣例となり、そこには選手のほかに、記者、カメラマン、政府代表、思想宣伝用の通訳、マッサージ師、料理人、果ては洗濯係まで含まれた。

卓球チームは、新中国の基礎を築いた毛沢東の軍事指導者に次ぐ国家のヒーローとなった。選手たちは、本来ならばめったに顔を拝めない国家のリーダーと週に二度、重要な祝日の期間は毎日のように顔を合わせた。賀龍と周恩来はトップクラスの選手たちをそれぞれの自宅でもてなした。それはまさに、モンタギューが描いた夢の精髄である。招かれた客は卓球選手と外交部の役人のみ。周恩来は、延安時代に骨折して曲がった腕を他人の前では隠すことが多いが、卓球チームには気を許し、わざわざ腕を見せるほどだった。

首相の家を訪ねるのは自分の親兄弟の家を訪ねるのと同じで、堅苦しい礼儀など何もいらず、じつに気楽だった。周恩来の自宅にある唯一の贅沢品は、いくつもの本棚にずらりと並ぶ本だった。居間には骨董品やめずらしい美術品などは何もなく、使い古したソファーと籐製の椅子が置かれ、安っぽいカーペットが敷かれていた。トイレに行くには首相の寝室を通らなければならず、小さな木製のツインベッドに古い毛布、カーペットの敷かれていないむき出しの床、洗面台、机と電気スタンドが目に入ったという。

邱鐘恵は、初めて周恩来宅の台所に足を踏み入れたときのことを覚えていた。首相は邱の横で腕まくりをして、「おいしそうな肉団子を作っていました。〝獅子頭《シーツートウ》〟と呼ばれる料理です」。卓球チームは裏でこっそり、周恩来を「首相さん」と呼んでいた。

賀龍の家ではみんなでテーブルを囲み、口ひげを生やした元帥みずから全員に飲み物をふるまった。彼は邱鐘恵に対して、普通は娘か姪だけにとっておくような愛情のこもった言葉を使った。

夏になると、中国代表として海外遠征に出ているときを除き、選手たちは河北省の北戴河《ほくたいが》で過ごした。共産党幹部が避暑に訪れる、渤海に臨む広々とした海辺のリゾートである。もともとイギリス人が開拓した北戴河にはスモモ並木があり、近くにはキノコ狩りができる森と、水の中を歩いて暑さをしのげる有名な遠浅の海があった。毛沢東と夫人の江青を含め、共産党幹部が海辺に全員集合した。毛沢東は、妻の右足に指が六本あるのを恥じる気持ちをどうしても克服できず、そのため江青は海に入るときでさえゴム靴をはいたままだった。この江青こそが、のちに卓球チームの運命を誰よりも大きく左右するのである。

夜になると、チームは首脳陣のダンスパーティーに招待された。毛沢東が三十年以上も前から共産党幹部のために開いていたパーティーだ。周恩来はいつも、愛党心の強い二人の仲間、陳毅と賀龍とともに参加した。周はワルツを好み、滑るようになめらかに踊った。賀龍は足に傷を負っているため、ただ座って見ているほかなかった。朱徳は適当な場所でひとり静かに、クマのようにぎこちなく体を揺らしていた。ダンスといえども、ときに危険をはらんでおり、周は以前、〝右〟にばかりターンすると非難されたことがあった。毛沢東がダンスフロアに現れ、不器用なステップで三、四十歳も若い女性たちと踊りはじめると、周はその場を引き上げた。

卓球は、当時中国が着手したばかりのスポーツ政策の先駆けとなった。新興国競技大会（GANEFO）の裏には、周恩来の政治的野心があった。GANEFOは、IOCに対抗して一九六三年にインドネシアで初開催された、オリンピックに代わるスポーツ大会である。もしも卓球が、政治とスポーツの両方を独占するソ連とアメリカとのあいだに楔《くさび》を打ちこみ、新たな空間を生み出す道具となったとすれば、GANEFOはその空間をさらに広げてくれるはずだった。五十一カ国が二千七百人のアスリートをジャカルタに送りこんだ。中国は圧倒的な成績をおさめ、北京が帝国主義に対抗する「世界革命のリーダー」にのしあがる絶好のチャンスとなった。最も賞賛を浴びたアスリートのひとりが、北ベトナムの射撃の選手だった。アメリカの侵略機を数多く撃ち落としたことですでに有名だった彼は、五十メートル射撃で金メダルを獲得した。

一九六〇年代、卓球は中国の政治的世界戦略を読み取る最も手っ取り早い指標となっていった。

卓球チームは周恩来の化身のごとく世界中をめぐり、友好を示せと指示された相手には友好を示し、それ以外には背を向け、いくつかの国とはきっぱり対戦を拒んだ。アメリカの中国情勢研究家《チャイナ・ウォッチャー》は、必ずしも中国とソ連との不仲を真に受けてはいなかった。彼らはむしろ、中国メディアが発信する情報を分析するよりも、アイヴァー・モンタギューの動きを観察するべきだったのかもしれない。一九六五年の世界選手権のさなか、ソ連と中国の選手のあいだで激しい口論が起きた。ある中国人選手のサーブを、ランキングトップのソ連の選手が反則と見なしたのがきっかけだった。罵りあい、非難の言葉が飛び交い、モンタギューみずから仲裁に入った。この一件を報じた数少ない西洋のメディアは個性の対立が原因との見解を示したが、そもそも中国チームに個性など存在しなかった。

　この出来事は、中国で高まりつつあったソ連軽視の風潮を如実に反映していた。ソ連政府はみずからを共産主義世界の中心と見なしていたかもしれないが、毛沢東と周恩来にとって、彼らはもはや帝国主義に傾きつつある修正主義者であり、ソ連は中国にとって、アメリカに劣らず不快な存在へと急速に変わりつつあった。一九六四年、東京オリンピック開催時をねらっておこなった核実験の成功により、中国は自立への自信を深めていく。広い視野で現状を見ようとする者はほとんどおらず、いても誰ひとり口には出さない状況のもと、中国は世界に友人がひとりもいない孤立した立場へとみずからを急激に追いこんでいくのだった。

第二十七章
福音の伝道

一九六一年、世界チャンピオンの座を奪われた荻村は、北京を離れる前に北京放送のインタビューに答え、中国人選手はスポーツマンシップに欠けると苦言を呈した。彼らはルールを極限まで拡大解釈し、試合の途中でコーチと相談したり、大会を中国人選手だらけにしたり、わざと時間稼ぎをした。男子シングルスで早々に敗退した荻村は、複雑な気持ちで東京へ戻った。日本は一瞬にして覇権を失ってしまった。中国はいったいどうやって卓球というスポーツを日本の手からもぎ取ったのだろうか?

荻村はまもなく、その答えを見つける。一九六二年の春、東京の荻村のもとへ、周恩来首相がじかにお目にかかりたいので、もう一度北京へお越しいただけませんか、という招待が舞いこんだ。荻村は、周恩来が無類の卓球好きなのを知っていた。いつも二つのブリーフケースを持ち歩き、その一方には公文書が、もう一方にはお気に入りのスポーツに関する資料や本がぎっしり詰まっているといううわさも耳にした。国共内戦時代、拠点を置いていた延安の洞窟住居で、毛沢東と周恩来は蔣介石による爆撃のさなかに卓球をしていたという話も聞いたことがある。

中南海にある政府要人の居住区は、紫禁城に隣接し、人造湖や庭園、迎賓館などとともに、六百年にわたり皇帝の居城を守りつづけた朱色の門に囲まれた一角である。建物の中を通り抜けるさい、荻村はきっと、毛沢東の部屋へと続く広い廊下に置かれたピカピカの卓球台に気づいたことだろう。

その日の午後、荻村は周恩来の自宅で昼食をともにした。一緒に座りスープを飲みながら、待ちきれなくなった荻村はついに、「なぜ私をお呼びになったのですか？」と尋ねた。すると周恩来はにっこり微笑み、「中国の女性のあいだに纏足《てんそく》という習わしがあったのをご存じですか？」と問い返した。知っています、と荻村は答えた。

「結局、纏足をした女の子は華奢な体になり、纏足をした女性が産む子供もまた貧弱な体になる。この慣習はわが国に悪循環をもたらしたのです」と周は言った。そこから脱する方法のひとつが卓球だった。卓球ならば、この国のどこにいても、どんな季節でも、誰でもできる。「それにお恥ずかしい話ですが……」

荻村はうなずき、首相が続きを語るのを待った。「アヘン戦争以来、わが国は多くの屈辱を味わってきました。その屈辱が生んだ劣等感を払拭する方法のひとつがスポーツだと、われわれは考えたのです。荻村さん、あなたは日本人に自信を取り戻させた。中国人も日本人も、体格に差はないでしょう？　だから荻村さん、あなたの経験と力でこの国の人民に卓球のすばらしさを伝えていただきたいのです」

世界一の人口を誇る大国の首相に迎えられ、丁重なもてなしを受けただけでも驚きだったが、二人で中国のナショナルチームを訪ねたとき、荻村は面食らった。首相は選手たちと卓球のみならず政治についても語り合った。

部屋を見回すと、床から天井まで卓球関係の本や資料がびっしりと並び、その大半が日本に関するものだった。一九五六年の荻村のフィルムもあった。彼らは荻村が日本大学の卒業制作で撮った短編映画『日本の卓球』を購入し、荻村の知らないところで、何年も前から彼を研究していたのだ。荻村は唖然とした。

荘則棟がやってきて、二人の世界チャンピオンは握手を交わした。熱狂的な観衆はいない、卓球のとりこになった二人だけの対面だ。「あなたのフィルムは、われわれにとって最高の教科書でした」と荘則棟は言った。フィルムの中で、荻村はもうひとりの世界チャンピオン田中利明とラリーをしている。「お二人の練習を見て、たんなる腕の振りではなく、足を使って球を打っているのだとわかりました」

五年前、まだ学生だった荘は、国家体育運動委員会の役人が荻村のフィルムを上映すると聞きつけた。上映会場にもぐりこもうとするが門番に止められ、荘は頭を下げて頼みこんだ。「最後は土下座までしてやっと入れてもらいました。あの映画を観て以来、あなたは私の師になったのです」と荘は言った。それは思いもかけない新事実だった。王座をねらう見ず知らずの若者が日本打倒にねらいを定めて立てる戦略に、荻村は手を貸していたのだ。

日本へ帰国する前に荻村は中国各地をめぐり、農民から児童まであらゆる人々に卓球を指導した。東京へ戻った彼は、日本は絶望的だと感じていた。今や、コーチが一日二十四時間ひたすら卓球のことを考えている国が存在するのだ。有望な選手が一日八時間も練習している。荻村は、中国人が造り上げた卓球用語も気に入った。サーブ（サービス）は「発球」と呼ばれていた。つまり最初の攻撃チャンスという意味だ。英語のサービスを文字どおり「奉仕球」として受け入れた日本人は寛大すぎたのかもしれない。
一年後の一九六三年、三十歳になっていた荻村は、プラハで開かれた世界選手権で、日本チームのキャプテンとして中国と戦う。五対一で日本の惨敗だった。男子シングルスでは、準々決勝に進んだ八人のうち六人、準決勝に進んだ四人は全員が中国の選手だった。決勝戦ではまたも荘則棟と李富栄が対戦し、荻村から卓球を学んだという荘則棟が優勝する。

中国の卓球熱に、西洋人はまだ当惑していた。北京にいるイギリスの外交官も例外ではなかった。一九六四年六月九日付の外務メモには、中国チームの勝利は「毛沢東の思想が書かれた横断幕を掲げたおかげである」という新聞記事が引用されていた。それを書いた外交官は、ロンドンにいる同僚に「ラケットがわりに毛沢東著作集の第一巻を使ったと勘違いするといけないから言っておくが」と断り、じつは選手たちは「党の〝百花斉放〟政策に従って」技術を磨いてきたのだと説明を加えている。そのメモは、「中国では、思わぬ場所に花が咲くことがある」と結ばれていた。

一九六四年の春、国家体育運動委員会は、ユーゴスラヴィアで翌年開催される世界選手権で中国女子が金メダルを取れないかもしれないと心配していた。荘則棟とパートナーを組む男子ダブルスのトッププレーヤー徐寅生《じょいんせい》は、女子チームのためにスピーチをしてほしいと依頼された。「誰かがそれを記録するなどとは思いもしなかった」と徐は言う。スピーチの内容がタイプで清書され、賀龍のもとへ送られた。彼は余白にいくつかコメントを書き入れ、それを毛沢東に回した。毛はさらに二、三のコメントを加えたが、そのひとつが「こんなすばらしい文章を読むのは何年ぶりだろう。卓球の話をしているが、そこからはものごとの原理、政治、経済、文化、軍事にまつわる教訓が得られる。若き〝戦術家〟に学ばなければ、われわれに未来はない」という言葉だった。

毛沢東――たえまない改革を信奉し、マルクスとレーニンに学び、中国にふたたび統一をもたらした人物が、一卓球選手の言葉に心を貫かれた。『どのように卓球をプレーするか』と題された十六ページの小論文が各省の高官に配布された。一週間後にはスピーチの全文が《人民日報》に掲載され、人々は丹念にその文を読んだ。「毛沢東は、全員に徐寅生の文章を読ませました」と、引退したある役人は語った。「ひとり残らず、全員に」

あとから考えれば、その論文は文革時代の出来事を予感させる、ごく初期の兆候だったのかもしれない。「チームリーダーやコーチに全面的に頼っては、必ずしもいい試合はできない」と徐寅生は書いていた。コーチのやりかたを完璧なものとして受け入れ、何も疑おうとしなければ、そのコーチは成長せず、外国の敵に追いつかれてしまう。「自分の意見は腹にためず、はっきり口に出せ」と徐はうながす。さらに、「政治的戦略なくして、試合を有利に導くことはできない」と、政治と卓球とを以前よりも明確に結びつけた。「たとえピンポン球は小さくとも、そこに含まれた意味は大きいと認識すべきである」と。

すばらしい政治的小論文の著者だからといって、徐が迫りくる台風をまぬがれたわけではない。徐の見解を是認した毛沢東は、じつに巧妙だった。論文は二つの点を強調していた。ひとつは、毛沢東自身には批判の余地がなく、彼の思想のみが勝利をもたらせること。それが本当ならば、毛沢東は特別な存在となる。彼は混沌《カオス》を解き放ち、敵が滅びたのちにふたたび降臨し秩序を回復すればいいと、現人神《あらひとがみ》として上から眺めていられるだろう。

もうひとつは、どのような立場にあろうと、上に立つ者は若い世代からの批判を受け止めなければならないという点である。文革の重要な鍵となるこのポイントは、男子ダブルスのトッププレーヤー徐寅生の口から語られたわけではない。しかし、彼の言葉が毛沢東のもくろみにぴったり合致したのはまちがいない。通説では、文化大革命はその八カ月後（一九六五年）に毛沢東によって発動され、毛を堕落した皇帝になぞらえたとして、彼の妻がある歴史劇を批判したのが発端とされているが、それはまちがいのように思える。そのころにはすでに、スポーツとしての卓球は中国文化の中心であり、文化はすでに政治と化していた。徐寅生の言葉は明瞭であり、毛沢東の支持は露骨であり、その言葉が伝えるメッセージは不吉だった――〝古い者は恐れおののけ、新たな革命がやってくる〟。

　毛沢東とともに長征を経験した革命のヒーローはみな――彭徳懐、陳毅、劉少奇《りゅうしょうき》、さらに周恩来までが――のちに裏切りの代償を払うことになる。彼らは畏《おそ》れ多くも、大躍進政策の成功を疑問視し、中国を徐々に毛沢東の思想から引き離そうとしたからだ。そして卓球選手と渦巻く政治的暴力とのあいだに立つのは、賀龍ただひとりだった。

　選手たちは知らなかったが、チームの防御役である賀龍は、かつて廬山で毛沢東と対立し国防部長の任を解かれた彭徳懐を調査するよう毛沢東から指示を受けていた。賀龍は、彭徳懐に批判的な報告書を作成するどころか彼の行動を弁護し、大躍進政策は失敗だと力説した。その結果、彭徳懐は文革の最初の犠牲者となる。遠からず賀龍にも順番が回ってくるだろう。彼がいなくなったら、いったい誰が国のアスリートたちを守るのだろうか？

卓球チームは、自分たちは心配ないと思っていた。国のために何度も栄光を勝ち取った彼らは、ゆるぎない立場にいた。一九六六年のはじめ、中国が生み出したものの中で国際的なレベルで通用するものといえば、おそらく傅其芳が率いる卓球チームしかなかっただろう。彼らは北京に金メダルを持ち帰り、二年に一度世界選手権大会が開かれるたびに祝勝パレードがおこなわれた。一九六五年に連続三度目の優勝を遂げたあとは、政府要人の居住区がある中南海で盛大なパーティーが開かれた。選手は国のトップと一緒に酒を飲み、語り合った。部屋の中央にあるテーブルには、モンタギュー家に代々伝わるスウェイスリング杯が、ほかのトロフィーとともに置かれていた。銀色に光る数々のトロフィーは、輝かしい未来を暗示しているかに見えた。ところが、毛沢東がいきなり国をひっくり返した。

第二十八章

急停止

大躍進政策の余韻がまだ遠くの雷のように国全体にこだましていたころ、文化大革命が稲妻のごとく到来した。嵐はまだ過ぎ去っていなかった。その後の十年間、中国は大躍進とは逆の方向へ進むのである。それ以前は、毛沢東にとって国を分裂させるのは容易だった。次々に新たな一線を引き、右翼、反動主義者、あるいは反革命主義者といったくくりを作って批判すればよかった。彼が自身の立場を明確にすると、国全体がもぞもぞと彼の方針に従った。

権力を集約しようとする毛沢東は、新たな戦略として、とてつもない対立を生むキャンペーンにすべてを賭けた。彼は今や、あいまいな金言でしかものを語らず、対立する二派がそれぞれ、彼の名のもとに行動するのを黙って見ていた。一方の派閥は実際的な周恩来に象徴される古参の保守派、もう一方は毛沢東の妻江青が率いる若手の急進派である。あらゆるレベルの指導者層に修正主義者は潜んでいる、と毛沢東は主張した。彼らは激しい階級闘争によって排除されるべきだ、と。

彼は介入せず、神として空の上から密かに双方を操りながら、両者をたえず緊張状態に置いていた。たとえるなら、相性の悪い二匹の犬を一緒に散歩させているようなものだ。一匹はおとなしいドーベルマン、もう一匹は、命令が下ればすぐにでも嚙みつきたくてうずうずしている、エネルギッシュなピットブルだ。廬山で彭徳懐と対決したとき、毛沢東は「誰かに攻撃されたら、いつか必ず反撃する」と言った。今、その時がやってきたのだ。

中国の人々は、共産党の容赦ないキャンペーンに慣れていた。運良く監視をまぬがれれば、多少の不便さえ我慢すればそれですんだ。一九六四年当時、室内観賞用の鉢植えや花は、ブルジョア趣味と非難された。文革も似たようなものだろう、と人々は予想した。通りの名前が変わったりもしたが、まぎらわしくはあっても人生が変わるほどの一大事ではない。イギリス大使館がある通りは「反帝路（反帝国主義通り）」、ソ連大使館がある通りは「反修路（反修正主義通り）」となった。道路では赤信号が「進め」のサインに変わった。赤は革命の色だからである。また、車は左側通行を強いられた。それでも街の機能が急停止せずにすんだのは、ひとえに交通量の少なさのおかげである。

新中国を建国した男たちは、思いもよらず守勢に回ることになる。突如として、彼らの革命精神に疑いの目が向けられたのだ。驚いたことに、毛沢東は彼らに向かって、党はしのびよるブルジョア精神によって内側から脅かされている、と告げた。本当に必要なのは、革命へのほとばしる情熱であり、それが党からブルジョア的要素を一掃し、国の未来をゆるぎないものとするのだと。しかし、文革がゆるぎないものとしたのは毛沢東の地位だけで、国家の統一性と健全さが脅かされた。中国における論理を逆転させるために毛沢東が選んだのは、人民の中で最も騙されやすい層——学生だった。

彼らは革命のために戦った世代ではなく、生まれながらに革命を受け継いだ世代である。生まれたときにはすでに中国は共産主義国家であり、革命の時代は過ぎ去り、革命を肌で感じるチャンスは失われていた。ところが、建国の父は急に別のことを言い出した。まだ遅くはない、革命はまだ継続中だと。

学生たちはとりわけ、権威者に対して立ち上がるよう指示を受ける——ちょうど、徐寅生がそう書いたように。彼らは教師を相手に腕だめしをした。まだ十歳くらいの子供たちが、手に手にほうきや板切れを持って教師を打ちすえた。便所に立たされたり、首にスローガンを巻いた姿で便所掃除をさせられた教師はまだ運がいいほうで、運の悪い教師は釘の出た棒で殴られ校庭で死んだ。屈辱は緩やかに人を殺す。上海と北京ではいずれも自殺者が急増し、一九六六年の夏には前年比八百パーセントを超えた。

当初、卓球選手たちは文革にほとんど無関心だった。ナショナルチームに所属する彼らには、自分たちが一般庶民とは違うとわかっていたからだ。精鋭選手として選ばれる前に、すでに政治思想の調査はすんでいるはずだった。トレーニングの目的は優秀なスポーツマンを生み出すことだけではなく、共産主義の若き担い手を養成することでもあったからだ。

当時、選手たちは党の最高幹部と休暇を楽しみ、彼らの夫人とダンスをし、最高の料理を食べていた。なぜなら、彼らは最高の国民だったからだ。大躍進政策の脅威すら避けて通った彼らに、文革の影響が及ぶはずがなかった。

にわかに文革の嵐が巻き起こったとき、卓球チームは北京を離れ、スウェーデン北部にある人口二万人ほどの小さな町に親善ツアー中だった。チームが帰国したとき、空港には出迎えがひとりもいなかった。そして一行がターミナルを出る前に、一年前に大きな賞賛を浴びた徐寅生が逮捕された。選手たちが寮に戻ると、部屋は空っぽだった。洗面器もベッドカバーも、カーペットすら持ち去られていた。ある選手がふらりと厨房へおりていくと、閉まっていた。すると、ツアーに行かずに残っていたチームメイトが、「心配いらない」と言った。「料理店はどこも出入り自由だ。なんでも無料《ただ》で食べられる」

全国の学校が独自の紅衛軍を編成し、毛沢東の新たな革命を実践しようとしていた。毛沢東は突然、紅衛兵の食費と旅費を無料にすると宣言し、戸口《フーコー》制度による移動の制限を撤廃した。生まれた土地につなぎとめられていた人々が、一世代丸ごと解き放たれた。国じゅうの駅が、首都へ向かう紅衛兵であふれかえった。毛沢東主席は紅衛兵に会いたがっている。毛主席が握手をし、革命的な態度に感謝してくれる――そんなうわさが広まりはじめていた。

毛沢東への忠誠の証《あかし》は権威者への暴力として表れた。暴力の対象は、権威の象徴である教師や親、工場長、さらに従来の〝階級敵〟から、それまでは賞賛の対象だった古参の指導者にまで及んだ。巻き起こる殺戮《さつりく》を最初に煽《あお》ったのは、毛沢東とその妻、江青である。実際のところ、若者たちは改革を起こしているというよりも、一世代そろって革命の真似事をしているにすぎなかった。彼らは軍隊に入ることなく軍服をまとい、回避できるはずの困難にあえて挑み、長征の再現を試みた。幾千人もの紅衛兵が、北京行きの無料列車には見向きもせず、現人神を称えに徒歩で首都へと向かう。靴のかわりに、賀龍を真似てわらじをはく者もおおぜいいた。彼らは農村部を通り、戦時中の軍隊さながらの強行軍で行進した。

北京に到着した紅衛兵の要求をひとつでも拒もうものなら、反革命主義者と見なされたことだろう。彼らはすでに毛沢東の祝福を受けているのだ。紅衛兵には食料、住居、そして〝やること〟が必要だった。ある日、国家体育運動委員会に顔を出した卓球チームの若きホープ郗恩庭《きおんてい》は、目を疑った。建物全体が紅衛兵に占拠されていたのだ。練習場へ入っていくと、卓球台の上にも下にも、廊下にも紅衛兵が寝ていて、くたびれた旅行鞄が壁ぎわに積み上げられていた。

様相は一変しつつあった。そのころまだ頻繁に中国を訪れていた荻村は、文化大革命が始まって間もない一九六六年の夏に、少人数のチームとともに北京を訪れた。通りを歩いていた彼は、それまで見たことのない光景をまのあたりにする。三角帽子をかぶせられ両手を後ろ手に縛られた男が大通りを歩かされ、その後ろを鐘や太鼓を鳴らしながら人がぞろぞろとついていった。近寄ってみると、その男は地元の工場長らしかった。あとをついていく一団は、彼のもとで働く従業員だった。

その日の午後、荻村がある学校のそばを通りかかると、校庭に以前はなかった白い彫像が立っていた——それが動いている。像だと思ったものはじつは校長で、紺色の人民服が生徒たちに吐きかけられた痰やツバで真っ白になっていたのだった。気に入っていたレコード屋へ行くと、西洋のクラシック音楽のレコードはすべてたたき割られ、床に散らばっていた。それらは、毛沢東が打破を宣言した〝四旧〟——旧文化、旧習慣、旧風俗、旧思想に該当するからだ。彫像から建物、書籍、絵画まで、すべてが破壊され、店々のショーウィンドウには、ただひとりの完全無欠な人物、毛沢東の写真がべたべたと貼られていた。

自転車に乗った人々は、ハンドルに毛沢東の言葉を貼りつけていた。車の窓から見える街路樹も毛沢東の写真で覆われていた。列車では、車両ごとに設置されたスピーカーから、偉大なる国のリーダーを褒め称える言葉がとめどなく吐き出された。丘の斜面にまで、でかでかと毛沢東のスローガンが彫られていた。

それでも、卓球に関しては以前と変わらないように思えた。北京でおこなわれた最初の試合で、荻村は日本からの遠征チームを率い、強い中国チームと対戦した。彼は、日本が続けて得点したとたんスタジアム内の雰囲気が一変するのを感じた。ひとりの女性がメガホンを手に立ち上がり、「苦境にあるときも勝利を見失ってはならない！」と叫んだ。三千人の観衆が女性を見つめる。「われわれは明るい未来を見つめるべきである！」女性が高らかに声を張り上げると、観衆がいっせいに「われわれは明るい未来を見つめるべきである！」と唱和した。革命に熱意を燃やす誰かが立ち上がったら、まわりも同調しなければならなかったのだ。

荻村は中国側ベンチのほうを見た。傅其芳と目が合ったが、すぐに視線をそらして下を向いてしまった。そのころすでに、傅は周囲が自分を見る目に気づきはじめていたに違いない。彼はチームに次々に金メダルをもたらしたコーチではなく、いつなんどき歯向かってくるかわからない若い男女に囲まれた権威者だった。

日本チームは南下し広東へ向かったが、そこでも同じように毛沢東のポスターが街を埋めつくし、スタジアムには毛沢東の言葉が書かれた横断幕が張られていた。中国の女子チームは、毛沢東のスローガンを卓球ネットに結びつけて練習していた。打たれたボールは、主席の聖なる言葉の上を行ったり来たりした。

日本チームが中国で過ごす最後の晩、お別れの夕食会が開かれた。両チームのコーチである傅其芳と荻村は席が隣どうしだった。食事が終わるころ、荻村は傅に顔を近づけ、「文化大革命についてどう思いますか？」と英語で尋ねた。

傅はあたりを見回し、こう答えた。「目指すものはすばらしいと思います。しかし、私はもうこの年だから、ついていけるかどうか心配です」。荻村はうなずいた。他愛のない会話だった。ところが、傅はまた顔を寄せてきて言った。「あなたと私は、卓球で結ばれた友達でしょう？」

「ええ」

「いつか、私があなたを助ける日が来るかもしれない」

「そうですね、いつか力を貸していただくかもしれません」と荻村は答えた。

「同じように……」傅はさらに顔を近づけて言った。「あなたは今、私を助けられるかもしれない」

そのとき、同じテーブルの人たちが戻ってきたため、話は中断してしまった。荻村は黙って、耳にしたうわさを思い出していた。必死に泳いで本土から脱出しようとした人々の死体が、香港に打ち上げられたという話だった。

荻村が次に傅其芳コーチの名を耳にしたとき、彼はもうこの世にいなかった。

第二十九章
重圧

毛沢東は文革の中心だった。北京にあふれる緑色の軍服を着た「軍人もどき」は、ようやく親たちと同じ経験ができたと、日々革命気分に浮かれていた。毛沢東がやってくるといううわさが広まるたびに、天安門広場はわずか数時間でいっぱいになった。彼が実際に現れたのは八度だけだが、人々の熱狂ぶりは、西洋ではビートルズのコンサートでしかお目にかかれないような光景だった。その年（一九六六年）が終わるころには、主席から祝福を受けようと、すでに千二百万人の紅衛兵が北京を通過していた。

失神した十代の少女たちが群衆の外へ運び出され、少年たちが崇拝の言葉を叫ぶ中、毛沢東はジープの後部座席に乗って広場を走り抜け、窓から片手を出しておおぜいの紅衛兵の手や頭に触れた。彼が通り過ぎると、紅衛兵は感動のあまり涙を流した。

北京工人体育場で開かれたあるスポーツイベントでは、しのびこむ狂気があらゆる競技を異様なものに変えていた。重量挙げの選手はバーを持ち上げる前に毛沢東の著作に目を通し、走り高跳びの選手は跳躍に成功したあと、小さな赤い本『毛沢東語録』を高々と掲げた。紅衛兵には、スタジアム内を自由に動きまわり、紙に書いたスローガンを配布したり試合に出る選手たちを激励することが許されていた。

卓球ナショナルチーム内の分裂は、はじめのうちはシンプルだった。かなり名の通った選手は「保守派」に属した。すでにコーチになった容国団や傅其芳などのベテラン組、さらに荘則棟や李富栄といったトッププレーヤーは、明らかに政府に近い位置にいた。周恩来、賀龍、陳毅らと懇意にしている彼らは、言わば大樹の陰にいるようなもので、本人たちもそのつもりだった。

一方、「天堂派」と呼ばれるもう一派には、若いプレーヤーや練習相手——つまり、まだ試合に出場するチャンスを与えられていない選手や、出場の見込みはなく、もっぱら外国人選手のスタイルを正確に真似ることに身を捧げ、国のために人知れず奉仕している選手たちが属していた。若手選手の中には、先輩を気の毒に思う者もいた。中国全土で論文が読まれた徐寅生は、たったひとりで監禁生活を送っていた。彼が育てた後輩のひとり郗恩庭は訪問を許され、徐の恋人からの手紙をこっそり届けたり、ハサミを持ちこんで師の髪を切ったりしていた。

もうひとり、梁戈亮《りょうかりょう》という有望な若手選手がいた。彼はごくあたりまえに荘則棟らベテラン選手を崇拝していたが、十七歳のときに若さあふれる紅衛兵になんとなく興味を抱いた。

ある日、梁は紅衛兵が荘則棟の自宅に急襲をかけるという話を耳にする。世界一の卓球選手の家で、いったい何が見つかるのだろう？「私は紅衛兵のあとをついていきました」と彼は語る。しかし、一緒になって家に踏みこみはせず、ためらっていた。どうしても荘則棟を裏切る気にはなれなかったからだ。二年前、まだ十五歳だった梁は、荘に助けてもらった。梁はいわゆる「革命にうってつけの人物」——つまり極貧だった。広西省（現在の広西チワン族自治区）の山村で耳の聞こえないお針子の子として生まれた彼は、裸足で育った。生まれて初めて見たニュース映画は、一九六一年の世界卓球選手権における中国の大勝利を伝えるものだった。初めて靴を履いたのは、ナショナルチームのメンバーに加わるために、温暖な広西省から北京へ送られてからである。練習中に震えてばかりいる彼に、コーチは自腹を切って帽子と手袋を買い与えた。

一九六四年の冬、梁は母親から一通の手紙を受け取った。田舎の医者に癌と診断されたという。すると、世界トップの卓球選手である荘則棟が手を差しのべてくれた。梁を自分の自転車のハンドルに座らせて一緒に北京じゅうを走りまわり、水銀とヒ素を混ぜた薬を使った荒療治をしてくれる医者を見つけてくれたのだ。あれから一年半、母親の病はすっかり良くなったようだ。そんなやさしい人への反逆行為に、どうして加担できるだろう。

何十人もの紅衛兵が荘則棟の家に押し入った。彼らは棚という棚、引き出しという引き出しを調べ、少人数のグループに分かれて座り、夢中になって荘の手紙を読んでいた。たったひと言でも何かが見つかれば批判の材料にされてしまう時代、梁が荘の身を案じるのはもっともだった。四旧を象徴するものが見つかればすべて破壊されるか、悪くすると、ブルジョア的生活を求める資本主義者である証拠にされる場合もあった。毛筆の書は切り裂かれ、骨董品は破壊され、手紙や家族の写真は破り捨てられた。梁はぞっとする思いでそのさまを見ていた。「何もかも持ち去られ、家は空っぽになりました」と梁は語る。

卓球場では、さらなる分裂が表面化していた。保守派内で、懲罰を恐れる者と意に介さない者とのあいだに新たな一線が引かれたのだ。そのころ、卓球の練習は禁止され、国民的スポーツは危機に直面していた。そんな中、度胸のある者たちは紅衛兵が引き上げるのを待ち、彼らの服を卓球台から蹴り落とし、邪魔な荷物を片づけて練習を続けた。開けたままにしておくよう命じられた扉にも鍵をかけて球を打った。

紅衛兵が戻ってくると、選手たちはラケットを隠し、何食わぬ顔で彼らのそばに座り、北京の人々がみなそうしていたように、「大字報」と呼ばれる大判の壁新聞作りに精を出した。毛沢東を褒め称え、よそ者を糾弾し、仲間を擁護する大字報は、公共の場所に貼り出された。王朝時代から用いられていた手法だが、今や膨大な数の大字報が生み出されていた。余った時間で、選手たちは毛沢東の論文『中国革命戦争の戦略問題』を読んだ。毛の思想はさらなる勝利をもたらしてくれるかもしれない――しかし、練習が許されなければ、それを証明できなかった。

選手たちは、紅衛兵が北京からよそへ流れていけば、一九六七年の世界選手権に間に合うようにスウェーデンへ行けるかもしれないと期待していた。中国初のチャンピオン容国団は、数人のベテラン選手と話し合い、国家体育運動委員会宛てに手紙を書いた。しかし、受領の知らせはなく、誰が書いたかだけに関心が向けられた。やがて北京市内から紅衛兵の姿が消えはじめるが、それがすなわち文革の終息を意味したわけではなかった。

第三十章

机上の空論

中国では、王朝時代も共産党政権下においても、後ろ盾を失い孤立する者は最も立場が弱く、周囲からの攻撃を受けやすかった。卓球チームはまだ、政治の延長や国際関係の道具として卓球を利用してきた男たちに守られていたが、彼らもまた、ひとりまたひとりと不利な立場へ追いこまれていった。毛沢東の妻である江青を嫌った賀龍は、その報いを受けていた。その月、北京に集まった二万人の支持者の前で、江青は賀龍を反逆者と呼んだ。直訴した彼に、毛沢東は、「きみは一度も問題を起こしたことがない」と言った。かつて、毛と対立する彭徳懐の調査を任された賀龍は、彭を糾弾するのを拒んだ。そのことを充分に認識したうえでの言葉だった。しかし、賀龍の友人である周恩来は用心すべきだと判断し、北京北部の丘陵地に隠れ家を見つけ、冬のある晩に賀龍とその家族を密かにそこへ移した。

江青は、賀龍から夫の支持を徐々に切り崩していった。数十人の紅衛兵が賀龍の居宅に押し寄せた。警察は彼らを中へ入れるよう指示されていた。そこで賀龍の金庫が見つかり、「千を超える機密文書」が押収された。

数日後、隠れ家が発見され、六十九歳で、糖尿病を患っていた賀龍は、〝批闘大会〟に送られた。批闘大会とは、中国がソ連を真似て採用した懲罰のひとつで、告発を受けた者は公開の場で自己批判を強いられ、多くの場合暴行を受けた。賀龍は、みみず腫れができないように毛布でくるまれて何度も打ちすえられた。インスリンを与えられず、かわりにブドウ糖が注射された。医療で確実に人を殺す方法である。夏の真っ盛りに、賀龍とその妻は中庭のある居宅に軟禁され、水も与えられず、一日分の食費として渡されたのはわずか三セントほどの額だった。監視人が塀の外で革命歌を歌い、監視を怠ってはいないと賀龍に知らしめた。糖尿病の治療も受けられず、二年にわたり軟禁状態に置かれた結果、一九六九年六月、賀龍はついに帰らぬ人となる。

賀龍と並ぶ元帥であり、ともに熱心なピンポン愛好家でもあった陳毅もまた苦難を味わった。外交部部長という高位にありながら、彼は懲罰のしるしである円錐形の〝ばか帽子〟をかぶせられ、批闘大会に引きずり出された。江青の指示を受けた一万人の紅衛兵が、党の指導者が住む一角にほど近い陣営から、夜ごと陳の名前を連呼した。

陳毅は黙ってはいなかった。ときどき門のそばまで出ていき、暴徒に向かって、お前たちは無知な餓鬼だ、まだ股割れズボンをはいてワアワア泣いている赤ん坊だと叫び返し、「革命を起こしたいのなら、ベトナムへ行って戦ってきたらどうだ」と言った。

陳毅は幾度となく批闘大会へ呼び出され、自身の政治的過ちについて説明を求められ、罵倒され、辱めを受けた。批闘大会からそのまま自宅へ戻り、体を洗って着がえ、外交レセプションへ出かけていくこともあったという。夜になると、周恩来が寝る前に門のところまで出てきて、静かに紅衛兵をさとし、旧友である陳毅をかばうこともあった。

周恩来にとって、陳毅はたんなる旧友ではなかった。周は娘（養女）を陳に託し、外交部部長である彼のもとで働かせていた。完璧なロシア語を話す娘は、毛沢東の通訳をつとめたこともある。陳の部下として逮捕された彼女は、上司を裏切るよう命じられた。周はあらゆる手を尽くしたが、娘が拘留されている場所を突き止めることができなかった。八カ月後にようやく消息がわかったときには、すでに彼女は獄死していた。周は検死を要求するが、「反革命主義者として火葬に付された。遺灰は保管されていない」という返答しか得られなかった。北京の誰もが憶測したように、彼女の死の裏に江青の存在があったとすれば、それが意味するところは明らかである。江青は、周恩来を失脚させようとしていた。

周恩来は、中国のナンバースリーだった。古来、後継者の椅子とは危険なものである。毛沢東に次ぐナンバーツーとして国家主席に就任した劉少奇は、すでに逮捕されていた。大躍進政策が失敗したのち毛沢東を批判したとして罪に問われた彼は、批闘大会で猛烈な非難を浴び、何万人という紅衛兵の前で辱めを受けた。その横では彼の妻王光美《おうこうび》が、外国訪問のさいに真珠を身につけたのがブルジョア的だとして、ピンポン球をつなぎ合わせた輪を首にかけられ糾弾されていた。ピンポン球のネックレスは、江青からの特別サービスだった。劉少奇もまた賀龍と同様に少しずつ痩せ衰え、自分の嘔吐物と下痢便にまみれて孤独な死を迎える。

毛沢東の関心が権力と自身が築いた所産の維持にあったとすれば、江青のそれはみずからが主席の後継者となることにあった。もはや周恩来といえども安泰ではなかった。一九六七年五月、江青は昔の話を引っぱり出し、彼を「反共産主義思想の持ち主」と批判した。その年の八月十七日、陳毅の弁護をしている最中、周は軽い心臓発作を起こす。回復したころには、外交部はすでに占拠され、イギリス大使館は焼け落ちていた。

ソ連大使館も同様に包囲され、外交官が攻撃を受けた。紅衛兵はソ連の外交官が乗った車をひっくり返し、彼らを毛沢東主席のポスターの下に這いつくばらせた。一万人の紅衛兵が大使館内で脱糞したといううわさも立った。

江青は、勢力を伸ばす三人の急進派幹部とともに活動していた。「四人組」と呼ばれた彼らは次から次へと火を放ち、その猛烈な勢いは、火消し役の周恩来も追いつかないほどだった。周は、いったい誰をどう守ればいいのかわからなかった。自分のひとり娘すら守れなかったのだ。陳毅の命は——地位までは無理だったが——どうにか守りきったが、昔からの同志である賀龍のために、彼には何ができただろう? 長年、賀龍は午後になると決まって周恩来の家にやってきた——家に入る前には必ずパイプを消して。二人は小さいグラスに注がれたマオタイ酒を飲み、周が悪いほうの腕を伸ばして卓球をする姿を、賀龍はそばで見ていた。

国のいたるところで、毛沢東の名を掲げた二派は直接衝突をくりひろげていた。江青は紅衛兵に対し、必要ならば軍のメンバーを批判し入れ替えるよう指示を出した。兵舎からは武器が略奪され、北京と上海で全面衝突が起きる。当時の卓球選手たちは、国全体に問題が拡大する中、自分たちはもはや忘れ去られたと思っていた。誰にも守ってもらわなくとも、このまま無事でいられるだろうと。

国じゅうの学校や工場では、衝突が常態化していた。ビラやポスターによる争いから殴り合いへ、さらに街のあちらこちらで起きる銃撃戦へと、状況はエスカレートしていく。軍の上層部は、毛沢東が対立を助長したと激怒した。老境に達した朱徳が一団を率い、床に杖を打ちつけながら毛沢東に詰め寄ったと言われる。それからまもなく、朱徳までもが大字報に名前を書かれ、おこがましくも紅軍の創設者を名乗る「黒い将軍」と批判された。要するに、この派閥争いを超然と外から見ていたのは毛沢東ただひとりだった。

一九六八年の末、上山《じょうさん》下郷《かきょう》運動が始まると、軍は若き暴徒に対する優勢を取り戻す。毛沢東が何百万人もの学生を地方へ送り、農民による再教育を命じたのだ。毛の指示により、軍は国のあらゆる機関へ入りこみ、形ばかりの秩序回復を試みた。ところが、江青は別の運動を準備していた。清理階級隊伍運動――階級の一掃だった。そして今度はついに、卓球チームも大きな痛手をこうむることになるのである。

スポーツ界全体が「スパイ、反逆者、資本主義者の巣窟」としてにわかに槍玉に挙げられた。なかでも卓球は恰好の標的だった。外国のものはすべて疑惑の対象となったが、とりわけ矛先を向けやすいのは香港出身者だった。卓球チームはスパイの温床と非難された。学校の生徒たちは卓球台を外に引っぱり出し、ばらばらに打ち砕いた。たちまち選手に対する批闘大会が始まり、しだいに熾烈さを増していった。真っ先に尋問を受けたのは、中国に初めて栄光をもたらした三人のヒーロー――一九五三年に香港からやってきた卓球のパイオニア姜永寧、世界一の名コーチ傅其芳、そして中国初の金メダリスト容国団である。

例によって、政治的圧力をかけながら真の標的に向かって強引に突き進んでいく手法がとられた。女子卓球チーム屈指のプレーヤー鄭敏之《ていびんし》は、小規模な批闘大会に引き出された。『私は選手です。

中国のために一生懸命戦って栄光を勝ち取るのが私の務めです』と私は言いました。何も悪いことをしたつもりはない、と言ったのです」と鄭は語った。それがまちがいだった。その言葉が不純な思想を露見させてしまったのだ。彼女やほかの卓球選手の多くが、〝トロフィーイズム〟の罪に問われた。スポーツの目的はトロフィーの獲得だとする考えが修正主義的だというのだ。鄭たち選手は拘留こそまぬがれるが、『毛沢東選集』だけを渡されて寮の部屋に閉じこめられた。たえず見張られ、昼も夜もそれを読むよう求められ、二、三日かけてじっくり頭につめこんだあと、ふたたび批闘大会に呼び出された。尋問者が彼らの政治的進歩を判定する資料として、詳細なメモがとられた。

チーム全員の精神状態が脅かされた。午前一時に行進を命じられることもあり、そうすると選手たちは大急ぎで着がえをし、震えながら真っ暗な道を行進した。郗恩庭もまた、毛沢東主席の言葉を大声で叫びながら、チームメイトと一緒に北京の通りを歩いた。郗にとってさらに過酷だったのは、チームで最も力持ちの彼は、毛沢東を賞賛する言葉や誰かを批判する言葉が書かれた大字報がべたべたと貼られた重たい荷車を引いて歩かなければならなかったことだ。自己批判と痛烈な非難が入り混じった選手の自白書を掲げて歩くこともあった。「ときどき、止まれと号令がかかり、〝毛主席への忠誠は永遠に〟という革命歌に合わせて踊らされました」と郗は語る。それからまた、重い荷車を引いて別の通りを練り歩くのだった。

第三十一章

疑う者には死を

真夜中に行進し、歌を歌い毛主席への忠誠を示すステップを踏みながら、郗恩庭はいつも、今や過ぎ去ろうとしている、アスリートとして最も充実していた日々に思いを馳せていた。「まるで竹にでもなった気分でした。伸びはじめたと思ったらいつも誰かに切られてしまう」。前年（一九六七年）にスウェーデンのストックホルムで開かれた世界卓球選手権では、郗恩庭の大きなポスターがスタジアムの梁から吊り下げられていた。しかし、中国チームはついに登場しなかった。

そのころは、世界選手権で一度でもメダルを取った選手は批判にさらされると言われていた。前の年にスウェーデンへ行けなかったおかげで、たとえわずかなあいだでも、郗は時間稼ぎができた。「国に多くの名誉をもたらした者ほど厳しく非難されました。優遇されていると見なされたからです」と彼は語る。

卓球チームに死が迫るのを、避けるすべはなかった。都市でも農村でも、あらゆる階層の人々に死が訪れ、この大動乱で命を落とした人の数はすでに百万人を超えていた。文化大革命における批判は、信じがたいほど一貫性に欠けていた。それはおもに、どこからの指令かをほとんど誰も知らなかったせいだろう。身を守ってくれるのは誰なのか、誰に頼ればいいのか。たった一度の批判ですむ者もいれば、何度も何度も引きずり出される者もいた。拷問を受ける者、投獄される者、自殺に追いこまれる者、殴り殺される者。ひとたび大字報に名前が載れば過酷な試練のるつぼに入りこみ、どこまで迫害されるかわからなかった。選手たちは大字報の前で立ち止まっては、見覚えのある文字がないかとじっと目を凝らした。

成功が罪ならば、荘則棟ほどの大罪人はいない。彼は栄光と金メダルにまみれた、中国で最も有名な若者だった。たびたび大字報に名前が挙がると、彼は批闘大会に連れていかれた。侮辱や非難の言葉を浴びせられたのち、前に身をかがめるよう命じられた。告発を受ける者はひざまずき、両腕を後ろへ伸ばして顔を上げる。「飛行機」と呼ばれるこの姿勢は、文革のシンボルのひとつとなった。背中が痛くなって体を伸ばそうとするたびに腹を殴られ、頭を無理やり元の位置に戻された。

荘は、ほとんど覚えてもいない発言を理由に非難されていた。何年も前に日本へ遠征したさい、ガイドが中国人選手を海岸へ案内し、ここが台湾に最も近い場所ですと説明した。「そんなに近いんですか?」と荘は尋ねた。この言葉が、荘が台湾に住んでいる姉のもとに行きたがっている証拠として使われたのだ。どのみち荘は非難を受けただろう。彼の祖父は、上海の大地主として知られた人物である。荘は「敵と共謀し、反逆を企てていました」とでも告白すべきだったのだろうか。髪の毛を半分だけ剃った「陰陽頭」にされた彼は、言わば〝歩く罪の自白〟だった。

一日が終わって寮に戻ると、荘はチームメイトたちに、トラックに乗せられたらこんなふうに座るといい、壇上に立たされたら頭を下げたまま脚の力を抜いて、できるだけ首を楽にするといい、といったアドバイスをした。その年、ちょうど荘則棟のルームメイトのひとりだった郗恩庭は、批闘大会から帰ってきた荘が食堂のテーブルにつき、大きな皿いっぱいの食事を胃袋におさめたあと部屋へ引っこむのを見た。郗が部屋に戻ったころには、荘はもういびきをかいていた。

誰もが荘のように易々と弾圧をやり過ごせたわけではない。北京と上海における自殺率は高止まりしていた。一九六一年、日本打倒に大きく貢献した〝ピンポン・スパイ〟荘家富は、一カ月にわたって拘留されていた。不正な理由で香港を訪れたとして、スパイ容疑がかけられていたのだ。香港と何らかのつながりがある者は、往々にして恐ろしい拷問にさらされた。香港に親戚がひとりいるというだけで告発されたある男は、「亜麻糸で指をきつく縛られて木の枝から吊り下げられ……指が少しずつ引き伸ばされて、しまいには倍の長さになった」という。

荘家富がピンポン・スパイを演じたいきさつも調べ上げられた。「自殺も考えました。もちろん考えましたよ。でも、自殺なんかすれば罪を認めたと思われてしまう」と荘は語った。共産党員にとっては、自殺も殺人と同じ政治犯罪だった。ばかげて聞こえるかもしれないが、集められる膨大な個人情報はじつに詳細で、祖父母の行動が孫の出世まで阻みかねなかった。犯罪が察知されれば、その影響は必ず跳ね返ってきた。しかし、残虐すぎる拷問を加えられて自殺を考えない者がいるだろうか？　足の裏の皮を鉄のブラシで剝ぎ取る「陸を泳ぐアヒル」や、火のついたタバコの上に座らせる「肛門タバコ」など、恐ろしい拷問がおこなわれていた。

次は、卓球史上最も成功したコーチ、傅其芳の番だった。批闘大会に次ぐ批闘大会、チームメイトにも殴られ、後輩選手にまで辱められ、痛烈に批判された彼は、四月十六日、チームが朝の練習に出かけていくのを待ち、カーテンレールから首を吊った。前の年に荻村の横で感じたかすかな希望は、とうの昔に消え去っていた。

次に死ぬのは、一番乗りをした人物だった。一九五三年、姜永寧は卓球のパイオニアとして香港からやってきた。賀龍と陳毅を信頼し、苦戦する中国チームを助けるために本土へ戻ってきた最初の香港人選手である。姜の部屋が捜索され、一枚の写真が見つかった。そこには日本の国旗が描かれたシャツを着てめかしこんだ幼い姜の姿が写っていた。紅衛兵には、ものごとの背景などいっさい関係なかった。当時まだ五歳だった姜に、国旗の違いなどわかるはずがなかったこと、香港が一九四一年に日本に占領されたことを、彼らは斟酌《しんしゃく》しようとはしなかった。姜はまた、新聞を丹念に読む習慣があり、チームメイトのあいだでも有名だった。その習慣に「情報収集活動」のレッテルが貼られ、彼が日本のスパイである動かぬ証拠とされた。五月十六日、姜は寮の四階で首を吊っていた。

六月二十日の朝七時、邱鐘恵はまだベッドにいた。当時、彼女は容国団とともに女子チームのコーチをつとめ、二人が指導したチームは、一九六五年の世界選手権でついに日本を女王の座から引きずりおろし、女子団体の優勝カップ〝コービロン杯〟を手にした。卓球競技の停止命令が出たとき、邱は科学研究所と共同で卓球用のロボットアームを開発していた。

ここ数カ月間、彼女は文革の地雷原を足音をしのばせて慎重に通り抜けようとしていた。彼女にとって非常に辛い時期だった。夫の両親が以前、修正主義の温床であるソ連に大使として駐在していたからだ。政府からは離婚するよう要請されたが、夫も自分も政治には関与していないときっぱりはねつけた。この一年間、邱は夫の釈放を待ちつづけ、まだ三十代なかばで急激に白髪が増えていた。

ベッドで寝がえりを打ち、あと数分眠ろうと思っていると、誰かが大声で叫ぶ声が聞こえた。邱は起き上がり、耳をすました。

「容国団が死んでいる、彼が死んでいる！　容国団が死んでいる！」

邱は慌てて部屋を飛び出し、声がするほうへ駆け出した。行ってみると、木の枝からおろされた容は地面に寝かされ、布がかぶせてあった。前の晩に首を吊ったに違いない、と邱は聞かされた。「私は真っ先に、『まさか』と言いました。ありえない話でした。彼がそんなことをするはずがありません」。確かに、容はふさぎこみ、笑ったり冗談を言わなくなっていた。それでも、「私たちは自殺を支持していませんでしたし――彼はとくに拷問など受けていませんでした」と邱は言う。

野次馬が集まってくる前に、邱は十年来の友人でありチームメイトだった容国団を覆う布をはがした。「首を調べましたが、なんの跡もありませんでした。痣《あざ》もないし、目も充血していないし、舌が飛び出てもいませんした」。その週に発表された顚末《てんまつ》――また批闘大会に引き出されて屈辱を味わうよりはましだと、容国団がみずから命を絶つ決断をしたという話は、邱には嘘に思えた。その後ポケットから発見されたというメモを彼女は見ていないが、そこには「私はスパイではありません。どうか私を疑わないでください。私はあなたたちを失望させました。私には命よりも名声のほうが大切なのです」と書かれていたという。

容には攻撃される材料が充分すぎるほどあった。スウェーデンでの世界選手権にチームを出場させようと働きかけたのは彼だ。また、才能という財産ばかりか、中国に初の金メダルをもたらした。文革という倒錯した世界では、つねに競争心を抱き、メダルの観点からものを考え、よその国々を旅し、香港で暮らしていた彼は、何度も罪を重ねた累犯者《るいはんしゃ》なのだ。

二度にわたり、邱鐘恵は国家体育運動委員会の役人に容国団の死に関する懸念を伝えた。調査も検討されたが、容の妻はきっぱりと拒んだ。彼女には守るべき娘がいた。夫が紅衛兵に殺されたと証明して、いったいなんになるだろう。

一方、荘則棟は月並みな反応を示した。彼はのちに、当時を振り返ってこう語っている。


あのころ、私はとても悲しかった。親しい仲間たちが苦悶の末に死んでしまったからだ。その一方で、私は毛主席を心から信奉していた。文化大革命を始めたかたであり、毛主席を信じる気持ちは、仲間への気持ちよりも強い。


荘は、すでに高齢にさしかかったアイヴァー・モンタギューとは何千マイルも離れた場所にいたが、二人の考えはまったく同じだった。ひとたびある体制に身を捧げたからには、それが本来の姿とはかけ離れていても、信念を貫かなければならない。二人は自分を曲げてまで党是を守った。仲間？　仲間がなんだというのだ。だいじなのはスターリンの、あるいは毛沢東の思想だ——たとえ彼らが、みずからのバイブルをたえず書き換えてきたとしても。

一九五〇年代、モンタギューは卓球関係の仕事でプラハを訪れ、旧友オットー・カッツの逮捕を知る。モンタギューと同様、カッツもユダヤ人として生まれ、共産主義ために信仰を放棄した。彼はコミンテルンのスパイとして、トロッキー暗殺に協力し、チェコスロヴァキアの外相を窓から突き落とすなど数々の功績を残している。しかし、チェコ当局に目をつけられてしまったからには、どうしようもなかった。尋問中、チェコ人の警官は彼に、「お前たちのようなけがらわしい人種は、地の底に埋めてやる」と言ったという。

モンタギューは、プラハに来たらいつもそうするように、ランチに誘おうとカッツのアパートに電話をかけた。すると妻がおずおずと電話に出て、歯切れの悪い調子でオットーは旅行中だと言った。翌日、情報局の職員がモンタギューのところへやってきて、カッツは刑務所に入っていると告げた。ロンドンへ戻ったモンタギューが、二十年来の友が〝消された〟と不安を口にする声が録音されている。消されたと過去形で言うにはまだ早すぎたが、まちがいではなかった。数週間後、カッツは絞首刑になった。それでもモンタギューはためらうことなく、公然とスターリンを支持しつづけた。

一九六三年、荘則棟がモンタギューと握手し、二度目の優勝杯を受け取った年、チェコスロヴァキア政府はオットー・カッツを「あらゆる起訴項目について」無罪とする声明を発表した。「被告人に対する非人道的な尋問および薬剤の使用があった」ためである。同じ年、ソ連のスパイ網解体をねらうヴェノナ作戦が、ついにモンタギューの最大の秘密を暴き出した。つまり、彼がソ連のスパイである事実が判明したのだ。当時、国に対する反逆は絞首刑に値する罪であり、前回スパイとしてつかまった男は懲役四十二年を宣告された。ロンドンの中央刑事裁判所始まって以来、最も長い刑期である。モンタギューもまた、三人の〝ケンブリッジ・スパイ（キム・フィルビーのほか、ケンブリッジ大卒のソ連のスパイ）〟と同様、東へ逃げることになるのだろうか？

ところが、モンタギューが転居する兆候は見られなかった。なぜなら、ＭＩ５が彼を逮捕する兆候がなかったからだ。モンタギューを裁判にかけるには、ＭＩ５はヴェノナ作戦の成功を明かさなければならなかっただろう。だが当時はまだ、ソ連には暗号が破られていないと思わせておいたほうが好都合だと判断された。また、モンタギューの正体が暴かれれば、由緒ある彼の一族も、政府も、さらに国家としても面目が丸つぶれだっただろう。

逮捕はおろか、イギリス情報部はモンタギューが鉄のカーテンを超えて行ったり来たりするのをじっと見ているしかなかった。彼はイギリス代表団を率いて、モスクワで開かれる世界平和評議会に出席した。傍目にも、モンタギューがまだソ連から信頼されているのは明らかだった。ある「ひげを生やしてサンダルをはいた」イギリス人グループが、ロンドンとモスクワで爆撃反対を訴える行進をしようとしたとき、モスクワでデモ行進などしたら、クレムリンに「もてなしに反する行為」と見なされ、すぐに追放されるだろうと彼らに警告したのはモンタギューだった。このように、彼の過大な影響力を示す明らかな手がかりがあるにもかかわらず、ＭＩ５は彼を放置することにした。

一九六七年、モンタギューがついに国際卓球連盟会長の座をしりぞいたとき、ドイツのある雑誌が、卓球を「モンタギュー」と改称してはどうかと提案した。なぜなら、「全世界に広まった、小さな白い球を使うこのスポーツは、たったひとりの男が生み出したもの」だからである。

荘則棟もまた真の共産主義信奉者ではあったが、モンタギューとは違い、なんの主導権も握っていなかった。モスクワが修正主義の温床でありつづける以上、中国の共産主義者にとって逃げ場とはならない。それでも逃げるなら、信条を捨てるか、逃亡途中で命を落とすリスクを負わなければならなかった。荘はそのどちらの可能性も一顧だにしなかった。彼は文革を乗り切るほうに賭けたのだ。

第三十二章

上山下郷運動

命を絶った三人の卓球選手に不利な証拠はあったのか——なかった。元世界チャンピオン荘則棟に不利な証拠もなかった。ところが、またしても彼の名前が大字報に登場するようになり、「荘則棟を引きずり出せ！　荘則棟は筋金入りのブルジョア派だ！」と声が上がった。ピアニストである彼の若妻もまた苦境に立たされていた。四旧のひとつ、西洋のブルジョア趣味の象徴であるピアノを生活の糧にしている罪に問われたのだ。

荘にはおそらく、次に何が起きるかがわかっていたのだろう。チームメイトのひとりが、もう彼の立場を守りきれないと耳打ちした。「一方の派に加わって身を守ったほうがいい、造反派となるんだ」と。世界チャンピオンであり人民への影響力も大きい荘則棟は、江青率いる急進左派にとって非常に価値のある獲物だっただろう。ふたたび批闘大会に引き出された荘はついに、「卓球という、政治とは無縁の世界で修正主義的政策を推進している」と賀龍を批判する大字報に署名した。そこにはまた、荘自身が「卓球チームに所属した八年間にわたり、心身ともに損害を受けてきた」とも書かれていた。

この大字報の影響はその先何十年も続き、荘にとって生涯逃れることのできない苦い汚点となる。さらに悪いことに、この大字報をもってしても荘への批判はおさまらず、彼はまもなく「偽造反派」

と呼ばれるようになる。役人たちが群衆の前で批判台に引きずり出されたとき、荘もまた彼らの横に並んで〝飛行機〟の姿勢を取らされた。そして一九六八年の夏の終わりには、新婚の荘は刑務所に入れられ、妻は自宅軟禁、義理の父親は拘束されていた。尋問者は、妻には夫に不利な証言を、父親には娘に不利な証言をさせようとした。荘はときどき棒で殴られ、見せしめにされた。紅衛兵が彼の右手を高く持ち上げ、切り落とすぞと脅した。中国に三つの金メダルをもたらした右手、アイヴァー・モンタギューと固い握手を交わした右手が、血を求めて唸りを上げる何千という群衆の前にさらされていた。

荘則棟は例の大字報に、「蜂起し、造反し、人民のしもべとなりたい」と書いた。しかし彼がなろうとしているのは人民のしもべではなく、毛沢東の妻のしもべ――そしておそらくは、愛人だった。彼の新たな立場は、以前にも増して危うかった。ちまたでは、江青から電話が入ると、荘のひざがガクガクと震えたとうわさされた。しかも、彼を四カ月もの牢獄生活から救ったのは江青ではなかった。彼の命を救ったのは、ピンポンにとって最大の後ろ盾であり、江青の不倶戴天の敵である周恩来だった。

一九六九年、糖尿病で徐々に死に近づきつつあった賀龍に対する最後のとどめとして、国家体育運動委員会のほぼ九割が北京から追放された。彼らが送られた先は、強制労働を通して再教育をほどこすために開設された悪名高い「五・七幹部学校」のひとつがある山西省の農村だった。選手、役員総勢約五百人が、列車でのろのろと辺鄙《へんぴ》な土地へ向かった。農民から学ぶために〝下放〟される者にとって、山西省は最も過酷な土地のひとつとされていた。そこでは、運動競技はあくまでも政治と戦いの道具であり、少女たちはまだ手榴弾を投げる訓練を受けていた。

下放されたアスリートたちのあとをカメラマンがついて回り、農民の恰好をして、刈ったばかりの麦の束をかつぐ世界最強の卓球選手の姿をカメラに収めた。彼らは水路を作り、畑に穴を掘り、つるはしやスコップをふるい、収穫を手伝った。とはいえ、食料はほぼすべて近隣の町や人民公社に依存しているのが実情であり、その見返りとして選手たちに期待されたのは、農家から引っぱり出された粗末な台の上でボールを打ち合い農民を楽しませることだった。彼らは藁や草で卓球ネットを編んだ。当時のスポーツに許されたのは、もっぱら娯楽としての役割である。誰もスコアをつけず、誰も負けず、誰も勝たず、卓球はただ人々を楽しませた。

退屈な日々だが、楽ではなかった。ある女子選手は、麦刈りの途中で熱射病にかかった。這うようにして木陰に入ったところで統制係をつとめる同志につかまり、『毛沢東語録』を出して「不屈の意志を持て。犠牲を恐れず、いかなる困難も乗り越えて勝利を収めよ」というくだりを読むよう命じられた。読み終えると、同志はこれで自然に回復すると言った。ところが、彼女はその同志の足元で嘔吐した。

一九六九年のミュンヘン大会も終わってしまった。容国団のように、タイトルを守るために署名を集め嘆願してくれる人は誰もいなかった。そんな純真な人など、中国のどこを探しても残っていなかったのかもしれない。日本がふたたびスウェイスリング杯を手にしたというニュースが、徐々に山西省へも伝わってきた。なぜこんなことになったのか。中国のスポーツ界の中心として活躍した卓球チームが、第三世界との外交使節であり、帝国主義者や修正主義者を打ち破った勝者が、なぜこのような運命にさらされなければならないのか。

　もしもその場に周恩来がいたならば、彼は選手たちに辛抱するよう助言しただろう。卓球チームを見捨てたかに見えたが、そうではなかった。中国の外交使節をふたたび世界へ送りこんだ首相には、さらに驚くべき腹案があった。彼が目指すのは、復活ではなくむしろ変容である。卓球チームはやがて、歴史に残るみごとな外交政策の成功にひと役買い、世界最大の国〝中国〟は、世界最強の国〝アメリカ〟と新たな関係を構築するのである。

Part.3

東洋と西洋の出会い

第三十三章

にらみあう世界

一九六〇年代に起きた革命は、文化大革命だけではなかった。中国から何千マイルも離れたアメリカでも、世代間の突発的な衝突が起きていた。当時、アメリカにいるチャイナ・ウォッチャーが入手できる情報は限られ、中国の新聞やラジオ放送の翻訳、あるいは香港のアメリカ領事館が外国人旅行者への聞き取り調査で得る情報が頼りだった。一方で、中国の政府機関は制限なく自由に発信されるアメリカの情報に触れていた。公然とセックスや麻薬が語られるのか、と彼らは驚きを覚えた。ニューヨーク州のウッドストックという町の原っぱでは、何万人もの人が集まってエレキギターを使ったコンサートがおこなわれていた。アフリカ系アメリカ人が街頭にくり出し、人種差別に反対し大都市のあちこちに火をつけた。ケネディ大統領も、その弟も、偉大なる公民権運動の指導者マーティン・ルーサー・キング・ジュニアも、アメリカ国民に撃たれて死んだらしい。六〇年代の終わりには、ベトナム戦争への関与に対する反対運動が毎週のようにおこなわれていた。これらは、いずれ革命に発展するのだろうか?

衛星放送という新技術のおかげで、西側では世界の苦悶《くもん》をリアルタイムで眺めることができた。アメリカのみならず日本でも、殴られる抗議者の姿が生放送された。同様に、ソ連によるチェコスロヴァキア侵攻のさいも、首都プラハに押し寄せた何十台もの戦車が、ソ連衛星国の自由化を制圧するさまがテレビに映し出された。ソ連の戦時体制化に不安を覚えた中国政府は、アメリカとの〝平和的共存〟に向けた事務レベル協議の再開を決めた。

ソ連と中国は約三千マイルにわたって国境を接し、毛沢東も周恩来も、境界地帯への懸念を深めていた。中国東北部と極東ロシアにおいてウスリー川は、両国を二つに分割していた。通常、河川にある島はそれに近いほうの国に帰属する。ところが、一八六〇年に帝政ロシアと清朝とのあいだで結ばれた北京条約では、中国側に近い珍宝島（ロシア名ダマンスキー島）の領有権はあいまいだった。

一九六九年を迎えるころには、荒涼とした国境地帯を守る両国軍の挑発行動は野放図にエスカレートしていた。頻繁にやってきてはあたりを真っ白に染める吹雪の合間を縫って、両国の国境警備軍は凍った川越しに罵りあった。中国側はズボンをおろしてソ連軍に尻を見せ、ソ連側は毛沢東の写真をかざしてその敬意を受け止めた。その年の一月下旬、中国部隊がダマンスキー島に上陸しているのを発見したソ連側の指揮官は、厚い氷の上に軍隊輸送車を出動させた。どちらも撤退せず、激しい衝突が起き、緊張が高まった。

三月二日、ふたたびダマンスキー島への上陸を発見したソ連軍は、軍隊輸送車に乗りこんで凍った川を渡る。中国側は武装していなかった。そこでソ連兵はライフルを肩にかついで中国兵の列に近づいていった。ところが、非武装の最前列がわきへよけると、その後ろから銃を構えた中国兵の列が現れ、発砲した。国境警備を指揮するソ連軍の将校がその場で倒れた。

それは計画的な攻撃だった。中国軍は背後の拠点に重機関銃を用意していたのだ。二時間にわたる戦闘ののち、退却できたソ連兵はわずか数人、死亡した三十一人と怪我を負った十四人がその場に残された。

北京では、すぐさま「ソ連軍の侵略」を非難するデモがおこなわれた。翌日には、モスクワで大規模なデモが起き、中国大使館の窓を打ち破りインク壺を投げつける暴挙へと発展した。アメリカ政府は、そのニュースが意味するものを徐々に理解しつつあった。今回の衝突は中ソ間の亀裂の深さを示す決定的証拠だった。ニクソン大統領の国家安全保障担当補佐官ヘンリー・キッシンジャーのもとへソ連の大使がやってきて、中国による攻撃の証拠を並べると、キッシンジャーはアメリカには関係のない問題だとはねつけた。それに対し、大使は「中国は万国共通の問題だ」と反論した。ソ連がかなり動揺しているのは明らかだった。

毛沢東は何をもくろんでいるのか？　挑発は今回が初めてではない。一九五八年、毛はアメリカとの緊張緩和を目指すフルシチョフへの挑戦として、台湾沖の小さな島を爆撃した。それは、中国は冷戦を続ける米ソのどちらかにつくのではなく、三極のひとつになりたいという毛沢東の意志表示だった。

一九六九年の中ソ国境紛争は、キッシンジャーの注意を引いた。ニクソンは一九六七年から中国への歩み寄りを考えてはいたが、キッシンジャーが実際に中国との和解の道を模索しはじめたのは一九六九年二月である。彼が衛星写真を眺めて事態の深刻度を見極めようとする一方で、ソ連側はアメリカの政府要人に広く接触し、中国の核装備への攻撃にアメリカがどう反応を示すか探っていた。ニクソンとキッシンジャーは、今が絶好のチャンスかもしれないと考えた。どうやらソ連と中国は、今やアメリカよりもむしろおたがいを脅威と感じているらしい。

共産主義陣営が一枚岩ではなくなったとき、ニクソンはどう動くか？　より楽な選択肢は、モスクワと協定を結ぶことだろう。ソ連が北ベトナムの武装解除に応じるならば、アメリカはソ連による中国への核攻撃にゴーサインを出す。しかし、ソ連は北ベトナムへの支援打ち切りに消極的であり、ニクソンには、核攻撃の結果ソ連がアジア全体を掌握するのではないかという懸念があった。結局、米ソ間で協定が結ばれることはなかった。

一方、毛沢東はソ連に対しハイリスクな戦略を推し進めようとしていた。いかに重大な局面かを物語るように、中国全土の都市部では、精巧な核シェルター作りが始まっていた。その年のうちに、周恩来は「国全体が五分以内に地下にもぐれるようになるだろう」と確信した。賢明な予防措置だった。ソ連の国防大臣は、「中国各地に核爆弾をたっぷり見舞ってやる」ためのロビー活動を続けていたからだ。だが、核爆弾をたっぷり見舞ったあと、どうするつもりなのか？　人口八億の国に攻め入るのか？　ロシア人の多くは、おそらく数カ所の軍事施設への核攻撃で終わるだろうと予測した。両国間に緊迫した空気が流れた。ある論評者は、中国政府に対する「ロシア人の敵意はすさまじく、モスクワにいる中国の外交官は、近寄りがたい要塞のような大使館の外へはめったに出ようとしなかった」と書いている。

一九六九年の後半までに、ニクソンとキッシンジャーは北京への道を真剣に探りはじめるが、それは純粋に国益のためだった。毛沢東は北ベトナムに顔がきく人物であり、ソ連がさっさと平和交渉のテーブルにつこうとしないならば、ハノイに影響力をもつ相手は中国しかいない。ニクソンは一九七二年の大統領選挙で再選をねらうつもりだった。ベトナム戦争と悪化する米ソ関係は先のリンドン・ジョンソン政権を苦しめたが、中国に和平を申し出れば状況は一変するかもしれない。キッシンジャーは戦略を練った。中国との和平は、ニクソンを想像力豊かな人物に見せ、ベトナム戦争の生々しい傷を焼灼《しょうしゃく》し、なおかつ孤立した中国を国際舞台へ引き戻すだろう。そして何よりも、不安になったモスクワが大幅に態度をやわらげるだろう。

では、アメリカとの和平は中国に何をもたらすのだろう？　毛沢東とごく一部の人間にとって、文革はやりがいのある賭けだった。彼に異を唱えた者はみな、排斥、投獄、あるいは殺害された。ところが、そうした淘汰によって、外交部を含め国の中枢部に深刻な弊害が生じていた。経験豊かな外交官の大半が農村へ追いやられた状態で、中国は難局をうまくきりぬけられるだろうか。

一九六九年八月、毛沢東は主治医に謎かけをした。「わが国の北と西にはソ連が、南にはインドが、東には日本がある。もしも敵がみな手を結んだら……われわれはどうすればいいと思う？」翌日、毛は謎の答えを明かした。「日本の背後にはアメリカがある。先人は、近くの国と戦いながら遠くの国と手を結ぶという知恵を与えてくれなかったかね？」ニクソンのような民主主義者は相手にしやすいと毛は言った。「彼らは思ったことを自由に語るからね」と。その言葉がもつ含意に、主治医は愕然とした。

毛沢東と周恩来は、文革の初期に江青が痛烈に批判した人物――卓球をこよなく愛する陳毅元帥に助言を求めた。ほかの三人の元帥とともに密かに呼び出され、国の外交政策について意見を求められた陳は、さしあたりソ連による核攻撃はないだろうと結論づけたうえで、ニクソンが密かに和平を呼びかけている、アメリカとの対話をもし再開するのならば、以前のような不活発な大使級協議ではなく、まったく新しいチャンネルを通じておこなったほうがいい、と述べた。

米中協議は過去十五年間続いており、ワルシャワ等で一三四回の会談がおこなわれた。キッシンジャーに言わせれば、「重要な合意がひとつも得られぬまま最も長く継続された」点において注目すべき協議だった。会場となった部屋の電子機器のセキュリティはきわめて脆弱《ぜいじゃく》であり、通り過ぎるタクシーさえ盗聴できると言われた。陳毅とキッシンジャーはそれぞれ同じ結論に達していた。新たなチャンネルを開く必要がある。しかも、のんびり構えていられる状況ではなかった。

ソ連との国境には百万のソ連兵がいた。毛沢東は国境付近で二度の水爆実験を指示した。ソ連側の要衝に放射性物質を降らせるのをねらったものだ。この異例な挑発の直後、中国はソ連に交渉再開を提案した。

これを機に、アメリカは台湾海峡から一時的に艦隊を引き揚げ、親善へ向けたサインを送った。その後、いっとき対話が再開するが、一九七〇年五月にニクソンがカンボジア侵攻を開始すると、中国は予定されていた会談を即座にキャンセルした。オハイオ州ケント市にあるケント州立大学では、突然のカンボジア侵攻に抗議する四人の学生が州兵に射殺される事件が起き、ニクソン政権の足元がぐらつきはじめた。すでに三万人を超えるアメリカの若者がベトナムのジャングルで命を落としていたのだ。戦争が長期化すればするほど、政府へのダメージも大きくなっていった。

アメリカ政府の誤算は、一枚岩に見える中国共産党内に、アメリカとの緊張緩和に強硬に反対する勢力が存在したことだ。毛沢東政権のナンバーツーで軍人の林彪《りんぴょう》である。彼は江青の味方であり、アメリカではなくソ連との関係修復を支持していた。

ワルシャワ会談の中止は、結果的には好機となった。国務省と関係なく、キッシンジャーは独自に裏のルートを模索できたからだ。フランスとルーマニアのパイプを通じて北京へメッセージを発信しようと試みたのち、ニクソンは訪米中のパキスタン大統領ヤヒア・カーンに、できれば秋に中国政府と話し合いの場をもちたいと希望を述べた。そして一九七〇年十二月八日、パキスタン大使が周恩来直筆の手紙をたずさえてホワイトハウスにやってきた。

当時キッシンジャーの特別補佐官だったウィンストン・ロードは、「大使がキッシンジャーのオフィスを訪れ、周恩来首相からの直筆の手紙を手渡し、われわれがそれを大統領に届け、返信の文案を練ったといったところ」だと語った。アメリカ側は公式な便箋を使わなかった。中国側はタイプライターすら使わなかった。手紙は封をされ、もうひとつ別の封筒に入れられた。外電は打たず、手紙だけが外交通信文書用の郵袋《ゆうたい》に入れられて、ゆっくりと大陸間を移動した。キッシンジャーとニクソンは情報漏洩《ろうえい》を懸念し、国務省にはまだ伏せておくことで合意した。どうやら突破口ができたようだ。事前の調整なしに、ハイレベルの外交使節――おそらくはキッシンジャー本人――を派遣できるだろう。

一九七〇年代、スローモーションの気の引きあいが始まる。ニクソンが公式なスピーチで「中華人民共和国」という言葉を初めて使ったのを、中国政府は見逃さなかった。中国はアメリカの石油業界に対する規制を解除し、中国へ渡航するアメリカ人のパスポート制限を緩和した。一九七〇年十二月十七日におこなわれた多岐にわたるインタビューで、毛沢東は旧友エドガー・スノーに、ニクソン大統領とじかに話し合う用意があるとほのめかし、スノーと並んで立つ写真を国営メディアに掲載させた。

毛沢東と周恩来は、スノーはＣＩＡの局員に違いなく、情報はすぐにワシントンに伝わるはずだと確信していた。中国首脳と一緒に撮った写真は、スノーの話を裏付ける証拠となるだろう。ところが、それは全くの見当違いで、スノーが書いた長ったらしく不明瞭なインタビュー記事は《ニューヨーク・タイムズ》紙に断られ、ホワイトハウスはスノーといっさい関わりをもとうとしなかった。「われわれは彼を共産主義の宣伝者だと思い、まったく相手にしなかった」とキッシンジャーは語った。《ライフ》誌がようやくインタビュー記事の掲載を承諾するが、待てど暮らせどいっこうに載らなかった。

毛沢東が発したシグナルを見逃したことで、ホワイトハウスにとって一九七一年は不安な年となる。その年の一月下旬にキッシンジャーが再度会見の希望を伝えて以来、中国とのやりとりが途絶えたのだ。「ただ待つしかなかった」とキッシンジャーは語っている。彼は中国関連の書籍や研究者に囲まれながら、必ずや実現させたい緊張緩和に向けて資料作りを進めていた。

長引く沈黙はアメリカ政府を震撼させた。「何カ月もまったく音沙汰がなかった」とウィンストン・ロードは語る。ラオス南東部を通るホー・チ・ミンの補給ルートを絶つ、アメリカの新たな軍事行動と何か関係があるのだろうか？　しかし毎朝《人民日報》に目を通しても、反米の論調はほとんど読み取れず、非難の矛先は依然としてソ連に向いていた。では、なぜ沈黙しているのか？

中国には本当にその気があるのか?

その年、《人民日報》の英訳記事で唯一の卓球に関する記事は、きわめて反米的な論調だった。あるベトナムの卓球チームが、十一月に北京にやってきた。チームは直前までベトコンを慰問しており、前線から帰ったばかりだった。アメリカはベトナムにいる軍隊にロサンゼルスやニューヨークから娯楽品をじかに輸送していたが、ベトナム人の卓球選手たちは川を渡り、深いジャングルに分け入り、何度も命を危険にさらしながら、敵に襲撃されたエリアを徒歩で進まなければならなかった。やっと前線に到達すると、彼らは弾丸ケースを並べて卓球台を作り、塹壕《ざんごう》の少しゆとりのある部分で試合を披露した。

あるとき、アメリカ軍による調整攻撃で試合が妨害された。米軍機がけたたましい音をたてながら急降下してくるのを見て、チームは四方に散ってねらいを定めた。彼らの銃から弾丸が吐き出されると、戦闘機が一機、黒い煙と化して墜落し、続いてもう一機も同じ道をたどった。二機を撃墜したあと、卓球選手も兵士に協力し、十一人のアメリカ兵を射殺した。世界選手権の外で見せたこの快挙を称え、北京では彼らを「侵略者アメリカと戦った勇猛果敢な戦士」と呼んだ。

中国では、ラケットを操る英雄の話が広く伝えられた。それは毛沢東主席の教えの精髄であり、スポーツがいかに国防に役立つかをみごとに実証していた。

台湾海峡からの艦隊引き揚げや制裁措置の解除、あるいは貿易量をわずかに増やすなど、アメリカは中国に対し軍事的・経済的なメッセージを発信していた。一方の毛沢東は、国境での待ち伏せ攻撃や核実験、たえまない小競り合いと、ソ連に対しては残虐なメッセージを送りつづけたが、有名なジャーナリストとのインタビューやパレードの写真、瀕死の聖職者の解放など、アメリカへのアプローチはソ連に対するものとはトーンが異なった。当時の中国が試みたアメリカとのコミュニケーションは、どこか文化的だった。

次に両国は、アメリカが「スポーツ」と呼び、中国が「身体文化」と呼ぶ領域に踏みこんでいく。今度のメッセージはきわめて明瞭であり、世界中のあらゆる報道機関は、その重要性を即座に理解した。そのころ山西省の農村で無為に過ごし、あるいは北京の木材チップ工場で働いていた卓球選手たちにとって、それは胸のつかえが一気におりるような出来事だった。

第三十四章

平和の種

一九七一年の世界卓球選手権は、ふたたびアジアで――日本の名古屋で開催されることになった。わずか二十五年前にはアメリカによる空襲の標的だった名古屋はみごとに復興を遂げ、今や産業の一大拠点となっていた。同盟国である日本で開催される大会には、アメリカチームも参加する予定だった。

名古屋大会に中国チームを出場させたいと真っ先に考えた人物は、荻村伊智朗かもしれない。一九六九年に起きたウスリー川での軍事衝突に関する新聞記事を読んだ荻村は、すぐさま周恩来に電報を打ち、中国にとって「卓球というスポーツを通じて国際社会に扉を開く絶好の機会」だと大会への参加を勧めた。しかし、周恩来からの返事はなかった。

ところが驚いたことに、その年の十月一日に北京で開かれる国慶節パレードに招待された少人数の文化交流団の中に荻村も含まれていた。長年にわたり、日本と中国は公然と非難しあい、公式な関係構築を拒んできたが、その一方で、民間レベルでは多くの通商関係を結んできた。

北京を訪れた荻村は周恩来と話がしたくてうずうずしていたが、公式行事の場では握手をするのがやっとだった。すっかり落胆し、その晩の宴席でやけ酒を飲みはじめた荻村の耳元で、役人がささやいた。「これは強いお酒ですからね、荻村さん。飲みすぎると酔っぱらってしまいますよ」

午前一時、人民大会堂の執務室へ来てほしいと周恩来から呼び出された荻村は、そこで意見を述べた。首相は慎重だった。「仮に名古屋へチームを派遣したとして、どんな問題が起こりうると思いますか？　もし、一国の首相を巻きこんで、それで何か問題が発生したら、あなたはどう責任をとるつもりですか？」

その年、荻村はふたたび中国を訪れる。表向きは、彼が設立した輸入会社〈荻村商事〉としての訪中だった。当時、元世界チャンピオンの荻村を崇拝し、どこへでもついてくる男がいた。卓球部の後輩で荻村商事の社員となった古川敏明である。荻村がどこかに頭をぶつけると、自分も同じ痛みを感じなければと、すぐに同じ場所に頭をぶつけるほどの心酔ぶりだった。十一月、荻村は古川を連れて、広州へ雑貨の買い付けに行った。

広州のホテルにチェックインするさい、古川はロビーに卓球台が置かれているのを見て驚いた。台の両側には、白いワイシャツを着た中国人のボーイが二人立っていた。「ちょっと遊んでみたら」と、チェックインの手続きをしながら荻村が言った。ひとり目のボーイは、どうにか緩い球で返せるていどだった。二人目は、はじめのうちはゆっくりしたペースで打っていたが、しだいにペースを上げてきて、荻村からじかに指導を受けた古川がいつしかロビーをくるくると踊らされていた。ボーイはラケットを置き、おもむろにボタンをはずした。するとワイシャツの下から、中国のナショナルチームが着ていた真っ赤なユニフォームが現れた。そのボーイは、荻村商事に宛てた北京でおこなわれる親善試合への招待状を持っていた。

親善試合に臨んだ古川は、唖然とした。これから始まる荻村とのエキシビションマッチを、一万五千人もの観客が見つめていた。北京工人体育館の地下通路から現れた選手たちは、もう何年も国際舞台でプレーしていなかった。世界チャンピオンに三度輝いた荘則棟も、以前よりも少しふくよかになって登場した。その横には、荘との決勝戦で三敗した〝美男子〟李富栄がいた。毛沢東お気に入りのピンポン論者、徐寅生もいた。かつてのライバル容国団と、友人だった傅其芳の姿がないことに、荻村が気づかないはずがない。二人は死に追いやられたのだろう、と彼は思った。

卓球チームは復活したが、周恩来には越えなければならないハードルがまだあった。世界選手権にはアメリカも出場する。日米関係は見るからに良好だが、中国はどちらともまだ正式な国交がない。周はそこをどうにか舵取りしなければならなかった。

当時、日本の卓球界を動かしていたのは、六十四歳の後藤鉀二《こうじ》だった。黒澤映画でよく切腹をする誇り高き侍に似ていたことから、〝将軍〟と呼ばれていた。ある大会に台湾を招待するという重大な罪を犯したとして、彼が中国メディアから「反動主義者」の烙印を押されてから、まだ一年もたっていなかった。従来、卓球は国際政策のリトマス紙であり、後藤はその点で「酸性」すなわち「赤」とされてきた。その後藤のもとに、一九七一年の一月、周恩来から突然の招待状が届いた。

後藤にとって二度目の訪中だが、ビザを取得しての渡航は初めてだった。一九三七年、満州を占領し忌み嫌われていた日本軍の伍長として、後藤は中国極北部へ赴いた。二年にわたって兵站線《へいたんせん》の防護に当たった後藤の任務には馬と兵士の訓練も含まれ、彼は個人的に愛好する剣道と卓球を教え、兵士たちをたえず楽しませていた。

周恩来に会いにいく後藤の頭には日中関係のことしかなかったが、周が密かに思い描いていたのはもっと大きな和睦《わぼく》――米中の歩み寄りだった。日本人ならば誰しも突飛な考えだと思ったことだろう。それが意味するものは恐ろしくもあった。そもそも、後藤にはアメリカのために一肌脱ぐ気などさらさらなかった。一九四四年、アメリカの焼夷弾によって、彼の一族が名古屋で経営していた学校が焼け落ちた。それに追い打ちをかけるように、後藤の末息子が肺炎で入院していた病院までが爆撃された。そのときは生き残ったが、一週間もたたないうちに息子は死んでしまった。後藤は何日も息子の棺に寄り添って眠り、ようやくあきらめて遺体を荼毘《だび》に付したのだった。

訪中を決めたことで、後藤は右翼の反発を買い、「殺す」という脅迫状も舞いこむようになっていた。北京へ向かう機内で、後藤は変装した。しかし、ハンチング帽にメガネ、マスクを着けて空港ターミナルを足早に歩く姿は、よけい人目を引いたに違いない。

北京へ到着後、彼を招待した理由が明かされる。数年間の沈黙を破り、周恩来は中国チームを名古屋大会に派遣しようと考えていた。数年ぶりに出場する中国チームを迎えるために後藤が払わなければならない代償は大きかった。たとえアジア卓球連盟という限られた枠内であろうと、日本政府の方針から逸脱し、台湾支持を放棄せざるをえなくなるだろう。暗に求められているのは、後藤が台湾と中国の両方の加盟を認める「二つの中国」路線を拒絶することだ。周恩来は、非政治的でなければならない団体に対して、きわめて政治的な姿勢を求めているのだった。文化をもって政治の世界に変化をもたらす――これこそが、プロパガンダの神髄である。

二月一日、後藤はついに中国の世界選手権出場を発表した。そこで中国とアメリカの選手が顔を合わせることになる。後藤のもとに、選手権の放映権を求めるテレビ局からの電話が殺到した。また、日本国民としてはきわめて異例ながら、後藤には政府による二十四時間体制の警備がついた。

その春、北京に召喚された人物がもうひとりいた。モンタギューが引退してようやく出番が回ってきたロイ・エヴァンズである。赤みがかったピンポン球のような頭をしたウェールズ出身の彼は、国際卓球連盟会長として名古屋大会を指揮する役目を担っていた。ロンドンを発つ前、彼は中国の代理大使を通じ、日本へ向かう途中で北京に立ち寄っていただけないだろうか、という周恩来からのメッセージを受け取っていた。

エヴァンズは、モンタギューとはタイプが違う。長年モンタギューの下で働いてきたにもかかわらず、彼は政治に無関心だった。もっとも、鉄のカーテンの裏側で驚くべき政治力を発揮するモンタギューに、密かに敬服してはいたが。広東省経由で北京へ飛んだエヴァンズは、真夜中に天安門広場を通って人民大会堂へ案内された。お茶を飲みながら、周恩来は南ベトナムを世界選手権に出場させないよう強く求めたが、エヴァンズは頑として譲らなかった。ひとつだけ周恩来の意にかなったのは、台湾が最近申請した国際卓球連盟への加盟を、エヴァンズがすでに拒んでいたことだ。国際卓球連盟には二つのドイツ、二つのベトナム、二つの朝鮮に加え、ウェールズ、スコットランド、北アイルランド、果てはイギリス海峡にある英領の小島〝ジャージー島〟まで加盟していたが、台湾はまたしても締め出されることになる。名古屋で開かれる総会で、エヴァンズは「台湾の申請は適切な形でなされなかった」と説明するにとどめ、それ以上の詳細は語らないつもりだった。別れぎわ、中国が友好的な国になったことを卓球界に示すには、名古屋から帰国する西側チームを北京に招待なさるのがいちばんでしょう、とエヴァンズは周恩来に助言した。

周恩来は、最後に卓球チームに名古屋行きを納得させなければならなかった。これまでの五年間、自分たちが政治の逆風にさらされてきたのを、彼らは知っていた。三月十一日、周は選手たちを集め、日本で試合に出たいかどうか意見を聞いた。外交部の役人も同席し、選手の決を採った。

選手たちはどう答えていいかわからなかった。畑で麦刈りをしていた彼らの肌は日に焼け、指にはたこができている。近々日本へ行き、テレビ中継される世界選手権で戦うなど、途方もない考えに思えた。それに、名古屋大会にはアメリカチームも参加する。彼らと対戦する羽目になったらどうなる？　出場すべきだと考える者も数人いたが、大半は中国にとどまるほうに票を投じた。彼らはこの数年で、外国から学ぶことなど何もないという思想に染まったのだ。

しかし「実際は選手の意見など関係なかった」と、ある選手は語る。結局は毛沢東のひと声で決まったからだ。毛は名古屋へ行くべきだとする周恩来に賛同し、書面でチームの幸運を祈り、「決死の覚悟」で臨むよう伝えた。日本は右翼国家であり、爆破事件や暗殺が起きる可能性が充分にある。毛沢東は、周恩来にこう言った。「何人か失う覚悟でいたほうがいい。もちろん、そうならないに越したことはないが」

第三十五章

ロングヘアーの陽気な青年

世界チャンピオンの中国チームが、飛行機を降りると同時に文化大革命に突入した一九六六年、中流のユダヤ人一家の長男としてニューヨーク州ニューロシェルで生まれ育ったグレン・コーワンは、まだ子供だった。当時、マンハッタン郊外の町はいかにもアメリカ中西部といった風情で、〈ウールワース〉ではコーラ一本がまだ五セントで売られ、ニレの木よりも高い店舗はなく、メインストリートの主役は赤レンガの銀行だった。「ぼくたちは髪をクルーカットにした典型的なアメリカの子供でした」と、グレンの弟キース・コーワンは語る。

コーワンはスポーツ万能の少年だったが、ある単純な理由から卓球にのめりこんだ。卓球を始めてわずか一週間で初出場した試合で優勝したのだ。彼はその後も、連続十七回の優勝を果たす。父親がガレージの上に設置してくれた卓球台は、床が平らではなく片側に傾いていた。十二歳のとき、コーワンはこんなピンポンの詩を書いている。

ぼくが打つ小さな白球は
テーブルの上をあっちへこっちへ
ときにはぼくがいなくても

猛スピードで飛んでいく

コーワンの父親は、マンハッタンに本社がある大手放送会社〈メトロメディア〉の広報部門で働いていた。できたばかりの州間高速道路《インターステート》を通って、天気がよければ職場まで二十分で通えた。週末にはときどきコーワンを街へ連れていき、年上のプレーヤーと対戦させた。そのころニューヨークでは、西七十三丁目の〈リバーサイド・プラザ・ホテル〉の地下にあるクラブが卓球の拠点のひとつになっていた。郊外育ちのコーワンは、そこで大都会の裏側をかいま見る。そこは、のちにコーワンの指導者兼エージェントとなるボブ・グシコフが運営する卓球クラブで、グシコフ自身もアメリカ屈指の選手だった。狭い練習場は臭く、汚く、照明は暗く、トイレは一度も掃除をしたことがなさそうに見えた。午後の練習のために子供たちを送り届け、あとで迎えにきた親たちは、まだ十代のわが子が三十代、四十代の男たちと一緒にポーカーをしているのを見てぞっとした。雑誌《テーブル・テニス・トピックス》には、次のような説明がある。

卓球場といえば、ほとんどがどや街のような場所にあった。こうした場所では、知らず知らずのうちに卓球の腕が磨かれる。クラブに到達するまでに、かなりの反射神経がつちかわれるからだ。どうしても、そうならざるをえない――路上強盗や暴徒、崩壊する建物から身をかわすうちに、おのずとフットワークや身のこなし、反応速度がアップするのである。

十四歳のとき、西海岸で開かれたトーナメントに出場したコーワンは、優秀な選手として《ロサンゼルス・タイムズ》紙のインタビューを受ける。テレビドラマ『ビーバーちゃん』の主人公の少年のようなクルーカットのコーワンは、輝くような笑顔で、自分にとって卓球はそれほど難しくないと語った。記事には、「驚いたことに、彼はめったに練習をしないそうだ」と書かれた。中国チームのコーチが聞けばショックを受けたに違いないが、コーワンには卓球に本腰を入れる理由などなかった。父親は、「グレン、水泳かテニスがしたければ、そうしなさい。ピンポンをやってもなんの役にも立たないからな」と、彼を少しずつ正しい方向へ軌道修正させようとしていた。アメリカでは、スポーツでは食べていけない。少なくとも、十四歳の少年にはそれがわかっていたようだ。《ロサンゼルス・タイムズ》紙の記事には、「高校を卒業したら法律か金融の勉強をしたい、とコーワンくんは語る」とある。

ロサンゼルスの旅があまりにも楽しかったので、コーワン父子は母親と弟のキースを説得し、一九六六年にロサンゼルスへ引っ越した。ところが翌一九六七年、一家の運命はがらりと変わる。いつも卓球の練習相手になり、芽生えはじめた才能を伸ばしてくれた子煩悩な父親が、肺がんで急逝したのだ。

一家の暮らしを支えるため、母親は小さな花屋を開いた。父親という存在を失ったコーワンは、周囲のあらゆる流れに飲みこまれた。髪は肩よりも長くなり、態度も変化した。そして何よりも、笑顔がますます輝きを増した。ニューヨーク郊外育ちに、陽気なカリフォルニア人という新たなイメージが上塗りされたのだ。

一九六七年六月、ビートルズはＬＳＤの使用を認め、ジミ・ヘンドリックスの新たなステージアクションにはギターを燃やすパフォーマンスが加わり、コーワンが誰よりも崇拝するミック・ジャガーは麻薬所持で告発された。文化《カルチャー》と反体制文化《カウンターカルチャー》とがオーバーラップした時代、コーワンにとってのそれは、熾烈な競争と息抜き——つまり卓球とマリファナだった。中国の選手とは違い、自分には才能があると思えるだけでコーワンには充分だった。彼にとっての卓球は、ときどき地元ハリウッドのクラブに顔を出し、試合に勝って小銭を稼いだり、週末に地区トーナメントに出かけていって優勝する、ただそれだけのスポーツだった。七〇年代を迎えるころには、まだ十代のコーワンはすでに百個を超えるトロフィーを獲得していた。

一九七一年のはじめ、全米大会が開かれ、国内の優秀な選手がジョージア州アトランタの〈コンベンション・センター〉に集まった。ところがこの大会で、アメリカにおける卓球の惨状が浮き彫りになる。数十人の出場者は、会場へやってきて早々屈辱を味わった。エル・モンゴルというさほど有名でもないレスラーの試合にメイン会場を奪われていたからだ。かわりにあてがわれた会場はワックスの塗りすぎで床がつるつるすべり、選手たちはボール紙のように薄っぺらい壁に突っこんだ。さらに、試合は二フロアに別れておこなわれ、二つの会場は迷路のような通路に隔てられていたため、試合開始までに卓球台にたどりつけず出場リストから抹消された選手もいた。そしてさらに、哀れなほど観客が少なかった。四十五年前のイギリスで、なじみのないスポーツをわざわざ金を払って観戦する客をモンタギューは一万人も動員した。ところが、全米大会に集まった約四百人の観客は、大半が選手の家族か友人だった。マスコミ報道など望むべくもない。盛り上がるアメリカのスポーツ界において、卓球は完全に忘れ去られた存在だった。

アトランタでの全米大会から生まれたアメリカチームは、壁にぶつかり、つまずき、施しを請いながら名古屋を目指した。アメリカ卓球協会にはまだチームを派遣できる資金力はなく、かつて荻村がそうだったように、選手は自腹を切って出場しなければならない。しかし、男子準決勝に進んだ四人のうち三人には、その資金がなかった。

ある女子選手は、自分が通う学校で資金集めをした。また、チーム最年少の選手、十五歳のジュディー・ボヘンスキーは、父親が地元の銀行から九百ドルの借金をし、第二補欠として参加できた。コーワンの旅費は、デトロイトのある会社役員が出してくれた。ケミカル銀行の調査員、ＩＢＭのコンピュータ・アナリスト、国連職員（大使ではなく文書関係の部門ではあったが）など、安定した職についている選手もいた。誰ひとり世界チャンピオンを目指して日本へ行く者はなく、むしろ世界最高レベルの選手を相手に腕だめしをし、自分たちがどれだけ遅れているかを知るとともに、世界トップレベルの技を学び取ってアメリカの地下卓球場に持ち帰れるチャンスととらえていた。

アメリカ卓球協会は三名分の旅費を負担した。そのうちのひとりは、協会の副会長をつとめるロングアイランド大学文学部准教授のティム・ボーガンである。四十歳の彼はチームの現役選手ではなかったが、まちがいなくアメリカ随一の卓球マニアで、卓球に関する膨大な記録を残した人物である。名誉職の役員たちがいなくなればアメリカの卓球界はひとりでに輝き出す、と彼は信じていた。

日本へ発つ前、ボーガンは《ニューヨーク・タイムズ》紙のスポーツ記者に電話をかけ、自分がかわりに世界卓球選手権の記事を書いてもいいともちかけた。一瞬の間があり、記者は小ばかにするように「アメリカの卓球チームねえ！」と言った。ところがその二週間後には、逆に《ニューヨーク・タイムズ》紙のほうからボーガンに記事を書いてくださいと頼みこむことになる。

旅のあいだボーガンと何度か部屋をともにするコーワンは、チームの中で最も派手なキャラクターだったが、異彩を放っていたのは彼ひとりではなかった。チームとは名ばかりで、卓球は好きだがさほど真剣に打ちこんではいない個人の集まりにすぎないのではないかと懸念していたボーガンは、日本へ行ってから、世界の強豪の試合を見ずにポストカードを書いている女子選手を見て愕然とするのだった。

アメリカ代表としてマーティ・レイズマンやディック・マイルズが国際舞台で活躍した時代は、すでに過ぎ去っていた。《スポーツ・イラストレイテッド》誌の仕事で名古屋に来ていたマイルズは、髪は薄くなっていたが、苦虫をかみつぶしたような表情は昔のままだった。このときのアメリカチームは、世界ランク二十三位。ボーガンいわく、日本で勝てる見込みはゼロだった。アメリカ卓球協会内では、こんなお粗末なチームを派遣する意味があるのかという意見もあったが、「いつまでも穴倉で練習していたんじゃ、うまくなるわけがないだろう？」とボーガンは強硬に反論した。

名古屋では、参加チームの大半が〈名古屋都ホテル〉に宿泊していた。どこかチーズおろし器を思わせる建物だった。廊下にはグレン・ミラーの曲が流れ、ロビーでは日本の歌手が第二次世界大戦のころのアメリカのラブソングを歌っていた。部屋には選手のためにパジャマとスリッパが用意され、ホテルと第三十一回世界卓球選手権の会場となる愛知県体育館を結ぶバスが、三十分おきに運行されていた。

三月二十八日の晩に開会式が開かれ、五十八チームが入場行進した。赤いトラックスーツを着て、腕を前後に大きく振り、完璧に足並みをそろえた中国チームの行進は、毎年十月の国慶節に天安門広場でおこなわれる軍事パレードにそっくりだった。各国の選手団はこの大会のためにあつらえたユニフォームを身につけていたが、アメリカチームだけは色もスタイルもてんでばらばらの服装でアリーナを一周した。

試合はアメリカチームが危惧《きぐ》したとおりに進行した。まず、キャプテンのジャック・ハワードが、アメリカ卓球協会から交換用のペナントを渡されていなかったため、手ぶらで前に進み出て相手チームのキャプテンと挨拶を交わす哀れな光景で始まった。その後、アメリカは五対一で香港に敗れ、韓国との試合も五対〇。コーワンもうまい選手に振り回され、やはり敗退する。「どう戦えばいいか言ってくれよ。どうすればいいか教えてくれよ！」と、彼は必死にハワードに指示を求めたが、ハワードはキャプテンであってコーチではない。そもそも、アメリカの卓球は手のほどこしようのない状態だった。

アイヴァー・モンタギューの努力によって、ピンポンは今や、国を後ろ盾とするプロがアマチュアをしのぐスポーツとなっていた。五本の指に入る国だけがトップ争いをし、残りの五十三カ国は、はるか後方にいた。アメリカチームはぱっとしない成績に終わり、もう試合はなかった。

チームはさっそく観光に出かけたが、ボーガンは体育館からほとんど動かずにいた。体育館の外では、チケットを買うために並んでいる日本の学生たちが、寝袋の中で縮こまって荻村の著書を読んでいた。ボーガンは、四十歳以上が対象のジュビリー杯に出場する予定だった。その試合が始まる直前、観客席でチームメイトと練習していたボーガンは、ボールを拾おうとかがんだとき、中国チームの全員が次々にスタンドに入ってくるのに気づいた。「三、四十人のつわものたちが、宇宙船から降りてくるように」一列になってぞろぞろと彼の横を通り過ぎ、第十五シードの選手、スウェーデン代表の痩せた青年ステラン・ベンクソンの後ろに全員そろって座った。十九歳のベンクソンは、世界チャンピオンの座よりもむしろピーター・パン役を射止めそうな風貌だった。中国チームは、彼の後ろで微動だにせず座っていた。

ボーガンは知らなかったが、ベンクソンは実力派で、ピンポン好きが高じ、日本へやってきて荻村の家に泊まりこみ、容赦ないトレーニングにも耐えた選手だった。その十日後、ベンクソンは荘則棟がかつて手に入れた男子シングルスの王冠を獲得する。ところが、彼の優勝は中国チームが果たした別の偉業の陰にかすんでしまった。ベンクソンが卓球をしているあいだに、中国は別のゲームを展開していた。

第三十六章

万里の長城、崩壊？

中国チームは、最大限の安全策として、一機ではなく二機に分乗して日本へやってきた。周恩来は、勲章を受けた退役空軍兵士に飛行計画を任せ、「この旅は特別任務として扱うように」と指示を出した。そして最後にチームを集め、「行ってきなさい。そして国際社会への復帰を果たしなさい」と、彼の外交使節となる選手たちを送り出した。

選手たちは、この五年間のほとんどを北京あるいは山西省の農村で過ごしてきた。第一便が、厳戒態勢を敷く羽田に到着した。先発隊には、男子チームのコーチ梁友能もいた。滑走路の人だかりの中に『毛沢東語録』を掲げた人が数人いるのを見て、梁はほっとした。彼らが「毛沢東万歳！」と叫ぶと、滑走路の反対側から、「毛沢東をぶっつぶせ！」とわめく一団がどっと押し寄せてきた。警察は選手を安全な場所へと急がせた。「何がなんだかわからないまま、群衆に押し流されるようにして車に乗りこんだ」と梁は語る。「決死の覚悟で」という毛沢東の言葉は、あながち大げさな表現ではなかったようだ。名古屋の街で、選手たちは本当に殺されるかもしれない。

中国チームが行く先々へ、護衛の警官がバイクに乗ってついてきた。大会に出場する選手のほとんどが同じホテルに宿泊し、同じバスで移動したが、中国だけは専用バスがあり、ホテルも独自に手配していた。配置された日本人警備員は、緊急時に見分けられるように小さなバッジをつけていた。夜になって選手が寝ようとすると、窓の下から日本人のデモ隊が発する「追い出せ！　追い出せ！　追い出せ！　中国人を追い出せ！」というシュプレヒコールが聞こえてきた。見ると、ホテルの目の前の道で中国の国旗が燃えている。毛沢東の肖像画に火がつき、ぱっと燃えあがった。選手の安全を守るため、日本の共産党のメンバーが数人、ホテルの廊下に新聞紙を敷き、オーバーコートを毛布がわりにして泊まりこんだ。

外国の報道陣の多くは、この名古屋大会が中国チームが国際舞台に復帰する初めての試合だと思っていたが、じつは、すでに約八カ月前に復帰戦を果たしていた。直前まで山西省で麦刈りをしていた選手たちは、北京で開かれたネパール国王の五十歳の誕生生パーティーに急きょ駆り出され、周恩来の前で試合をした。荻村をはじめとする往年のライバル、日本の代表チームとのエキシビションマッチだった。

その試合を直後に控えた七月の蒸し暑い晩、（毛沢東にスピーチを気に入られた）徐寅生コーチは選手を集め、二本の愛国映画を見せた。一九三〇年代の抗日戦争中に受けた残虐な仕打ちで二千万の人民が命を奪われた。そんなテーマの映画だった。外国のことは気にせず国内のみに目を向けよ、競争をかえりみず人民に奉仕せよという文革の教義は、いっぺんに忘れ去られた。

「日本の軍国主義に対する嫌悪感を煽るのが目的だった」と、その場にいた郗恩庭は語る。映画が終わるころにはすっかり士気が上がり、数年来彼らを苦しめてきた国内の弾圧など忘れ、全員が立ち上がって髪を逆立て、汗を拭いながら「日本軍を復活させるな！」と口々に叫んでいた。もしもモンタギューがその瞬間に居合わせたなら、さぞ感激したことだろう。彼がこよなく愛した三つのもの——卓球、映画、そして政治がひとつになって、強力なプロパガンダを形成していた。

最後のフィルムが終わったあと、チームは戦場へ向かう軍隊さながらに体育館まで行進した。日本の選手が往年のライバルと顔を合わせるのは、じつに五年ぶりだった。荘則棟はあいかわらずの人気で、彼を崇拝する日本人選手に囲まれた。ところが彼はサインの求めには応じず、怒りで顔が青ざめていた。荘は卓球台に飛び乗って狂人のように大声で叫び、日本人を怯えさせた。試合は「日本人を脅かし、屈服させた」中国の楽勝で終わった。ネパール国王がこの誕生祝いをどう感じたかはわからないが、荻村は困惑の表情を浮かべていた。

名古屋大会のもようは、北京放送で実況された。中国チームはかつてないほど勝利に貪欲だったが、スポーツ再開の条件として周恩来が課した新たなルールは、あくまでも「友好第一、試合第二」だった。実況アナウンサーはスコアすら発表できず、ラジオから聞こえるのは、ボールがラケットに当たるピン、ポンという音と、慇懃《いんぎん》でひたすら政治的な解説ばかりだった。そのころは、ピンポン球の製造さえも政治的だった。工場では、機械からまっすぐ転がり出たものだけが選ばれ、左や右に転がっていった球は「路線逸脱者」として破棄された。

中国が前年（一九七〇年）の後半におこなった唯一の練習試合は、惨憺《さんたん》たる結果に終わっていた。スカンジナビア・オープンでハンガリーに三対一の屈辱的な敗北を喫した選手団は、そそくさと中国大使館へ戻り、そこで何人かが泣き出したという。大使館の料理人が熱い麺料理を用意してくれたが、選手は食べることも眠ることもできなかった。翌朝、スウェーデンの新聞を開いた彼らに理解できたのは、崩れ落ちる万里の長城を描いた漫画だけだった。

周恩来に名古屋行きを説得されたさい、選手たちは必ずしも試合に勝ちに行くのではないと理解していた。かつてないほど政治的な遠征であり、一日に三度、北京に報告しなければならなかった。とはいえ、内情を知っているのは役員であり、選手は必要に応じて動かされる駒《ポーン》にすぎなかった。

男子団体戦で期待以上の成績をおさめた中国は、徐々にライバルを押しのけて、避けては通れない日本との対決へと向かっていった。スウェーデンでのつまずきが、もはや遠い日々に思えた。彼らは試合のない日は死にものぐるいで練習し、たまに北朝鮮や親交のある国々の選手と交流した。

名古屋では、アメリカ人を遠くに見かけることもあった。彼らは小さな放射能雲のようなもので、避けるに越したことはない。すでに文革の足並みは乱れはじめていたが、アメリカ人とじかに接触すれば反革命的行動と見なされかねないのを、選手も役員も認識していた。

荘則棟の若き崇拝者梁戈亮《りょうかりょう》が練習を終えて卓球台から離れようとしたとき、目の前におかしな人物がぬっと現れた。グレン・コーワンは、身振り手振りで一緒に練習しようと誘っていた。梁は、ぞっとした。ロングヘアーにヘッドバンドをつけた若者がアメリカ人だったからだけではなく、「ものすごく下手くそな……三流選手」だったからだ。梁はコーワンの誘いを侮辱同然と考えた。年若い自分を、このアメリカ人はからかっているのだと。梁はその場を離れ、どうすればいいか役員に相談した。コーワンは、アメリカの役員から中国人に近づけと指示されてやってきたのだろうか。「戻って少しだけ練習につきあい、そのあと退散しなさい」というのが中国代表団としてのアドバイスだった。

スウェイスリング杯のゆくえは、いつもどおりだった。中国チームは体の錆《さび》をこすり落とし、僅差で日本を破った。では、シングルスはどうか？　荘則棟が六年ぶりに王冠奪還を果たすだろうか？

本命と目される東欧の選手との対決が期待される中、荘は記者会見を開き、突然の棄権を発表した。ランキングの高い東欧の選手と当たるには、カンボジアの若手選手を倒さなければならないからだ。ずらりと並ぶマイクの前で、荘は「カンボジアやベトナムの国民と対立する政権が派遣した選手とは対戦したくない」と根気よく説明した。そうした国々の代表チームは「アメリカ帝国主義の傀儡《かいらい》だ」と荘は言い切った。じつはこれは、ひと月前に周恩来が考案した戦略だった。

これで中国チームは、二つの点を明らかにしたことになる。ひとつは、重要な男子団体戦において、彼らは依然として王者であること。そしてもうひとつ、男子シングルスで三度の優勝を果たした選手を棄権させることで、中国は個人の栄光を重視しないというメッセージを発信したのである。こうして周恩来は、スポーツに政治的綱渡りをさせ、国内の派閥を両方いっぺんに満足させた。文革を推し進める強硬派は、人民の勝利を誇れるだろう。その一方で、周恩来ら現実路線派は、国際大会への復帰を果たすのみならず、国際外交を展開していた。

第三十七章

計画された偶然

四月四日、グレン・コーワンは、イギリスの若手選手と一戦交えたあと練習場を出た。すると一台のバスが待っていた。練習場と体育館のあいだを往復しているシャトルバスだろうと思ったが、どうやら満員のようだった。中国側によれば、コーワンが慌ててステップをのぼってきたところでドアが閉まり、運転手はバスを発車させた。そのときようやく、コーワンはまわりが全員中国人だと気づいた。

一方、コーワンの話はまるで異なる。「ほんとは誘われて中国チームのバスに乗りこんだんだよ。もちろん、びっくりしたさ」と彼はのちに語っている。彼が乗りこんだあとしばらく沈黙があり、大型バスがギアチェンジする音しか聞こえなかったという点では、両者の話は一致している。通りの看板すら読めない国で、コーワンは非友好的とされる国の代表選手に囲まれていた。彼らこそ、世に恐れられた〝レッド・チャイニーズ〟である。

一緒に練習しようと梁戈亮に声をかけて以来、コーワンは中国チームに監視されていた。顔を上げると、集団の中で荘則棟がじっと彼を見つめていた。「ぞっとしたよ」と、コーワンはのちにティム・ボーガンに語った。スウェーデンのベンクソン選手のときと同じように、中国選手はきっと自分からわざを学び取ろうとしているのだ、とコーワンは思った。しかし、そうではなかった。彼らはコーワンを研究していたのだ。

これが外交ならば、誰に外交官の役割を果たしてもらうか？　コーワンは気まずい雰囲気をやわらげようと、バスに乗っている全員に向かって、英語が話せる通訳を介して語りはじめた。「わかるよ、この帽子も髪も、服も、きみたちには変てこに見えるよね。だけど、こういう恰好の人も、おれみたいな考えの人も、アメリカにはいっぱいいる。むこうにも抑圧はあって、みんな闘ってるんだ。だけど待っていればきっと、そのうちおれたちの時代が来る。国のトップはどんどん現実が見えなくなってきてるからね」

通訳が彼の言葉を伝えた。コーワンは、毛沢東のたえまない革命がアメリカにも到達していると言いたかったのだろうか？　どういう立場での発言だったのか？　コーワンはルームメイトに、自分は「革命的思考」を試みたのだと語っている。通訳を介してコーワンの言葉を聞きながら、中国の選手たちは横目で視線を交わしあった。誰がアメリカ人と口をきくだろう？　北京を発つ前、厳しく言い渡されていた。アメリカ人には丁重に挨拶してもよいが、出場国の中で唯一、アメリカ人とだけは握手してはならないと。さてどうする？　コーワンに手招きしたのは誰なのか？　話もしたくないなら、なぜ誘ったのか？

バスの後方にいた荘則棟が立ち上がり、前のほうへやってきた。仲間が彼の袖を引っぱった。「何をするつもりだ？」と誰かがささやいた。「話しかけたりしちゃだめだ」とほかの誰かがささやく。荘はコーワンが座っている最前列までやってきた。手には贈り物を持っていた。たんなる毛沢東の横顔が彫られたバッジなどではない。黄山が描かれた錦織《にしきおり》だった。荘はコーワンに手を差し出して握手し、贈り物を渡した。コーワンは驚きに顔を輝かせた。その三十五年後、「あの無邪気な笑顔は、今でも忘れられない」と荘は語った。

「贈り物をくれたのが誰かわかりますか？」と通訳が尋ねた。

「もちろん。荘則棟選手だよ」。コーワンは、世界チャンピオンに向かってもう一度にっこりと微笑むと、「今週もいい結果が出せるといいね」と言った。

荘の行動は二とおりの解釈ができる。ひとつは、彼が記者会見で語った言葉を額面どおりに受け取り、あのときの彼の行動はすべて、儒教の精神――寛容と和解を重んじる精神の影響を受けたものだという解釈だ。少しだけ当時の状況も影響していた。荘は、ほんの数カ月前に毛沢東がアメリカ人のエドガー・スノーと言葉を交わしたのを覚えていた。荘によれば、「文化大革命中、外国人と接触した多くの人々が逮捕され、誰もが怯えていた」のを知った上で彼は過去五年間でチームに深く植えつけられたものすべてにあえて逆らったのだ。

それとも、荘の行動は周到に準備されたものだったのか？　彼は長年の仲間であり師でもあった三人が、外国人とのつながりを理由に反革命主義者の烙印を押され、死に追いやられるのをまのあたりにしてきた。彼自身、批判台に引き出され、群衆の前で尋問を受け、殴られ、拷問され、頭を剃られた。とてつもない圧力をかけられた彼は、賀龍やチームの役員を糾弾する大字報に署名した。彼らの罪状は根拠に欠けていた。有罪と断じられた者の中に、敵国の国民との接触を扇動した者などひとりもいなかった。

荘が中国共産党の意志を実行する立場で名古屋大会に参加しているのは、すでに明らかだった。

彼は北京政府からじかに指示を受け、男子シングルスの試合を棄権した。最年長の選手である荘は、彼自身の言葉を借りれば「チームを代表し」率先して動くべき立場にあった。バスでの行動そのものは自発的だったとしても、全体の筋書きは周到に練られていたに違いない。コーワンは偶然の外交官というよりも、むしろ策略に引っかかったカモに近かった。

中国側がコーワンを選んだのは、すでに練習場で自分から中国人に話しかけており、きっと友好的な態度を示すと確信がもてたからだろう。中国チーム専用だったにもかかわらず、バスはコーワンを待っていた。そして彼を乗せたあと、ほかの選手を待つことなく発車した。つまり、彼らが待っていたのはコーワンだった。そもそも、政治的犯罪の怖さを知っている荘則棟が、上からの許可なく明らかに政治的な行動をとるだろうか。

また、たとえベテラン選手でも、お土産の交換用に持参できたのは、毛沢東バッジなどのささやかな品だった。そのような状況で錦織を持ち歩いていた理由を、荘はどう説明できるだろう。あれは自発的な行動だったと主張しつづけた荘だが、あるときこう認めている。「中国を発つ前、倉庫に行ってアメリカ人に渡す大判の絹織物を選んだ。大きいものでないとだめだと思った」。中国外交部には、外国の高官に渡すお土産品が数多く保管された倉庫があり、品物は厳格にランク分けされ、相手にどのランクの品を渡すかは必ず事前に決められた。

しばらくして愛知県体育館で二人がバスから降りると、数人のカメラマンが待ちかまえていた。翌朝、にこやかに笑う二人の選手の写真が、日本のあらゆる新聞の第一面を飾り、AP通信がすぐにそれを取り上げた。また、ごく限られた発行部数だが世界で最も重要な新聞のひとつである、中国共産党の幹部専用に編纂された新聞にも、その写真が掲載された。七十八ページに到達したとき、毛沢東は微笑む二人の選手の写真に目を凝らした。カリフォルニアの青年と元世界チャンピオンの姿を、毛はじっと見つめた。「荘則棟……この男は、ただの卓球選手ではない。優秀な外交官だ」。毛はすぐに、卓球チームと北京との電話連絡を一日に三回から五回に増やすよう指示を出した。

選手どうしがたがいに歩み寄ったからには、役員も同じように歩み寄れそうなものだが、いっこうにその気配はなかった。中国側は、アメリカチームを動かしているのはワシントンだと確信していた。ラングレーにあるＣＩＡ本部には、中国チームが名古屋へやってくるのを見越して卓球用具がストックされているといううわさまであった。アメリカのスパイが練習を積んで大会にもぐりこんでくるのを、彼らは警戒していた。ところが卓球を極めるのは予想以上に難しいとわかり、ＣＩＡはそのプランを断念したに違いない、と中国側は考えた。

コーワンは、さすがに広報マンの息子だけあって、チャンスを見逃さなかった。長いぼさぼさの髪の毛の下からは、ニューヨークとカリフォルニアの訛りが交互にくり出された。シングルスも敗者復活戦も一回戦で敗退したため、もう出る試合がなくなった彼は、プレゼントのお返しを買いに出かけた。

結局、彼は二枚のＴシャツを買った。一枚は自分用、もう一枚は荘へのプレゼントだ。白い長袖のＴシャツで、アメリカの国旗の端にピースマークが描かれ、その下に大きな文字で「Let It Be」と書かれている。二年前、ジョン・レノンとの仲が最も険悪だったころにポール・マッカートニーが作った曲だ。あとは、翌朝八時半に予定されている中国チームの試合のスケジュールを確認し、会場で荘則棟を待つだけだ。二十四時間以内に訪れる二度目のシャッターチャンスでは、カメラマンの数は前回よりもかなり増えているだろう。

翌朝、荘則棟が試合会場に到着すると、コーワンが待っていた。彼はすでに練習場をうろつき、荘にもらった錦織を見せびらかしてまわっていた。ここぞとばかり、コーワンは自分が集めておいたカメラマンの前に踏み出した。コーワンが荘をぎゅっと抱きしめ、カメラのフラッシュが光った。

メディアはこの瞬間の出来事を、世界の平和を求めてやまない二人の純粋な若者からごく自然に生まれた動作として描き出すだろう。周恩来にとって、それは完全に国策と合致する図であり、リチャード・ニクソンとヘンリー・キッシンジャーにとっても、願ってもない展開だっただろう。キッシンジャーはのちに、その友情は北京で作り上げられたものかもしれないと疑念を抱く。一九七九年に、彼は「中国人がもつ驚くべき才能のひとつは、綿密に計画されたものを偶然に見せるわざである」と書いている。

この出来事は、世界が切望するものをすべて包含しているかに見えた。しかし、真実はさらに深遠だった。ピンポンがひとつの外交手段になりうると信じたアイヴァー・モンタギューは正しかった。スポーツにうまくプロパガンダを組み入れると、どちら側にも属さないニュートラルな空間ができたような錯覚が生じる。すると一方が、優位に立とうと一歩前に踏み出すかもしれない。そのときもう一方は、自分を寛大に見せることができるのだ。ピンポン外交は、周恩来の周到な準備のたまものだった。一九五三年に正式に取り入れられて以来、中国における卓球は政治であり、しかるべき時にしかるべき道具となるよう順応性を保ちつづけてきた。だが、そのためには最後のステップを成功させなければならなかった。そのステップを踏み出すのは、政府の役目だった。

第三十八章

中国への招待

周恩来の指示のもと派遣団の渉外窓口として動いたのは、国家体育運動委員会の宋中《そうちゅう》である。かつて人民解放軍で軍事情報の分析を担当していた宋は、きわめてデリケートなレベルでのスポーツ外交を任されていた。毛沢東は、荘則棟による序曲に色よい反応を示していた。そこで今度は宋が、アメリカ側の役員との舞踏曲をうまく練り上げなければならなかった。アメリカの選手団を北京へ招待できるよう準備を進めるとともに、その招待があくまでもアメリカ側からの強い希望によるものであるかのように見せる必要があったのだ。

トーナメントの初日が終わるころには、イギリスチームが北京に招待されてエキシビションマッチをするそうだ、といううわさが広まっていた。それに続き、コロンビア、カナダ、ナイジェリアも招待されたといううわさが流れた。国際卓球連盟のアメリカ代表としてチームに随行して名古屋に来ていたラフォード・ハリソンにとって、じつにいらだたしい話だった。イギリス生まれの彼は、うまいことアメリカチームが中国に招待されるよう工面してくれないかと、イギリスの代表に冗談めかして頼んでいたからだ。

一九五九年、アイヴァー・モンタギューが一九六一年の世界選手権を北京で開催することを提案したさい、ハリソンはその部屋でただひとりのアメリカ代表だった。モンタギューを外面はソフトだが内なる厳しさを秘めた、言わば「鉄の手にベルベットの手袋をはめた」ような人物と見ていたハリソンは、中国での開催決定の裏には彼の存在があったと確信していた。ハリソンが票を投じたときにはすでに、集まった票数から提案は可決されるとわかっていた。そのため、彼はいつか何かの役に立つかもしれないと、中国開催に一票投じたのである。

通常、国際卓球連盟総会は世界選手権の開催に合わせて開かれる。ハリソンは中国から何らかの見返りがあるとは期待せず、「連中はろくでもないアカで、自分たちはおべっか使いの資本主義者」だと思っていた。彼の隣には、アメリカ卓球協会の会長グレアム・スティーンホーヴェンがいた。ほかの役員や選手たちと同様、会長にも本業があった。スティーンホーヴェンはイギリスからの移民で、長年デトロイトのクライスラー社で働いてきた。重役だと思っている人も多いが、じつはスタンピング（プレス）工場の雇用責任者にすぎなかった。温和な性格に締まりのない体つきをした彼は、責任感が強く、立場が上の相手には穏やかに接するが、自分の監督下にある者には、相手が何歳であろうと厳しい親の役目を果たした。

名古屋で開かれた総会では、南ベトナムの代表が世界選手権に台湾を参加させるよう提案した。それに対して、アメリカの陰謀だと、中国代表による厳しい非難が飛んだ。連盟に政治を持ちこむ中国のやりかたにはとっくに慣れているため、ハリソンもスティーンホーヴェンもまったく動じなかった。休憩時間に、二人は狭い廊下で宋中と鉢合わせした。ハリソンは皮肉を込めて、あなたの国の通訳は優秀ですねとお世辞を言った。通訳のレベルが格段にアップしたのに気づき、内心不思議に思っていたのだった。

スティーンホーヴェンは、ケネディ大統領が描かれた五十セント硬貨をたくさん持ってきて、手頃なアメリカ土産として名古屋のホテルの客室係に配っていた。彼はにっこりと微笑み、宋中にそのコインを一枚差し出した。そして「中国のかたは物腰が柔らかだと聞いていますが、さっきはなぜあんなにけんか腰だったのですか？」と冗談めかして尋ねた。すると宋は声を上げて笑い、硬貨をポケットにしまうと、さっそく北京に報告しに行った。

スティーンホーヴェンとハリソンのこの何気ない行動のおかげで、周恩来に初めて「アメリカ人は友好的」だという報告がなされた。中国側が五十セント硬貨を念入りに調べたかどうかはわからないが、片面には、一方の足でオリーブの枝をつかみ、もう一方の足で十三本の矢をつかんだハクトウワシが描かれている。独立当時の十三州と、必要とあらばわが国は戦争をするという覚悟の象徴である。これを攻撃的な挑戦状と受け取るか、それとも平和的な歩み寄りと受け取るか――まったくの偶然とはいえ、じつにおあつらえ向きの品だった。

ピンポン外交に関する著書（『米中外交秘録――ピンポン外交始末記』）をもつ北京在住の作家銭江《チエンジヤン》は、「宋中はまるでスパイのようだった」と語る。だが実際には、宋はむしろアメリカの体温を一日に五度も計る体温計だった。アメリカ側は知っていたのだろうか――たとえば、アメリカのある女子選手が周恩来の顔が描かれたバッジを買う姿が目撃されていることを。

周恩来がそう望んでいると知っていたからか、宋中は、事態は順調に進展し、アメリカ側は招待を待ち望んでいると伝えた。のちに彼は、あとになって思えば自分は少し判断力に欠けていたと銭江に語っている。スティーンホーヴェンとハリソンが表向きは丁重な態度をとっていたころ、宋は北京への電話で、二人が使った言葉についてくわしく報告していた。「グラッド・トゥ・ミート・ユー」という言葉は、たんなる「はじめまして」という挨拶以上の意味に解釈されていた。

アメリカチームを北京に招待する決定を下すに至った一連のハイレベル協議には、外交部、周恩来に加え、毛沢東も加わった。周は、両国の接触を推進しようとする一方で、反対する立場もとっていた。彼はアメリカチームを招待することで「前進」が見込めるならば招待すべきだとしたうえで、ベトナムにおけるアメリカの行動を厳しく非難し、みずからが望むところと急進派が熱心に推し進める孤立主義との中間路線をたどったのである。彼の友人だったエドガー・スノーは、「エースが四枚そろわないかぎり、けっして賭けには出ない」男だと周恩来を評している。

名古屋において中国がとるべき行動の選択肢をまとめた報告書が、もう何日も毛沢東の机に置かれたままになっていた。このままでは、卓球を通じてアメリカに歩み寄る好機を逃してしまう。周恩来と同様、毛沢東もラジオで試合の進展を追っていた。過去十五年で、ピンポンが信頼できる外交の道具であることを彼は充分に認識していた。しかし、アメリカとの駆け引きにおいて、ピンポンが最良の道具と言えるだろうか。

毛沢東は世界選手権が終わる直前まで決断せずにいた。アメリカチームは、三日間の予定で三重県へ行き、ピンポン球製造工場のチームを相手にエキシビションマッチをする予定だ。このさい、周恩来の意見はどうでもいい。いかに実行力に長けているとはいえ、今回は国家主席である毛自身が下すべき、きわめて重要な決定だった。

御年七十四歳、最近になって筋萎縮性側索硬化症（ＡＬＳ）と診断された毛沢東は、看護師が渡してくれる睡眠薬を飲まないと眠れなかった。そもそも中国チームの名古屋行きを許可したのは毛自身だが、それでもなお、アメリカチームを招待すべきかどうか、まだ決めかねていた。

その日の午前中、毛はすでに、アメリカチームを招待するべきではないとする外交部の意見を承認していた。しかし、それが気になって、睡眠薬を飲んでも眠れなかった。毛自身が決めたルールとして、睡眠薬を飲んだあとに下した決断は聞き流すよう周囲に告げていた。

「アメリカチームを中国へ招待しなさい」と、まどろみはじめた毛が言った。看護師は唖然とした。昼間に承認した内容と正反対の言葉だったからだ。用心のため聞こえなかったふりをしていると、「呉くん、早く行って、頼んだことをしてくれないか」と毛は言った（呉旭君という女性看護師）。

そこで呉は、誤解のないようはっきりと言った。「もう一度おっしゃってください」

毛は同じ言葉をくり返した。「アメリカチームを中国へ招待しなさい」

「もう睡眠薬をお飲みですが、お言葉を真に受けてよろしいんですか？」

「もちろんだ！　早くしなさい。そうしないと時間がなくなってしまう」

名古屋に緊急のメッセージが届いたのは、四月七日の午前、ちょうど中国チームがお別れの食事会に参加していたときだった。本当に時間切れまぎわの決断だったのか、それともアメリカへの思い切った歩み寄りに対し、四人組に反論する時間を与えないようぎりぎりまで待ったのだろうか。届いたメッセージは、皇帝との拝謁を熱望する異民族に関する勅令を彷彿させる文言だった。

アメリカチームが再三にわたり中国訪問の希望を表明し、友好的態度を示していることに鑑み、役員を含む選手団をわが国に招待することにした。入国に必要な査証は香港にて取得。旅費が不足する場合は、当方が補助してもよい。

このメッセージを読んだ荘則棟は、毛主席からじかに電話をもらいたいと言い張った。午前十時四十五分、ラフォード・ハリソンは都ホテルの前でタクシーをつかまえようとしていたが、一台も止まらない。じりじりしながら手を振っていると、ようやく一台止まり、中国人が降りてきた。中国チームを率いる宋中と通訳だった。北京行きについて詰めるため、イギリスの代表団に会いにきたのだろう、とハリソンは思った。ところが、宋はすぐそばまでやってきて、「中国への招待に、応じられますか?」と尋ねた。

ハリソンは道に突っ立ったまま、口を閉じているのにひと苦労した。「うれしくてしかたがない気持ちを、どうやったらあまり顔に出さずにいられるだろうと、それればかり考えていた。どうすれば真顔でいられるだろうかと」と、ハリソンはインタビューで語った。彼は返す言葉を考えながら、若い選手たちには、旅程変更でかかる飛行機代を負担するのは難しいかもしれません、と言った。すると宋は、「ご心配なく、そちらは手配できますから」と答えた。世界一裕福な国が、まだ工業化の途上にある国から施しを受けようとしていた。「ゴッドファーザーの名台詞じゃないけれど、〝けっして断れない申し出〟だった」とハリソンは当時を振り返る。

宋の言葉は的確かつ雄弁で、アマチュアを相手にしたプロの交渉だった。もともと中国人は、自分たちが組み立てた真実をけっして曲げない。そこでアメリカが果たす役割は「嘆願者」である。

中国は〝ミドル・キングダム〟であり、手ぶらでやってくるアメリカに対し、ひたすら客の健康と安楽を気遣う寛大なホストだった。

スティーンホーヴェンに報告しようと急いでホテルに戻るが、姿がどこにも見当たらない。そこでハリソンは、キャプテンのジャック・ハワードに、三時半にミーティングをするので選手を全員集めるよう指示し、それから東京のアメリカ大使館に電話を入れた。状況をざっと説明し、アメリカチームが中国へ行けば何か問題があるかと尋ねると、「どうぞ行ってください」と即答された。「中国くらい誰だって行くでしょう」とでも言いたげな調子だった。ハリソンはとまどった。いかに重大な問題かがわかりはじめていた彼には、非常識なほどそっけない反応に思えた。

釈然としないまま、ハリソンはチームが集まっている体育館へ向かった。ミーティングの途中でようやくスティーンホーヴェンが現れた。彼は妻とともに買い物に出かけていた。もしかすると、本人がのちに語ったように「事務処理で手が離せなかった」のかもしれないが。ピンポンの歴史における決定的な瞬間が、スティーンホーヴェン不在のままほぼ過ぎ去ろうとしていた。しばらくのあいだ、彼は怒り狂っていた。中国側がチームの団長である自分に直接伝えにこなかったことで、すっかりないがしろにされた気分になり、腹立ちまぎれに招待を断ってやろうかとさえ考えた。

スティーンホーヴェンが落ち着くと、中国へ行くべきかどうかの話し合いが再開された。「ミドル・キングダムには、かなり恐ろしい連中がいると知っていたから」とハリソンは言う。身の危険はないのか、誘拐されたり、紅衛兵に攻撃されたり、プロパガンダ用の操り人形にされてしまうのではないか。アメリカ卓球協会には、中国に関する知識など何ひとつなかった。

滞在日数はどうするか？　彼らは一週間と決めた。あまり休みが長くなると仕事をクビになってしまうと心配する者や、妻やボーイフレンドが恋しくてたまらない者、それ以上長く滞在するのを怖がる者もいた。結局、中国へ行く気になれなかったのは二人だけだった。そのうちのひとりは、アメリカチームのナンバーワン、D・J・リー（李達俊）だった。ソウル近郊で生まれた彼にとって、中国は朝鮮戦争を引き起こし家族を苦しめた国である。

そのときすでに、マスコミはこの招待を嗅ぎつけていた。おかしな寄せ集め集団のようなアメリカチームが、いつのまにか政治の最前線に立っていた。ミーティングが終わりに近づいたころ、スティーンホーヴェンは、中国訪問が国務省の政策に反しないかどうかをまず確認しなければならないと思った。帰ってきたとたん、社会からつまはじきにされたりしないか。それ以前に、ちゃんと帰ってこられるのか。そもそもハリソンはなぜ、中国行きが適法だと自信をもっているのだろう。自分が東京の大使館の誰と話をしたのかすら、彼は覚えていないのではないか。いったい何がどうなっているんだ？

第三十九章

サプライズ

そのころ、東京のアメリカ大使館では、政治部門の中国問題担当ウィリアム・カニンガムが、米国広報庁の報道官からの電話を受けていた。イタリアのＡＮＳＡ通信が、アメリカの卓球チームが中国に招待されたという第一報を伝えているが、そちらの公式見解はどうなのか、という問い合わせだった。この話が本当なら今年最大のニュースになるだろうと報道官は言った。外交官であるカニンガムにとっては、今にも爆発しそうな手榴弾を渡されたも同然だった。アメリカ政府を出し抜いて中国へ行かないようチームを説得するか、それとも好機到来とばかりに、たとえ卓球を通じてであろうと中国との接触を奨励すべきなのか――。受話器のむこうにいる報道官同様、カニンガムもまた、とてつもない事態が起きようとしているのを即座に察した。早急に適切な回答を出さなければならない。少しでもぬかりがあれば、国務省を困惑させるのみならず、日本を不安にさせるだろう。対中国政策という目立ちすぎる問題に、沈黙という選択肢はない。

中国の情報をこつこつと収集しワシントンへ伝えるのがカニンガムの日常業務だ。一九七一年当時、アメリカは中国国内で起きていることの全体像をかなり把握しているように思えた。ワシントンでは、何十人もの翻訳者が、新華社通信が発信するニュースを読んでいる。香港にある領事館では、ガリ版刷りの《人民日報》に念入りに目を通していた。また、中国を出国し香港を通過する人はみな、詳細な聞き取り調査を受けた。

アメリカ国務省は共産主義中国を注視しているが、前世代のチャイナ・ウォッチャーに比べ、知識量は格段に少なかった。一九四四年、アメリカは果敢にも、中国共産党の根拠地だった延安の近くに視察基地を設けた。ディキシー・ミッションとして知られるアメリカの軍事視察団は、第二次世界大戦における多くの疑わしい共同作戦のひとつだった。派遣されたアメリカ人は、一年以上にわたって毛沢東や周恩来のすぐそばで暮らし、抗日戦争に協力しながら、中国北部の上空を通過するB－二九爆撃機に天候を知らせ、あるいは中国共産党員の協力を得て、撃墜されたパイロットのための避難経路を確立した。彼らは共産党員とともに狩りをしたり、日本軍の野営地のそばまで一緒に偵察に出かけたりもした。ときにはバレーボールや卓球も楽しんだ。

アメリカ人は、延安で唯一の発電機をもっていた。のちに中国の指導者となる男たちは、アメリカ人が洞穴で映画を上映する日はたいていそこにいた。アイヴァー・モンタギューは、『ユダヤ人は見ている（The Jews Are Watching You）』という本をチャップリンに送った。彼が『独裁者』の制作を決めた背景には、この本の存在があったと言われている。ともにファシズムと戦う中国共産党員とアメリカ軍関係者が一緒に鑑賞するにはうってつけの映画だった。

そうした重要な時期、アメリカでは共産圏に関する情報収集が必要だとの世論が高まり、ある将校がディキシー・ミッションの常駐化を提案した。その一方で、蒋介石に対する見かたは痛烈だった。陸軍大将デイヴィッド・バーは蒋介石の首席軍事顧問という立場にありながら、国民党軍が毛沢東の共産党軍と戦って惨敗したのは「世にもお粗末なリーダーシップと……軍全体に蔓延する腐敗と欺瞞《ぎまん》」のせいだと述べた。また、〝ビネガー・ジョー〟こと陸軍大将ジョーゼフ・スティルウェルは、「われわれは、蔣介石という無知蒙昧などん百姓と同盟を組んでいる」と発言した。

共産主義中国とアメリカとの蜜月時代が終わりを迎えるきざしは、パトリック・ハーリー大使の就任とともにやってきた。彼は中国人との交渉に自信をもっていた。「連中はメキシコ人と似たようなもので、私はメキシコ人の扱いには慣れている」との理由からである。彼は毛沢東を「ヘラジカ《ムース》の糞」と呼んだ。中国側はハーリーを歯牙《しが》にもかけなかった。彼はどうやら、CIAの前身である戦略情報局（OSS）でも一目置かれる存在ではなかったようだ。彼のコードネームは「アルバトロス」――アホウドリだった。

それでも、ワシントンではハーリーからの報告書は重視され、彼はアメリカの支援を空費する蔣介石の弁護に奔走《ほんそう》していた。一九四五年十一月、ハーリーは「アメリカの外交政策の脆弱さと省内にはびこる共産主義的陰謀こそが、こんにちの世界に広がる災厄の原因である」と報告書に書いた。じつは彼は、延安随一のチャイナ・ウォッチャー、ジョン・スチュワート・サービスへの憎悪を胸に秘めていた。サービスは北京語が堪能で、毛沢東や周恩来に顔がきくだけではなく、陳毅とは四川省で学友だった。さらに彼は、ありのままの現状、つまり共産党軍の団結の強さと、敵対する国民党の無能ぶりを的確にレポートするという過ちを犯した。

国全体が集団ヒステリーとも言うべき反共産主義の嵐に巻きこまれていくアメリカで、ハーリーが提示した証拠は、上院議員ジョー・マッカーシーによって、サービスらチャイナ・ウォッチャーに対する攻撃材料に使われた。マッカーシーは、アメリカの政府機関に共産主義者が潜入していると主張し、魔女狩りを進めていた。チャイナ・ウォッチャーはできるだけ中国から遠ざけられ、枯葉のごとく世界のあちこちへ飛ばされて、デュッセルドルフ、リヴァプール、ベルンといった場違いな任地に追いやられるか、さもなければサービスのように解雇された。彼らが去ったあとに残ったのは、のちに「チャイナ・ジェネレショーン・ギャップ」と呼ばれる不毛の地だった。割を食ったのは、一九四〇年代なかばのベトナム情勢を正確に予見し、フランスも戦争に関与する他の国々も「いずれゲリラ戦が泥沼化する可能性に気づくだろう」との報告書をまとめていた国務省の外交局員である。

それから二十年、東京のアメリカ大使館では、ウィリアム・カニンガムのような有能な男たちが中国情勢を監視していた。中国は、彼らが一度も訪れることのできない国だった。ある中国研究者の言葉を借りれば、彼らの仕事は外交というよりも天体物理学に近かった。

カニンガムは、中国が何らかの組織に一歩でも踏み入れるたびに、その動きを注視していた。注意して見ていないと、共産主義者が入りこんでいつのまにか組織の機能が失われてしまうからだ。いわゆる「地下のシロアリ」の原理である。一九七〇年代の終わりには、アメリカが最大限の支援をしても、このまま台湾を国連にとどめ中国を排除しつづけられる見込みは小さくなっていた。中国に関するキッシンジャーとニクソンの思惑を知らない外交官は、情勢を見据え、もはや回避不能と思われる事態にそなえて対策を検討しはじめていた。その一方で、まさかシロアリの侵入口になるとは思えない卓球選手権は、カニンガムのレーダーにはとらえられずにいた。

アメリカチームの中国訪問問題が浮上し、カニンガムは机の引き出しの奥にしまいこんである、ある文書の存在を思い出した。それは、ニクソンに代わってキッシンジャーがおこなった改革の一環として大統領から連邦議会に提出された、外交に関する年次報告書だった。その年の一月、彼は四冊からなる膨大な文書に埋もれた、たった一行の文言に目を留めていた。そこにはこう書かれていた。「合衆国は、教育、文化、スポーツ分野における中華人民共和国との交流を容認する」。カニンガムの命運は、その一文にかかっていた。アメリカ政府はいまだ共産主義中国から顔をそむけていたが、カニンガムはその短い一文にもとづいて独自に判断を下した。国務省全体がそうだったように、彼もまたキッシンジャーとニクソンが毛沢東と周恩来に歩み寄ろうとしているのを知らなかった。

アメリカチームが中国に招待されたというニュースを聞いて電話をした広報庁の報道官は、取材陣へはどう答えればいいかとカニンガムに迫った。二人とも、問い合わせが殺到するのを予測していた。「その件は承知している」と答えてください、とカニンガムは言った。「もし行くことになっても、わが国の政策には反しない」と。数分後、大使館の広報担当官アラン・カーターが電話をかけてきて、「ずいぶん思い切ったことをやったな」と言った。カニンガムが一瞬ためらうと、「大使に相談したほうがいい」とカーターは助言した。

カニンガムは思った。自分は今、何をしたのだろう？　アメリカ代表チームは、政治色を帯びる必要があるのか？　中国のチームならばまちがいなく、自分たちを政治的なものと考えるだろうが。カニンガムは例の一文を何度も読み直し、大使から無理やり許可を引き出しにいった。

次に受けた電話は、日本の外務省からだった。中国課長補佐は尋ねた。アメリカ政府の動きはどうなんですか？　この展開には、政府も関与していたんですか？　カニンガムは、名古屋にいる卓球チームは私的な団体だと断言した。「団長は誰なんですか？」課長補佐がさらに質問する。

「さあ、まったく知りません」とカニンガムは答えた。

第四十章

決断のとき

その日の夕方六時半、机を片づけていたカニンガムは、アメリカ卓球協会会長スティーンホーヴェンの名前と電話番号が書かれたメモを受け取った。名古屋に電話をかけると、スティーンホーヴェンの口から出た最初の言葉は「電話していただいて助かりました」だった。あと一時間足らずで中国側と会う予定で、ホテルの部屋にこもって決断しようとしているのだが、中国に行きたくてたまらない選手たちが部屋の外でドアをバンバンたたいているのだ、と彼は状況を説明した。アメリカ政府としては、本当に行ってもかまわないという判断ですか、とスティーンホーヴェンは尋ねた。

カニンガムはゆっくりと、外交に関する年次報告書にある重要な一文を読み聞かせた。

「つまり、行くべきだとおっしゃるんですね?」

「いいえ、行くべきだと言っているのではありません」カニンガムが慎重に答える。「アメリカ政府としては、この件に関してどうすべきかの指示は出しません。つまり、政府としては、スポーツ分野における中華人民共和国との交流を容認すると明言している、ということです」

スティーンホーヴェンはしばらく考え、質問のしかたを変えた。「では、われわれが行っても、アメリカの政策に反することはないんですね?」

「はい、ありません」

周恩来が議論と説得を重ねてようやくここまでたどりついたが、カニンガムがこれほど巧みではなく、もっと用心深い人間だったなら、チャンスは失われていただろう。

名古屋では、決勝戦がおこなわれているスタジアムの真下にある窓のない部屋で、細部を詰める最後のミーティングが開かれた。待ちかまえていた宋中が、アメリカ側に質問する。中国では何を見たいか？　どんなものを食べたいか？　整然と階層化された何万人もの官僚組織をもち、折衝に長けた中国だが、スティーンホーヴェンには自分が率いる選手団の行動を決める権限すらないことに、彼らは気づいていなかった。その時点でスティーンホーヴェンの手に委ねられていたのは、選手団のパスポートだけだった。

準備の時間はほとんどなかった。うろたえている暇もない。中国から招かれたということは、アメリカチームは三十六時間後にはもう空を飛んでいなければならないのだ。選手の中には、遺書を書きはじめた者もいた。ティム・ボーガンは、こう明かした。「私たちは、ばかの集まりだった。自分たちが何をしようとしているのか誰もわかっていなかった。中国にくわしい者などひとりもいないから、てんでわかっていなかった」。スティーンホーヴェンは、旅立つ前に、自分が中国について知っていることを並べてみた――辮髪《べんぱつ》、繻子《しゅす》のパジャマ、海賊版。選手の大半はいまだに、卓球のために招待されたと思いこんでいた。それも無理はない。彼らは卓球選手であり、世界最大の卓球スタジアムでの、世界最強の選手たちとの試合に招かれたのだ。ヤンキースタジアムでジョー・ディマジオと試合させてやると言われて断るリトルリーガーがいるだろうか？　報道関係にまで考えが及ぶ選手はほとんどいなかった。卓球選手は、まったくメディアに取り上げられないのに慣れているのだ。

海外遠征のさい、中国チームは必ず外交部礼賓司（儀礼局）から指示を受けていた。それにひきかえ、アメリカチームはほとんど野放し状態だ。スティーンホーヴェンは、つくづくそう感じていた。彼らはまさに、一九七一年のアメリカそのものだった。人種も性別もばらばら、学生もいれば、化学エンジニア、大学教師、事務所の文書係もいた。いったい何か起きるかわかったものではない。

スティーンホーヴェンとの電話が終わるころ、カニンガムはすでに、アメリカチームの役員を東京に呼んでじかに会おうと決めていた。そこで、アメリカ大使館で選手団のパスポートを有効にする必要があるという口実を使って呼び出すことにした。もっとも、その手続きは通常、領事館がおこなうのだが。

あくる四月九日、ハリソンとスティーンホーヴェンは、名古屋から新幹線で一路東京へ向かう。朝食は、車内でビールとのり巻きで簡単にすませた。二人がアメリカ大使館へ入ると、選手団のパスポートは領事部へ渡された。スティーンホーヴェンは、カニンガムのオフィスへ入っていった。カニンガムを喜ばせようと、青いスーツを着て、襟には星条旗のバッジをつけていた。カニンガムは彼を見て、いかにもやさしいおじいちゃんといった感じだ、という印象を抱いた。アメリカ国民の理想像だ。もしグレン・コーワンと会っていたら、カニンガムはかなりの不安を覚えただろう、とハリソンは思ったという。

そのころワシントンでは、キッシンジャーの部下が、中国へ行こうとしているのはどういう面々なのかを把握しようとしていた。カニンガムとは東京の大使館時代からの友人で、当時はキッシンジャーのもとで働いていたハーバート・レヴィンは、こう語っている。彼らが「いったいどういう連中なのか見極めなければならなかった。たとえば、子供への性的虐待か何かで逮捕状が出ていないか……とにかく、どういう人間なんだと」

カニンガムは、スティーンホーヴェンとハリソンにいくつかアドバイスをした。文革はまだ続いている。厳格な社会に入りこむのだから、それに応じた行動をとらなければならない。「中国人を絶対にチャイナマンと呼ばないように」と言われたのを、ハリソンは思い出す。「二番目は、けっして女性に触れないこと。（カニンガムは）中国人のエレベーターガールの体をさわって逮捕されたソ連の外交官の例を挙げた」とハリソン。彼はそれを聞き、ふと考えこんだ。前回コーワンと海外遠征したとき、彼が外国の空港スタッフの隣に座り、その女性の肩に腕を回して胸をさわっているのを見て、ハリソンはぎょっとしたのだった。

スティーンホーヴェンは、何よりも選手が「中国人に攻撃される」のを心配していたが、カニンガムに言わせれば、まったく根拠のない心配だった。スティーンホーヴェンはまた、お土産のことも心配していた。中国側は北京と上海で記念品をくれるだろう。それに対して日本製品を返したくはなかった。お土産はアメリカ製品でなければならない。一九七一年当時、これならきっと北京で喜ばれるとカニンガムが考えるプレゼントは三つあった。腕時計、トランジスタラジオ、それに人民服の外ポケットにちょうどおさまるボールペンである。彼はさっそく日本人の同僚に、近場にある陸軍駐屯地の売店を回ってアメリカ製のものを買ってきてほしいと頼んだ。

選手団のパスポートが戻ってきた。どのパスポートにも証印が押されていないのを見て、三人とも驚いた。領事部はたんに「中国本土への入国および通過には無効」という文言に黒いマジックで線を引いて消しただけだった。これから起きようとしていることに、決まったやりかたは存在しないのだ。

カニンガムのオフィスを出るころには、スティーンホーヴェンもハリソンも、自分たちが果たそうとしている〝外交ミッション〟について充分に理解していた。アメリカ西部で、保安官バッジもピストルも与えられず、保安官の代理を命じられたような気分だった。カニンガムのオフィスから廊下に出たとたん、二人はジョン・リッチとぶつかりそうになった。アジアを拠点とするジャーナリストの中で、おそらく最も経験豊かな記者である。カニンガムには、リッチがどうやって大使館に入りこんだのかもわからなかったが、戸口のところでスティーンホーヴェンとハリソンににっこりと笑いかけた彼の顔は、四十年たってもまだ忘れられなかった。これでアメリカチームは、しばらくのあいだメディアから逃げられないだろう。

ハリソンとスティーンホーヴェンが羽田空港の近くでようやく昼食にありついたころには、アメリカ製ボールペンがぎっしり詰まった箱が数個、車に乗せられ彼らのもとへ向かっていた。カニンガムは選手団を見送りに行こうかとも思ったが、政府の人間が近くにいないほうがいいと判断した。アメリカの卓球は、政治とは無関係なはずなのだから。

第四十一章

不安要素

アメリカチームが香港に到着すると同時に、とんでもない状況が始まった。この一件は、やはり今年最大のニュースになりそうだった。取材陣から逃れるすべはなかった。「食事に行けば、同じテーブルに彼らがいた。トイレに立てば、彼らもついてきて横で用を足した」とハリソンは当時の状況を語る。米中関係の重要性と、どこか滑稽さがただようピンポンという組み合わせには、メディアが食らいつきそうな要素がたっぷり含まれていた。思った以上にばらばらなアメリカ人の一団を北京という未知の世界に放りこむのだから、何かが起きないわけがない。そのときには、どのテレビ局も新聞社も、われ先に情報を手に入れたがった。

当初、西側の報道陣には中国への入国許可がおりない見通しだったため、歴史の証人となるのは、当の選手団のみと見られていた。そのため、彼らは各地のメディアからレポーター役を依頼された。ティム・ボーガンだけでも、《タイム》、《ライフ》、《ニューズウィーク》の各紙、CBS、さらにオーストラリアの新聞社からも声がかかった。最近まで卓球に興味を示さなかった《ニューヨーク・タイムズ》紙までもが、彼の協力を得ようと必死だった。若い女子選手には、《セブンティーン》誌からアプローチがあったはずだ。ガイアナからの移民で国連で働くジョージ・ブラスウェイトには、アフリカ系アメリカ人向けの《エボニー》誌から接触があっただろう。彼は別々の新聞社から託された四台のカメラを首からぶら下げていた。香港のホテルの部屋で、選手たちは機材を与えられ、カメラの使いかたの特訓を受け、何を質問し、何を見つけ、どう書けばいいか指示を受けた。

名古屋を発つ前、スティーンホーヴェンはカニンガムに電話を入れ、お返しに中国チームをアメリカに招待するかどうか尋ねた。中国チームの訪問は、アメリカの卓球界にとってこの上ない宣伝になるだろう。しかし、ことはそう簡単ではなかった。共産主義者を入国させるには、もうひとつ別の省からも許可を得る必要があるからだ。一九五〇年に制定されたマッカラン法によって、共産主義国の国民へのビザ発給は制限されていた。通常の手続きでは、ビザ申請者はアメリカ領事館で面接を受けるのだが、当然ながら中国のどこにも領事館はない。さらに、中国チームの旅費の問題もある。資金の乏しいアメリカ卓球協会が負担するのは不可能だった。「助けてくれる妖精が見つかるといいんだが」とスティーンホーヴェンは語った。

九龍の〈金門飯店〉に着くと、電報が届いていた。米中関係全国委員会（ＮＣＵＳＣＲ）が旅費の調達を引き受けるという内容に、スティーンホーヴェンはほっと胸をなでおろす。この委員会は、レッド・チャイナをただやみくもに否定するのではなく、もっと掘り下げた議論を推進する場として五年前に発足した。スティーンホーヴェンは、この吉報を自分の胸にしまっておいた。何か問題が起きれば割を食うのは自分だと思うと、誰かを信頼して明かす気にはなれなかった。

一方、チームの異端児コーワンは先を読んでいた。今はロサンゼルスにいるかつての師ボブ・グシコフに電話をかけ、帰国したら自分のエージェントになってくれるよう話をつけた。コーワンは新規ビジネスを計画し、まずは帰国直後に記者会見を開くつもりだった。数時間後に折り返し電話をかけてきたグシコフは、すでに《ライフ》誌の表紙を飾れるよう交渉したと報告した。グシコフは、選手団の帰国後は、卓球もゴルフと同じくらいメジャーなスポーツになる可能性が充分にあると感じ、中国の卓球用具の権利取得に励むようコーワンにアドバイスした。

コーワンは耳をかたむけてくれる人なら誰彼かまわず、楽観的な将来のビジョンを語った。「心配ないよ、ベイビー、帰ったら、おれたちは五万回は試合をすることになるさ」。しばらくのあいだ、コーワンは完全に落ち着いたようすで、キャプテンのジャック・ハワードに、残っていたマリファナは東京のホテルでトイレに流したと言っていた。

コーワンのほかに、スティーンホーヴェンが不安を感じている選手がもうひとりいた。十九歳のジョン・タネヒルである。彼もまたコーワンと似たような肩まである長髪だったが、日本へ発つ前に短く切り、今の彼にとって唯一のロングヘアーは、顎の先からうっすらと伸びた初々しいひげだけだった。シンシナティ大学で心理学を専攻するタネヒルは、もともと人と交わらないタイプで、ノーマン・メイラーの小説やチェ・ゲバラに関する本、さらに仏典まで持ち歩いていた。あるチームメイトは、タネヒルを「盤を見ずに、同時に八人を相手にチェスができる」くらい頭がいいと感じていた。

香港を発つ前の晩、タネヒルはホテルから姿を消し、わずか二十分後に戻ってきた。ちょっと売春婦のところへ行っていましたとボーガンに事情を説明し、「もう二度としません」と誓ったが、はたして何かをする時間があったのか、ボーガンには疑問だった。

ジュニアトーナメントで何度となく対戦してきたライバル、グレン・コーワンはタネヒルよりも一枚上手で、真夜中近くに姿を消した。コーワンと同室だったキャプテンのジャック・ハワードが、午前二時半にホテルのロビーで「誰かグレンを見なかったか?」と探しまわる姿が目撃されている。

中国へ入国する前夜も、コーワンはいたって落ち着いたようすで、蘭桂坊《ランカイフォン》のバーへ飲みにいき、そこで売春婦を十二ドルで買い、マリファナを吸い、あしたは中国行きだから起こしてくれと頼んで売春婦のアパートに泊まった。朝の五時に目覚まし時計が鳴り、新たな友人がしてくれたフェラチオとともに一日をスタートさせたコーワンは、五時半にはホテルに戻り、キャプテンのハワードに叱られていた。前夜、ハワードも最初のうちはコーワンとともに売春婦を探していたが、途中でおじけづいたのだった。

スティーンホーヴェンの青いスーツと星条旗のバッジを見てほっとしたカニンガムも、汚い服やコンドーム、マリファナが詰まったコーワンの鞄を見れば恐れをなしたに違いない。タネヒルが持ち歩くチェ・ゲバラに関する大著にも、アメリカ国務省は待ったをかけただろう。大使は大統領が指名し、議会の承認を得て就任するが、卓球選手はそうした厳しい審査をくぐりぬけた人々ではなかった。

さらに心配なのは、コーワンの精神状態だった。翌朝、ボーガンが開け放たれた部屋のドアからのぞくと、コーワンはテレビ取材にそなえて身づくろいしていた。やっきになって髪をとかしたかと思うと、急にベッドに飛び乗って枕をつかみ取り、円を描いてくるくる回り出した。中国の女の子に好かれたい、とコーワンは言っていた。日本の女の子にはモテモテだったから、きっと中国でもモテモテだと。「まいったな」とボーガンは思った。「こいつはきっと、まだ何かやってるぞ」

第四十二章

国境を越える

グレン・コーワンは、白い「Let It Be」Tシャツに黄色い帽子、紫色の絞り染めのズボン、というでたちだった。どうやらそれが彼のお気に入りの服装らしく、どこへ行くにも、誰と挨拶することになると言われてもその格好だった。コーワンは、自分は〝ワンマン・ブランド〟になれると思っていた。自分で自分のスポークスマンとなり、モデルとなり、セールスマンとなるのだ。彼がスポットライトを浴びたがっているのは、もはや誰の目にも明らかだった。自由な香港の新界と厳格な共産主義中国とをつなぐ鉄橋を渡るさい、彼はほかの選手たちから遅れて後ろをついていき、振り返って、満面の笑顔で大きく手を振るようはっきり指示を受けていた。

選手たちが国境線を超えると、どこからともなく音楽が聞こえてきた。到着した彼らにいくつものマイクが向けられ、選手の多くは映画スターになった気分を味わった。赤と白の橋をぶらぶらと渡るときも、コーワンは「生きた本物の共産主義者とピンポンをしに中国にやってきたヒッピー」という独自のポジションを意識していた。もうひとり別の選手は橋の上で立ち止まり、ちゃんと戻ってこられるのだろうかと不安を覚えていた。見守る新聞記者の一団に、アメリカ領事館員がひとりまぎれていた。外交官は選手団にいっさい関与してはならないという厳命の中、例外として密かに送りこまれたのである。「チームは現地時間十時十八分、国境を越えた……歓迎すべき進展である」と、さっそくワシントンに報告が送られた。

西側の世界にさよならと大きく手を振るコーワンの写真が、《ニューヨーク・タイムズ》紙をはじめ世界中の新聞の第一面に掲載された。さすがの周恩来も、これ以上好ましい構図は思いつかなかっただろう。毛沢東が卓球チームを招待したというニュースと、パリ和平会談に関する話題が一面を分けた。当時、ベトナム戦争からのアメリカ軍の名誉ある撤退に向けて、キッシンジャーとニクソンはたえまない交渉を続けていた。二つの出来事が重なったのが、ワシントンにとって無意味であるはずがなかった。すぐ下には、ニクソンが北ベトナムへの毛沢東の影響力を必要とする理由を思い出させるかのように、すぐ下には、アメリカ兵の死傷率上昇を嘆く記事が掲載されていた。さらに、周恩来がアメリカ政府へのダメ押しをねらったのか、一面のいちばん下の隅っこに、中国が密かに進めるアフリカへの大進出に関する記事があった。アメリカが協力しようがしまいが、中国は国際交流を再開するつもりであることを、あらためて認識させるものだった。

香港との国境から広州行きの列車に乗りこむと、コーワンは自分だけの世界に入りこんだ。彼は窓の外を眺め、線路わきの水田で働く農民たちを見つめていた。「人生ってのは、じつにシンプルなものなんだ。それを他人が寄ってたかって複雑にしちまうんだ」と、コーワンは誰にともなくつぶやいた。それより前、彼はティム・ボーガンのそばにやってきて、「おれを見てよ、頼むから見てよ」と、おかしな頼みごとをした。そのあとも、広州での昼食のさいに招待者のスピーチの途中で急に席を立って部屋を出ていき、みんなをびっくりさせる。

広州行きの列車で、コーワンが反体制文化《カウンターカルチャー》を信奉するカリフォルニア人を気取っていたころ、タネヒルはひとり静かに、より大きな変化を経験していた。共産主義の中枢へ向かう列車よりもネブラスカの農場向きのオーバーオールを着たタネヒルは、ぽつんと座席に座り、箱に入ったアーモンド入りシリアルを食べながら、ひとりでチェスをしていたが、国境の税関で手に入れた毛沢東の著作『新矛盾論：人民内部の矛盾を正しく処理する問題について』を読んだ彼は、これまで読んだ中で最もすばらしい本だと断言した。

広州から北京へ飛行機で移動した一行は、〈新僑飯店《シンチャオ》〉に泊まった。ちょうど十年前の北京大会のさい、西側からやってきた選手たちが泊まったホテルである。アメリカチームがこれから経験することは、彼らにとっては何もかも初めてだが、もてなす中国側にはなじみ深いものだった。ピンポンは大使級の政治であり、アメリカチームはそのような待遇を受けたことのない数少ない客だった。それから一週間、世界のメディアは卓球の歴史を黙殺した。一九六一年の北京大会のことも、多数の外国人選手が今回のアメリカチームとまったく同じ見学ツアーを経験ずみであることもすべて度外視し、前代未聞の状況のみが強調された。

チームに迫る最大の危険は、スティーンホーヴェンが危惧したような紅衛兵による攻撃ではなく、食べすぎだった。連日連夜どこへ行っても食事会が催され、フルコースの料理がふるまわれた。北京での最初の晩餐会が終わったあとも、ホテルへ帰るとテーブルいっぱいの料理が待っていた。料理に関する選手たちの感想は、「こういう味はまだ好きになれません」というそつのないものから、「桶いっぱいのゲロ」という不快なものまでさまざまだった。

北京で迎えた最初の朝、選手たちは、ホテルのレストランで「アメリカの弾圧者とその犬ども」

と書かれた垂れ幕の下でとった朝食について話していた。するとそこへ、コーワンとタネヒルが息を切らして駆けこんできた。二人は四時前に起きてホテルを脱け出し、まだ薄暗い街へ出た。歩いていると、子供たちがぞろぞろとついてきた。子供の人数はしだいに増えていき、ついにコーワンは、自分たちは数千人を従えて歩いていると確信するに至ったという。二人は、ここが本当に共産主義社会なら、どんなものでも分け合わなければならないはずだと考えた。そこで壁に立てかけてある自転車に乗ろうとすると、子供たちが二人をにらんでいた。「ちっとも共産主義者の国なんかじゃなかった」とタネヒルは言った。

タネヒルには、子供たちの群れがだんだん迫ってきているように思えた。よじのぼられないようにするには、持っていたカメラで子供たちの写真を撮りながら少しずつ離れていくしかない。カメラも白人も見たことがないらしく、みんなびっくりしていた。

ある新聞記者が、コーワンいわく五千人か一万人いたという群衆を確かめにいくと、実際はふだんと変わらず、せいぜい五十人ほどの見物人が集まっているにすぎず、その大半は、いつもホテルの外にたむろして外国人の宿泊客を待ちかまえている子供だった。コーワンは、記者のあいだで信用を失いかけていた。

それでも、コーワンの情熱はいっこうに衰えなかった。彼は「通りをゆく若い女の子たちに向かって口笛を吹き、あとをついていった」とタネヒルは語っている。コーワンがジャック・ハワードを相手に通りで卓球の真似事をしていると、人が続々と集まってきて交通が遮断され、中国で最も荒っぽそうな男が近づいてきた。おじけづいたハワードはゲームをやめ、人だかりをかきわけ、コーワンをホテルのほうへ引っぱっていった。

「ちょっとまずい感じになってきたぞ」とハワードは言った。

ところがコーワンは、「ばか言うなよ」と取り合わない。

そのとき人だかりの中から石が飛んできて、二人のあいだに落ちた。ハワードは、アメリカ代表チームのキャプテンともあろう者が北京の通りで石を投げつけられて死ぬ羽目になるのではと不安に襲われるが、コーワンは人だかりに向かって軽く人差し指を振り、そのまま歩きつづけた。

中国訪問に向けて準備を進めていたころ、アメリカでは、卓球チームの話題は新聞のスポーツ欄にすら載らなかった。ところが中国に到着して二十四時間もたたないうちに、彼らは紙面を独占していた。《ニューヨーク・タイムズ》紙だけでも、北京までの旅にまつわる記事が五本も掲載された。中国へ来て二日目には、《タイムズ》紙に八本の記事が載った。すべて国際欄で、ふだんは外交政策にあてられる枠をピンポンが占めていた。一方、中国の新聞での扱いはまるで異なり、同様に北京を訪れているイギリス、ナイジェリア、コロンビア、カナダのチームにも平等に紙面が割かれていた。記事は短く簡素で、後ろのほうのページに掲載された。

当初、中国の選手たちはアメリカチームの中国訪問が本国アメリカでどれほどのニュースになっているか知らなかった。ボイス・オブ・アメリカの放送を聴くのは犯罪だったからだ。中国のトッププレーヤーのひとり許紹発《きょしょうはつ》は、週に一度、役員のオフィスにしのびこんで新聞を盗み出していた。そこには共産党幹部向けに発行される新聞も含まれていた。ピンポン外交が敵国アメリカとの関係に影響を及ぼしているとチームのメンバーに教えたのは許だった。

周恩来はまた巧妙なカードを切り、長年アジア関連の取材を続けてきたベテランのアメリカ人記者三人とイギリス人記者ひとりに、急きょビザを発給していた。中国はなぜ、直前になってそうしたのか。それは、双方の利害が急速に一致したからだ。彼らは一九六一年と同じスポーツ記者でもなければ、エドガー・スノーのような、長いあいだに少しずつ中国に入りこんできた少数の共産党シンパでもない。NBCテレビのジョン・リッチとジャック・レイノルズ、《ライフ》誌のジョン・サー、AP通信のジョン・ロデリックは、アジア大陸で最もやり手の記者と見なされていた。ロデリックは、一九四〇年代に延安へ行き、アメリカの軍事視察団ディキシー・ミッションを訪ねたことのある記者だ。カナダチームに同行していた《グローブ・アンド・メール》紙の特派員ノーマン・ウェブスターは、ベテラン記者の入国を拒まれたアメリカの新聞社が、中国について何も知らない選手を記者がわりにスカウトしたと知って、中国側はかなりショックを受けたはずだと確信していた。最初のころ、彼はある選手が別の選手に「みんながよく話してるけど、文革ってなんのこと?」と尋ねるのを聞いた。中国側はおそらく、ベテラン記者を入国させればおかしな記事を書かれるリスクが減ると判断したのだろう、とウェブスターは考えた。そのかわり、記者は卓球チームの動向のみを報じなければならなかった。それは賢明なやりかたであり、AP通信のジョン・ロデリックの記事が世界中の新聞の第一面を飾ることになった。

チームのにわか記者の中には、本物のジャーナリストの登場に不満を抱く者もいたが、コーワンは大喜びだった。彼らにしっかり役目を果たしてもらい、自分はめいっぱい栄光を手に入れるつもりだったからだ。記者たちはコーワンに五十ドルの小遣いを与え、「これからは、必要なときはこっちから声をかけるからね」と告げた。ところが、簡単に追い払われるコーワンではなかった。その週の終わりにはもう、《ライフ》誌の記者兼カメラマンに向かって、「『中国の内側』なんかじゃなく、『中国に来たアメリカ人』ってタイトルにして、表紙にバーンとおれの写真を載せればよかったのに」と語っていた。

ベテラン記者がそばにいるため、ほかの選手たちは緊張したが、コーワンは違った。清華大学を訪れたさい、彼は「おかしな質問ばっかだね」とロデリックを押しのけ、教授へのインタビューを妨害した。「きみならもっとマシな質問ができるのかい？」とロデリックが切り返すと、コーワンはうなずいてインタビューを引き継いだ。この大学を訪問中、おおぜいの学生を前に自然にバスケットボールの試合が始まった。これもまた、コーワンが異彩を放てるイベントだった。試合が終わると、コーワンは「おれはハーレム・グローブトロッターズ（アメリカのショーバスケットチーム）に負けないくらい大人気だった」と顔を輝かせた。

チームは、文化大革命がもたらした奇跡について説明を受けた。保護者役のスティーンホーヴェンは、ひどく中国側に同調したお礼の言葉を述べ、その場にいた「農民や労働者、学生のみなさん」に拍手するよう選手をうながした。年長の選手たちは口を閉ざすべき時をわきまえていたが、ジョン・タネヒルとグレン・コーワンは未熟だった。政治的な時代に大学生活を送り、気がつくと政治的な場にいた彼らが政治のことを考えていたとしても不思議はない。どこへ行くにも記者がついてきて、二人の会話はそのまま記事になった。

万里の長城へ向かう途中、次々にやってくる蒙古馬やトラック、自転車をよけながら走るバスの中で、二人の会話はいつしか、ベトナム戦争に対する反戦運動でアメリカはどう変わるかという話題になっていた。アメリカは知的革命を遂げようとしているのに、ヒッピーはみな好き勝手なことをして──そのくせ政府に反抗していると受け止められているのが気になる、とコーワンは言った。

「きみのどこが知的なんだい？」とタネヒルが口を挟んだ。

「さあね」とコーワン。「きみはどうなんだ？」

「わからないけど、本は読むよ」

「ふーん、本を読むと知的になるのか」

「少しはなるさ」

「じゃあ、たぶん、おれも知的だ」

その後、タネヒルは万里の長城で悟りを開き、やがてアメリカの中枢を動揺させることになる。そもそも、スティーンホーヴェンがくどくどとくり返す「責任」という言葉を真似て、こう宣言したのが発端だった。「ぼくは政治的になって、その結果をいさぎよく受け入れることにした。政治的でないのは、知性がないのと同じだ。中国は、卓球でアメリカに勝てるのはわかっている。彼らがぼくたちをここへ呼んだのは、政治的に意義があるからだ」

タネヒルは、クライスラーの社員でアメリカ卓球協会会長、なおかつアメリカのパスポートをもつグレアム・スティーンホーヴェンの言葉に耳をかたむけるかわりに、真実は毛沢東とともにあると判断した。「(毛沢東は)こんにちの世界で最も偉大な精神的・知的リーダーだ。彼は多くの人民に手をさしのべ、多くの人民に影響を及ぼしている。彼の哲学は美しい」

その言葉はウェブスターの耳に入り、翌日の《グローブ・アンド・メール》紙の一面に載った。これはスティーンホーヴェンが聞きたかった言葉ではなかった。ニクソンが聞きたかった言葉でもなかった。それ以上に、毛沢東と周恩来が聞きたい言葉ではなかった。彼らが求めていたのは両国の橋渡し役であり、アメリカで反中感情を引き起こしかねない〝改宗者〟ではなかった。タネヒルはよどみなく語った。「中国人は、この万里の長城を築いてモンゴルを締め出した。ところがアメリカは、ゲットーやミサイル防衛システムにしがみついている」。その晩、ホテルに戻ると、タネヒルはベッドの上の天井に毛沢東の肖像が描かれたシルクスクリーンを貼った。するとなぜか、猛烈な吐き気に襲われた。

朝の四時に、タネヒルはルームメイトのジョージ・ブラスウェイトによって、意識を失った状態で発見された。彼は便器の後ろに挟まるようにして、自分の汚物の上に倒れていた。中国側が毒入り餃子で彼をねらったとつい考えたくなるが、旅のあいだ、選手たちは次々に体調を崩した。《タイム》誌の表紙を飾った万里の長城で撮影された写真には、キャプテンであるハワードの姿はない。そのころ彼は長城のふもとで、地面の穴に覆いかぶさっていたからだ。もうひとりエロール・レセクという選手は、バスを途中で止め、道端の畑に飛びこまなければならなかった。

ハワードは大急ぎでタネヒルを病院へかつぎこんだ。ホテルへ戻ろうとすると、「頼む、置いていかないでくれ！　置いていかないでくれ！」と叫ぶタネヒルの声が聞こえた。車椅子に乗った男が、『毛沢東語録』をかざしながらタネヒルの前を通り過ぎた。あの本が回復を助けてくれるのです、と通訳が説明した。タネヒルがホテルに帰ってきたとき、その場に居合わせたＡＰ通信の記者ジョン・ロデリックは、彼の中で疑念が芽生えているのを感じ取った。最初のころの情熱は、中国の医療機関でたった一日過ごしただけで薄れていた。「タネヒル氏は病床で、『一生ここに住みたいとは思わないけれど、この国をもっと見てみたい』と語った」とロデリックは記事に書いた。

スティーンホーヴェンは、《グローブ・アンド・メール》紙の記者に猛烈に腹を立てていた。最悪のシナリオ、今回の旅の汚点が、「タネヒルはチームに潜む毛沢東主義者か？ それとも老練な手に落ちた、ただの若者なのか？」と、ベテラン記者によってつぶさに報じられていたからだ。

スティーンホーヴェンは、ウェブスターを部屋に呼んで扇情的な報道を批判した。そのせいでひとりの若者の人生が台無しになったらどうする、いつか仕返ししてやるからなと脅しをかけた。仕返しの方法は思いつかなかったが、どうにかがんばって考え出すつもりだった。しかし、ウェブスターは軽く受け流した。彼は新聞記者として来ている。記事を書かずに何をしろというのか？

第四十三章
注目の的

マディソン・スクエア・ガーデンよりも広い卓球専用スタジアムが、一万八千人の観客で埋めつくされた。アメリカチームにとって心躍る瞬間だった。名古屋で五千人の観客に驚いた彼らは、もはやどう考えていいかわからなかった。だが、じつは中国は安全策をとっていたのだ。スタジアムを埋める観客の大半が徴用された人民解放軍であることに、記者たちは気づいていた。この場にいなかったのは、病気療養中のタネヒルただひとりである。

スティーンホーヴェンに関するカニンガムの読みは正しかった。温和で、めったに腹を立てない性格は、外交使節にうってつけだった。最初の試合で、彼は「熱烈歓迎アメリカ卓球チーム」という巨大な横断幕の後ろにもうひとつ、赤い文字ででかでかと書かれた「アメリカの弾圧者とその犬どもを倒せ」というメッセージが掲げられているのに気づいた。なぜあれを降ろさせなかったのだろうと彼は通訳に尋ねた。その冗談めかした口ぶりに、通訳は何も言わずにっこりと笑った。

海原を進むには舵取りが必要なように、革命を起こすには毛沢東の思想が必要だという意味合いの歌『大海航行靠舵手』に合わせて、アメリカチームが観客に紹介された。すると音楽に興奮したのか、コーワンがツイストのステップを踏むようなパフォーマンスを始めた。それから赤いヘッドバンドをさっとはずすと、気取った調子で卓球台のほうへ歩いていった。観客席からどっと拍手が起きる。周恩来がみずからスケジュールを決め、テレビカメラで試合をどう撮影するかまで指示していたことを、アメリカチームは誰ひとり知らなかった。アナウンサーの台本も彼が書いたもので、コーワンが卓球台へと進みながら聞いた拍手のタイミングさえも首相の指示によるものだった。

気取った態度ではあるが、コーワンはチームで数少ない天然のエンターテイナーだ。統制され、しんと静まりかえった観衆が彼に反応しはじめた。この男は、思いのままに行動しているぞ――点が入れば、毛沢東に敬意を表するのではなくこぶしを握って喜び、靴の紐《ひも》がほどければ、床にかがみこむのではなくテーブルに足を乗っけて紐を結び、柵の後ろへ回りこむのではなく柵を飛び越えてボールを拾う。コーワンのおどけた行動には、スティーンホーヴェンさえ感心した。コーワンは好調だったが、一点失うと、卓球台を持ち上げてほんの少しずらした。台の位置が正しかったらさっきのショットは決まったはずだと言わんばかりに。スティーンホーヴェンは、スタジアムじゅうに広がる笑い声を聞いた。

中国チームにとって八百長試合はお手のものだ。なにしろ、これまで数えきれないほどの親善試合をこなしてきたのだ。第一ゲームは二八対二六でコーワンが勝った。そこまでは普通に戦っていると思っていたが、第二ゲームも一六対一二でリードし、そのまま勝ち抜けた。「つまんねえ」試合が終わると、コーワンは言った。「はじめから、おれが勝つことになってたんじゃないか」。通訳はこの言葉を伝えなかった。席に着くころには、コーワンは気を取り直し、「八億人がおれたちを見てるんだ！」とボーガンに言った。

中国の観衆にとって、客をもてなすためにわざと負けるのは、じつはたんなる友好のしるしではなく優越の象徴だった。「彼らのような強豪ぞろいのチームでは、かえってアメリカからの客に恥をかかせただろう」とAP通信のジョン・ロデリックは思った。男子は五対三、女子は五対四の僅差で中国チームが勝った。卓球に見合う政治ネタも少し見つけようと、アリーナをうろついていたロデリックは、劉少奇についてしつこく質問し、通訳を悩ませた。劉少奇は毛沢東の元ナンバーツー、国家主席もつとめた人物である。ロデリックは、劉はきっと生きていて、再教育を受けているのだろうと考えていた。ロデリックいわく、再教育とは「処罰と洗脳を意味する中国共産党流の言いかた」である。

しかし、ロデリックの読みは完全にはずれていた。紅衛兵が劉の遺体を発見してから、すでに二年が経過していた。共産党から除名され、たえず拷問を受けた彼は偽名で火葬され、痛ましい遺体の状態は家族にも伝えられなかった。アメリカチームが北京を去った一年後、劉の家族はようやく彼の死を知ることになる。中国の体制づくりに貢献した人物は、毛沢東から守られることなく世を去ったのである。

卓球は中国の友好的な顔であると同時に、国を築いた多くの人々の悲惨な運命とも密接につながっていた。四十年前、あるジャーナリストにピンポン球を送ってほしいと頼んだ彭徳懐は、毛沢東が進める大躍進政策に異を唱え、獄中で死んだ。賀龍もまた毛沢東の残虐行為の犠牲となり、陳毅はいまだ社会の隅に追いやられていた。

コーワンがパフォーマンスを披露したあと、ほかの選手たちは彼に対するなけなしの好感さえ失いはじめた。コーワンが脚光を浴びれば浴びるほど、周囲の気持ちは離れていった。新聞各紙がコーワンをアメリカの若者の代表として扱いはじめると、チームメイトは彼をなんと呼べばいいかもわからなくなった。彼はヒッピーなどではなかった。本物のヒッピーは下品ではないからだ。コーワンは誰の代表でもなく、たんにあのような人間なのだ。

一九六一年に北京を訪れた各国チームと同じように、アメリカチームもまた頤和園《いわえん》を訪れた。ディック・マイルズは、《スポーツ・イラストレイテッド》誌の記者という現在の立場ではなく、元卓球選手として北京への同行を許されていた。頤和園にある湖のほとりで、彼はある役人にアメリカ人をどう思うかと尋ねた。役人は質問をはぐらかそうとするが、ディックはしつこく食い下がった。「つまり、アメリカ人のどういうところが特徴的だと思いますか？　これまでアメリカ人に会ったことがありますか？」するとその中国人はマイルズの目をじっと見据え、「戦場で会った」と答えた。「朝鮮戦争で」

歴史と政治は、つねに隣り合わせだった。国連で働くガイアナ人移民のジョージ・ブラスウェイトにある国の代表が近づいてきて、中国を国連に加盟させるべきだと思うかと尋ねた。ブラスウェイトは自身の立場を守り、自分は文書関係の部門で働いているだけで公的な権限は何もないと説明した。しかし、中国の役人に食い下がったマイルズと同様、その代表もまた強引に答えを引き出そうとした。「ぼくなら、世界のどの国の加盟にも一票投じます」とブラスウェイトは答えた。彼は卓球選手であると同時に外交家でもあった。

あるニュースが伝わると、今回の北京訪問の主眼がピンポンではなく政治にあったことを、もはや誰も疑わなかった。その日の午後、チームは周恩来との会見の機会を与えられたのだ。北京に何年もいながら一度もお目通りがかなわない政治家もいた。

選手たちは人民大会堂の階段をのぼり、案内されて共産党の勝利を記念する巨大な肖像画の前を通った。ハワードが何気なく、毛沢東はまだ生きているのかもう死んだ人なのかと尋ねると、通訳の顔から血の気が引いた。一行は部屋に通され、ほかの国の選手団とともに席についた。これまで見た多くの部屋と同様、背もたれにレースの布がかけられた大きな椅子や長椅子と、お茶のセットに加え口のあいたタバコの箱と灰皿が載った小さなテーブルが数台、さらに封筒とインク壺が置かれたライティングデスクがあった。

まもなく周恩来がやってきた。ジャック・ハワードは、首相がナイジェリア、コロンビア、カナダ、アメリカの選手と接する時間を計ってみた。それぞれ十分ないし十二分ずつで、その時間が経過すると次のチームに移動していた。ほかのチームにはそうは感じられなかったらしく、カナダのある選手は、アメリカばかりが注目を浴び、首相もほとんどアメリカだけに時間を割いたと悔しがっていた。「とんだティーパーティーだった」と、カナダのニュースチャンネルは難癖をつけた。

周恩来がアメリカチームに、これまで中国を訪れたことがあるかたはいらっしゃいますかと尋ねると、外交家としての資質に磨きがかかったスティーンホーヴェンがチームを代表し、「いいえ、われわれは誰ひとり中国のことをよく存じません。しかし、中国式の手厚いおもてなしについては、だんだんわかってまいりました」と答えた。

「朋《とも》あり遠方より来《きた》る、また楽しからずや」と、周恩来は中国の故事を引用した。

「世界のいたるところに、良き友はおります」スティーンホーヴェンはそう言ったあと、中国チームがアメリカ全土にピンポン・フィーバーをもたらしてくれるという期待に抗えず、「われわれも中国チームのアメリカ訪問を歓迎いたします」と続けた。

首相は、私も卓球が好きで、今でも年甲斐もなく卓球を楽しんでいますと言った。アメリカの新聞各紙が第一面で報じたあの言葉が発せられたのは、そのあとである。周恩来は卓球チームにこう言った。「あなたがたは、米中関係の新たな一ページを開きました。再開された友好関係は、必ずや両国民の大多数によって承認され、支持されることでしょう」

首相への質問が出そろったと思われたそのとき、コーワンが手を振った。周恩来との会見を目前に「彼だけは緊張していない」とボーガンは感じていた。また、《ニューヨーク・タイムズ》紙は、コーワンは「おそらく紫色のベルボトムのジーンズをはいて周恩来と会見した最初の人物であろう」と報じた。アメリカのヒッピー運動について、首相はどう思いますか？　この質問に、周首相だけではなくアメリカチーム全員が不意を突かれた。周は、ヒッピーのことはあまり知らないが、「若い人は真理を求めるものであり、そうした探究によってさまざまな変化が表れます……われわれの若いころも同じでした」と答えた。

首相はコーワンのために、その部屋にいるほかの誰よりも多くの時間を費やした。言葉を交わす対照的な二人を、世界中の新聞が好んで取り上げた。一夜にして、コーワンはただのヒッピーから「われらのヒッピー」となった。アメリカチームは周恩来にすっかり魅了されていた。とりわけグレアム・スティーンホーヴェンは、もしも周首相がクライスラー社にいたら、きっと社長の座にのぼりつめただろうと思った。

第四十四章

緊迫

次の朝、上海への移動の準備を整えた選手たちがホテルのロビーに集合しているところへ、二人のベルボーイが階段を駆けおりてきた。手にはコーワンとタネヒルの汚れた下着を持っている。アメリカの青年たちは行く先々で有り余るほどのお土産をもらったため、荷造りのさいに取捨選択を迫られたのだった。ところが、何も残していってはいけないという。そこで二人はしかたなく下着をポケットに突っこみ、とぼとぼとバスへ向かった。その後、もうひとり別の選手のあとを、忘れ物の歯ブラシを振りながら誰かが追いかけてきた。アメリカ人の目にはそれが誠実な行動に映ったようだが、中国人はただ、政治的なトラブルを避けようとしていただけだった。たとえばの話、いったい誰が、帝国主義者が残していったパンツをはいているところを見とがめられたいと思うだろう?

上海へ向かう飛行機の中で、タネヒルとコーワンはまたけんかを始めた。タネヒルは、ヒッピーは別にいても悪くはないが役には立たない、ステーキに添えられたパセリのようなものだと考えていた。彼に言わせれば、ヒッピーのいちばんの欠点はドラッグが好きなところだった。

「ドラッグをやると頭が冴えるんだよ」とコーワンは言った。「行きづまると、ジョンは必ずドラッグを持ち出しておれを攻撃するんだ。きみだっていろんなものに支えられて生きてるだろう、ジョン。誰にだって支えが必要なんだよ」

「グレンに必要なのは夢だ」とタネヒル。「こいつは夢を奪われた社会の産物だからね」

「確かにおれはドラッグに逃げてるよ。そうしたくてしてるんだ、ドラッグはおれが求める世界を与えてくれるからさ」

タネヒルはますます嫌悪感をつのらせた。彼はのちに、こう語っている。「グレンはロングヘアーのヒッピーを中国人に見せつけて、中国にヒッピー王国を持ちこむつもりだった――まるで宣教師にでもなったみたいに、自分はイエス・キリストの再来だと言わんばかりに」

上海で、コーワンは《ライフ》誌の記者兼カメラマンと街をぶらついた。コーワンは人を巧みに誘いこむ〝ハーメルンの笛吹き〟ではなかった。なぜならハーメルンの笛吹きは自立しているからだ。彼はむしろ、ほかの誰かによって作られ多くの人を惹きつける〝壺に入ったハチミツ〟のようなものだった。中国人がまわりに集まってきて、何人ものカメラマンが写真を撮った。うれしいことに、彼がアメリカの卓球選手だと気づくと、集まった人々のあいだでぱらぱらと拍手が起こった。ここは上海、中国におけるピンポン発祥の地とも言われている場所である。二人が通る道端には、おしゃぶりがわりに卓球ラケットをかじっているよちよち歩きの子供の姿があった。

その散歩にはティム・ボーガンも同行していた。彼はこのとき初めて、コーワンが記者の前でやけにおとなしく素直だったのは抑制がかかっていたからではないか、と疑いを抱きはじめる。朝食を終えてコーワンが席を立つと、《ライフ》誌の記者がボーガンに顔を寄せて「どっちが本当のグレン・コーワンなんです?」と尋ねた。ボーガンは答えなかった。「こっちが訊きたいくらいだ」と彼は記録にとどめた。

上海で、アメリカチームは熱気あふれる観客の前でふたたびエキシビションマッチに臨んだ。上海にいる海外の外交官も残らず観戦した。ただひとりその晩の試合をボイコットした北ベトナム使節団長は、アメリカ人の訪中に大いに憤慨していた。会場に流れた「偉大なる指導者毛沢東主席は、アメリカ人とアメリカ政府、アメリカ政府の政策立案者と下級の一般職員とは区別して考えなければならないとわれわれに教えてくださいます」というアナウンスが電信で伝えられると、香港のチャイナ・ウォッチャーは、「興味深い発言」として取り上げた。たとえ下級ではあっても、中国はアメリカの卓球チームを〝公務員〟的なものととらえているのか。アメリカにとってもピンポンは政治だと考えているのだろうか。

今回は、回復したタネヒルも含め、選手全員が試合に出る。のちのちまでタネヒルの記憶に残るのは、たえまない拍手ではなく、特定の選手が登場すると拍手が大きくなったことだ。ジョージ・ブラスウェイトは「かなりの特別待遇」だった。中国人は、黒人が虐げられているのは知っていると示そうとしていたのだ。「一番人気はコーワンで、彼は長い髪をなびかせて飛びまわっていました。試合には負けても、彼は紅衛兵に大人気でした」とタネヒルは回想する。そのときははっきりわからなかったが、タネヒルはあとになってやっとわかったという。コーワンは中国人があるべき姿とは対極にあり、そこが彼らを惹きつけたのだと。

体調が回復したタネヒルは、北京か上海にとどまりたい気持ちを完全には捨てきれずにいた。「ぼくは、あっというまに中国人に早変わりできたでしょう。ササッと黄色いペンキを塗ればできあがりです」。若いタネヒルにとって、目の前にあるのは「秩序を乱すものなど何ひとつない、パーフェクトな社会」に思えた。「人々のふるまいはきわめて規律正しく、まるで十七世紀の清教徒《ピューリタン》……メイフラワー号でやってきた巡礼始祖のようでした」と彼は語っている。

今回は《スポーツ・イラストレイテッド》誌の記者ディック・マイルズも元選手として試合に出るよう求められた。対戦相手は、二十年前のドルトムント大会で準決勝に進んだマイルズが途中で破った選手だった。頑固者のマイルズには、八百長負けはあくまでも強いほうがするものだというこだわりがあった。しかし、両方が負けようとしている場合、どうすればいいのだろう？　好調な出だしで客席から大声援を浴びた試合は、終盤では茶番劇と化していた。双方がアウトやネットを連発する。マイルズは通訳に向かって、「こんなのは、ばかげている。引き分けってことにしよう」と言った。すると対戦相手の顔が曇った。マイルズもさすがにその意味を察し、観念して形ばかりの勝利を受け入れた。

次の日、上海観光の途中、マイルズは自由になろうと試みた。アメリカに帰って『ＡＢＣワイド・ワールド・オブ・スポーツ』のナレーションも収録しなければならなかった。スティーンホーヴェンからパスポートを返してもらいさえすれば帰国できる。

「私をばかだと思っているのかね？」怒りをたぎらせながらスティーンホーヴェンは言った。「帰国して、みんなをさしおいてこの話をするつもりだろう」

「なら、あんたを警察に突き出してやる」とマイルズは言い返した。

きみをあと一日か二日居残らせてほしいと、仲のいい中国人に頼んでもいいんだぞと脅し、スティーンホーヴェンはやっとマイルズを黙らせた。

最後に訪れた上海郊外の人民公社で、コーワンに対するボーガンの懸念はますます強まった。コーワンは朝鮮人参茶を飲みすぎたと言ったが、それは嘘で、マリファナでハイになった状態で人民公社を見学しているのだろう、とボーガンは思った。コーワンは中国人の腕に抱えられるようにして歩いていたが、案内するほうも彼のおかしな行動に気づいているようすだった。

「おれは、ヒヨコの群れに入っていったんだ」人民公社を通り抜けながら、コーワンは言った。「黄色くて、うっとりするほど魅力的だった。動物園じゃ見られないよ。すぐ目の前まで寄ってきたんだ」。ボーガンは笑い飛ばそうとするが、コーワンは大まじめだった。あとになってようやく、彼は中華人民共和国に密かにドラッグを持ちこんだことをタネヒルに打ち明けるが、そのときはとにかくヒヨコの話がしたかったのだ。「ヒヨコはケージに入っていなくて、そこらへんを自由に歩きまわってた。卵がいくつあったと思う?」

コーワンは次に、カリフォルニアにあるヒッピーのコミューンと中国の人民公社《コミューン》の違いについて説明しはじめた。ヒッピーのコミューンはアメリカの革命文化だという話に、ドミニカ人移民のエロール・レセクは怒りを抑えきれなくなった。「いつまで革命の話をしつづけるつもりだ?」と、レセクは話の腰を折った。「おまえに革命の何がわかる? おれはドミニカ生まれだから革命がどんなものか知ってるけどおまえは知らないじゃないか」。コーワンは面食らい、なんで怒ってるんだ、とばかりにレセクを見つめた。

上海を発つ前に、ディック・マイルズはタネヒルにインタビューした。本気で中国に残りたいと思っているのか？　タネヒルは、ノーと答えた。シンシナティへ戻って「もっと自分を磨き、人の役に立って、革命のために身を捧げるような生きかたがしたいです」

「非暴力的な革命、それとも暴力的な？」

「非暴力ですね、とりあえず。いずれ充分な数の支持者が得られるまでは」

広州へ戻る飛行機のタラップで、タネヒルはチームを見送りに来た人々に向かって毛沢東の顔が描かれたシルクスクリーンを振り、上海から最後の拍手を絞り出した。

中国で過ごす最後の晩、毛沢東夫人の江青がチームを革命バレエ『紅色娘子軍』に招待した。文革の中心的教義を説明するために江青自身が作ったうんざりするほど政治的な作品だが、選手たちの中には、舞台を優美に舞う姿に賛美すべき点をどうにか見出した者もいた。少なくとも、彼らはキッシンジャーに比べれば礼儀正しかった。その数カ月後、革命オペラというものを初めて目にしたキッシンジャーは、「あきれかえるほど退屈な芸術作品で、私が理解したかぎりにおいては、ある女性がトラクターと恋に落ちる話だった」と語ったのである。

次の朝、チームは国境行きの列車に乗った。橋を渡って香港の新界へ戻る途中、待ちかまえているおおぜいの報道陣が見えた。ボーガンが見積もったところ、すでに六百人の新聞記者が彼らのニュースを伝えようとしていた。コーワンは首や肩にカメラや録音機材をかけた群衆を見上げ「ハゲタカどもがいるぞ」と言った。

手を振って選手たちを送り出すと同時に、北京では集計作業が始まっていた。中国側は、アメリカチームがやってきた時点でメンバーひとりひとりを念入りに観察し、中国に対する態度にばらつきがあることに気づいていた。ところが今、去っていった彼らは一様に、温かい歓迎ぶりや待遇、そして中国の進歩に満足を示していた。中国の基準に照らし合わせれば、今回の訪問はすでに成功と言えた。

報道陣もアメリカチームとともに、橋から列車に乗って香港に入った。チーム最年少のジュディー・ボヘンスキーは、カメラやひじが顔に当たってさんざんだったと記憶している。AP通信の記者は、ボヘンスキーのカメラに入っていたフィルムを、何が写っているかまったく知らないまま、その場で二百ドルで買い取った。世界が自分たちの旅をどう報じていたかを知らない選手たちのひざの上に、記者がさまざまな新聞のトップページを次々に置いていった。「ほら」と、男性記者が若いボヘンスキーに新聞を押しつけてきた。「周恩来と一緒にきみが写ってるよ!」

はじめのうち、スティーンホーヴェンがチームの保護者的な立場から二言三言述べていたが、そのうちに報道陣が殺到し、チームはばらばらになった。ひとりひとりが記者に囲まれ、わきへ連れていかれて個別にインタビューを受けた。そのとき、選手は気づいていないが異例の事態が起きていた。

通常、中国から出国したアメリカ人は香港駐在のアメリカ領事による詳細な聞き取り調査を受け、そこで得られた情報はそのままワシントンへ送られる。ところが、キッシンジャーはそれをおこなわないと決め、「今回出入りする人々には接触せず」、すでに開いているチャンネルにのみ目を向けるよう領事館に指示を出した。そのチャンネルとは、チームがアメリカへ出国する場所——つまり東京で待つウィリアム・カニンガムである。ワシントンから届いた電報はじつに明確だった。「事前に直接の指示がないかぎり、いかなる接触もおこなわないこと」

東京に戻ると、スティーンホーヴェンとハリソンはホテルにチェックインした。スティーンホーヴェンはしわになった青いスーツに着がえ、ハリソンには何も言わずに外に出ると、数ブロック先の角で待った。すると誰かを乗せた一台のタクシーが止まり、助手席の窓が開いた。「スティーンホーヴェン?」という問いにうなずき、車に乗りこむ。カニンガムは彼の疲れきった顔に気づき、都心から五キロほど離れた自宅の住所を運転手に告げた。

アメリカチームが中国へ行っているあいだ、カニンガムは殺到する電話や苦情の対応に追われていた。日本の外務省と各国大使館の大半が、「裏でアメリカ政府が動いたのか? スティーンホーヴェンはCIAのスパイなのか?」と執拗に同じ質問をして彼を煩わせた。

スティーンホーヴェンがカニンガムの自宅に入ったとたん、カニンガム夫人は彼を「フレッド」と呼んで挨拶した。スティーンホーヴェンは「グレアムです」と訂正した。すると夫人は、「子供たちが大喜びして、けさはフレッド・スティーンホーヴェンと一緒に朝食をとったんだよって、みんなに自慢するでしょう」と言った。それでようやくぴんときた。きっと、家が盗聴されているのだ。しかし、本当の理由はそれほどドラマチックではなかった。カニンガムは、幼い五人の子供たちが遊び場でスティーンホーヴェンの名前を口に出し、それを聞いた住人にアメリカチームの旅に大使館が関わっていると思われたくなかったのだ。

スティーンホーヴェンをねぎらうつもりで、カニンガムはすぐにタネヒルに関する懸念を持ち出し、彼を「慣れない環境に置かれたうぶな若者」と呼んだ。しかしカニンガムが本当に知りたかったのは、中国からの具体的なメッセージがあるのかどうかだった。あります、とスティーンホーヴェンは答えた。それは、彼が中国側からニクソン大統領に直接伝えてほしいと託されたメッセージだった。「周恩来は、アメリカにチームを派遣したいと言っています」

周恩来の言葉は、じつに謙虚だった。「ときに、ほんの小さな出来事がきわめて重大な変化をもたらすことがあります。必然はつねに偶然の形でやってくるものです。同様に、重大な変化は些細なところから生じるものです」

アメリカ国務省のあるスポークスマンは、「中国政府による、限定的だが意図的な外交イニシアチブ」と軽くあしらおうとした。ところが、急きょアメリカで実施されたギャラップ世論調査で、思わぬ結果が出た。この調査が始まって以来初めて、中国を国際連合に加えるべきだとするアメリカ人の数が、半数を大きく超えたのだ。

第四十五章

ニクソンのゲーム

その夏、ほこりっぽいパキスタンの山岳地帯で、ヘンリー・キッシンジャーの車はカーブを描く坂道をのぼり、マリーの近郊にある大統領の静養所へと向かっていた。キッシンジャー国家安全保障担当補佐官は、これから二日間、重いウイルス性胃腸炎の療養に専念すると発表した。しかし、それは事実とはほど遠かった。政府専用車の後部座席に座っているスーツ姿の男は、ヘンリー・キッシンジャー本人ですらなく、替え玉だった。

周到な偽装工作は、前夜の公式晩餐会の席で、パキスタン大統領ヤヒア・カーンの全面協力のもとに始まった。キッシンジャーは午前三時半に起床し、赤いフォルクスワーゲン・ビートルを運転してイスラマバード国際空港へ向かい、ボーイング七〇七型機に搭乗した。機内では七人の中国人が彼を待っていた。その中のひとり、毛沢東の専属通訳をつとめるブルックリン生まれのナンシー・タンは、自身もかなりの高位にあり、他国の外交官の目の前でもためらいなく周恩来と議論した。

三カ月前、タンは上海で革命バレエを鑑賞するグレン・コーワンの隣に座り、動き、身振り、せりふのひとつひとつに象徴的な意味があるのだと説明した。中国文化ではあらゆるものが何らかの意味をもつことを、コーワンはそこで学んだ。

キッシンジャーは六人のアメリカ人をともなっていたが、その中に彼の特別補佐官ウィンストン・ロードもいた。高度三万フィートに達しヒマラヤ山脈に近づくのを待ち、ロードはコックピットに入ってパイロットと同席した。飛行機が国境を越えた瞬間、ロードはこの二十年で初めて中国へやってきたアメリカ人外交官としての地位を手に入れた。中国の領空に入ってから、キッシンジャーは着替えのシャツを荷物に入れ忘れたことに気づく。どうやら、三サイズも大きい借り物のワイシャツを着て周恩来に合うことになりそうだ。襟の内側には、まだ「メイド・イン台湾」のラベルがついていた。

アメリカ卓球チームが中国に招かれたのは、ちょうど三カ月前の四月八日だった。その朝、大統領執務室で諸々の案件に関する話が終わりかけたころ、キッシンジャーはニクソン大統領にこう言った。「すでにお気づきかもしれませんが、念のためご報告しておきますと、中国がわが国のピンポンチームを招待しました」

「まさか」とニクソンは言った。

「中国への招待です。まあ、たいした意味はないでしょうが。それに――」

「大ありだ」ニクソンは、キッシンジャーの言葉をさえぎった。

「確かに――」

それに続く沈黙のあいだ、二人の脳裏をいったいどれだけの起こりうる由々しき事態が駆けめぐっていたのだろう。中国は何をしようとしているのか？　ニクソンとキッシンジャーが周恩来宛てに最後のメッセージを発信したのは、もう三カ月以上も前だ。最大の懸念は、あらゆるイニシアチブが途絶えていることだった。ピンポンがひとつのシグナルなのはまちがいないが、どういうシグナルなのか？　公式なものなのか？　ホワイトハウスはそう受け止めていいのか？　ならば、次はこちらが中国側を招く番なのか？

アメリカチームが北京に到着し、どっと情報が入りはじめると、アメリカが考えるレッド・チャイナのイメージをまたたくまに変えていく卓球の魔力に、ニクソンとキッシンジャーは目をみはった。ニクソンは、「中国のイニシアチブが卓球チームという形で実現するとは予想だにしなかった」と記している。キッシンジャーには、また別の懸念があった。それまで彼らが慎重に構築しようとしてきた裏ルート計画が、卓球チームにめちゃめちゃにされたのではないかという懸念だった。

その後しばらく、執務室へやってくる人たちにニクソンが挨拶がわりに発するのは、「ピンポンはうまくなったかい？」のひと言だった。卓球がワシントンでこれほど話題になったのは、一時的に大ブームが巻き起こった一九〇二年以来だった。当時は最高裁判事も閣僚も……まるで人生の最重要事項とばかりに卓球にいそしみ、卓球について語っていた。そして今、卓球は実際に最重要事項となっていた。

四月十三日、グレン・コーワンが周恩来に「軽口をたたく」前日、ニクソンはキッシンジャーと国際経済問題について電話で話していた。卓球チームの訪問が本当に緊張緩和の先触れになったのだとすれば、歴史的チャンスが目前に迫っていた。作成中の大統領覚書について、ニクソンはそれでいいと承認した上で、ひとつだけ注文をつけた。「われわれが中国に関するイニシアチブを開始したのは、十三カ月前からではなく二十カ月前からだ」。このイニシアチブはニクソンの功績だが、誰もその成果を認めてくれないのでは意味がない。選挙の年が迫っている時期であればなおさらだった。

中国問題は望ましい方向へ進んでいる、といったトーンをだいじにしてほしい……突破口を探っているように見えては困る……あくまでも大統領主導、私が判断を下したと書いてくれ……外交局内やソ連問題の研究者の一部からは抵抗があったと正直に書いていい……彼らは懸念していると……わが国とソ連との関係を。ピンポンチームの登場に、連中はかっかしているのだ。

世界各地に駐在するアメリカ大使の報告からも、ソ連の懸念がひしひしと伝わってきた。オーストラリア駐在のソ連大使は、「アメリカは、自分たちがどういう相手と向き合おうとしているかわかっていない」と警鐘を鳴らしていた。ウガンダに駐在するソ連のクルデュコフ大使は、中国人は「人種差別主義者」で「それはそれは狡猾」だと断言し、「中国に対しては用心に用心を重ねたほうがいい」と助言した。ラオス駐在のソ連大使は、最近の米中関係の進展に不快感をあらわにし、アメリカ大使に「すぐにピンポンを習ったほうがいい」と勧めた。また、このソ連大使は冗談めかして、東南アジアに関して何か質問があれば、「ニクソン大統領が北京を訪問するさいに毛沢東に尋ねるか」あるいは中国が国連総会でニューヨークに来たときに尋ねればいい、と言った。これが驚くべき先見性のある言葉だったことが、のちに明らかになるのである。

四月十六日、午後十一時過ぎ、キッシンジャーとニクソンはふたたび中国について話していた。ニクソンはその日の午前中、報道陣を前に、いつか自分の子供たちが、あるいは自分自身が中国へ行ける日が訪れてほしいと述べた。ちょっと言いすぎだったかなと尋ねるニクソンに、キッシンジャーは答えた。「人間味があってよかったと思いますよ。じつに感動的でした」

「中国との突破口を開いたら、この二十年で最大の快挙だよ、ヘンリー」

キッシンジャーも同感だった。「歴史的転換点になりますね」

そこで一瞬の間があり、大統領は言った。「ハト派にはとうてい無理だったろう」

キッシンジャーの特別補佐官ウィンストン・ロードは、まだ懐疑的だった。中国の好意的なジェスチャーには棘が潜んでいるかもしれないからだ。卓球を使った周恩来のやりかたにはどこか胡散《うさん》臭《くさ》さがあった。北ベトナムはすでに、武力折衝を続ける一方で世界中のジェーン・フォンダ（反戦運動に傾倒した）と公然とつきあうことで、アメリカの影響力を弱めることができると実証していた。中国は卓球を通じて生まれた友好をもてあそびはじめたのではないか？　ローマのアメリカ大使館から、ある気がかりな話が報告されていた。「ある無名の中国人」が、「最近のアメリカ卓球チームの中国訪問は、中国とアメリカ国民との友好関係を強め、帝国主義陣営を弱めるためのものだった」と語っているのを誰かが聞いた、という報告だった。この報告はさらに、ワシントンにおける最近の反戦運動は中国の政策の成果だとほのめかしていた。これは本当にキッシンジャーとニクソンが考えているような突破口なのか、それとも罠なのだろうか？

ロードは懸念を胸の内にしまっておいた。しかし、副大統領スピロ・アグニューは違った。彼は九人の記者を呼んで三時間に及ぶオフレコ会談をおこなったあげく、翌日の新聞にそのまま書かれ、ニクソンを怒らせた。アグニューは、卓球チームの中国訪問はアメリカにとって「プロパガンダの敗北」だと語っていた。

アグニューの発言はニクソンを動揺させたが、彼を心底悩ませたのは北京政府の沈黙だった。アメリカは、中国の卓球チームを招待すべきかどうかを単独で決めなければならないだろう。ニクソンとキッシンジャーは、あまり積極的に見えすぎないように、その件はしばらく持ち出さずにおくことにした。そうしないと、ちまたには卓球選手に関する記事があふれているにもかかわらず、卓球というスポーツがまるで中国外交部の意のままになるような印象を与えかねない。四月二十三日、ホワイトハウスは、ベトナム戦争にはいまだに新聞の見出しになるようなニュース性があることをまざまざと思い知らされる。千人を超える退役軍人がワシントンを練り歩き、連邦議会議事堂を囲むフェンスの外から勲章を投げ入れたのだ。

四日後の四月二十七日、一月から途絶えていた中国との接触がパキスタンルートを通じてようやく再開し、アメリカの心配の種がひとつ消えた。

「中国政府は、合衆国大統領の特使（たとえばキッシンジャー氏）、国務長官、もしくは合衆国大統領じきじきの北京訪問を受け、両国の直接対話の場を設ける用意があることを、ここに重ねて表明する」という周恩来の書簡は、卓球にはまったく触れていなかった。

国務長官は蚊帳の外に置かれていたため、ニクソンはキッシンジャーを特使に選ぶが、内心は、中国政策を推進する立場にある自分自身が国家安全保障担当補佐官を「世にも謎めいた人物」にしてしまうことへの懸念があった。

キッシンジャーは当初、「できればパキスタンから飛行機で楽に移動できる距離にある、中国が提案する場所」で周恩来と会談したいと申し入れていた。しかし結果的には、パキスタンの首都イスラマバードから二千八百マイル、ワシントンから七千マイル、周恩来のベッドから徒歩数分の場所で会うことになる。それはたんに、周恩来のほうが政治家として二十三年も先輩だったからではない。一国の首相が、畏れ多くもたかが安全保障担当補佐官と会ってくださるからである。卓球選手を喜ばせ、大満足の客の役目を果たさせたように、周恩来は今度はキッシンジャーを北京に迎え、とまどう新入生をやさしく迎え入れる学生部長役を演じるつもりなのか。

ニクソンとキッシンジャーは、大いに信頼されてしかるべきである。彼らは、言わば船から何本もの釣糸を垂らして公海上を進む漁師のようなものだ。ところが周恩来は、船を中国の海へ誘いこむまでは、けっして餌に食いつこうとしなかった。スピードも、伝達方法も、タイミングも、すべて中国が牛耳っていた。両者の国力の差を考えれば、毛沢東と周恩来による外交力はまさに、混乱をきわめる毛沢東の内政とは比べ物にならない離れ業だった。ソ連と国境を接し、文革によって深い傷を負い、孤立化し、いまだ経済の大半を農業に頼る国でありながら、彼らは工業化の進んだ強国アメリカと互角の外交手腕を発揮した。卓球は両国の友好を促進する役目を果たしたが、大事なのは、アメリカが気づかないうちに効果を生じさせることだった。

北京におけるキッシンジャーの役目は、周恩来とのパイプを構築し、毛沢東とニクソンの会見に向けた下地を作ることだ。他の国々にとってはまだ荒唐無稽に思えるかもしれないが、渦中の四人――キッシンジャー、ニクソン、周恩来、毛沢東にとってはきわめて望ましい展望だった。

飛行機が着陸態勢に入る中、キッシンジャーには考えるべきことが多々あった。うまく立ち回れば、ベトナム戦争の終結を加速させ、ソ連を服従させ、八億の中国人を孤立状態から国際社会へ引き戻せるかもしれない。

会談では周恩来が、口火を切った。

「まず最初の議題は両国の公平性についてですが……何ごとも互恵的に進めなければなりません……先ごろ、わが国はアメリカの卓球選手団を中国へ招待いたしました――おそらく、あなたも選手にお会いになったのではないでしょうか――中国の人民がアメリカ人の来訪をこころよく迎えたことを、彼らは証明してくれるでしょう。われわれはまた、アメリカ卓球協会より再三にわたってわが国の選手団をアメリカへ招待したいとの申し出を受けております。当方としては、それをアメリカの人々も中国人民を歓迎したいとの意思表示と受け止めています。

「スティーンホーヴェン氏と話をしました」とキッシンジャーは言った。

周はうなずいた。「先日、氏より電報をいただきました」

会話は遠まわしに展開した。キッシンジャーは、この会談は極秘としたいというニクソンの希望を重ねて強調した。「つまり、官僚に邪魔されず、過去の経緯とは無関係に、なんの制約もなく自由に話ができるということです」

「あなたも官僚がお嫌いですか」と周恩来は言った。

「はい。もっとも、おたがいさまですが。官僚のほうも私を嫌っています」

二人は、過去数百年にわたる世界の勢力バランスに関する豊富な知識を披露しあった。なかでも意見の一致が見られたのはソ連に対する不信感だった。「ソ連も、あまりにも手を伸ばしすぎていつか転覆するでしょう」と周は言った。「今もやはり、彼らの度のすぎた諜報活動が真の和解をひどく困難にしているのです」とキッシンジャーも同調した。すると周はなかば自画自賛するようにこう言った。「あなたもご覧になったでしょう、ピンポン球をぽんと放っただけで、ソ連をあんなにうろたえさせることができましたよ」

第四十六章

政治と化したピンポン

周恩来がもし、自分のほうが有利な立場にあると思っていたとしたら、それは《ニューヨーク・タイムズ》紙のおかげでもあった。同紙はちょうど数週間前、ベトナム戦争に関する極秘報告書「ペンタゴン・ペーパーズ」に関する情報を第一面に掲載し、アメリカが東南アジアにおいて絶望的状況にあること、数年前から屈辱的な惨敗の回避を最優先する政策がとられてきたことをすっぱぬいた。

周恩来はまた、ニクソンが選挙を控えているのも知っていた。ちょうどグレン・コーワンが彼と話をしていたころ、ニクソンとキッシンジャーは、卓球チームに関するのどかな記事にほっと安堵していた。今日のピンポンツアー報道はどうなっている、とニクソンが尋ね、「すごいですよ、テレビでもトップニュースです」とキッシンジャーが答えた。「ベトナムはどこへやら、だな」とニクソンはため息をついた。さっききみが会った記者たちはどうだった？　「中国に夢中です」とキッシンジャーは答えた。

ベトナムを第一面から追い出すためなら、キッシンジャーは周恩来とどんな話題でも論じる用意があった。とりわけ共産主義中国にとって不可欠な条件——台湾問題でも。ニクソンはその後まもなく、「一、台湾——極めて重要。二、ベトナム——緊急の問題」と書き記す。会談二日目が終わるころには、二人の話しぶりはすでに、たとえアメリカと台湾は相互防衛協定を結んでいても、いずれ台湾が中国に戻るのは必至といった調子を帯びていた。追加のボーナスとして、キッシンジャーは国際連合における台湾の代表権が中国に渡る可能性は充分にあると明言した。周恩来はおそらく、キッシンジャーの協力の有無にかかわらず実現可能だと思ったことだろう。「近いうちに、いま台湾が占めている場所は中国のものになるでしょう」とキッシンジャーは言った。国連もアメリカも、モンタギューが国際卓球連盟から台湾を宙ぶらりんの状態に追いやり中国を迎え入れたときと同じ道をたどろうとしていた。

ピンポンという言葉が今なお「対話」、「攻撃」、「防衛」という意味を暗に含んでいるとしたら、キッシンジャーと周恩来の会談はまさにそれだった。キッシンジャーは、北京からの帰りの機内でニクソンへの報告を書くが、その冒頭部分は息をもつかせぬ調子だった。「今回の経験を要領よく覚書にまとめるのは至難の業です。なぜなら雰囲気や微妙な駆け引きの部分が多く、中国式の作法やニュアンス、形式といったものに大きく左右され……」

キッシンジャーはけっしてものごとに動じるタイプではないが、それでもなお、アメリカの代弁者としての立場に気圧される場面もあったようだ。「大統領と毛沢東主席が歴史の新たなページを開く下地を整えました」と、彼はニクソンへのメモに書いた。「しかしながら、未来に幻想を抱いてはならないと思います。根本的な相違と長年にわたる断絶が、われわれと中国のあいだに大きな亀裂を作っています」

そのころ北京では、陳毅元帥が大きな安堵のため息をついていた。自身の助言どおりにことが進んだからだ。彼は非公式に動いていたのかもしれないが、アメリカに大きく歩み寄り、ソ連とは距離を置くべきだという進言が毛沢東に受け入れられた。「主席がこう動いたことで、ゲーム全体が活気を帯びた」と陳毅は言った。

一九七一年の七月なかば、ニクソン大統領はテレビ放送で、国民に向けて緊急メッセージを発信した。キッシンジャーが北京を訪問したこと、翌年の二月には、今度は大統領自身が中国へ赴き毛沢東と会談することを国民に説明した。

カリフォルニアの実家に滞在していたウィリアム・カニンガムは唖然とした。しかし、唖然としたのは彼ひとりではない。日本語に「ショック」という言葉が加わったのは、その瞬間だった。日本に駐在しているアメリカ大使は、四月に卓球チームが中国に招待された時点で、日本がかなり神経をとがらせているのに気づいていた。そして七月の今、彼は散髪の途中でニュースを聞き、動揺のあまり床屋をオフィスから追い出してしまった。国務省の東アジア・太平洋担当国務次官補マーシャル・グリーンもまた、何も聞かされていなかった。蚊帳の外に置かれた彼は、同僚たちから〝かわいそうな男〟と同情を買った。

一九七二年二月、ニクソンは歴代大統領として最大規模の先発隊に続き中国入りした。着陸した空軍機に積載された何トンもの装備品には、カメラ、マイク、コピー機から、ウイスキー、果てはアメリカ製のトイレットペーパーまで含まれていた。ようやく到着した大統領の横には、目の覚めるような真っ赤なコートを来た夫人の姿があった。中国の新年にふさわしい赤い服を身につけたのは、迎える北京の人々に対する夫人なりのジェスチャーだ。今回もまた中国がホスト役をつとめ、アメリカ側は発する言葉に細心の注意を払った。スピーチ、乾杯の言葉、記者会見を含めて、今回の訪問に関する国務省の公式記録には「共産主義者《コミュニスト》」という言葉が一度も登場しない。

周恩来主催の晩餐会は、当時人類初の月面着陸に次ぐアメリカ史上二番目の視聴率をかせいだ。前年の卓球選手の訪問のときと同じく画像は悪いが、今回は生中継だった。テレビは「人民大会堂で中国の軍隊がアメリカの曲を演奏し、晩餐会でニクソンと周恩来がグラスを合わせる」ようすを映し出した。大統領候補として初めてヨーロッパを訪問したニクソンを「道をちょろちょろと走って渡るネズミ」になぞらえた、あの北京政府とはとても思えない歓待ぶりである。

演奏された『美しきアメリカ』は、周恩来みずからの選曲だった。この曲は世界中に流れ、各国の政治的状況に応じて驚きまたは激しい怒りを呼んだ。アルバニアの独裁者で共産主義者のエンヴェル・ホッジャは、憤懣《ふんまん》やるかたない気持ちを日記にぶちまけた。「何が『美しきアメリカ』だ! ……ファシズムと野蛮な帝国主義の中枢、いまいましい、いまいましきアメリカめ!」

目をみはる映像がアメリカのテレビ各局で同時に放送されると、今回の大統領の中国訪問へとつながる一連の出来事はあっさり忘れ去られた。大統領の晩餐会の前には、アメリカ卓球チームの晩餐会があった。その十年前には、三十二カ国から集まった卓球チームのために飢饉のさなかに開かれた晩餐会があった。そのさらに十年前、アメリカの国務長官が周恩来との握手さえ拒んでいたころ、アイヴァー・モンタギューを迎えての晩餐会が開かれた。

アメリカで、最も大きな驚きとともにテレビを見ていたのは、失われた世代のチャイナ・ウォッチャーたちである。驚いたのは、今回の画期的な進展ではない。自分たちの不在が「不毛の地」を残してしまったのが明らかだったからだ。彼らはニクソンとキッシンジャーが北京や上海でホストと親しげに交流するさまを見ながら、「隣にいるのがどういう相手か、彼らにはわかっていないいんだ！」としきりに嘆きあった。

毛沢東はニクソンの晩餐会に出席しなかった。めっきり体が弱くなった彼は、二時間前に北京に到着したばかりのニクソンを招待し、表敬訪問を受けた。毛の部屋に入るには卓球台のわきを通らなければならなかった。ニクソン、キッシンジャー、ウィンストン・ロードの三人は、主席と握手を交わし、さまざまな話題について話し合った。毛が最近になって党のナンバーツー林彪《りんぴょう》に裏切られたこと、その林彪はアメリカとの緊張緩和に反対していたが、疑わしい飛行機事故で死んだこと。毛はまた、やっかいな台湾問題による断絶を長引かせるのではなく、ニクソンが米中会談を望んだのは正しい判断だと意見を述べた。「あなたは正しかった」と、毛はニクソンに言った。「われわれは、ピンポンゲームをしたのです」

ピンポンは、中国人というものを暗に象徴するメタファーでありつづけた。

ニクソンが北京へやってきて二日目の晩、突然の雪に、人々が街路の雪かきを命じられていたころ、大統領を歓迎し、アスリートや卓球選手がパフォーマンスを披露した。そこには荘則棟もおり、大統領夫妻の前で走りまわっていた。ニクソンは彼らのパフォーマンスを「すばらしい」と賞賛した。その晩、彼は日記にこう綴っている。

中国人のとてつもない能力や意欲、修練に対抗しようと思うなら、アメリカのみならずあらゆる国は、最大限の努力をしなければならない。さもなければ、われわれはいつか人類史上最も手ごわい敵と対峙することになるだろう。

ニクソンにとって、中国との緊張緩和が自身の政権の頂点であったならば、ピンポンはそこへのぼりつめる促進剤となる一方で、酔い醒ましにもなったはずだ。キッシンジャーも認めているように、一九七一年四月、卓球はきわめて重要な役割を果たした。プロパガンダとしての卓球は、新たな扉を大きく開いた。周恩来は公平性が重要だと強調したため、今度はアメリカが中国側を招待する番だった。こうして中国共産党の代表団が初めてアメリカ合衆国へ向かうことになる。アメリカチームのような政治に疎い無邪気な集団とは違う。彼らはピンポンのできる政府の手足であり、ある選手が言うように、たんなる「共産主義の闘いにおける重要な協力者」ではなく、「破壊の道具」でもあった。

Part.4

余波

第四十七章

リターンマッチ

一九七二年の春、米中関係全国委員会（NCUSCR）は、目前に迫った中国チームの来訪に向けて最後の資金調達に励んでいた。八都市をめぐるツアーはおろか世界選手権への参加費用を集めるのにも苦労しているアメリカ卓球協会（USTTA）に代わって二週間にわたるツアーの企画を任されたNCUSCRは、百二十五を超えるスポンサーに頼っていた。前年のアメリカチームの中国訪問はかなり政治色の強いものだったが、今回の中国チームの訪米は、個人、企業、都市、州というアメリカ的要素が盛りこまれた旅になりそうだった。

ツアーに関する中国側の情報は、国連の中国代表団を通じて伝えられる。中国の国連加盟そのものが、ピンポン外交がもたらした雪解けの直接的成果だった。ツアーの調整がしやすいよう、NCUSCR会長カール・ストーヴァーは、ニューヨークのパーク・アベニューにある〈デルモニコ・ホテル〉に小さな仮事務所を設置し、報道コンサルタントの若い女性マルシア・ビュリックとともにそこで仕事をしていた。ある日、二人が昼食から戻り、ビュリックが鍵を開けてさっとドアを開くと、部屋が荒らされていた。

午前中に高級デパート〈サックス・フィフス・アベニュー〉で買い物をしたビュリックは、買ったものが盗まれていないか気になった。不思議なことに、商品はそのまま置かれていた。めちゃくちゃに荒らされた部屋を二人でくまなく捜索したところ、なくなっているのは、中国チームが乗る飛行機の便名やホテルなどすべての情報が記載されたツアー・スケジュールのようだった。ストーヴァーは尻のポケットから一枚の紙を取り出し、椅子に腰かけてダイヤルを回した。電話はホワイトハウスに直接つながった。

ホワイトハウスの反応は、国務省はツアーに警護官を張りつけざるをえないだろう、というあっさりしたものだった。想定されるおもな脅威は三つあった。ひとつは、ベトナムへの兵力増派を受け、反戦運動がふたたび白熱しかねないこと。二つ目は、いまだ蔣介石を台湾のみならず全中国の正当な統治者と見なす、中国国民党支持者。彼らは山賊の卓球チームがアメリカを訪問すると知って衝撃を受けたが、これを機にアメリカの人々に自分たちの立場を訴え、勢いを失いつつあるワシントンの台湾擁護団体の安定化をはかろうとねらっていた。

三つ目の脅威は、カール・マッキンタイアーという謎の人物である。ニュージャージー州にある聖書長老教会の扇動的な牧師で、注目を浴びるのが好きな点では、グレン・コーワンをはるかにしのぎ、彼が世間の耳目を集めたがっているプロジェクトには、フロリダにエルサレム神殿を再建し、ニュージャージー州の沿岸にノアの方舟のレプリカを組み立てるプランなどがあった。過激な反共産主義者である彼は、中国からやってくる選手たちを東海岸から西海岸までどこまでも追跡する計画を立てていた。

一九七二年四月十二日に中国チームが入国した場所は、グレアム・スティーンホーヴェンの故郷、ミシガン州デトロイトだった。デトロイト郊外、イプシランティにあるウィロー・ラン空港でアメリカの地に最初に降り立ったのは中国の報道陣で、出迎えに集まったアメリカの群衆をさかんに撮影していた。

次に飛行機から現れたのはスティーンホーヴェンだった。中国の一行がカナダを通過するころ、彼はオタワへ飛び、チームをエスコートして一緒に南下してきたのだ。つい数カ月前、彼が連邦議員選への立候補を検討しているとのうわさが流れた。というのも、彼はニクソンとじかに会っていたからだ。じつは、いろいろとテーマを与えられても、ニクソンはうまく卓球の話題に対応できなかった。「何でもいいから話をしよう」とニクソンは言った。「たとえばどんな話ですか？」とスティーンホーヴェンが訊くと、ニクソンは困惑顔で、「ピンポン球は、一個いくらするのかな？」とその場で思いついた質問をした。ニクソンにとって重要なのは、スティーンホーヴェンと一緒にいる姿が国内の新聞に載ることだった。そうすれば、中国はそれをポジティブなサインとして受け取るに違いないからだ。

飛行機の搭乗口に現れた荘則棟は、前年よりも十キロ近く太っていた。名古屋大会での活躍に対するご褒美として、彼は中国卓球協会の副会長に就任していた。それ以上に驚きなのは、全国人民代表大会（全人代）の北京代表になっていたことだ。彼の存在はもはや、ピンポンの中の政治ではなく、それまでの中国にはなかったもの――政治の中のピンポンだった。

人民大会堂で、周恩来はアメリカへ送る精鋭メンバーを発表した。「今回は役人が行く番ではない」と彼は説明した。選手が優先だった。選ばれたメンバーには若手もベテランもいたが、おもに資本主義の中枢へ行っても揺らがないだけの政治的信頼性がある人材が選ばれた。

飛行場で彼らを待っているアメリカチームは、新しいユニフォーム姿がじつにまぶしかった。男子は白いズボンに青のタートルネック、明るい青のジャケット。女子はオレンジのタートルネックに白いズボン。その姿はクルーズ船の乗組員のようだった。飛行機から歩いてくる荘則棟が、さっそくコーワンを見つけた。ぼさぼさの髪ですぐにわかったのだ。荘は彼のほうへ歩み寄り、二人は同時に手を上げた。気持ちのこもったしぐさだった。二人の背後で流れていた音楽が、急に陽気なマーチングバンド調の『あの子が山にやってくる』に変わった。

チームを乗せた飛行機が着陸する前に、これから中国人と接することになる全員に向けて、コロンビア大学の教授によるガイダンスがおこなわれた。「田舎者がやってくると思っている人がいたら、それは大まちがいです」と教授は言った。「彼らはほぼ全員、旅慣れています。自分は政治的に重要な役割を担っていると思っているはずです」。彼らはアメリカへ買い物に来るわけでない。それから、食べ物選びには気をつけること。「羊肉を出してはいけません――中国人には、あのにおいは不快なのです」。《ニューヨーク・タイムズ》紙の記者は、アメリカチームの役員のひとりが「むこうじゃ、アメリカ人はナマコが好きじゃないと教えてくれる人がいなかったんだな」とぼやくのを聞いた。

今回の来訪は政治とは無関係なはずだが、選手団を歓迎するため、ニクソンは報道官をみずから選んでいた。報道官のスピーチは、「花が咲くころ」に選手団を派遣するという周恩来の漠然とした約束に沿って組み立てられた。報道官によるフレンドリーな出迎えの言葉とは裏腹に、選手団の到着を待つ〈シェラトンホテル〉では、警察犬を使った念入りな爆発物検査がおこなわれていた。

ホテルの部屋に案内され、すぐにまた昼食におりてきた選手たちに、気づまりなひとときが待っていた。昼食の席では、歓迎のプレゼントとして、地図とオーデュボンの画集『アメリカの鳥類』、ポラロイドカメラが銘々の皿の前に置かれていた。そのときの通訳のひとりペリー・リンクは、ポラロイド社のセールスマンがカメラの仕組みを説明するなど「商売っ気丸出しの売りこみ」は、見ていて不快だったと語る。

もうひとりのアメリカ人通訳、一九一八年に福建省で生まれたヴィー＝リン・エドワーズによれば、張りつめた雰囲気は耐えがたいほどで、空気がコチコチに凍ったようになり、誰も話をしようとしなかった。ホテルにいるとき、選手たちはびくびくしていた。チームに同行した新華社通信のメンバーに、中国公安部の覆面捜査官が数人混じっていたからだ。ある通訳は、新華社の記者がちょっと上着を脱いだ瞬間、拳銃が――しかも二丁――見えたのを覚えている。ある選手は、アメリカでは誰もが銃を持ち歩いていると聞いていたので、それくらいの用心は必要だと思ったという。

選手たちは、アメリカはほんのひとにぎりの金持ちが貧困のどん底にいる人々を支配している国だと聞いて育った。ところが実際に来てみると、じつはそうではなさそうだとすぐにわかった。駐車場におびただしい数の車が止まっているショッピングモール、色とりどりの巨大なスーパーマーケット、歩道に建材を積みあげたホームセンターなど、車の窓から目にする場所は、信じられないほど物で満ちあふれていた。《ロサンゼルス・タイムズ》紙は、「車やウイスキーの看板から、各部屋にカラーテレビが設置されたホテルまで、中国チームは絶頂期にあるアメリカの消費社会をかいま見た」と報じた。彼らにとっては有意義な経験だった。アメリカがこれほど強大な国になったのは「いろいろな人種が混じっているからだろう」と、ある選手は思った。

最初の晩、デトロイト市長主催の歓迎晩餐会が開かれ、選手たちはそこで早くも屈辱を味わうことになる。中国ならば、高官が外の通りで客を出迎えて中に案内しただろう。ところが、市長はホテルの一階で待っていた。彼らはそれを「冷遇」ととらえたのだった。

その晩、落ち着かない気分で過ごしたのは中国チームだけではなかった。コーワンも晩餐会に出席したが、彼は友人でエージェントでもあるボブ・グシコフの陰に隠れるようにしていた。あの自信たっぷりの態度と気ままなおしゃべりはどこへ行ったのか？　周恩来とニクソンの調停役を買って出ようとした男は、立食パーティーすらきりぬけられそうになかった。食事もそこそこに、グシコフはコーワンを外に連れ出し、そのままカリフォルニアの母親の家へ送り届けた。またマリファナを吸ったのか、あるいはもっと強いドラッグに手を出したのか。それとも精神に異常をきたしたのだろうか？　コーワンはやがて、恐るべき負のスパイラルに陥っていく。デトロイトで過ごしたその晩、相棒を失った荘則棟は、にこやかな笑顔で政府要人のあいだを泳ぎまわっていた。

《ワシントン・ポスト》紙で昔から中国情勢を追ってきたスタンリー・カルノーは、晩餐会でようやく中国側の役員と話す時間を与えられた。チャンスは二度と訪れないと思ったのか、ここぞとばかりに、その後のツアーのあいだ何度もくり返される質問をぶつけた。「こうしてみなさんをお迎えしているあいだにも、アメリカ政府は中国の同盟国である北ベトナムを爆撃しています。皮肉な状況だと思いませんか？」彼の質問は、よく目立つ地雷のようにあっさりとかわされた。

好調な出だしではなかったが、デトロイトの〈コーボーホール〉でおこなわれた初のエキシビシヨンマッチには一万一千人の観衆が集まった。スティーンホーヴェンは正しかったのか？　コーワンの言うとおりだったのか？　やはりアメリカにも卓球の未来はあったのか？　なんといっても、試合のもようが大人気の番組『ＡＢＣワイド・ワールド・オブ・スポーツ』で取り上げられたのだ。「これはじつに見ごたえのあるスポーツですね」と、ホスト役のジム・マッケイは熱く語った。「このレベルの試合を見たことがないかたは、びっくりすると思いますよ」

今回もまた、中国チームの試合結果は完全にコントロールされていた。ところが、ここはアメリカであり、彼らはアメリカの観客がどのようなものかまでは予測できなかった。両チームのベンチの上には、「ピンポン選手を派遣するより捕虜を返せ」という横断幕がかかっていた。かと思えば、今度は反共産主義を謳った大量のビラが、上のほうの席からひらひらと降ってきた。挙句の果てに、ネズミの死骸が小さなパラシュートで舞い降りてきた。一匹には赤い上着が着せられ、キッシンジャーと名前がついていた。

両チームは仲良く並んで登場したが、タネヒルだけは高くこぶしを掲げていた。〝ブラック・パワー〟を訴えかけていたのか？　それとも団結のしるしか？　ならば誰との団結なのか？　抗議する人々、中国チーム、それとも学生仲間か？　タネヒルはすでに、スティーンホーヴェンが彼を試合に出さないつもりだとわかっていたのだろう。「スティーンホーヴェンはぼくに賭けようとしなかった」と文句を言ったかと思うと、テレビ放送される試合向けに、黒人のジョージ・ブラスウェイトよりも地元の公認会計士デル・スウィーリスを選んだ「人種差別主義のくそったれ」と非難した。スティーンホーヴェンは、タネヒルを家に帰した。こうして、中国訪問のさいに最も物議をかもした二人の選手――コーワンとタネヒルはいなくなった。

コーボーホールで、中国チームは周到な準備の成果を発揮していた。彼らはアメリカの選手ひとりひとりの出身地を把握し、地元出身の選手がファンの前で活躍できるよう試合を展開させた。アメリカのトッププレーヤーのひとりデル・スウィーリスは、デトロイトの北西に位置するミシガン州グランドラピッズの出身だった。梁戈亮《りょうかりょう》と対戦した彼は、試合が進むにつれてどんどん調子がよくなっていくかに見えた。アメリカの観客は見たままに解釈し、これまで入ったためしがなかった中継カメラの前でやっと手にした勝利を祝福した。

中継のあいまに、男子衣料品メーカー〈ハガー〉社の新製品、赤いポリエステル製スラックスのコマーシャルが流れた。中国共産党の役人が、カメラに向かってにっこりと微笑む。彼はこの赤いスラックスに大満足なのだ。値段はたったの十七ドル！　そこで「どんな人でもすてきに見えます」とナレーションが入った。

次の日は、アナーバーにあるミシガン大学の見学だった。そこで中国チームは、一九七〇年代のキャンパスライフを味わった。人なつこい笑顔があり、パンフレットがあり、抗議する人々がいた。あるビラは、「嘘だらけのニクソン政権の実態」と題されていた。キャンパスにはひげを長く伸ばした男子学生やミニスカートの女子学生がいて、大げさなほどの歓迎を示す者や、心から握手を求めてくる者もいたが、ごくたまに背を向ける者もいた。そこには、聖書長老教会の牧師カール・マッキンタイアーの姿もあった。彼は「毛沢東が殺したキリスト教徒は、ヒトラーが殺したユダヤ人よりも多い」と書かれたプラカードを掲げ、忠実なデモ隊とともに、中国チームのあとをどこまでも影のようについてきた。選手たちの姿を追う中国のドキュメンタリー番組制作チームがその場面に入れたナレーションは、「アメリカの若者たちは、新中国に好感を示している」というシンプルなものだった。

カール・マッキンタイアーはさておき、普通の大学生と接したことで、選手たちは張りつめた緊張から解放された。ひとりの学生が近づいてきて「アメリカの食べ物はどうですか?」と尋ねた。「だんだん慣れてきました」と通訳が答えると、学生は「ぼくたちも同じです」と言った。

第四十八章

みごとなパフォーマンス

次の日、中国代表団はバージニア州の中心地、コロニアル・ウィリアムズバーグの近くに降り立った。植民地時代の街並みを復元し、当時と同じ生活が営まれているこの歴史地区は、選手たちにとってお気に入りの訪問地となった。ここをツアーに組みこんだのは、アメリカもかつて独立戦争という革命を経験したことを暗に示す心憎い選択だった。一行は、昔ながらの薬屋や居酒屋、ペルーク（十七、八世紀の男性用かつら）屋を兼ねた理髪店などが並ぶ通りを歩き、風車やローンボウリング用の芝地のそばを通り、キャンドルの明かりで食事をした。「昔の生活様式がしっかり保存されていて、すてきでした」と、女子チャンピオン鄭懐頴《ていかいえい》は語る。

中国代表団がアメリカの歴史に耳をかたむけていたころ、米国空軍は、八千マイル離れたベトナムのハイフォン港へ猛攻撃を始めていた。

自分たちが置かれた微妙な立場に最初に気づいたのは、通訳だった。相手の背中にナイフを突きつけて、そのあと握手するようなものだと、そのときヴィー＝リン・エドワーズは感じていた。《ワシントン・ポスト》紙のボブ・ウッドワードは彼女に電話でインタビューし、中国の一行はなぜツアーの継続を拒まなかったのだろうと尋ねた。「拒めるはずがありませんか、彼らはお客なんですから」とエドワーズは答えた。ベトナムでの衝突により米中の利害の対立は深まったが、中国チームはそのことにいっさい触れなかった。とはいえ、ハイフォン港への爆撃に気づかなかったわけではない。毎朝エドワーズがチームに挨拶に行くと、役員たちはハサミを手に《ニューヨーク・タイムズ》紙や《ワシントン・ポスト》紙、その他の地元紙に目を通し、自分たちの旅に関する記事を切り抜いていた。

独立戦争時代の名残りをとどめるウィリアムズバーグを離れる前、あるレストランでアップルパイを食べたあと、荘則棟が立ち上がって先導し、チームみんなで『峠のわが家』を歌った。ほかにもいろいろ歌ったが、中には『ロウ・ロウ・ロウ・ユア・ボート（ボートを漕ごう）』のように微妙な歌詞のものもあり、ヴィー＝リン・エドワーズは抗議の声で歌を中断しなければならなかった。「人生なんてただの夢」というくだりが毛沢東の政治思想に合わなかったからだ。

通訳のひとりが「人生は夢がいっぱい」と歌詞を変えると、中国チームはまた歌い出した。歌い終わると、バスはワシントンへ向かって北上した。彼らはそこで、中国の同盟国である北ベトナムへの爆撃を指示したばかりの人物、リチャード・ニクソンと会う予定だった。

ホワイトハウスから北へ十マイル、メリーランド大学カレッジパーク校のキャンパス内にあるアリーナ〈コール・フィールド・ハウス〉には、何千人もの観客が集まっていた。ティム・ボーガンは、会場を埋めつくす人、人、人の海を見渡した。これだけの人が、卓球の試合を観に集まってきたのだ。「信じられない！　いったいどうなっているんだ！　これまではずっと、汚い地下の穴倉でやってたんだぞ！」

特別席に並んで座っているのは、国務長官ウィリアム・ロジャーズ、グレアム・スティーンホーヴェン、荘則棟。その隣には、ニクソン大統領の娘トリシアがいた。ニクソンは、中国へ新婚旅行に行ったらどうかと娘に勧めていたが、ベトナム戦争はいまだに、大統領にもその家族にも重くのしかかっていた。会場に掲げられた大きな横断幕には、「トリシア・ニクソンはピンポン観戦、父親はハイフォン爆撃」と書かれていた。

中国チームが入場すると、大声が上がった。歓声ではない。「毛を殺せ！」と、前のほうの席を一ブロックまとめて買っていた国民党支持者が声を張り上げたのだ。騒がしい台湾人の女が、チームに卑猥な野次を飛ばしたが、荘則棟もほかの選手たちも、誰ひとり反応しなかった。政治が介在しない状態を保つのもまた、ピンポン政治である。これは中国人だけが使う術策ではなかった。試合が終わるころ、トリシア・ニクソンとロジャーズ国務長官が選手たちと握手をしに客席からおりてきた。すると、（アメリカの）学生たちはすかさず、今度は「ロジャーズは人殺しだ！」と叫び出した。ところが国務長官もまた、平然としていた。

メリーランド州では、デモやそれに対抗するデモが拡大し、試合のあと、国道一号線の一部が二日間にわたって閉鎖された。メリーランド州知事は州兵を出動させ、ニクソンとキッシンジャーがどのような国内問題を抱え、彼らにとってベトナム問題の解決がいかに急務かを、余すところなく中国に示す結果となった。

首都ワシントンの状況は、さらに深刻だった。ハイフォンへの爆撃により、ふたたび猛烈な反戦運動が起きていた。全国各地の大学で暴動が起き、校舎を占拠しようとする学生グループは投石し、対する警察は棍棒や催涙ガスを使った。過去半年で初めて、ペンシルヴェニア通りで数百人が逮捕され、中国代表団を迎えるホワイトハウスは防御のバスでぐるりと囲まれた。

天気は快晴、ホワイトハウスのローズ・ガーデンには花が咲き乱れていた。ホワイトハウスに到着すると同時に両チームは引き離され、中華人民共和国の代表団として初めてアメリカの首都を訪れた中国チームはローズ・ガーデンの中央に立ち、一方のアメリカチームは取材陣や見物人とともに細いロープの後ろへ追いやられた。大統領が挨拶をしに現れた。「たがいに競いあえば」と、ニクソンは抑揚をつけて語った。「一方が勝ち、一方は負けるでしょう。けれども、そんな勝ち負けを超えた大勝利があります。それは友情――アメリカの国民と、中華人民共和国の国民とのあいだに生まれる友情です」。それは、一年前の周恩来の言葉に答えるこだまのような言葉だった。周恩来の「ピン」に、ニクソンが「ポン」と答えたのだ。

この日ほどアメリカチームが立派に見えたことはない。ブルーのジャケット姿もまぶしく、今にも輝き出さんばかりだった。ところが、そんな彼らをニクソン大統領に紹介しようと考えた者は、ホワイトハウスにひとりもいなかった。中国を訪れたアメリカチーム、その後の二十カ月にわたる戦略的計画にも悪影響を及ぼさずにきた彼らには、握手ひとつ与えられないのだ。それが検討された形跡すらないのが、彼らがいかに軽視されていたかを痛烈に物語っていた。

アメリカの選手たちは、荘則棟がニクソンと握手を交わし、一列に並んだ代表団のメンバーを紹介するのを見ていた。大統領は中国の選手ひとりひとりに言葉をかけて握手した。ペンシルヴェニア通りからは、「自由世界に仲間入りしろ!」という甲高い抗議の声が聞こえてきた。ある中国の選手いわく、そのころにはすでに「それがアメリカ式なのだ」とわかっていたという。

大統領は誘導されてホワイトハウスへ戻りかけたが、その姿が見えなくなる直前、誰かが憤然と声を上げた。「中国へ行ったチームとは会いたくないのか？」

「ああ、そうか」と言い、ニクソンは振り向いた。「きみたちが来ているとは知らなかった」。ニクソンはようやくアメリカチームのほうへ近づいていった。「さっき出てきたときにユニフォーム姿が目に入って、誰だろうと思っていたんだ」。そして二言三言、愛想よく言葉をかけると、また戻っていった。アメリカチームがないがしろにされたようすを、報道コンサルタントのマルシア・ビュリックは「本当にひどい扱いでした」と苦々しく思い出す。

その日ワシントンでは、もうひとつのチーム――アメリカの通訳チームも葛藤していた。ゲスト側の立場から、ハイフォンへの爆撃に対する政治的主張として、ホワイトハウスのイベントをボイコットすべきなのか、それとも指示どおり出席し、中国チームをアシストすべきなのか。通訳のひとりペリー・リンクは、ローズ・ガーデンでおこなわれるセレモニーへの出席は「ハイフォンへの爆撃とあまりにも矛盾している」と考えた。ヴィー＝リン・エドワーズを含め、ほかの三人の通訳も彼に同調した。しかし、彼らの判断はホワイトハウスとグレアム・スティーンホーヴェンの両方から怒りを買い、スティーンホーヴェンは、指示に従わない者は即刻クビにすべきだと進言した。通訳チームにとって唯一の救いとなったのは、彼らの不在に気づいた中国側の役員がヴィー＝リン・エドワーズに言った「いつかぜひ、卓球チームに会いに中国へ来てください」という言葉だった。このさりげないひとことで、通訳チームが貫いた姿勢に気づいていることを、彼はエドワーズに伝えたのだ。

第四十九章

国連訪問

旋回するヘリコプターを従え、中国の選手たちが乗った車の列はニューヨークに到着した。一行は国連本部を訪れるのである。そのころには、アメリカチームはエキストラ役に転落したかに見えた。どこへ行ってもおびただしい人数の報道陣がいて、その数は二百人を超えることもあった。彼らは独自にボーイング七四七型機をチャーターして中国機のあとを追い、専用バスで中国チームのバスを追いかけたが、アメリカの選手を取材する気はないようだった。前の年、貪欲にスポットライトを求めるグレン・コーワンにいらだちを覚えた選手もいたが、彼がいなくなった今、スポットライトはどこにも当たらなかった。

アメリカの選手たちは、自分たちの役目がすでに終わったことに気づいていなかった。彼らのおかげで、政治家は国民をさほど驚かせることも怒らせることもなくことを運べた。しかし、おおぜいの観客の前であと数回試合をしたら、卓球はふたたび地下へ戻っていくだろう。アメリカにおける卓球への無関心ぶりは、あまりにもあからさまだった。

国連を訪問した選手団の感想はまちまちで、楽しかったと言う者もいれば、期待はずれだったと言う者もいた。一九七二年にアメリカが中国選手団を歓待して以来、各国がこぞって中華人民共和国との国交を再開しようとした。当時、未来の大統領ジョージ・H・W・ブッシュは、ニクソン政権でアメリカの国連大使をつとめていた。彼は強硬に台湾を擁護するが、ピンポン外交によってすでに流れは変わっていた。ブッシュの取り組みは、当の大統領によって阻まれたのである。

中国が史上初の国連大使に選んだのは、知る人ぞ知る黄華《こうか》だった。三十四年前、通訳として、毛沢東と周恩来が革命根拠地としていた山間部へエドガー・スノーを案内した人物である。紅軍の調査を終えたのち、彼はスノーと並んで卓球台の上で眠った。

中国が制作したドキュメンタリー番組のナレーターは、厳粛な調子で国連内部のようすを伝えた。「ここが安全保障理事会会議場、中華人民共和国の常任理事席があります」。二十二年間、その席は台湾のものだったという事実は語られなかった。ピンポン外交は世界の形を変えつつあった。カメラが黄華の椅子に腰かける荘則棟を映し出す。椅子にゆったりと背中を預け、満面の笑みでひじかけをぽんぽんとたたく荘の姿は、選手と政治家の顔をみごとにあわせもっていた。笑顔になるのも当然だ。前年の四月に彼がとった行動がきっかけとなり、毛沢東が実権を握って以来初めて、各国が次々に中国との国交を回復しようとしていたのだから。

一方のアメリカチームは、それとはまったく異なる経験をしていた。ささやかなエキシビションマッチのあとのカクテルパーティーで、スティーンホーヴェンはまわりにいる選手とその配偶者たちを眺めた。配偶者を招いた覚えはないが、国連ビルを見学できるというので選手たちが勝手に連れこんだのだ。パーティーが始まっていくらもたたないうちに、スティーンホーヴェンは選手全員に退散を命じた。彼も一緒にホテルに戻り、そこで自然にミーティングが始まった。

選手たちは不満を口にした。無視され、試合にも出られず、手当ももらえず、配偶者をホテルの部屋に入れることも許されず、カクテルにもディナーにも招待されない。中国チームがそれまで耐えぬいてきた批闘大会を、今度は逆にアメリカチームが経験しているようなものだった。選手たちの大半は、自分も同じ舞台で一緒に踊っているつもりでいた。ところが、スポットライトは彼らを素通りしたのだ。

非難の矛先がスティーンホーヴェンに向けられるが、彼の最後の言葉でみんな黙りこんでしまった。「私はこれまで、卓球のためにこつこつ努力を積み重ねてきた。ところが、政府の連中は誰も私を知らない。スティーンホーヴェンなんてやつのことは聞いたこともない。荘則棟が私の手を取って彼らに紹介するんだ。彼が私を紹介するんだぞ」。政府による黙殺は、上から下まで全員に及んでいた。

次の訪問地は、テネシー州メンフィスだった。この地には卓球の登録選手は三人しかいないが、中国に深く印象づけようとしていた世界的ホテルチェーン〈ホリデイ・イン〉の本社があった。同社の会長は、選びぬかれた簡潔な言葉で選手団を歓迎した。「わが社は世界中の都市にホリデイ・インを展開しようとしています。近い将来、あなたがたのすばらしい国にも進出できるよう願っております」。ヴィー＝リン・エドワーズは、侵略的な調子が出ないよううまく言葉を選び、「わが社は、今後の壮大な計画にあなたがたの国も加えたいと思います」と訳した。

その晩、チームはメンフィス・クイーン・リバーボートでのクルーズに招待された。船には、南北戦争以前の服装をした、豊満な胸の南部の令嬢《サザン・ベル》がおおぜい乗っていた。川をくだっていく蒸気船のあとをついていく一台のヘリコプターが、スナイパーを暴き出そうとするかのように、ミシシッピ川の両岸を強力なサーチライトで照らした。《ニューヨーク・タイムズ》紙の記者は、その光景は「縁起の悪いことに、ベトナム戦争を連想させた」と書いている。

次に西海岸のロサンゼルスへ移動するさい、中国チーム用に用意された飛行機にアメリカチームも便乗した。アメリカ卓球協会副会長のティム・ボーガンは、荘則棟がカードマジックや奇術で両チームを楽しませるようすを、感心しながら見守っていた。彼には人を惹きつける才能があった。荘は国務長官の隣に座り、ニクソン大統領の腕を取って中国チームのメンバー三十四人全員を紹介しただけではなく、ウィリアムズバーグではローンボウリングをし、大学生とフリスビーで遊び、野球の練習をする高校生に混じってシングルヒットを打ち、オレンジにサインし、そのあと訪れる〈マリーンランド〉でも、ペピーという名のイルカと一緒にピンポンをする。毛沢東が言ったとおり、彼はじつに多芸多才な外交官だった。

カリフォルニアへの旅は、よりなごやかなムードだった。ディズニーランドではミッキーマウスやドナルドダック、プルート、音楽隊に迎えられ、コーヒーカップに乗って目を回した。ユニバーサル・スタジオでは、フランケンシュタインと握手をし、ドッグショーを見て、押し寄せる鉄砲水をかわした。列車に乗って人造湖を渡っていると、潜望鏡が現れ、水中から魚雷が飛んできて全員が水びたしになった。一年前には、実際にソ連の弾頭が北京に向けられていたのだ。世の中は、なんと急速に変化するのだろう。

その朝、ユニバーサル・スタジオでバスから真っ先に降りたのは、その日のメイン通訳に割り当てられていたダグ・スペルマンだった。降りたとたん、彼の目の前に太った大男がぬっと立っていた。どこかで見覚えのあるその顔をじっと見つめていると、「こんにちは」と男は言った。「アルフレッド・ヒッチコックです」。その後、一行はカフェテリアでもヒッチコック監督の姿を見かけた。アメリカのある選手は、「すごいな、自分でも気づかないうちにミステリの世界に入りこんだみたいだ」と言った。食事を終えた選手たちは、ヒッチコックの初期の作品のひとつ、『サボタージュ』のポスターが貼られた廊下を通った。もしも足を止めてクレジットに目を凝らしていれば、プロデューサーの名前がピンポン外交の生みの親と同じ〝アイヴァー・モンタギュー〟だと気づいたかもしれない。

報道関係者にとっても、選手にとっても、通訳にとっても、長い二週間だった。言葉の壁を越えて友情が芽生えるとまではいかないまでも、思いがけない感動的なシーンはたくさんあった。予定には組みこまれていなかったが最後に立ち寄ったカリフォルニア州ナパでは、選手と国務省の警護官だけになる場面があり、選手のひとりが、焼けつくほど強いマオタイ酒の壜を持って近づいていった。一方、警護官のひとりがゴルフクラブのセットを借りてきた。中国側にもアメリカ側にもゴルフができるメンバーはいなかったため、見よう見まねで渓谷のほうへ向けてボールを打ちはじめる。

打っているうちに、中国の選手が斜面の下のほうにあるブドウ畑で作業をしている人たちに気づいた。今回の旅のあいだ、選手たちはいつ農民の姿が見られるのかと何度も尋ねていた。ラフォード・ハリソンはそのたびに、「この国には農民などいません！」と答えていた。「農業経営者《ファーマー》はいますが……農民《ペザント》はいません」。ここに来てようやく、農民の姿を見ることができた。ゴルフが終わると、中国の一行はブドウ畑に近づいていき、移民労働者と握手して連帯感を示そうとした。荘則棟はブドウの苗を植えるのを手伝ったが、コミュニケーションはほとんどとれなかった。中国人の通訳はスペイン語をまったく話せなかったからだ。

ツアー中に起きた数々の問題は、中国人が抱く文化大革命の思想へのこだわりが原因だった。デトロイトで、彼らは教会に足を踏み入れるのを拒んだ。ワシントンでは、高校生のコーラス隊が聖歌を歌いはじめると部屋を出ていった。また、〈ジョン・F・ケネディ舞台芸術センター〉では、屋外に台湾の旗があるのを見つけ、中に入るのをためらった。〈ワシントン・ナショナル・ギャラリー〉では、報道陣に台湾の記者が混じっていると知り、見学をキャンセルした。さらに、朝刊の記事に抗議し、ニューヨーク・タイムズ社の見学も取りやめた。その日の晩、アルヴィン・エイリーのモダンダンスの上演中、演目がキリストの生涯を表現したものだと聞くと、彼らはいっせいに腰を上げるが、通訳のヴィー＝リン・エドワーズに「キリストを見捨てないでください。彼は貧しい人々に寄り添った人です」とたしなめられてまた席についた。

それでも、中国の基準からすれば、大きな問題は何ひとつ起きていなかった。ハイフォン港爆撃、デモ、カール・マッキンタイアー、ネズミの死骸、州兵の出動、それにフランケンシュタイン。そのすべてを、彼らは冷静に受け止めた。今回のツアーによって、両国間の友好は確実に深まっていた。それを疑問視する人がいるとすれば、飛行場での別れの場面を見ていないからに違いない。中国側もアメリカ側も本気で泣いていた。ヴィー＝リン・エドワーズは当時五十四歳だったが、こんなに泣いたのは、人生でまだ二、三度しかなかった。そのときの涙は、消えることのない友情の涙ばかりではなく、何かすばらしいことが起きたのだと気づいた感動の涙だった。そのわずか一年後には、アメリカ人の大半はもう中華人民共和国の国民を敵とは見なしていなかった。

一行は、全員そろって帰国したわけではなかった。報道コンサルタントのマルシア・ビュリックは、記事を送るために残った新華社通信の記者数人に付き添った。彼女の案内でシンシナティ・レッズの試合を観戦した記者たちは、シンシナティがアメリカ共産主義《レッド》発祥の地ではないと知ってがっかりした。ビュリックは必死になって野球用語を説明し、「どういうのを〝犠牲〟と呼ぶかご存じ？」と尋ねると、記者のひとりが「ええ」と答えた。「みずから戦車の前に身を投げ出すとか」。「野球の場合、そこまでドラマチックじゃないわ」とビュリックは言った。

第五十章

チャンスを手にしたヒッピー

一年前、中国訪問を終えたチームがロサンゼルスに着陸する直前、コーワンはスティーンホーヴェンにさりげなく、自分がいちばん先に飛行機を降りてまず母親と会い、できればほかのメンバーよりひと足先に報道陣の前に姿を現したいというプランを明かした。スティーンホーヴェンは、きみが最後に飛行機から降りるようにしてやってもいいんだぞ、お母さんと会いたいなら、人目につかずに会えるように小部屋を用意してやろうか、と言った。

スティーンホーヴェンの推測どおり、コーワンは自分だけの記者会見を開こうとしていた。ロサンゼルスの選手がロサンゼルスのマスコミに囲まれるのは、当然といえば当然だが。数分後、スティーンホーヴェンはアメリカ卓球協会の記者会見をコーワンが独占するのを防げなかったが、少なくとも彼はチームを代表する選手だった。そうでなくて、いったい誰が黄色い帽子を頭にちょこんと載せて、「周恩来とニクソンの仲介役なら任せてください」などと言えただろう。

空港で、コーワンは国務次官と握手した。アメリカチームが「自国の政府に冷遇されている」などと中国政府に思われたくなかったため、キッシンジャーがわざわざロサンゼルスまで次官を派遣したのだ。中国の選手は、自分たちは国の代表だと自覚していた。では、帰国したアメリカの選手が果たすべき役割は何だろう？　卓球はすでに目的を達し、あとを引き継ごうと政治家がしゃしゃり出てきた。そうなると、グレン・コーワンのような最前線の外交官はどうなるのか？ターミナルから姿を現した若きカリフォルニアの青年は、ハリウッド・スターさながらにメディアの渦の中へ入っていった。コーワンはトークショーやラジオインタビューに頻繁に登場し、ジョニー・カーソンが司会をつとめる『ザ・トゥナイト・ショー』にもゲスト出演した。彼のエージェント、ボブ・グシコフは、企業から次々にかかってくる電話の処理に追われていた。「今回の中国行きで、卓球はいい商売になるぞ」とコーワンは言った。

帰国の二日後、コーワンはついに独自の記者会見を開き、「講演活動を開始するとともに、若者のたまり場になるようなグレン・コーワン卓球センターを国内の数カ所にオープンする」計画を発表した。二つの出版社が、本の執筆のためのアドバンスを提示していた。それ以上にすごいのは、『リーチ・アウト』というトークショーのパイロット版制作の話が持ち上がったことだ。

企業はおそらく、政府間の仲介役なら任せてくれと言った青年なら、きっと世代間の仲介役もつとめてくれると期待したのだろう。グレン・コーワンならば、反戦活動家であふれるキャンパスと権力機構のあいだに口をあけた、恐ろしいほど深い亀裂に橋を渡してくれるかもしれない。彼はその役目にぴったりの人物に見えた。自信たっぷりの、若くハンサムな、〝チャンスを手にしたヒッピー〟。数週間後、彼はライトを浴び、NBCのお昼の人気番組『ダイナズ・プレイス』で司会のダイナ・ショアから紹介されていた。コーワンのはにかんだ笑顔は、「まいったな」という照れにも、「これは癖になりそうだ」という気持ちの表れにも見えた。

ダイナ・ショアは熱心に質問していたが、それでもやはり、アメリカ人の視点で見た卓球の話に終始していた。ピンポンの試合を観に、本当に一万八千人も集まったの？　双眼鏡を使わないと、ボールが見えなかったんじゃない？

コーワンは質問にうまく答えていた。そのあといつものトレーニングを披露し、背中合わせに立って腕を組み、ショアを床から背負いあげた。彼が笑いながら「うわっ、すごく重たいな」と言うと、ショアはスタジオの客席をちらっと見て、「みんなの前で、そんなこと言わなくていいのに」と切り返した。「どうしてそれで外交官になれたの？」ショアはコーワンを上から下まで眺め、長い髪とリラックスした表情をじっと見つめて、「立派だわ、自分のアイデンティティを大切にしているのね」と言ったが、コーワンを床屋へ引っ張っていきたくてうずうずしている伯母、といった調子がにじみ出ていた。

ショーの終わりに、コーワンはすっかり有名になった「Let It Be」Tシャツを客席に向かってかざし、温かい拍手を浴びる。最後にショアが大写しになり、コーワンがピンポン外交に果たした役割は「注目すべき、じつにすばらしいものでした。世界中が……」とまとめに入ったところで音声が途切れ、コマーシャルが始まった。世界中がどうしたのだろう？　世界中がグレン・コーワンに感謝するでしょう？　世界中がグレン・コーワンに救われました？

このとき頂点を迎えたコーワンの名声はやがて急降下するが、五月のはじめに出た《ビジネスウィーク》誌は、「アメリカの歴史には、しかるべき時にしかるべき場所にいたために急速に財を成した人物がおおぜいいる。最近の例で言えば、ピンポン球に乗って北京へ行った、グレン・コーワンという華麗な名をもつ、派手ないでたちの十九歳の青年がそうかもしれない」と、彼をまだ好意的に取り上げていた。

ほかの選手たちも、それぞれの時を楽しんでいた。彼らは『トゥー・テル・ザ・トゥルース』や『ザ・フィル・ドナヒュー・ショー』に出演し、何人かはパリへ行き、フランスのテレビ番組に出演した。そのうちのひとりティム・ボーガンは、彼がハノイへ飛んで和平交渉に臨むのではないかと思いこんだレポーターに追跡された。最年少のジュディー・ボヘンスキーはニューヨークへ行き、朝のニュース番組『トゥデイ』に出演し、バーバラ・ウォルターズのインタビューを受けた。地元オレゴン州へ戻った彼女は、一九七一年のポートランド・ローズ・フェスティバル・パレードの主役となる。エロール・レセクとジョージ・ブラスウェイトは、二人でニイハオ、ニイハオと同じフレーズを延々と歌う『ニイハオ』というレコードを出した。二人とも本業はやめなかった。

全員が必ずしもいい経験をしたわけではない。タネヒルはつかのまの毛沢東信奉により、ありとあらゆる嫌がらせの手紙を受け取った。また、シンシナティ大学の同級生たちは、彼の寝室にナイフを持ちこみ、ベッドに大きく「×」の字を彫った。タネヒルはトークショーに何度か出演するが、決まって中国への移住を勧められた。

コーワンは本を出したが、自分の写真だらけのつまらない本で、ほとんど売れなかった。次なる期待外れは、トークショー『リーチ・アウト』だ。制作した番組はどこの局にも売れなかった。コーワンはほかの選手たちよりもしぶとく名声にしがみついたが、その名声はまるでバターを塗ったボールのように指のあいだからするするとすべり落ちていった。七月になると、グシコフがコーワンのために獲得できたのは、アナハイム・スタジアムで開かれたオレンジ郡ティーンエイジ・フェアのサイドテーブルがやっとで、地元の五十組のバンドが演奏するあいまに、二人はそこで卓球をした。九月には、ロサンゼルスの目抜き通りウィルシャー・ブールバードの駐車場でおこなわれた、自転車に乗ったモデルのファッションショーで、コーワンは審査員をつとめた。

チームのほかのメンバーの場合、ボヘンスキーのような年若い選手には学校という安定した環境があり、それ以外の選手も国連やＩＢＭといった本来の職場に戻ることができた。しかし、コーワンにはもともと命綱がなかった。彼は中国での出来事を――おおぜいの人々の前で主役を演じたあの出来事を、新たな人生を踏み出すための強固な足場と考えたのだ。

最初にやってきたのは失望だったのか、それとも薄れゆく現実感だったのか。トークショーが頓挫したあと、卓球用品の市場はコーワンがスポークスマンとして収入を得られるほど強固ではなかったことが明らかになる。また、グレン・コーワン卓球センターがオープンする見込みはまったくなかった。コーワンの母親は、一九七一年の彼の行動は「やや常軌を逸していた」と語っている。ニュース解説者を罵り、テレビカメラに向かって原稿を投げつける姿が映像におさめられている。その年の終わりには、躁うつ病や統合失調症と診断されていた。「おかしくなっているときは、かなりひどい被害妄想がありました。ソ連のスパイに何かを頭に埋めこまれたなどという妄想です」とコーワンの弟キースは語る。

皮肉な話だが、彼は名古屋で中国に監視《スパイ》されていた可能性が高い。わずか数日とはいえ、かなり念入りな監視だったはずだ。帰国するまで母親は妄想に気づかなかったが、彼は名古屋で、練習中に中国人がじっと見ていたとボーガンに話している。「息子は病院へ行き、精神安定剤を処方されました」と母親は言った。問題は、コーワンが医者の言いつけをなかなか守らなかったことだ。「なにしろマリファナばかり吸っていて、肝心の薬のほうは飲まなかったのです」

一九七二年の国内ツアーを放棄した本当の理由は、幻覚症状が出ていたからだ。コーワンの身に起きていたことが中国への旅と密接に関わりがあるのは、ほぼまちがいなかった。彼は現実を失いはじめていた。母親が費用を負担して治療を受けさせ、一見正常に戻ったかに見えても、春になると必ず同じことが起きた。薬を飲まなくなり、ついにはサンフェルナンド・バレーやパサデナの精神医療施設に入院することになるのだ。「とても辛い時期でした」とキースは語った。コーワンはなかなか大学を卒業できなかったうえ、中国を訪れた四月がめぐってくるたびに精神状態が悪化するため、ひとつの仕事を続けることはほぼ不可能だった。彼はアパートを失い、破産宣告した。

一九七〇年代なかば、コーワンにサンディ・レクティックという新しい友人ができた。二人はベニスビーチでパドルテニスをするのが大好きで、レクティックはコーワンの集中力の高さに感銘を受けた。

彼はコーワンを「今まで対戦した中で最強の男」と呼んだ。人材スカウト会社を経営するレクティックは、コーワンを雇い入れるという賭けに出た。「彼には天性の弁才と淡青色《パウダーブルー》の瞳があり、それに自信に満ちあふれていた」とレクティックは言う。しばらくのあいだコーワンは順調だった。しかし、四月は必ずめぐってくる。コーワンはある日、ネクタイにケチャップの染み、シャツにはマスタードの染みをつけた姿で出勤し、その後は出勤すらしなくなった。レクティックには、彼がまた薬の服用をやめたのだとわかった。

仕事は長続きせず、アパートも借りられなくなり、車で寝泊まりしながらベニスビーチへ通ってパドルテニスに励む日々が始まった。友達や母親から借金もしたが、いつまでも彼を支援しつづけられる者はいなかった。「家族は心身ともにまいっていました。もうどうしようもありませんでした」と母親は語る。「結局、あきらめるしかなかったんです」とキースも同調した。「そうしないと、こっちがぼろぼろになってしまいますから」

コーワンは臨時教師になった。たまに、ベニスビーチのディスカウントストアで靴を売ることもあった。三十代なかばで真剣に卓球に復帰しようとするが、地元で開催されるトーナメントへの参加費を支払う小切手が不渡りになった。その年の四月、コーワンは北京在住のある作家に宛てて、彼が卓球をしている姿をかたどった象牙の彫刻が北京で売られていると聞いたが、と手紙で問い合わせている。

ついに車も動かなくなると、コーワンは路上生活を始めた。ときどきレクティックに電話をかけてきては、しきりに「高級料理がなつかしいよ」と言い、「ベニスビーチまで、タバコをひと箱持ってきてくれないかな」と頼んだ。二人でダブルスの試合に出て二、三ドル稼いでも、それで足りるわけがない。コーワンはまもなくスニーカーまで失い、残るは小さなバックパックひとつになった。中には、彼が卓球について書いた本の最後の一冊が入っていた。

「人はみな、グレンの人生の悪い部分を削り取ってしまうが、本当に悲惨だった」とレクティックは言う。ある日、レクティックはテニスコートのわきに座りこんで股間の毛じらみを取っている友の姿を見た。「替えの下着を貸してもらえないかな」とコーワンは言った。そのころの彼のモットーは「MGM」だった。毛沢東の「M」、グレンの「G」、そしてミックの「M」だ。コーワンは、ローリング・ストーンズの大ヒット曲のいくつかは自分が作ったもので、そのうち彼らのためにステージでギターを弾くのだと思いこんでいた。一九七二年、カーネギーホールのステージに立つエルトン・ジョンに向かってあの有名な黄色い帽子を放り投げたのは、そう遠い昔ではない。エルトン・ジョンはその帽子をかぶって歌い終えるが、コーワンは楽屋で自分が何者かを説明しなければならなかった。「おれがあの、中国に行った男だよ。ちょっと貸して、それにサインしてあげる」、と。当時すでに、彼の名声は限界に達していたのかもしれない。ティム・ボーガンは、《ローリング・ストーン》誌がコーワンを「本誌が選ぶ今年の追っかけ大賞《グルーピー》」と揶揄したのを覚えている。

ある日の午後、友人からの電話で、コーワンの本がぼろぼろになってパドルテニスのコートのそばに落ちていたと教えられたレクティックは、もう終わりが近いのではないかと思った。四月になったら、きっと彼は死んでしまうだろう。コーワンの心臓が止まったのは、二〇〇四年四月六日——中国へ招待されてから三十三年目を迎える日の、ちょうど前日だった。《ロサンゼルス・タイムズ》紙にも《ニューヨーク・タイムズ》紙にも死亡記事は載らなかった。かつてコーワンのライバルだったタネヒルには、彼に何が起きたのかがよくわかった。「中国へ行ったあとは、もう何もかもが無意味に思えてしまった」のだ。

コーワンは周恩来と対面した。それまでつながりのなかった二つの世界を結ぶかけはしとして重要な役目を果たした。ジョニー・カーソンやダイナ・ショアに賞賛され、アメリカの新聞という新聞の一面を飾った。《ロサンゼルス・タイムズ》紙が書いているように、コーワンとチームメイトたちは「パリ和平会談も、外交使節も、アメリカ国務省も長らく成しえなかったことをやってのけ、世界の四分の一に雪解けをもらたした」のだ。ジョン・タネヒルもこう語っている。「世界に平和をもたらす以上にやりがいのあることなどあるだろうか?」

中国チームの〝コーワン〟とも言うべき荘則棟は、コーワンの死を知り、彼に対する国の無関心ぶりが信じられなかった。「もし私が死んだら、国じゅうの人が知るでしょう」と荘は言った。

コーワンが描いた軌跡は、じつにアメリカ的だった。彼はいきなり頂点まで持ち上げられ、命綱もなしに世に送り出され、転落してぽきりと折れてしまったのだ。

第五十一章

権力の座

荘則棟がたどった道は、グレン・コーワンの道よりもさらに急な登り坂であり、多くの点ではるかに残虐だった。一九七六年十月、荘は投獄された。人生二度目の投獄である。彼は北京の自宅から農村部にある見知らぬ建物に連れていかれ、牢屋に入れられた。命の危険を感じるほど過酷な環境だった。三度の世界王者、ピンポン外交の推進者、そしてアメリカを初訪問した共産主義中国代表団の団長である彼にとって、信じがたい転落だった。

バージニア州のレストランで『峠のわが家』を歌った二年後、荘は国家体育運動委員会主任に就任し、中国共産党中央委員会のメンバーとなった。一九七二年のツアーのさい、優雅なティーパーティーや観光の場で気の利いた会話をする荘を見ていたアメリカのあるジャーナリストは、彼はきっと文化大革命で正しいほうの派閥についたのだろうと思った。

一九七四年、ジェラルド・フォード政権の特命全権公使として北京の米中連絡事務所に派遣されていたジョージ・H・W・ブッシュが開いた夕食会に、荘則棟は主賓として招かれた。その席で、荘はブッシュを相手に中国におけるスポーツは「北の国境地帯を守る百万の軍勢を強化するためのもの」だったと熱弁をふるい、タバコの吸いさしを消し、もう一本に火をつけるわずかなあいまを除き延々と語りつづけた。ほどなく荘は落ち着き、未来の大統領とピンポン政治家は、今度は国際関係について長い議論を始めるのだった。ブッシュは日記に「あの男は気に入った」と書き、その数週間後、荘とともに米中スポーツ大会に出席した。会場のスタジアムでは、最上階に赤い旗がはためき、国家主義的スローガンは一面の赤い布で慎重に覆い隠されていた。荘はまだ文革のスローガン「友好第一、試合第二」を推進していたが、友好のためにやってきたアメリカの大学生のほうはなんのためらいもなく、十七個あるメダルのうち十六個を獲得した。あるアメリカ人選手が、一万メートル走に出場する中国の選手がトラックの横で瞑想しているのを見て「ラップタイムのことを考えてるの?」と尋ねたところ、「いいえ、友愛について考えているのです」という答えが返ってきたという。

一九七一年、名古屋大会から帰国したあと、荘はほかの三人のチャンピオンとともに人民大会堂に呼ばれ、カナダとオーストラリアの選手団を迎えた。歓迎の儀式を終えたあと周恩来がやってきて、「さあ、あっちでピンポンをしよう」と荘たちを誘った。その日は五月一日で「労働者の日《メーデー》」だったが、ゲームは午後まで続いた。四人とも、首相がまもなく天安門で毛主席とともに労働者のパレードを見なければならないのを知っていた。驚いたことに、四人も観覧席に招かれ、周恩来と並んでパレードを見ることになった。そこは高官のための、あるいは国の偉大なる英雄のための場所だ。荘のあとに続いて階段をのぼりながら、女子チャンピオンの鄭敏之は、なぜ自分たちがここに招かれたのか不思議だった。名古屋での優勝は、それほどすごい手柄だったのだろうか?

毛主席が選手たちのそばへやってきた。そのころは外に出る回数がめっきり減っていたが、最初に紅衛兵が集結したころから何年たっても、彼が登場すると天安門広場全体に熱狂的などよめきが起きた。毛主席が近づいてくると、鄭敏之もいつのまにか拍手していた。周恩来が主席の耳元で鄭を紹介する声が聞こえた。毛が手を差しのべて握手をしてくれたとき、鄭は思わずぼうっとなってしまった。荘則棟が進み出て主席に挨拶する。彼は党の指導者とはすでに顔なじみである。荘が毛沢東と話しているとき、周恩来の妻鄧穎超《とうえいちょう》が鄭のそばにやってきて「あなたは中国の卓球にずいぶん貢献しましたね。ピンポン球はとても重要なものですよ。全世界を揺るがしかねないんですから」と耳元でささやいた。

それはアメリカチームが北京を去って二週間もたたないころの話で、中国の選手は、その歩み寄りの効果をよく理解していなかった。なにしろ、中国の新聞はその出来事を重要視していなかったからだ。よその国では大々的に報じられてもなお状況は変わらなかった。それからしばらくたち、中国が国連に迎え入れられ、ニクソンの北京訪問が決まってようやく、鄭は鄧穎超の言葉の意味を理解したのである。

名古屋大会での勝利は国家体育運動委員会に強力なシグナルを送り、それが根のように広がる情報網を通じて徐々に地方へと伝わっていった――またスポーツが再開されるかもしれない。名古屋での快挙は文革の成果とされたが、実際はそうではなかった。この勝利は、文革が人々に課したあらゆる思想や行動の制約に対する反証となったのである。

しかし、一九七一年の空気には一九六〇年代初頭にはなかった何かが含まれていた――不信である。ある若手スポーツマンは、ずらりと並んだ中国のトップアスリートたちの表情がみな一様に影を帯びているのに気づいた。誰ひとり明るい笑顔を見せていない。彼らはまるで、たえず何かを

——いつなんどき襲いかかってくるかわからない、獰猛《どうもう》な何かを警戒しているかに見えた。それは怯えだった。ベテランのアスリートたちは、自分が綱渡りの人生を歩んでいるとわかっていた。一歩まちがえれば、頼るべき地位も技能もないまま田舎へ追放されてしまいかねないのだ。

第五十二章

代償

アメリカとの雪解けののちも、中国の選手に心穏やかな日々は訪れなかった。北京にいる彼らのもとへは、たえずうわさが伝わってきた。国家体育運動委員会で最も高い地位にあった人物のひとりが、いまだに山西省の農村で、朝早くから腰までブタの糞に埋もれ、荷車に堆肥を積んで畑へ引いていく作業に明け暮れているという話も聞こえてきた。彼の失脚は、誰もがそうなる可能性があることを物語っていた。あらゆるスポーツには政治監督のほかに軍の代表がいて、すぐに叱責が飛んできた。あるアスリートが食事で出されたジャガイモの皮を残すと、政治監督に咎められ、広大な食堂にいる何百人もの人々の前で「堕落したブルジョアがやることだ」と説教された。

中国の政治において、無所属はありえない。誰もが必ず何らかの派閥に属するのがあたりまえだった。つまり、一方の派閥に入っていなければ、もう一方に所属していると見なされる。荘則棟の場合、彼の大ファンのひとりが毛沢東の妻、江青だった。彼女は数人の若くハンサムな青年たちの面倒を見て、その全員をベッドへ呼び入れていたとも言われる。江青はそのころ、若く健康な人民解放軍兵士の血を輸血していた。それが長生きできる方法だと聞いたからだ。荘則棟は、彼女が抱く活力と出世のイメージにみごとに合致した。

政治の階段をのぼっていくにつれて、荘の立場は危うくなっていった。一九七四年一月の時点で、階段のてっぺんからスポーツ界全体を見おろしていたのは、鄧小平だった。毛沢東の後継者の座をねらう江青は、彼を最大のライバルと見ていた。そして国家体育運動委員会はまたしても権力争いの舞台となるのである。

荘則棟は、権力の中枢となるのは江青を中心とする四人組だと確信していた。誰を攻撃すべきかを江青からじかに指示された荘は、まず鄧小平の地位を切り崩しにかかる。江青から電話が入ると、荘は馳せ参じた。頤和園《いわえん》に呼び出されて卓球をする荘の姿が撮影された。一般向きの映画が十本もなかった時期、荘の姿がフィルムに残されている。彼は江青の〝手先〟となり、一九七五年に鄧小平を権力の座から突き落とす片棒をかついだ。

鄧小平がいなくなり、これで自分の未来は安泰だと信じたかったが、荘は慎重だった。彼は《タイムズ》紙に次のように語っている。

　中央委員会のメンバーになるのは大変な名誉だが、それにともなうリスクも大きかった。山の頂上に立てば、足元には切り立った崖しか見えないのと同じように。生きのびるには、主席が喜ぶ派閥に入り、身を守らなければならなかった。

江青のもと、荘は保守派たたきを続ける。鄧小平が転落すると、次のターゲットが示された。それは、ほかならぬ周恩来だった。毛沢東から周を引き離すことができれば、四人組が後継者となるのは決まったようなものだ。

荘則棟は、周恩来と鄧小平は「外国のものを崇拝し、外国の政権に迎合した」と申し立てた。荘の指示によって弾劾集会が開かれ、そこでは男も女も丸坊主にされ、頭をさんざん殴られた。周恩来はふたたび文革の標的となるが、彼は前回よりもひと回り年をとり、さらに癌を患っていた。長年の同志である毛沢東は、入院させて長い療養生活に入られるよりも、もうひと働きしてもらいたいとの判断から、癌であることを周本人には告げずにいた。

荘則棟のもと、国家体育運動委員会では、外国のものはすべて猛烈な批判の対象となった。たとえば、審判《レフェリー》は「資本主義者の特権」のしるしとされた。あるとき、荘のもとを訪れた国際サッカー連盟（ＦＩＦＡ）の会長は、ばかばかしいほど政治的なミーティングに辟易し、笑えばいいのか泣けばいいのかわからなかったという。

一九七六年、唐山《とうざん》で大地震が起こり、約二十五万人とも言われる死者が出た。その年、周恩来、次いで共産主義中国初のスポーツマン朱徳が、そしてついに毛沢東も世を去った。毛の死は衝撃とともに受け止められたが、人々の心により大きな影響を与えたのは周の死だった。これから巻き起こる後継者争いに国全体が身がまえる中、周恩来の葬儀がテレビで生中継された。ある若手アスリートは、それを見て戦慄を覚えたという。周の苦悶の表情が、長いあいだ苦しんだ末の死であることを物語っていたからだ。「(周恩来は) 中国で二番目に影響力のあるかたでした。しかし、最も悲惨な犠牲者でもあったのです」と、彼はしみじみ語った。

この社会はいったいどうなってしまったのか？　荘則棟のような男たちは、自分の立場を守るために何をしなければならなかったのだろう。江青によって事態がさらに悪化しかねない状況が、今や現実のものとなった。この国は永遠に文化大革命から逃れられないのだろうか。そのころイギリスでは、老境に入ったアイヴァー・モンタギューが文革の継続を熱心に訴えていた。彼はインタビューに答え、民衆を政治に関与させつづけたければ「革命によって人々を目覚めさせておかなければならない」と語った。

しかし、毛沢東の死後、保守派のすばやい動きにより四人組は逮捕される。過去の女帝たちへの親近感を公言していた江青は、一転、罪の申し立てに対し自己弁護を始める。そしてついに起訴されると、「私は毛主席の犬でした。『嚙みつけ』と言われれば、私は嚙みつきました」と主張した。北京じゅうの工場が、江青の失脚を祝って急きょ祝宴を開いた。労働者は街へくり出し、爆竹を鳴らし、地面に散らばった殻は、パチパチと音をたてる赤いじゅうたんのようだった。江青は十五年間独房に監禁されたのち、一九九一年に喉頭癌と診断されて釈放され、病室内のトイレで首を吊って死んだ。

荘則棟は、真っ先に逮捕されたひとりである。四人組との距離が近すぎた彼は、余波を逃れることができなかった。逮捕後の十一月、彼は北京の体育館で開かれた集会へ引き出され、一万人のアスリートと役人の前で四人組の行状を批判する長い論文を読み上げた。荘は四人組の「黒手」と呼ばれ、国家体育運動委員会から多数の役人を追放し、ファシストの独裁組織に変えたと告発された。次々に罵声が飛び、厳しい追及がおこなわれた。なぜ江青に刺繡入りの靴をプレゼントしたのか？　江青からの呼び出しを恐れていたのは本当なのか？　どうやって国家体育運動委員会における最高権力を奪い取ったのか？　彼は批闘大会での弁明を禁じられた。自分はこの権力闘争で負け組のほうを選んでしまったのだ、と荘は悟った。

死後五年たって、賀龍は党によって正式に名誉を回復する。頭角を現す荘則棟を見守り、世界選手権では李富栄ではなく彼に三年連続金メダルを取らせた元帥がよみがえり、荘につきまとった。かつて荘は賀龍を批判した。そのときの記録が、今度は彼自身への批判材料となった。それが中国の政治というものである。幽霊がふたたび歩き出し、生者は死者のごとく生きることを余儀なくされるのだ。

荘則棟には、相容れない二つの顔があった。彼は逮捕されて部下から次々に喝采が起きるような人間だったのか、それともアメリカを訪れた心やさしいスポーツマンだったのか。一九七二年の春、ニューヨークの〈ナッソー・コロシアム〉で、エキシビションマッチに集まった観客が帰ったあと、彼は報道コンサルタントのマルシア・ビュリックの幼い息子にそっとラケットを手渡し、五分間も卓球の相手をした。それは人前で見せるパフォーマンスではなく、純粋な親切心からの行為だった。

北京郊外の駐屯地で、彼は小さな寝台と電気スタンドしかない狭苦しい部屋に入れられ、四年のあいだ監禁生活を送った。そのうちの二年間は、妻と二人の子供とも完全に接触を断たれ、家族は彼が処刑されたと思っていた。許されるのは一日一時間の運動のみで、「卓球はさせてもらえなかった」と荘は語った。「部屋に閉じこめられ、ひたすら本を読み、独学で勉強していた。私は学問で武装した」。『モンテ・クリスト伯』を与えられ、幽閉と脱獄の物語を何度もくり返し読んだ。「あの本は私に、精神の限界に達しても希望を失ってはならないと教えてくれた」

一九八〇年十月六日、荘は山西省へ追放される。そこは、彼が国家体育運動委員会の選手や役人を数多く送りこんだ場所だった。中国で最も有名な男は、監禁生活から解き放たれ、街路清掃人としての再出発を許された。

元チームメイトの多くが、彼の支配下で苦しみを味わった。荘を苦戦させながら、生涯二位のままで終わる人生を辛抱強く受け入れた李富栄。かつてのダブルス・パートナー徐寅生。荘は彼を公然と糾弾し、北京から追放した。そして、荘によって入党を拒絶された許紹発。荘は江青に宛ててこの三人を批判する手紙を書いた。しかし、彼はそれについて語らず、「私は誰かを死に追いやったことはない」と言葉を濁した。

アメリカツアー中、文革に抗議する人々が彼に「亡命しろ!」と叫んだ。もしもその言葉に従っていたら、彼はどうなっていただろう。一九六一年、荘が北京大会で金メダルを勝ち取り、飢饉のさなかにあった国を盛り立てたとき、優勝候補だったハンガリーの選手を破ったのは荘ではなく、国内ランク十三位の目立たない選手、譚卓林《たんたくりん》だった。荘にとっていい練習相手だったが、文化大革命が始まると、譚は中国にいてもいいことはないと悟った。毛沢東政治の狂気によって未来のチャンスがことごとく破壊される中、彼は何万人という人々と同様、香港かマカオへの脱出を夢見た。

木の板やタイヤに体をくくりつけ、深圳湾や珠江デルタをぷかぷかと浮かんで自由の地を目指す者もいた。そのほとんどは膨れあがった死体となって岩だらけの海岸に流れつき、アメリカ国務省が中国の混乱ぶりを測る指標に用いた統計値をさらに押し上げた。しかし、譚卓林は卓球チームの一員として長年トレーニングを積んできた。国によって国のために鍛え上げられた体で、潮に逆らい三時間泳ぎつづけ、彼はマカオに到着した。泳ぎ着いた者の多くは、旧式のスクーターで轟音をたてながら小さな島を走りまわるカトリックの司祭が運営する、〈カーサ・リッチ〉という保護施設に収容され、そこで二週間の休養を与えられたのち、出ていくよう促された。譚は香港へ渡り、しばらくとどまりナショナルチームの選手となるが、中国からの圧力で一九七一年の名古屋大会には出場できなかった。

荘則棟がチームの仲間とともにデトロイトに降り立った一九七二年には、譚はすでにテキサス州オースティンに移住していた。そして譚はふたたび中国政府にとって不安の種となる。政府は、中国チームのアメリカツアー中に彼が親善試合に出てくるのではないかと気が気でなかったのだ。ところが、試合に出るどころか、彼は食べるためにテキサス州の川で魚を釣り、せめてコオロギでも飼って寂しさをまぎらわそうと、墓地の草むらなどを探しまわっていた。たまに地元の卓球トーナメントに出場することもあったが、ボーガンが聞いたところでは、失業状態にあったようだ。

これが選択肢だったのか？　北京にとどまり、党の圧力のもと理想を曲げ、体育運動委員会主任となった荘則棟のように出世するか、さもなければアメリカへ逃げるか。何のために？　一本の釣り竿、金のかかる喫煙癖、失業、地方の大会で勝って得られるわずかな賞金のためか。それとも、もう二度と政治キャンペーンに身がまえる必要はないと安心するためか。

荘の元チームメイトの多くは、いまだに彼の名前を口にしたがらなかった。北京のホテルにある、六階まで吹き抜けになったガラス張りのアトリウムで私がインタビューをした相手は、「別の話をしましょう」と言った。「彼の話をするのならもっと広い部屋を探さないと、私の怒りでここの屋根が吹き飛んでしまうかもしれません」。彼はそう言って、荘にまつわる辛い過去を思い出し、「怒りが爆発しそうだ」とかぶりを振った。

一九八四年、荘則棟はようやく北京へ戻り、スポーツ学校で教えることを許される。荘の後輩で、世界選手権で六度金メダリストとなった梁戈亮は、最後まで彼に忠実だった。「彼は難しい立場に立たされて、過ちをおかしてしまったのです」と梁は語った。あるとき、梁は荘に食事をごちそうした。かつて彼は梁を自転車に乗せて北京じゅうを走りまわり、癌になった母親を治療してくれる医者を見つけてくれたのである。通りを歩いていたとき、梁は二人の警官があとをついてくるのに気づいた。食事のあいだじゅう、警官はレストランの外で待っていた。共産主義中国の暗い影は、二人のチャンピオンが荘の粗末なアパートに帰りつくまでずっとついてきた。

荘がいないあいだに、広大な北京の街は変容し、古い街並みを見おろすように新しいビルが建ちはじめ、過去の過ちはすっかり影をひそめていた。政府は過ちに触れずにそっとしておきたがった。文化大革命という罪は、それを犯した者の数も犠牲になった者の数もはかりしれない。荘則棟は、モンタギューが望んだものをすべて体現していた。ピンポンの中の政治、そしてラケットを操り権力を握る外交官。ところが、すべては無に帰してしまった。

二〇〇五年、卓球クラブを設立しようとした荘は、かつてともに卓球をし、そしてみずから処罰を下した男たちに声をかけなければならなかった。彼らはぽつりぽつりと荘を訪ねてきた。クラブのオープニングの日にも顔を出してくれた。その日に撮影された写真には、横断幕の両端を持つ荘則棟と李富栄の姿が写っているが、カメラを見つめるその顔に笑みはなかった。「昔の選手仲間でよく集まりますが、そこに荘則棟はいません」と、元コーチ梁友能は言った。

それでも、一九七一年のアメリカチーム訪中を記念して中国側が主催する行事では、アメリカ側のために荘も引っぱり出された。二〇〇六年、北京で開かれた三十五周年の集いで、ボーガンはあることに気づいた。ディナーの席で、ほかの世界チャンピオンはみな中央のテーブルに集まっているのに、荘だけは離れたテーブルに追いやられていた。「そのテーブルにいる役人たちは、彼に冷たい態度をとっているように見えた」とボーガンは記録している。

移動のさいは、荘だけがアメリカ側のバスに乗りこんできた。名古屋でコーワンが乗りこんだあのバスと、なぜかあべこべの状況だった。万里の長城へのツアーで、荘はベテランのガイド役をつとめた。一九七一年には、アメリカチームが万里の長城をひとりじめしていたが、今回は見渡すかぎりどこまでも観光客でいっぱいだった。値切るのをいとわなければ、ラクダに乗ったりTシャツを買うこともできた。北京へ戻る途中には、マクドナルドやKFC、ミスタードーナツがあった。翌日、荘則棟が紫禁城を案内してくれたとき、ボーガンは一九七一年には確かになかった店の前で足を止めた。スターバックスだった。宮殿の赤い屋根が連なる風景の中に、ぽつんと染みのようにアメリカの緑色が混じっていた。

荘則棟は、自身の卓球クラブでアメリカチームに試合をさせてほしいと国家体育運動委員会を説得した。観客の中には毛沢東の親族もいる、と彼はボーガンに明かした。それは本当だったのだろうか？ それとも荘は、祖国で失脚した埋め合わせに、アメリカの客に感銘を与えようとしていたのか。一週間にわたる旅の最後を飾る晩餐会のあと、荘はカラオケ大会を開いた。彼が選んだ曲は、まだ大切にとってあるTシャツにちなんだ「Let It Be」だった。グレン・コーワンはもうこの世にいないが、九十歳になる彼の母親が息子にかわって旅に参加していた。アメリカチームが立ち上がって一緒に歌うと、コーワンの母親は涙を流した。

アメリカの一行が帰ったあとも、荘則棟は孤独ではなかった。鄧小平の特別なはからいで、彼は二番目の妻となる日本国籍の女性との結婚を許されたからだ。二〇〇八年、荘は直腸癌で余命一年を宣告された。残された時間で、彼は妻と一緒に井岡山《せいこうざん》へ旅をしようと決める。そこは、一九二七年に紅軍が誕生した地である。山ばかりの何もない土地への旅を勧める者はほとんどいなかった。きれいな夜景が見られるわけでも、おもしろい乗り物やラクダに乗れるわけでもない。山道を案内してくれるガイドもいない。見どころなど何もない、ただの山だった。「想像できるか？」と荘は言った。「あんな荒涼たる場所で、先人たちは新中国を築く夢を抱き、その夢をかなえた。この目で見て、考えて、学ぶために、私はあそこへ行ったんだ」

井岡山は、毛沢東がわずか千人の男たちとともにこもった場所だ。そこへ、ちょうどモンタギューがレフ・トロツキーを訪れたように朱徳、周恩来、陳毅が合流した。彼ら共産主義者が蔣介石に勝利をおさめるのはそれから二十年後であり、エドガー・スノーが丘を越えてやってきて卓球台に寝るのも、先の話である。

周恩来がそうであったように、荘則棟もまた癌を抱えて生き、必要とあらば車椅子でどこへでも出向いた。彼に対する国の処遇は矛盾していた。うわさでは、温家宝《おんかほう》首相が彼の治療費を払っていたというが、荘則棟ほどの選手であれば、本来は国家体育運動委員会が治療費を負担するのが筋である。しかし、委員会はたびたび彼を黙殺した。一方で、病院へは、意外にも毛沢東の娘李敏《りびん》、周恩来の姪や元秘書なども見舞いに訪れた。絆はまだ生きていたのだ。荘はけっして過去を忘れず、過去もまた荘を忘れていなかった。

二〇一三年に荘が亡くなると、世界各地の何十という新聞に追悼記事が載った。大半はスポーツ選手としての経歴にのみ触れ、政治家としての出世に触れたものはごくわずかだった。すべての記事がグレン・コーワンとの出会いに言及していたが、どの記事もみな、あの出会いを偶然のなりゆきととらえ、周到な戦略の実行者としての荘の功績を認めたものはなかった。それをみずから補うかのように、彼はかつてある記者に「冷戦は、私とともに終わった」と語っている。

政治家としての不遇な歳月と卓球選手としての栄光の日々。そのはざまで、彼は新たな国の一員であることの意味を理解していた。一九六一年、モンタギューが元スパイであり、国際卓球連盟会長であったころ、荘はひとりのスポーツマンだった。しかし彼はそのときすでに、自身が背負うものの重さを知っていた。毛沢東が引き起こした飢饉が国じゅうに沈黙を与える中、人々は荘則棟をはじめとする卓球チームがもたらしてくれる朗報に希望を抱いた。「私の勝利は、国全体の勝利だ」と彼は言った。「そして私の敗北は、中国の敗北だ」

エピローグ

この本を書きはじめた二〇〇八年、中国での調査は、私を生まれ故郷ロンドンへと導いた。数カ月後、私は生まれた場所から約一マイル離れたケンジントン・コート二十八番地の前に立っていた。そこはアイヴァー・モンタギューの生家である。ある中国の卓球選手の話で初めて知ったモンタギューという人物は、じつは私の父親の親友の叔父だったことが判明した。父はモンタギューの甥の客として、一九四〇年代に何度かケンジントン・コートを訪れていた。あとでわかったのだが、モンタギューはその甥とは一度も会わせてもらえなかったそうだ。私がそのときに抱いた「いったい何をしでかしたら、血のつながった甥と会わせてもらえなくなるのだろう」という疑問も、この本を書きあげる大きな原動力となった。

身内も全貌を知らなかったであろう彼のスパイ活動は、中国を国際卓球連盟に引き入れた功績ほど長期的な影響は及ぼさなかった。モンタギューがあと五年長生きしていたら、ソ連のスパイだった彼の目には、ベルリンの壁の崩壊はとてつもない損失と映ったかもしれない。彼は、米中の緊張緩和が壁を崩壊させる一因になったと考えただろうか。ピンポン外交は、ソ連を戦略的失敗に追いこみ、七十年にわたる実験を終結させる結果を招いたのだろうか。モンタギューが選んだ卓球というスポーツが、彼が生涯信じつづけた国の終焉を後押ししてしまったのだろうか？

九十年前、モンタギューは良くも悪くも共産主義にうってつけのスポーツを復活させた。卓球は息のつまるような狭苦しい工場に合い、人間的で、競争心をつちかい、体だけでなく頭の運動にもなるスポーツだ。そして卓球は、モンタギューが記したように「平和のための武器」となった。

しかし、すでに国際卓球連盟会長の座をしりぞいていたモンタギューは、一九七一年のピンポン外交を傍観者の立場で見守らなければならなかった。彼が卓球を与えたころの中国は、まだソ連の掌中にあった。ところが、その中国の人民大会堂で、楽隊が『美しきアメリカ』を演奏する時代が訪れたのである。

アメリカの卓球選手が北京に降り立つ数カ月前、モンタギューは自伝を出版した。『末息子（The Youngest Son）』は、彼の人生の最初の二十三年間のみを扱ったとらえどころのない自伝で、評判はさまざまだった。書評紙《タイムズ文芸付録》は、「二十三歳までに、自伝を出すに値するほどの偉業を成し遂げる人物はほとんど存在せず、アイヴァー・モンタギュー氏も例外ではない」と、意地の悪い評価をしている。最も辛辣なのは、元共産主義者フィリップ・トインビーによるもので、自分は「もっともらしく人を欺きとおすことができなかった」と書いているモンタギューを「あまりに愚直すぎる」と批判した。トインビー自身が共産党員だったころは、「もっとたくさん嘘をついたし、嘘をついてから少なくとも三年――あるいは死ぬまでずっと余韻を味わいつづけた」という。

この自伝は、出版社から次の本を書いてほしいと言われるていどには売れたようだ。しかし、モンタギューは単純な理由からその依頼を断った。彼は新しい本を書くかわりに、自伝を書き直したのだ。同じ二十三年間について二度も書くのは、いったいどういう人だろうか？　それは、自分自身の物語を取捨選択しようとしている人物である。彼は第二次世界大戦、冷戦の始まり、中国への旅、度重なるモスクワ訪問に関する記述を削除した。しかし、そうしていろいろな要素が除外された回顧録においても、コミンテルンの指令でモスクワを再訪したことを明かしている。七十代に突入していたモンタギューは、少しずつ真実を打ち明けようとしていたのか、それともひとりのプロパガンダ伝道者の半生を綴り、スパイとしての役割をぼやかそうとしていたのだろうか。

晩年、モンタギューは時おりソ連や中国について進んで話題にし、毛沢東が残した遺産について熱く語った。一九七二年一月に中国の卓球チームがイギリスを訪れたさい、モンタギューは官邸で首相とお茶を飲む彼らを待ちかまえ、ロンドン動物園へ案内してパンダのチチを紹介した。彼の人物像は、おおかた名士録に載っているとおりであり、そこに記載された趣味は「食器洗い、のんびり過ごすこと、テレビを見ながらうたた寝すること」だった。

甥の娘ニコール・モンタギューは、家族が分裂状態になってからも彼とつながりのあった唯一の親族かもしれない。彼女にとって、モンタギューは「少しくせ毛でいつも緑色のカーディガンを着ている」やさしく親切なおじさんだった。彼はニコールを自分の書斎へ連れていき、そこでお茶を飲みながら何時間も過ごした。世界はなぜこんなにも不正に満ちているのかを知りたがるニコールに、モンタギューは若かりし日の自分を重ねたのではないだろうか。ニコールが自分の考えとは異なる道を選ぶようになっても、モンタギューは辛抱強く穏やかに受け入れたという。一九八四年、ニコールが香港のスラム街にある薬物依存症のリハビリ施設で働いていたころ、モンタギューの妻ヘルが亡くなった。その二週間後の十一月五日、アイヴァー・モンタギューは妻のあとを追うように世を去った。その日はちょうどガイ・フォークス・デーで、イギリスじゅうが花火やかがり火で明るく照らし出されていた。

死亡記事の数はわずかだった。模範的なスパイらしく、モンタギューはひっそりと表舞台から消えていった。そのかわり、彼の真価は五千マイル離れた場所で認められていた。「中国の人々は、アイヴァー・モンタギューをけっして忘れないだろう」と、北京のある役人は言った。

グレン・コーワンと荘則棟は、彼のアイデアの犠牲者である。モンタギューは国家のためにピンポンを作り上げたのであり、個人のためではなかった。中国はそれをしっかり理解し、選手に代償を払わせるのをいとわなかった。一方、何も知らないコーワンは、卓球に賭けて失敗した。

ところで、モンタギューが中国にもたらした最高のプレゼント、卓球そのものはどうなったのだろう？　中国の若者たちは、ヒューストン・ロケッツのTシャツを着て北京のアスファルト道路でバスケットボールをバウンドさせたり、マンチェスター・ユナイテッドのユニフォームを着てほこりまみれのボールを追いかけながら、広いサッカー場を夢見ているかもしれない。だが、彼らの親の世代は卓球をしているはずだ。今なお、中国の卓球人口は三億人という驚くべき多さだ——もっとも、かつての輝きは失ってしまったが。

スポーツが効果を発揮するには、しかも政治的な意味で効果を発揮するには、少なくともドラマ性が感じられなければならない。国際試合における各国の競争力を均衡化しようと、中国はあらゆる試みをおこなった。主力チームをベンチに引っこめてみたが、それでも中国のひとり勝ちだった。

海外にコーチを派遣して試合のレベルアップを目指したが、それでもやはり勝ってしまう。

その昔、卓球は中国が国際社会から認められるための唯一の手段であり、最初の足がかりだった。ところが今では、卓球はまるでカブトガニのように生きた化石となってしまった。長い年月のあいだに卓球以外のスポーツも発展してきた。豊かになった国には、探究すべき地平線が無限に広がっている。それでも卓球は今なお、中国という国のありようを如実に示す〝見本〟として息づいているのだ。

謝辞

まずは、インタビューに応じてくださった方々にお礼を申し上げる。本書にとって、一九六一年と一九七一年に北京へ赴いた方々の記憶が何よりのよりどころとなった。

とりわけ、過酷な時代を乗り越え、当時のことを語ってくださった中国の選手、コーチ、役員の方々――北京および上海の邱鐘恵、郗恩庭、梁戈亮、韓志成、梁友能、李富栄、沈吉昌、王鼎華、許紹発、徐寅生、姚振緒、曾傳強、張燮林、鄭懐頴、鄭敏之、荘家富、斉大正に感謝したい。

思い出話を聞かせてくださったイギリスのジェニファー・モンタギュー、ジェレミー・モンタギュー、ニコール・モンタギュー、ダイアン・ロウ、書庫の資料を見せてくださったロバート・シンクレア、ダイアン・ウェブをはじめ、ヘースティングズのイギリス卓球協会のみなさま、ベン・マッキンタイアー、ナイジェル・ウェスト、ボリス・ヴォロダルスキー。また、助言をいただいた国際卓球連盟博物館のチャック・ヘイ。ロシアのウラジーミル・パーリィとガリーナ・バルチュコヴァ教授。アメリカのキース・コーワン、サンディ・レクティック、ラフォード・ハリソン、コニー&デル・スウィーリス、ティム・ボーガン、ジュディー・ボヘンスキー＝フォーフロスト、一九七二年の中国チームのアメリカ訪問について記憶をひもといてくださったダグ・スペルマン、マルシア・ビュリック、ロリー・ヘイデン、ヴィクター・リー、ペリー・リンク。米中関係全国委員会の資料を見せてくださり、さらに分厚い電話帳を開いてご協力くださったジャン・ベリス。ハーバート・レヴィン、ウィンストン・ロード大使、シーモア&オードリー・トッピング、時間を割いてくださったホンシャン・リー、ミンシン・ペイ両教授、カイ・チェンの各位に、お礼を申し上げる。

元アメリカ代表マーティ・レイズマンは残念ながら二〇一二年に亡くなったが、私がインタビューした中で唯一、まず電話で、次にコーヒーを飲みながら、そしてまた電話、ランチ、電話と、毎回同じ話を聞かせてくれた。

貴重な情報源ウィリアム・J・カニンガムには、とくに感謝する。一九七一年四月に東京のアメリカ大使館で電話を受けて以来四十年にわたって収集した新聞の切り抜きを拝見し、当時の出来事について克明に語っていただいた。

ニュージーランドのベテラン選手アラン・トムリンソン、ブライアン・フォスター、マレー・ダンの三氏には、スクラップブックを調べ、五十年以上も前に訪れた北京の記憶をたどっていただき感謝する。

ミシガン大学のベントリー歴史図書館でお手伝いいただいた方々、イギリスのキューにある国立公文書館のみなさま、マンチェスターの民衆歴史博物館の記録係、とりわけダレン・トレッドウェルに感謝する。

米国国立公文書館との交渉にご協力いただいたワシントンのシム・スマイリー、執筆を始めた当初にお世話になったニューヨークのスニル・ジョーシー、スーザン・リーにもお礼を申し上げる。

また、ニューヨーク公共図書館にもひとことお礼を。ここは、読書、執筆、さらに天井を見上げて過ごすのに世界一適した場所かもしれない。

北京のサニー・ヤンには、はかりしれない感謝を。まちがった質問をまちがった順番でまちがった相手にしそうになる私を、彼女は何度救ってくれたことか。また、右も左もわからない私を道案内してくれた。張麗佳にも大いに感謝する。彼女のおかげで、人口二千万の都市が実際よりも小さく、より魅力的に見えた。

私がこの本のために最初にインタビューしたのは、アジア協会の元会長ロバート・オクスナムだった。最初に「卓球」を中国語で書いてくれたのは彼だ。「乒乓」の二文字はわざと向きが逆になっており、詩的でありながら軍事的外交を示しているという彼の説明は、その後の旅やインタビューのあいだずっと私の心に残っていた。

アメリカ自然史博物館のロブ・ドゥ・サルにも感謝する。彼が教えてくれた、卓球が脳と体にもたらす不思議な効果は、私の調査に奥行きを与え、私が卓球を再開するきっかけにもなった。

スパイ、飢饉、緊張緩和、卓球と多岐に及ぶアイデアに賭けてくれたスクリブナー社にもお礼を申し上げたい。ブラント・ランブルは、麻酔なしでまったく痛みを与えず手術ができるたぐいまれなる編集者であり、ジョン・グリンは鋭利なメスを使う彼の助手をつとめてくれた。

エージェントのデイヴィッド・クーンとクーン・プロジェクツのチームにも感謝している。どんな作家にも、鉱脈を探りあてる優秀な占い棒が必要だ。デイヴィッドは私の雑然としたアイデアの山をきれいにより分け、このテーマに焦点を絞らせてくれた。

執筆の最終段階で貴重なフィードバックをくださったリー・カーペンター、アマンダ・シューマン、ビル・ルーアーズ、マイク・マイヤー、張麗佳、そしてビル・カニンガムに、心からお礼を申し上げる。まちがいがまだあるとすれば、責任はすべて私にある。

執筆を始めた当初から私を励まし、ロンドンでの調査旅行中は宿を提供し、初校のチェックまでしてくれた両親に、ヘースティングズへ向かう途中で泊めてくれた妹夫婦、声援をくれたガブリエルにも感謝する。

二〇〇八年の北京で卓球のチケットをプレゼントしてくれたパティとグスタヴォ、ありがとう。あの午後が、私のその後の五年間を変えるきっかけになった。

OB、私が書いた本できみに真っ先に読んでもらわなかったものは一冊もない。なぜなら――きみは容赦ない意見を聞かせてくれるから。

わが妻アドリアナに感謝。私はこの本の執筆のために世界中を旅したが、妻は仕事でほぼ毎月のようにその二倍の距離を旅している。それでも彼女はいつも妻であり、母であり、スーパーウーマンであり、私にとっていちばんの助言者でいてくれる。

そして子供たち――トマスとエバにこの本を捧げる。ここ何年か、きみたちはしょっちゅう私の部屋のドアを開けては本の進み具合を知りたがっていたから。それから、ニューヨーク公共図書館は丸ごとパパの書斎で、パパは誰よりもずっとずっと大きくて立派な書斎をもっているんだと信じてくれたお礼に――。

訳者あとがき

ある晩、たまたまテレビをつけると、卓球の試合風景が映し出された。中国の蘇州で開かれた第五十三回世界卓球選手権大会、女子シングルス準々決勝。ちょうど第二ゲームの途中で、ロンドン五輪の金メダリストで前回のパリ大会でも優勝した李暁霞《りぎょうか》を、まだ十四歳の伊藤美誠《みま》がリードしていた。すべてが速すぎて、何がなんだかわからなかった。選手は瞬時に相手の球を読み、戦略を練り、同時に体を動かす。卓球とはとてつもない頭脳と瞬発力が求められるスポーツだなと思った。

今この「あとがき」をお読みのみなさんは、世界卓球選手権が一九二六年にアイヴァー・モンタギューによって創設されたことをご存じのはずだ。そしてまた、モンタギューがいなかったならば、卓球はもしかすると「過去に存在した室内ゲーム」として歴史に葬られていたかもしれないことも。

本書『ピンポン外交の陰にいたスパイ』は、二〇一四年にアメリカのスクリブナー社から出版された『Ping-Pong Diplomacy: The Secret History Behind the Game That Changed the World』の邦訳である。ここでざっと内容を紹介しよう。本書は四つのパートで構成され、パート１「西洋」では、イギリスの男爵家の子息として生まれたアイヴァー・モンタギューが社会主義（共産主義）に目覚め、ソ連のスパイとなり、プロパガンダの道具として卓球を広めていく過程が描かれる。パート２「東洋」は、一転、中国が舞台となる。毛沢東が進める大躍進政策の失敗による大飢饉のさなか、中国は主催国として一九六一年の世界選手権（北京大会）を成功させ、同時に優勝を果たすが、活躍した選手たちはやがて文化大革命の嵐に巻きこまれていく。パート３「東洋と西洋の出会い」では、一九七一年の名古屋大会でのある出来事が米中の国交回復を導いた、いわゆる「ピンポン外交」が展開する。そして最後のパート４「余波」では、ピンポン外交の主役たちがたどったその後の人生が描かれる。

この本の前半の主役は、アイヴァー・モンタギューである。ところが意外にも、著者ニコラス・グリフィンは、この本の執筆を始めた時点で彼にはまったく目を向けていなかった。二〇〇八年に北京で卓球の試合（オリンピックの試合）を観戦した著者は、それをきっかけにこの本の執筆を始めたようだ。当初はおそらく、中国における卓球の歴史とピンポン外交について書くつもりだったのだろう。ところが取材を始めてまもなく、国際卓球連盟初代会長であるモンタギューの存在が浮上した。調べてみると、彼はイギリスの貴族であり、ソ連のスパイであり、ヒッチコック映画のプロデューサーであり……次から次へと興味深い事実が判明した。かくして、ソ連共産党スパイの話と卓球の話が同居する二世帯住宅のようなユニークな本ができあがった、といったところだろう。

モンタギューによってもたらされた卓球を、中国は政治の道具として巧みに使い、長らく国交が途絶えていたアメリカとの関係修復を実現させる。そこへ至るまでの周恩来の外交手腕はじつにあざやかだ。もしも今、彼が生きていたなら、中国は世界各国とどのような関係を構築していたのだろう。

さて、私たち日本人にとっては、荻村伊知朗の活躍もうれしいところだ。敗戦後まもない日本を金メダルで盛り立てたばかりでなく、彼は世界に日本人の品格を示し、中国を国際社会から孤立させてはならないと、名古屋大会に参加するよう熱心に周恩来に働きかけた。彼こそまさに「卓球ラケットを持つ外交官」である。

幼少時に父親を亡くした荻村は、東京郊外の三鷹に移り住んだ。本書にも、貧しかった母親を手伝い、三鷹の駅前でパンを売っていたエピソードなどが出てくる。じつは、訳者にとって三鷹はなじみ深い場所である。当時と今とでは景色がまるで違うのだろうが、荻村はこの町で暮らしていたのだなあと思うと感慨深い。

本書を訳すにあたり、ＩＴＳ三鷹卓球クラブのメンバーである富樫孝之氏に卓球用語等についてアドバイスをいただいた。この場を借りて感謝申し上げたい。奇遇にも、ＩＴＳは荻村伊知朗が創設したクラブであり、富樫氏は学生時代に同クラブでたびたび荻村に指導を受けていた。クラブの選手たちを指導するその姿は、強いオーラを放っていたそうだ。ちなみにＩＴＳのホームページには、荻村とモンタギューの貴重なツーショット写真が掲載されている。

最後に、この本と出会うチャンスを与えてくださり、訳文づくりにも親身になってご協力くださった柏書房編集部の八木志朗氏に心からお礼を申し上げたい。

五十嵐加奈子

二〇一五年六月

www.bumpernets.com/store/index.php?option=com_con tent&view=article&id=53&Itemid=70.

p.368 アメリカチームが：同上。

p.368「想像できるか？」："China's Ping-Pong Diplomat, Zhuang Zedong," October 2009, http://en.showchina.org/03/audio/200910/t429748.htm.

p.368 うわさでは：Patrick Tan, "Zhuang Zedong Struggling against Cancer," September 19, 2012, http://tabletennista.com/2012/9/ zhuang-zedong-struggling-against-cancer-ph/.

p.368 しかし：Author interview with anonymous source.

p.368 一方で：China News Agency, October 15, 2012, http://www.chinanews.com/shipin/cnstv/2012/10-15/news107658.shtml.

p.369 それをみずから：Elaine Woo, "Zhuang Zedong Dies at 72," *Los Angeles Times*, February 12, 2013.

p.369「私の勝利は」："China's Pingpong Diplomat, Zhuang Zedong." Epilogue

エピローグ

p.371 そして卓球は：Ivor Montagu, "The Task of the Sportsmen for Peace," undated, Box 3.4, Montagu Collection, Labour History Archive and Study Centre, Manchester, UK.

p.371 書評紙《タイムズ文芸付録》は：C. M. Woodhouse, Book Review, *TLS*, July 9, 1970.

p.371 トインビー自身が："Red Ping-Pong Blue," *The Observer*, June 7, 1970.

p.372 一九七二年一月："The Chinese Tour," *Table Tennis*, January 1972.

p.372 彼の人物像は："Ivor Goldsmid Samuel Montagu," *Oxford Dictionary of National Biography*, http://www.oxforddnb.com/view/printable/31459.

p.372 甥の娘：Author interview with Nicole Montagu, July 7, 2011.

p.372 世界はなぜこんなにも：同上。

p.373「中国の人々は」：Author interview with Yao, November 9, 2011.

p.360 彼は江青の“手先”:“Table Tennis Champ Loses in Politics,” *Los Angeles Times*, December 14, 1976.

p.360 中央委員会の:“Cultural Revolution Villain or Victim? Zhuang Pleads His Case Forty Years On,” *The Times* (London), February 17, 2007.

p.361 荘の指示によって:同上。

p.361 あるとき:Susan Brownell, “A Look Back at the Tangshan Earthquake and the Montreal Olympics,” The China Beat blog, May 14, 2008, http://thechinabeat.blogspot.com/2008/05/look-back-at-tangshanearthquake-and.html 何振梁(か・しんりょう)回顧録の英語版に含まれる被検閲資料からの引用。

p.361 しかし:Kai Chen, *My Way*, New Tang Dynasty TV, 2009, http://www.youtube.com/watch?v=Yh_OH3KSwUE&list=PL540F8E044E B115C&index=10.

p.362 彼はインタビューに答え:Ivor Montagu, interview, London Broadcasting Company, September 1976.

p.362 そしてついに:MacMillan, *Nixon and Mao*, 281.

p.362 北京じゅうの工場が:Heng and Shapiro, *Son of the Revolution*, 264.

p.362 逮捕後の十一月:“Table Tennis Champ Loses in Politics.”

p.362 荘は四人組の:“Purge of Chiang China and Three Other Chinese Leaders Being Extended to the Culture and Sports Agencies,” *New York Times*, December 7, 1976.

p.363 一九七二年の春:Author interview with Marcia Burick, March 28, 2011.

p.363 北京郊外の駐屯地で:“Cultural Revolution Villain or Victim?”

p.363 許されるのは:Reuters, “Ping-Pong Diplomat Left Out in the Cold.”

p.363 「あの本は私に」:“Cultural Revolution Villain or Victim?”

p.363 一九八〇年十月六日:Zedong, *Deng Xiaoping Approved Our Marriage*, 18.

p.364 荘を苦戦させながら:Author interview with Liang Youneng, November 7, 2011.

p.364 そして:Author interview with Xu Shaofa, May 3, 2011.

p.364 荘は江青に宛てて:同上。

p.364 しかし:“Zhuang Zedong.”

p.364 譚卓林だった:*Table Tennis Topics*, November–December 1972.

p.364 彼はマカオに:Shih Pen-shan (as told to Lester Velie), “I Fought in Red China's Sports War,” *Reader's Digest*, June 1967. シー・ペン=シャンは譚卓林の別名であることが、ティム・ボーガンとグレアム・スティーンホーヴェンによって立証されている。Tim Boggan (author interview, November 18, 2010), Graham Steenhoven (interview, transcript, Box 20, National Archive on Sino-American Relations, University of Michigan, Ann Arbor, MI).

p.364 泳ぎ着いた者の:J. D. Ratcliff, “Out through the Bamboo Curtain,” *Reader's Digest*, August 1966.

p.365 政府は:*Table Tennis Topics*, November–December 1972.

p.365 ところが:*Table Tennis Topics*, September–October 1973.

p.365 「彼の話をするのなら」:Author interview with anonymous source.

p.366 一九八四年:Author interview with Qian Jiang, May 3, 2011.

p.366 共産主義中国の:Author interview with Liang Geliang, May 5, 2011.

p.366 「昔の選手仲間で」:Youneng, interview.

p.367 「そのテーブルにいる」:Tim Boggan, “Ping-Pong Diplomacy's Reunion in Beijing,” 2006, http://

p.351 彼はアパートを：Tannehill, interview, National Archive on Sino-American Relations.
p.351 彼はコーワンを：Author interview with Sandy Lechtick, June 26, 2011.
p.352「家族は」：“Opening Volley.”
p.352「結局」：Cowan, interview.
p.352 たまに：同上。
p.352 三十代なかばで：Davis, “Broken Promise.”
p.352 その年の四月：Author interview with Qian Jiang, May 2, 2011.
p.353 エルトン・ジョンはその帽子を：Boggan, *Ping-Pong Oddity*, chap. 15.
p.353「中国へ行ったあとは」：Davis, “Broken Promise.”
p.353《ロサンゼルス・タイムズ》紙が：同上。
p.354「もし私が死んだら」：Boggan, *History of US Table Tennis, Vol. VI*, chap. 24.

第五十一章　権力の座

p.355 彼は北京の自宅から：“Cultural Revolution Villain or Victim? Zhuang Pleads His Case Forty Years On,” *The Times* (London), February 17, 2007.
p.355 一九七二年の：William Johnson, “Gentle Tigers of the Tables,” *Sports Illustrated*, April 1972.
p.355 一九七四年：Bush, *China Diary*, 211.
p.356 ブッシュは日記に：同掲書, 60.
p.356 会場の：“Peking Cheers US Victors; AAU Stars May Not Try,” *New York Times*, May 28, 1975.
p.356 あるアメリカ人選手が：“China Plans a Leap Forward in Track and Field,” *New York Times*, June 8, 1975.
p.356 毛主席が選手たちのそばへ：Author interview with Zheng Minzhi, November 10, 2011.
p.357 それからしばらくたち：同上。
p.357 ある若手スポーツマンは：Chen, *One in a Billion*, 68.

第五十二章　代償

p.359 国家体育運動委員会で：Susan Brownell, “Globalization Is Not a Dinner Party,” paper presented at Conference on Globalization and Sport in Historical Context, University of California, San Diego, March 2005.
p.359 あるアスリートが：Chen, *One in a Billion*, 73.
p.359 江青はそのころ：Zhisui, *Private Life of Chairman Mao*, 593.
p.359 一九七四年一月：Lijuan, *He Zhenliang*, 131. 1974年1月、鄧小平はスポーツに関するすべてを任された。
p.360 毛沢東の後継者の：“Zhuang Zedong,” *Newsweek China*, June 3, 2011.
p.360 荘則棟は：Reuters, “Ping-Pong Diplomat Left Out in the Cold,” August 7, 2008.
p.360 頤和園に：Witke, *Comrade Chiang Ch'ing*, 400.

p.342 ディズニーランドでは：“Disneyland Shatters Chinese Stoic Calm,” *Los Angeles Times*, April 27, 1972.

p.342 コーヒーカップに：“China's Ping-Pong Team Gets Warm Disney Welcome,” *Los Angeles Times*, April 26, 1972.

p.342 降りたとたん：Author interview with Doug Spelman, March 20, 2011.

p.343 アメリカのある選手は：Boggan, *Grand Tour*, chap. 8.

p.343 中国側にも：Author interview with Zhuang Xielin, May 6, 2011.

p.343 ラフォード・ハリソンは：Rufford Harrison, interview by William Cunningham, June 14, 1999, transcript, tape 3, 14–15, William J. Cunningham Papers.

p.344 中国人の通訳は：English-language CCTV documentary, Central Newsreel and Documentary Film Studio, People's Republic of China, September 1972.

p.344 ワシントンでは：Ruth Eckstein, “Ping Pong Diplomacy：A View from Behind the Scenes,” report, April 16, 1990, William J. Cunningham Papers.

p.345 そのわずか一年後には：Alexander Eckstein, Letter to the Editor, *New York Times*, August 20, 1972.

p.345 ビュリックは必死になって：Burick, interview.

第五十章　チャンスを手にしたヒッピー

p.346 数分後：Graham Steenhoven, interview, transcript, Box 20, National Archive on Sino-American Relations, University of Michigan, Ann Arbor, MI.

p.346 そうでなくて：Boggan, *Ping-Pong Oddity*, chap. 15.

p.346 アメリカチームが：Department of State to Henry Kissinger, memo, NARA RG59, National Archives, Washington, DC.

p.347「今回の中国行きで」：“Move Over, Aunt Mildred–Sandpaper Paddles Are OUT,” *Los Angeles Times*, July 11, 1971.

p.347 それ以上に：“A Ping-Pong Star's Get-Rich Plans,” *BusinessWeek*, May 8, 1971.

p.347 自信たっぷりの：Boggan, *Ping-Pong Oddity*, chap. 1.

p.348 ショアはコーワンを：Glenn Cowan, appearance on *Dinah's Place*, NBC, May 25, 1971.

p.349 そのうちのひとり：*Table Tennis Topics*, July–August 1971.

p.349 最年少の：Author interview with Judy Bochenski, August 9, 2012.

p.349 タネヒルはトークショーに：John Tannehill, interview, transcript, Box 19, National Archive on Sino-American Relations, University of Michigan, Ann Arbor, MI.

p.349 七月になると：“Variety Feature at Teen Fair,” *Los Angeles Times*, July 7, 1971.

p.350 九月には：“Show Staged on Bicycles,” *Los Angeles Times*, September 20, 1971.

p.350 コーワンの母親は：Boggan, *History of US Table Tennis, Vol. VI*, chap. 11.

p.350 その年の終わりには：David Davis, “Broken Promise,” *Los Angeles Magazine*, August 1, 2006.

p.350「おかしくなっているときは」：Author interview with Keith Cowan, June 29, 2011.

p.351「なにしろ」：“Opening Volley,” *Sports Illustrated*, June 11, 2008.

p.351 一九七二年の：同上。

p.335 通訳のひとりが：Edwards, interview, National Archive on Sino-American Relations.
p.335「信じられない！」：Jose Yglesias, "Chinese Ping-Pong Players vs. the Press: Love All," *New York Times*, May 14, 1972.
p.336「毛を殺せ！」：Author interview with Jan Berris, March 13, 2011.
p.336 前のほうの席を：Bob Kaminsky, interview, transcript, Box 19, National Archive on Sino-American Relations, University of Michigan, Ann Arbor, MI.
p.336 騒がしい台湾人の：Ruth Eckstein, "Ping Pong Diplomacy: A View from Behind the Scenes," report, April 16, 1990, William J. Cunningham Papers.
p.336 ところが：Yglesias, "Chinese Ping-Pong Players vs. the Press: Love All."
p.336 メリーランド州知事は："Bombs on Hanoi; Explosions at Home," *New York Times*, April 23, 1972.
p.336 全国各地の大学で："200 Are Arrested Near White House," *New York Times*, April 16, 1972.
p.337 中国代表団を：Author interview with Rory Hayden, June 12, 2011.
p.337 天気は快晴："Chinese Team Greeted by President," *New York Times*, April 19, 1972.
p.337 中華人民共和国の代表団として："Chinese Team Arrives in DC."
p.337「たがいに競いあえば」：Boggan, *Grand Tour*, chap. 5.
p.337 ペンシルヴェニア通りからは：Author interview with Zhuang Xielin, May 6, 2011.
p.337 ある中国の選手いわく：Author interview with Li Furong, May 2011.
p.338「きみたちが来ているとは」：Boggan, *Grand Tour*, chap. 5.
p.338「さっき出てきたときに」：Yglesias, "Chinese Ping-Pong Players vs. Press: Love All."
p.338 報道コンサルタントの：Author interview with Marcia Burick, March 28, 2011.
p.338 通訳のひとり：Author interview with Perry Link, April 19, 2011.
p.338 通訳チームにとって：Edwards, interview, National Archive on Sino-American Relations.

第四十九章　国連訪問

p.339 旋回するヘリコプターを従え：Vee-ling Edwards, interview, transcript, Box 19, National Archive on Sino-American Relations, University of Michigan, Ann Arbor, MI.
p.339 どこへ行っても："China Table Tennis Lights Up Cole Field House," *Washington Post*, April 17, 1972.
p.339 彼らは独自に：Jan Berris, speech, August 28, 2012, Chinese Consulate, New York, NY.
p.339 アメリカの選手を：Author interview with Marcia Burick, March 28, 2011.
p.340 前年の四月に：Lijuan, *He Zhenliang*, 235.
p.341 この地には：Jose Yglesias, "Chinese Ping-Pong Players vs. the Press: Love All," *New York Times*, May 14, 1972.
p.341 ヴィー＝リン・エドワーズは：Edwards, interview, National Archive on Sino-American Relations.
p.341 船には：Burick, interview.
p.342《ニューヨーク・タイムズ》紙の：Yglesias, "Chinese Ping-Pong Players vs. the Press: Love All."
p.342 そのあと訪れる：Herman Wong, "Chinese Players Turn from Table Tennis to Fun," *Los Angeles Times*, April 26, 1972.

p.326 注目を浴びるのが：Carl McIntire, "What Is the Difference between Capitalism and Communism?" http://www.carlmcintire.org/booklets-capitalismVcommunism. php.

p.327 じつは：Department of State to Henry Kissinger, memo, April 20, 1971, NARA RG59, National Archives, Washington, DC.

p.327「今回は役人が」：Author interview with Zheng Mingzhi, November 2011.

p.328 二人の背後で：English-language CCTV documentary, Central Newsreel and Documentary Film Studio, People's Republic of China, September 1972.

p.328 チームを乗せた：Jose Yglesias, "Chinese Ping-Pong Players vs. the Press：Love All," *New York Times*, May 14, 1972.

p.328 報道官による："Detroit Gives Subdued Welcome to China's Table Tennis Team," *Los Angeles Times*, April 13, 1972.

p.329 昼食の席では：Ruth Eckstein, "Ping Pong Diplomacy：A View from Behind the Scenes," report, April 16, 1990, William J. Cunningham Papers.

p.329 そのときの：Author interview with Perry Link, April 19, 2011.

p.329 ある選手は：Author interview with Li Furong, May 2011.

p.329《ロサンゼルス・タイムズ》紙は："Detroit Gives Subdued Welcome to China's Table Tennis Team."

p.329 アメリカがこれほど：Author interview with Liang Geliang, May 5, 2011.

p.330 最初の晩：Link, interview.

p.330 彼らはそれを：Eckstein, "Ping Pong Diplomacy."

p.330「こうして」：Yglesias, "Chinese Ping-Pong Players vs. the Press：Love All."

p.331「これはじつに」：*Wide World of Sports*, ABC TV, April 1972.

p.331 両チームのベンチの上には：Eckstein, "Ping Pong Diplomacy."

p.331 一匹には赤い上着が：Boggan, *Grand Tour*, chap. 2.

p.331「スティーンホーヴェンはぼくに」：同上。

p.331 ジョージ・ブラスウェイトよりも：John Tannehill, interview, transcript, Box 19, National Archive on Sino-American Relations, University of Michigan, Ann Arbor, MI.

p.331「人種差別主義の」：Author interview with Tim Boggan, November 18, 2012.

p.332 彼は「毛沢東が」：Author interview with Judy Bochenski, August 9, 2012.

p.333 ひとりの学生が：Boggan, *Grand Tour*, chap. 2.

第四十八章　みごとなパフォーマンス

p.334 キャンドルの明かりで：English-language CCTV documentary, Central Newsreel and Documentary Film Studio, People's Republic of China, September 1972.

p.334「昔の生活様式が」：Author interview with Zheng Huaiying, November 10, 2011.

p.335 毎朝エドワーズが：Vee-ling Edwards, interview, transcript, Box 19, National Archive on Sino-American Relations, University of Michigan, Ann Arbor, MI.

p.335 独立戦争時代の："Chinese Team Arrives in DC," *Washington Post*, April 17, 1972.

p.335 チームみんなで："Bless the Beasts and the Ping-Pong Players," *Los Angeles Times*, April 19, 1972.

p.313 キッシンジャーは当初：Kissinger, *White House Years*, 725.

p.315 まず最初の議題は：Winston Lord to Henry Kissinger, memo, July 29, 1971, National Security Archives, White House, Washington, DC.

p.316「あなたも」：MacMillan, *Nixon and Mao*, 198.

第四十六章　政治と化したピンポン

p.317「すごいですよ」：Richard Nixon, conversation, April 14, 1971, 8:05 PM to 8:12 PM, conversation no. 001－091, www.nixontapes.org.

p.317 ニクソンはその後：MacMillan, *Nixon and Mao*, 262.

p.318「近いうちに」：Chang and Halliday, *Mao*, 604.

p.318「今回の経験を」：Henry Kissinger to Richard Nixon, memo, July 14, 1971, Foreign Relations of the United States, 1969－1976, Volume E-13, Documents on China, 1969－1972, Document 9, http://history.state. gov/historicaldocuments/frus1969－76ve13/d9.

p.319「主席が」：MacMillan, *Nixon and Mao*, 203.

p.319 カリフォルニアの実家に：Author interview with William Cunningham, May 23, 2012.

p.319 日本に駐在している：Department of State, telegram, April 14, 1971, NARA RG59, Entry 1613 CUL 16 US Box 382-20120924-1071, National Archives, Washington, DC.

p.319 そして七月：Armin Meyer, interview by William Cunningham, May 18, 2006, William J. Cunningham Papers.

p.319 国務省の：Herbert Levin, interview by William Cunningham, May 13, 2006, transcript, William J. Cunningham Papers.

p.319 着陸した空軍機に：MacMillan, *Nixon and Mao*, 208.

p.320 スピーチ：McGregor, *The Party*, 20.

p.320 大統領候補として：Tyler, *Great Wall*, 57.

p.320 アルバニアの：MacMillan, *Nixon and Mao*, 158.

p.321「あなたは正しかった」：Tyler, *Great Wall*, 133.

p.321 その晩：MacMillan, *Nixon and Mao*, 284.

p.322 キッシンジャーも：Speech, August 28, 2012, Chinese Consulate, New York, NY.

p.322 たんなる「共産主義の」：Shih Pen-shan (as told to Lester Velie), "I Fought in Red China's Sports War," *Reader's Digest*, June 1967.

Part.4　余波
第四十七章　リターンマッチ

p.326 ストーヴァーは：Author interview with Marcia Burick, March 28, 2011.

p.326 彼らは山賊の：Department of State, telegram, April 13, 1971, NARA RG59, National Archives, Washington, DC.

p.307「周恩来は、アメリカに」: Cunningham, audiotape, June 1988.

p.307「ときに」: Ross and Changbin, *Re-examining the Cold War: US–China Diplomacy, 1954–1973*, 344.

p.307 アメリカ国務省の: "US Table Tennis Team to Visit China for the Week," *New York Times*, April 8, 1971.

p.307 この調査が始まって以来: Zhaohui Hong and Yi Sun, "The Butterfly Effect and the Making of Ping-Pong Diplomacy," *Journal of Contemporary China* 9, no. 25 (2000): 429–48.

第四十五章　ニクソンのゲーム

p.308 これから二日間: Kissinger, *White House Years*, 739.

p.308 キッシンジャーは午前三時半: Holdridge, *Crossing the Divide*, 53.

p.308 その中のひとり: Kissinger, *White House Years*, 793.

p.308 三カ月前: Boggan, *Ping-Pong Oddity*, chap. 15.

p.309 飛行機が: Author interview with Winston Lord, December 16, 2011.

p.309 その朝: Richard Nixon, conversation, April 8, 1971, 9:18 AM to 10:07 AM, conversation no. 475–16B, www.nixontapes. org, http://bit.ly/fUyLIb.

p.310 ニクソンは、「中国」: David Davis, "Broken Promise," *Los Angeles Magazine*, August 1, 2006.

p.310 キッシンジャーには: Jan Berris, speech, Chinese Consulate, New York, NY, August 28, 2012.

p.310 その後しばらく: Tyler, *Great Wall*, 91.

p.310 卓球がワシントンで: Steve Grant, *Ping-Pong Fever*, 28、*Waterloo Times-Tribune*, May 23, 1902 による引用。

p.311 中国問題は: Richard Nixon, conversation, April 13, 1971, 10:16 AM to 10:21 AM, conversation no. 001–076, www.nixontapes.org.

p.311 オーストラリア駐在の: NARA College Park, RG 59, SNF 1970–73, Entry 1613 POL CHINCOM US, Box 2188, National Archives, Washington, DC.

p.311 ラオス駐在の: 同上。

p.311 また、このソ連大使は: 同上。

p.311 ニクソンはその日の: Richard Nixon, conversation, April 16, 1971, 11:22 PM to 11:27 PM, conversation no. 001–119, www.nixontapes.org.

p.312 北ベトナムはすでに: Lord, interview.

p.312「ある無名の中国人」: NARA College Park, RG 59, SNF 1970–73, Entry 1613 POL CHINCOM US, Box 2188, National Archives.

p.312 アグニューは: "Agnew Sees China Visit as Propaganda Defeat for US," *Los Angeles Times*, April 20, 1971.

p.313 千人を超える退役軍人が: Robbins, *Against the Vietnam War*, 31.

p.313 四日後の: Kissinger, *White House Years*, 713.

p.313 アメリカの心配の種: 同掲書, 714.

p.313「中国政府は」: 同上。

p.313 内心は: Tyler, *Great Wall*, 107.

第四十四章　緊迫

p.299 その後：George and Madeline Buben, interview, transcript, Box 19, National Archive on Sino-American Relations, University of Michigan, Ann Arbor, MI.

p.300「グレンは」：Boggan, *Ping-Pong Oddity*.

p.300 二人が通る道端には：Graham Steenhoven, interview, transcript, Box 20, National Archive on Sino-American Relations, University of Michigan, Ann Arbor, MI.

p.301 ただひとり：Department of State, telegram, April 16, NARA RG59, Entry 1613 CUL 16 US Box 382-20120924-1071, National Archives, Washington, DC.

p.301 会場に流れた：同上。

p.301 ジョージ・ブラスウェイトは：John Tannehill, interview, transcript, Box 19, National Archive on Sino-American Relations, University of Michigan, Ann Arbor, MI.

p.301 コーワンは中国人が：同上。

p.301 ササッと黄色いペンキを：同上。

p.302「人々のふるまいは」：同上。

p.302 マイルズは通訳に：Boggan, *Ping-Pong Oddity*, chap. 12.

p.302 きみをあと一日か二日：Author interview with Tim Boggan, November 18, 2010.

p.303「おれは」：Boggan, *Ping-Pong Oddity*, chap. 14.

p.303 あとになって：Tannehill, interview, National Archive on Sino-American Relations.

p.303「いつまで革命の話を」：Boggan, *Ping-Pong Oddity*, chap. 14.

p.303 上海を発つ前に：同上。

p.304 その数カ月後：Kissinger, *White House Years*, 779.

p.304 ボーガンが見積もったところ：Boggan, *Ping-Pong Oddity*, chap. 15.

p.304 コーワンは首や肩に：同上。

p.304 中国側は：Embassy in Kabul to Department of State, telegram, May 19, 1971, NARA RG59, Entry 1613 POL CHICOM-USSR, Box 2192, National Archives, Washington, DC.

p.305 チーム最年少の：Author interview with Judy Bochenski, August 9, 2011.

p.305 ところが：William J. Cunningham, interview, Frontline Diplomacy series, Library of Congress, Washington, DC.

p.305 ワシントンから：Department of State to FBI/CIA/Joint State/DIA/Justice, telegram, April 16, 1971, NARA RG56, Entry 1613：SNF 1970–73, CUL 16 US, National Archives, Washington, DC.

p.306 カニンガムは彼の：Cunningham, notes to author, April 29, 2013.

p.306 日本の外務省と：William Cunningham, audiotape, recorded June 1988, William J. Cunningham Papers.

p.306 すると夫人は：カニンガム夫人はスティーンホーヴェンを「フレッド」と呼んだ記憶はなく、子供たちに彼を「アジアを旅行しているアメリカのおじさん」と説明したことしか覚えていない。カニンガムから著者への短信。

p.306 カニンガムは、幼い五人の：Cunningham, notes to author.

p.306 彼を「慣れない」：Department of State, telegram, April 19, 1971, NARA RG56, Entry 1613：SNF 1970–73, CUL 16 US, National Archives, Washington, DC.

p.289 保護者役の：同上。

p.289 万里の長城へ向かう途中："Americans Visit Great Wall," *New York Times*, April 13, 1971.

p.290 アメリカは知的革命を：Boggan, *Ping-Pong Oddity*, chap. 10.

p.291 その晩：同掲書, chap. 11.

p.291 ホテルへ戻ろうとすると：同上。

p.291 車椅子に乗った男が：Tannehill, interview, National Archive on Sino-American Relations.

p.292「タネヒル氏は病床で」：John Roderick, "Chinese Tact Lets U.S. Lose Gracefully," *New York Times*, April 14, 1971.

p.292 記事を書かずに：Graham Steenhoven, interview, transcript, Box 20, National Archive on Sino-American Relations, University of Michigan, Ann Arbor, MI.

第四十三章　注目の的

p.293 マディソン・スクエア・ガーデンよりも："The Play and the Meals Are Tough on US Team," *New York Times*, April 12, 1971.

p.293 この場にいなかったのは：John Roderick, "Chinese Tact Lets U.S. Lose Gracefully," *New York Times*, April 14, 1971.

p.293 その冗談めかした：Graham Steenhoven, interview, transcript, Box 20, National Archive on Sino-American Relations, University of Michigan, Ann Arbor, MI.

p.293 すると音楽に："Mao's Thoughts Greet English Sports Team," *The Times* (London), April 14, 1971.

p.294 コーワンが卓球台へと：Guoqi, *Olympic Dreams*, 137.

p.294 スティーンホーヴェンは：Steenhoven, interview, National Archive on Sino-American Relations.

p.294 席に着くころには：Boggan, *Ping-Pong Oddity*, chap. 11.

p.295 ロデリックは、劉は：Roderick, "Chinese Tact Lets U.S. Lose Gracefully."

p.296 本物のヒッピーは：Boggan, *Ping-Pong Oddity*, chap. 12.

p.296「つまり」：同上。

p.297 これまで見た：Steenhoven, interview, National Archive on Sino-American Relations.

p.297 ほかのチームには："Canada's Ping-Pongers Admit Political Use Made of China Trip," *Globe and Mail* (Toronto), April 19, 1971.

p.297「とんだティーパーティー」：Joe Schlesinger, "What China's Ping-Pong Diplomacy Taught Us," *CBC News* (Canada), April 11, 2011.

p.297「朋あり遠方より来る」：Boggan, *Ping-Pong Oddity*, chap. 12.

p.298 また、《ニューヨーク・タイムズ》紙は："Chou and 'Team Hippie' Hit It Off," *New York Times*, April 15, 1971.

p.298 この質問に：同上。

p.298 首相はコーワンのために：同上。

p.298 とりわけ：Steenhoven, interview, National Archive on Sino-American Relations.

p.280 数時間後に：Boggan, *Ping-Pong Oddity*, chap. 6.
p.281「心配ないよ」：同掲書, chap. 7.
p.281 キャプテンの：同掲書, chap. 6.
p.281 あるチームメイトは：Author interview with Dell Sweeris, June 15, 2011.
p.282 朝の五時に：Boggan, interview.
p.282 五時半には：Boggan, *Ping-Pong Oddity*, chap. 7.
p.282「こいつはきっと」：Boggan, interview.

第四十二章　国境を越える

p.283 自由な香港の：Boggan, *Ping-Pong Oddity*, chap. 8.
p.283 選手たちが：Author interview with Judy Bochenski, August 9, 2012.
p.283 もうひとり別の選手は：George and Madeline Buben, interview, transcript, Box 19, National Archive on Sino-American Relations, University of Michigan, Ann Arbor, MI.
p.283「チームは」：NARA College Park, RG 59, SNF 1970–73, Entry 1613 POL CHINCOM US, Box 2188, National Archives, Washington, DC.
p.284 西側の世界に："GI Toll in Week at 9-Month High," *New York Times*, April 9, 1971.
p.284 一面のいちばん下の："China Is Quietly Renewing an Active Role in Africa," *New York Times*, April 9, 1971.
p.284「人生ってのは」：Boggan, *Ping-Pong Oddity*, chap. 8.
p.285 共産主義の中枢へ向かう：同上。
p.285 国境の税関で手に入れた：同上。
p.285 チームに迫る最大の：Rufford Harrison, interview by William Cunningham, June 14, 1999, transcript, William J. Cunningham Papers.
p.285 料理に関する：Boggan, *Ping-Pong Oddity*, chap. 9.
p.286 そこで：John Tannehill, interview, transcript, Box 19, National Archive on Sino-American Relations, University of Michigan, Ann Arbor, MI.
p.286 よじのぼられないように：同上。
p.286 ある新聞記者が："Chinese Greet Americans with Smiles and Curiosity," *New York Times*, April 12, 1971.
p.286 彼は「通りを」：Tannehill, interview, National Archive on Sino-American Relations.
p.287 ハワードは：Boggan, *Ping-Pong Oddity*, chap. 9.
p.287 中国のトッププレーヤーの：Author interview with Xu Shaofa, May 3, 2011.
p.288 ロデリックは、一九四〇年代に："China Has Made Huge Gains in 25 Years, Newsman Finds," *Los Angeles Times*, April 19, 1971.
p.288 最初のころ："China: A Whole New Ballgame for Newsmen," *Washington Post*, April 16, 1971.
p.288 彼らにしっかり：Boggan, *Ping-Pong Oddity*, chap. 9.
p.289 清華大学を：同掲書, chap. 10.
p.289 試合が終わると：同上。

Cunningham Papers.

p.272「合衆国は」: William J. Cunningham, interview, Frontline Diplomacy series, Library of Congress, Washington, DC.

p.272「その件は」: William J. Cunningham, interview, March 17, 1997, Foreign Affairs Oral History Collection, Association for Diplomatic Studies and Training, Arlington, VA.

p.272 数分後: Cunningham, interview, Frontline Diplomacy series.

p.273「さあ」: William J. Cunningham, audiotape, recorded June 1988, William J. Cunningham Papers.

第四十章　決断のとき

p.274 あと一時間足らずで: William J. Cunningham, interview, March 17, 1997, Foreign Affairs Oral History Collection, Association for Diplomatic Studies and Training, Arlington, VA.

p.274 中国に行きたくて: Author interview with William J. Cunningham, May 12, 2012.

p.274 スティーンホーヴェンは: Cunningham, interview, Foreign Affairs Oral History Collection.

p.275 名古屋では: Graham Steenhoven, interview, transcript, Box 20, National Archive on Sino-American Relations, University of Michigan, Ann Arbor, MI.

p.275 その時点で: 同上。

p.275「私たちは」: Author interview with Tim Boggan, November 18, 2010.

p.275 辮髪、繻子のパジャマ: Steenhoven, interview, National Archive on Sino-American Relations.

p.276 朝食は: Rufford Harrison, "A Meeting Is a Meeting Is a . . . ," *Table Tennis Topics*, July–August 1971.

p.276 カニンガムは、いかにも: Author interview with William J. Cunningham, May 23, 2012.

p.276 もし: Author interview with Rufford Harrison, April 7, 2011.

p.277 彼らが: Herbert Levin, interview by William Cunningham, May 13, 2006, transcript, William J. Cunningham Papers.

p.277「中国人を」: Rufford Harrison, interview, November 16, 1977, transcript, Box 19, National Archive on Sino-American Relations, University of Michigan, Ann Arbor, MI.

p.277 前回: Rufford Harrison, interview by William Cunningham, June 14, 1999, transcript, tape 2, 17, William J. Cunningham Papers.

p.277 スティーンホーヴェンは、何よりも: Harrison, interview.

第四十一章　不安要素

p.279 取材陣から: Author interview with Rufford Harrison, April 7, 2011.

p.279 彼は別々の新聞社から: Boggan, *Ping-Pong Oddity*, chap. 8.

p.280「助けてくれる妖精が」: US Department of State, "Invitation to US Table Tennis Team."

p.280 九龍の: Eckstein, "Ping Pong Diplomacy."

p.280 何か問題が: Author interview with Tim Boggan, November 18, 2010.

www.china.org.cn/english/features/olympics/100660. htm.
p.263 彼の友人だった：Snow, *Long Revolution*, 184.
p.264 しかし：Chang and Halliday, *Mao*, 602−3.
p.264 名古屋に：ティム・ボーガンへのインタビューによると、彼は荘則棟に、毛沢東が直接電話をしてきたと聞かされたという。
p.264 アメリカチームが：Zhaohui Hong and Yi Sun, "The Butterfly Effect and the Making of Ping-Pong Diplomacy," *Journal of Contemporary China* 9, no. 25 (2000)：429−48.
p.265 このメッセージを：Tim Boggan, "Ping-Pong Diplomacy's Reunion in Beijing," 2005, http://www.bumpernets.com/store/index.php?option=com_content & view=article&id=53&Itemid=70-.
p.265 午前十時四十五分：Rufford Harrison, interview by William Cunningham, June 14, 1999, transcript, tape 2, 1, William J. Cunningham Papers.
p.265 ところが：Harrison, interview.
p.265 すると宋は：Harrison, interview, National Archive on Sino-American Relations.
p.266「中国くらい」：Harrison, interview by Cunningham, tape 2, 3.
p.266 彼は妻とともに：同、tape 2, 10.
p.266 もしかすると：Steenhoven, interview, National Archive on Sino-American Relations.
p.266 しばらくのあいだ：Harrison, interview by Cunningham, tape 2, 9.
p.266「ミドル・キングダムには」：Harrison, interview.

第三十九章　サプライズ

p.268 この話が本当なら：Rufford Harrison, interview by William Cunningham, June 14, 1999, transcript, tape 1, 3, William J. Cunningham Papers.
p.269 派遣された：Kahn, *China Hands*, 103.
p.269 ときには：Carter, *Mission to Yan'an*, 41.
p.269 アイヴァー・モンタギューの旧友：Author interview with Seymour Topping, April 27, 2011.
p.269 彼が『独裁者』の："The Fears of a Clown," *The Guardian*, October 11, 2002.
p.269 そうした重要な時期：Carter, *Mission to Yan'an*, 99.
p.269 陸軍大将デイヴィッド・バーは：Topping, *On the Front Lines*, 47.
p.270 また：Kahn, *China Hands*, 82.
p.270 彼のコードネームは：Carter, *Mission to Yan'an*, 131.
p.270 一九四五年十一月："China Hands," U.S. Diplomacy, http://www.usdiplomacy.org/history/service/history_chinahands. php.
p.270 サービスは：Kahn, *China Hands*, 117.
p.271 チャイナ・ウォッチャーは：同掲書, 10.
p.271 彼らが去ったあとに：同掲書, 275.
p.271 割を食ったのは：同掲書, 191.
p.271 ある中国研究者：Author interview with Robert Oxnam, February 11, 2011.
p.271 カニンガムは：Conversation between Alan Carter and Bill Cunningham, audiotape, William J.

第三十七章　計画された偶然

p.254「ほんとは誘われて」: Glenn Cowan, appearance on *Dinah's Place*, May 25, 1971.
p.254「ぞっとしたよ」: Boggan, *Ping-Pong Oddity*, chap. 5.
p.255「わかるよ」: 同上。
p.255 北京を発つ前: Zhaohui Hong and Yi Sun, "The Butterfly Effect and the Making of Ping-Pong Diplomacy," *Journal of Contemporary China* 9, no. 25 (2000): 429–48.
p.256 その三十五年後: "Opening Volley," *Sports Illustrated*, June 11, 2008.
p.256 荘によれば: 米中国際交流プログラムのための荘則棟のインタビュー (2007年9月)。以下を参照。http://www.youtube. com/watch?v=s7VE26-Qs1A.
p.257 あれは自発的な行動だったと: 同上。
p.257 中国外交部には: Author interview with Herbert Levin, October 12, 2012.
p.257 品物は: 1793年にイギリス使節団が初めて北京を訪れたときから状況はほとんど変わっていない。マッカートニー卿は、団員全員にじつにつまらない小さな布きれが贈られたと記録している。実際は彼が知る以上に高価な品で、韓国からの貢物を土産として使ったのだった。
p.258 毛はすぐに: Guoqi, *Olympic Dreams*, 131.
p.258 ところが: Itoh, *Origin of Ping-Pong Diplomacy*, 141. じつにおもしろい説だが、以下に記されるのみで、これを裏付ける情報は見つかっていない。Jiang, *Small Ball Spins the Big Ball.*
p.259 コーワンが荘を: Zhuang Zedong, "The Small Ball Pushes Forward the Big Ball: Going to Peace Harmoniously," speech, USC US-China Institute, Los Angeles, CA, September 25, 2007.
p.259 一九七九年に: Kissinger, *White House Years*, 709.

第三十八章　中国への招待

p.260 周恩来の指示のもと: Chen, *One in a Billion*, 116.
p.260 かつて: Jiang, *Small Ball Spins the Big Ball*, chap. 2.
p.260 イギリス生まれの彼は: Rufford Harrison, interview, November 16, 1977, transcript, Box 19, National Archive on Sino-American Relations, University of Michigan, Ann Arbor, MI.
p.260 モンタギューを: Author interview with Rufford Harrison, April 7, 2011.
p.261 ハリソンは中国から: 同上。
p.261 連盟に: Graham Steenhoven, interview, transcript, Box 20, National Archive on Sino-American Relations, University of Michigan, Ann Arbor, MI.
p.261 通訳のレベルが: Rufford Harrison, "A Meeting Is a Meeting Is a . . . ," *Table Tennis Topics*, July–August 1971.
p.262 そして: Jiang, *Small Ball Spins the Big Ball.*
p.262 ピンポン外交に関する著書: Author interview with Qian Jiang, November 3, 2011.
p.262 たとえば: Author interview with Xu Yinsheng, May 4, 2011.
p.263「グラッド・トゥ・ミート・ユー」: Qian Jiang, interview.
p.263 彼はアメリカチームを: "Ping-Pong Diplomacy," China through a Lens, July 8, 2004, http://

p.243 一家の暮らしを：Cowan, interview.
p.244 七〇年代を：David Davis, "Broken Promise," *Los Angeles Magazine*, August 1, 2006.
p.244 エル・モンゴルという：Boggan, *History of US Table Tennis, Vol. VI*, 106.
p.245 ある女子選手は：Author interview with Judy Bochenski, August 9, 2012.
p.245 コーワンの旅費は："Player Almost Ruled Out by His Long Hair," *Los Angeles Times*, April 13, 1971.
p.246 一瞬の間があり：Boggan, *Ping-Pong Oddity*, chap. 1.
p.246 ボーガンいわく：Author interview with Tim Boggan, November 18, 2010.
p.246「いつまでも」：同上。
p.246 ホテルと：Boggan, *Ping-Pong Oddity*.
p.247 赤いトラックスーツを着て：Boggan, interview.
p.247 まず：Boggan, *History of US Table Tennis, Vol. VI*, chap. 10.
p.247 体育館の外では："Nagoya Worlds," *Table Tennis Topics*, May–June 1971.
p.248「三、四十人の」：Boggan, interview.

第三十六章　万里の長城、崩壊？

p.249 周恩来は：Jiang, *Small Ball Spins the Big Ball*.
p.249 そして：Author interview with Zheng Minzhi, November 10, 2011.
p.249 先発隊には：Author interview with Liang Youneng, November 7, 2011.
p.250 夜になって：Author interview with Xi Enting, May 6, 2011.
p.250 選手の安全を守るため：Chuang Tse-Tung, "Friendship First, Competition Second," *China Reconstructs*, September 1971.
p.250 日本の共産党のメンバーが：梁友能コーチは、ある反中デモ参加者がデモ終了後にお金を受け取っているのを確かに見た。「さっきまでこっちに向かって叫んでいた男が、にっこり微笑みかけてきた。それ以来、私はあまり心配しなくなった」
p.250 その試合を：占拠された村が焼き払われるのを見て、日本人に立ち向かおうとする村人たちの話である。以下を参照。http://en.wikipedia.org/wiki/Tunnel_War.
p.250 一九三〇年代の：Clodfelter, *Warfare and Armed Conflicts*, 956.
p.250 映画が終わるころには：Xi Enting, interview.
p.251 ネパール国王が：同上。
p.251 実況アナウンサーは：Jiang, *Small Ball Spins the Big Ball*, chap. 7.
p.251 工場では：Peyrefitte, *The Chinese*, 275.
p.251 翌朝：Xi Enting, interview.
p.252 荘則棟の若き崇拝者：Author interview with Liang Geliang, May 5, 2011.
p.253 そうした国々の：Boggan, *History of US Table Tennis, Vol. VI*, chap. 10.
p.253 じつはこれは：Zhaohui Hong and Yi Sun, "The Butterfly Effect and the Making of Ping-Pong Diplomacy," *Journal of Contemporary China* 9, no. 25 (2000)：429–48.

p.236「仮に」: 同掲書, 232.

p.236 荻村がどこかに: 同掲書, 234.

p.237 二人は: Ogimura, *Ichiro Ogimura in Legend*, 172.

p.237 その後藤のもとに: 招待状は荻村によって届けられた。後藤と荻村は犬猿の仲だった。荻村が優勝した1954年のロンドン(ウェンブリー)大会でチームを率いていたのが後藤だった。日本を発つ前、彼は荻村だけに、おまえは不愛想だから笑顔の練習をしろと命じた。

p.237 後藤にとって: Itoh, *Origin of Ping-Pong Diplomacy*, 46.

p.238 北京へ向かう機内で: 同掲書, 91.

p.239 長年: Evans, *Coloured Pins on a Map*, 22. 1953年のブカレスト大会のさい、イギリスの女子選手2人が付き添いの目を盗み、勝手に街をぶらついた。ホテルに戻った2人は、チームのほかのメンバーに冒険談を語って聞かせた。彼女たちは鉄のカーテンの裏側で物乞いの姿を見ていた。エヴァンズは、モンタギューが2人を嘘つき呼ばわりし、無粋なうわさを流したと非難するのを聞いた。エヴァンズによれば、ブカレストの物乞いはその後、大会が終わるまで収監された。

p.239 名古屋で開かれる総会で: "They Still Swing a Mean Bat," *Sports Illustrated*, April 12, 1971.

p.239 別れぎわ: エヴァンズはその後の展開を自分の手柄にしたがったが、1年後にティム・ボーガンが自費出版する『Ping-Pong Oddity』に寄せた序文では、「中国人はきっと、自分たちが計画したとおりに進めたのだ」と書いている。

p.240 外交部の役人も: Author interview with Xu Shaofa, May 3, 2011.

p.240 選手たちは: Author interview with Zheng Mingzhi, November 2011.

p.240 毛は名古屋へ: Author interview with Wang Ding Hua, November 8, 2011.

p.240「何人か失う覚悟で」: Zhaohui Hong and Yi Sun, "The Butterfly Effect and the Making of Ping-Pong Diplomacy," *Journal of Contemporary China* 9, no. 25 (2000): 429–48.

第三十五章　ロングヘアーの陽気な青年

p.241「ぼくたちは」: Author interview with Keith Cowan, June 29, 2011.

p.241 彼はその後も: "Move Over, Aunt Mildred–Sandpaper Paddles Are OUT," *Los Angeles Times*, July 11, 1971.

p.241 父親が: Cowan, interview.

p.241 床が平らではなく: "Opening Volley," *Sports Illustrated*, June 11, 2008.

p.241 ぼくが打つ小さな白球は: Tim Boggan, "In Memoriam," *USA Table Tennis*, 2004.

p.242 そこは、のちに: Tim Boggan, Review of "Sizzling Chops," *USATT News*, January 15, 2002.

p.242 まだ十代のわが子が: Yosi Zakarin, *Family Pong: A Table Tennis History of the Zakarin Family (1965–1983)*, http://yzakarin.tripod.com/Family_Pong_Part_1.pdf.

p.242 卓球場といえば: Chris Faye, "At McGoo's," *Table Tennis Topics*, September–October 1970, 7.

p.243 父親は: Glenn Cowan, appearance on *Dinah's Place*, May 25, 1971.

p.243《ロサンゼルス・タイムズ》紙の: "Table Tennis Whiz to Try Outdoor Courts," *Los Angeles Times*, July 28, 1966.

p.243 いつも卓球の: "Opening Volley."

Part.3 東洋と西洋の出会い
第三十三章 にらみあう世界

p.225 衛星放送という:Smith, *Moondust*, 177.

p.226 ソ連の戦時体制化に:「平和的共存」は、中国では含みのある言葉だった。ソ連の言葉の模倣であり、周恩来が1955年に演説で使っている。彼はそこで、米ソを離れて国々が中国を中心に団結できる余地を作ろうとした。この言葉をアメリカへの歩み寄りに使ったことで、中国はソ連にさらなる侮辱を加えた。

p.226 頻繁にやってきては:Tyler, *Great Wall*, 48.

p.226 それは計画的な攻撃:同掲書, 48–50.

p.227 翌日には:Kissinger, *White House Years*, 172.

p.227 それに対し:同上。

p.227 一九五八年:Zhisui, *Private Life of Chairman Mao*, 270–71.

p.227 キッシンジャーが実際に:Nixon to Kissinger, memo, February 1, 1969.

p.228 その年のうちに:Author interview with Seymour Topping, April 27, 2011.

p.228 ソ連の国防大臣は:Tyler, *Great Wall*, 61.

p.228 ある論評者は:Sydney Liu, "Watching Russia's China Watcher," *Newsweek*, July 21, 1969.

p.229「わが国の北と西には」:Zhisui, *Private Life of Chairman Mao*, 514.

p.230 キッシンジャーに言わせれば:Kissinger, *White House Years*, 684.

p.230 会場となった部屋の:Pratt, *China Boys*, 58.

p.230 毛沢東は国境付近で:Tyler, *Great Wall*, 73.

p.231 当時キッシンジャーの:Author interview with Winston Lord, December 16, 2011.

p.231 中国はアメリカの:Tyler, *Great Wall*, 81.

p.231 一九七〇年:Snow, *Long Revolution*, 10.

p.232 毛沢東と周恩来は:Zhisui, *Private Life of Chairman Mao*, 532.

p.232「われわれは」:Henry Kissinger, speech, 1997, the United Nations, New York, NY, transcript, William J. Cunningham Papers.

p.232「ただ待つしかなかった」:Kissinger, *White House Years*, 704.

p.232「何カ月も」:Lord, interview.

p.233 その年:"Table Tennis Players from Vietnam," *China Reconstructs*, February 1971, 43.

p.233 チームは直前まで:同上。

p.233 世界選手権の外:同上。

p.234 そのころ:Author interview with Xu Shaofa, May 3, 2011.

第三十四章 平和の種

p.235 わずか二十五年前:Itoh, *Origin of Ping-Pong Diplomacy*, 49.

p.235 すぐさま周恩来に:Jojima, *Ogi*, 228.

p.235「これは強いお酒ですからね」:同掲書, 231.

p.211 髪の毛を：Xi Enting, interview.

p.211 荘はチームメイトたちに：同上。

p.212 香港に：Jicai, *Ten Years of Madness*, 7.

p.212 足の裏の皮を：同掲書, 183.

p.212 チームメイトにも：Yan and Gao, *Turbulent Decade*, 263.

p.212 後輩選手にまで：Author interview with Liang Youneng, November 7, 2011.

p.213 そこには日本の国旗が：Yan and Gao, *Turbulent Decade*, 262.

p.213 この一年間：Jinxia, *Women, Sport and Society in Modern China*, 76.

p.214「容国団が」：Author interview with Qiu Zhonghui, May 4, 2011.

p.214「首を調べましたが」：同上。

p.214 その後：Yan and Gao, *Turbulent Decade*, 263.

p.215 あのころ："Cultural Revolution Villain or Victim? Zhuang Pleads His Case Forty Years On," *The Times* (London), February 17, 2007.

p.215 旧友オットー・カッツの逮捕：Miles, *Dangerous Otto Katz*, 9.

p.216 尋問中：同掲書, 16.

p.216 翌日：同掲書, 18.

p.216 チェコスロヴァキア政府は：同掲書, 303.

p.216 ロンドンの中央刑事裁判所："42 Year Sentence—Longest Ever Known in Britain," *Daily Worker*, May 4, 1961.

p.217 ある「ひげを生やして」："March Row," *Daily Express*, July 13, 1962.

p.217 なぜなら：*Table Tennis*, April 1966に引用。原著はドイツで刊行された、*Deutscher Tisch-tennis Sport*。

第三十二章　上山下郷運動

p.219 世界チャンピオンであり：Hong and Weikang, *Apocalypse of Pingpong*.

p.219 ふたたび：Jarvie, Hwang, and Brennan, *Sports, Revolution and the Beijing Olympics*, 88.

p.220 中国に三つの金メダルを：Hong and Weikang, *Apocalypse of Pingpong*.

p.220 彼らが送られた先は：Author interview with Wang Ding Hua, November 8, 2011.

p.220 そこでは："Athletes in the Countryside," *China Reconstructs*, September 1971.

p.221 とはいえ：Chen, *One in a Billion*, 81.

p.221 彼らは藁や草で：Author interview with Zheng Mingzhi, November 2011.

p.221 ところが：Ti Chiang Hua, "In Peking: A Sports Horror," Emily Wang, translator, *Free China Review*, January 1, 1986.

第二十九章　重圧

p.200 彼が通り過ぎると：Heng and Shapiro, *Son of the Revolution*, 123–24.

p.200 走り高跳びの選手は：Shih Pen-shan (as told to Lester Velie), "I Fought in Red China's Sports War," *Reader's Digest*, June 1967.

p.201「私は紅衛兵のあとを」：Author interview with Liang Geliang, May 5, 2011.

p.202 田舎の医者に：同上。

p.202 何十人もの紅衛兵が：同上。

p.203 北京の人々がみな：同上。

p.203 しかし：Yan and Gao, *Turbulent Decade*, 262.

第三十章　机上の空論

p.204 その月：Suyin, *Phoenix Harvest*, 74.

p.204 そこで賀龍の金庫が：Salisbury, *Long March*, 331.

p.205 賀龍は、みみず腫れが：Suyin, *Phoenix Harvest*, 68.

p.205 医療で確実に：Salisbury, *Long March*, 331.

p.205 ときどき：Suyin, *Phoenix Harvest*, 81.

p.205「革命を起こしたいのなら」：Suyin, *Eldest Son*, 345.

p.206 周は検死を：同掲書, 336.

p.206 ピンポン球のネックレスは：Chang and Halliday, *Mao*, 551.

p.206 その年の八月十七日：Wenqian, *Zhou Enlai*, 175.

p.207 一万人の紅衛兵が：William Cunningham interview with William Brown, William J. Cunningham Papers.

p.208 老境に達した朱徳が：Yuan, *Born Red*, 194.

p.208 それからまもなく：Salisbury, *Long March*, 336.

p.208 スポーツ界全体が：Zhiyi, *Champion's Dignity*, chap. 8.

p.208 学校の生徒たちは：Author interview with Qing Jiang, May 3, 2011.

p.208 女子卓球チーム屈指の：Author interview with Zheng Minzhi, November 10, 2011.

p.209「ときどき」：Author interview with Xi Enting, May 6, 2011.

第三十一章　疑う者には死を

p.210「まるで竹にでも」：Author interview with Xi Enting, May 6, 2011.

p.210「国に多くの名誉を」：Author interview with Dong Jinxia, May 5, 2011.

p.211 告発を受ける者は：Anthony Grey, "Hostage in Peking," *Reader's Digest*, January 1971.

p.211 荘は「敵と共謀し」：Ti Chiang Hua, "In Peking: A Sports Horror," Emily Wang, translator, *Free China Review*, January 1, 1986.

第二十七章　福音の伝道

p.186 荻村は：Jojima, *Ogi*, 201.

p.187 その日の午後：Ogimura, *Ichiro Ogimura in Legend*, 165.

p.187「それにお恥ずかしい話ですが」：Jojima, *Ogi*, 202.

p.187「だから荻村さん」：同上。

p.188 上映会場に：同掲書, 204–5.

p.189 五対一で：同掲書, 201–8.

p.189 そのメモは：David Wilson to David Timms, letter, June 4, 1964, FO 371/175966, National Archives, Kew, UK.

p.189「誰かがそれを記録する」：Author interview with Xu Yinsheng, May 4, 2011.

p.189 毛はさらに：Mao Zedong, "Comment on the Article 'How to Play Table Tennis' by Comrade Xu Yingsheng," *Selected Works of Comrade Mao Tse-Tung*, http:/ www.marxists.org/reference/archive/mao/selected-works/volume-9/mswv9_46.htm.

p.190「毛沢東は、全員に」：Author interview with Shen Ji Chang, November 7, 2011.

p.190「チームリーダーや」：Hsu Yin-Sheng (Xu Yinsheng), "On How to Play Table Tennis," *Editorial Board of China's Sports*, 1964.

p.191 賀龍は、彭徳懐に：Rice, *Mao's Way*, 185–86.

p.192 部屋の中央に：Author interview with Han Zhicheng, November 8, 2011.

第二十八章　急停止

p.193 廬山で彭徳懐と：Domes, *Peng Te-huai*, 94.

p.194 それでも：Chang, *Wild Swans*, 288.

p.195 トレーニングの目的は："Sports Education," *China Reconstructs*, April 1962, 40.

p.196「料理店はどこも」：Author interview with Xi Enting, May 6, 2011.

p.196 彼らは農村部を通り：Heng and Shapiro, *Son of the Revolution*, 101.

p.197 練習場へ：Xi Enting, interview.

p.197 三角帽子を：Jojima, *Ogi*, 214.

p.197 像だと思ったものは：同掲書, 215.

p.197 気に入っていた：同上。

p.197 丘の斜面にまで：Anthony Grey, "Hostage in Peking," *Reader's Digest*, January 1971.

p.198 女性が高らかに：Jojima, *Ogi*, 216.

p.198 革命に熱意を燃やす：Author interview with Qi Da Zheng, November 8, 2011.

p.198 中国の女子チームは：Shih Pen-shan (as told to Lester Velie), "I Fought in Red China's Sports War," *Reader's Digest*, June 1967.

p.199「あなたは今」：Jojima, *Ogi*, 217.

p.199 荻村は黙って：Ogimura, *Ichiro Ogimura in Legend*, 171.

p.175 彼の勝利に：“Cheering Chinese Hail Harrison the Great,” *Daily Express*, April 6, 1961.
p.175 ところが翌日：“Chinese Silent As Harrison Slams Russia,” *Daily Express*, April 7, 1961.
p.175 観衆が何を：*Daily Mirror*, April 7, 1961.
p.176 また、イギリスの：“Play? It's All Work for the Chinese,” *Daily Mirror*, May 3, 1961.
p.176《デイリー・ワーカー》紙の：“The Three Generals Leading China,” *Daily Worker*, April 20, 1959.
p.176 顔のむくみは：Suyin, *My House Has Two Doors*, 373.
p.177 周恩来はこれを支持し：*Times of India*, April 20, 1961.
p.177 都市や農村部で：“People Behind the Bamboo Curtain,” *New York Times*, July 30, 1961.
p.177 すべてのブタと：Author interview with Herbert Levin, October 5, 2012.
p.178 彼は毛沢東を：*Sydney Morning Herald*, April 23, 1961.
p.178 こうした背景のもと：1962年5月以前にベトナムで死亡したアメリカ人は20人未満である。当時はまだ「いつまでも続く戦争ゲーム」と考えられていた。(Sheehan, *Bright Shining Lie*, 58).

第二十六章　国のヒーロー

p.179 どこを歩いても：Author interview with Zhuang Jiafu, November 10, 2011.
p.179 誰もが：Author interview with Zhuang Xieling, May 2011.
p.180 一九六二年：Chi-wen, *Sports Go Forward in China*, 50.
p.180 彼はたまたま：“They Tip Ghana as Future Champs,” *Ghanaian Times*, May 16, 1962.
p.180 ある選手が：Ti Chiang Hua, “In Peking: A Sports Horror,” Emily Wang, translator, *Free China Review*, January 1, 1986.
p.181 しかし：Chen, *One in a Billion*, 185.
p.181 両国の外交関係は：“Peking's Envoys Ousted by Tunis,” *New York Times*, September 24, 1967.
p.182 観客からの人気が高く：“Complete Oriental Domination,” *Table Tennis*, May 1965.
p.182 中国人が国際試合に：Dick Miles, “No Defense against Murder,” *Sports Illustrated*, May 5, 1969.
p.182 選手たちは：Yaping, *From Bound Feet*, 100.
p.182 招かれた客は：Author interview with Qiu Zhonghui, May 4, 2011.
p.183 首相の家を：Suyin, *My House Has Two Doors*, 212.
p.183 トイレに行くには：同上。
p.183 首相は邱の横で：Qiu Zhonghui, interview.
p.183 もともと：Zhisui, *Private Life of Chairman Mao*, 174.
p.183 毛沢東は、妻の右足に：同上。
p.184 朱徳は適当な場所で：Lescot, *Before Mao*, 285.
p.184 ダンスといえども：Suyin, *Eldest Son*, 202.
p.184 中国は圧倒的な成績を：Shuman, “Elite Competitive Sport in the People's Republic of China 1958–1966,” 22.
p.184 最も賞賛を浴びた：“New Era in Asian Sports History,” *China Reconstructs*, January 1967.

第二十四章　輝くチャンス

p.168「今で言う」: Author interview with Murray Dunn, September 19, 2011.

p.168 スタンドで: J. L. Manning, "Ping Pang on the Avenue of Perpetual Peace," *Daily Mail*, April 5, 1961.

p.168 周恩来首相と: Evans, *Coloured Pins on the Map*, 42.

p.168 連絡事務所の所長は: Chargé d'Affaires in Peking to Alec Douglas-Home, letter, undated (presumably April 1961), FO 371/158437, National Archives, Kew, UK.

p.168 賀龍の見解と: File 117-01285-01, number 26, Ministry of Foreign Affairs Archive, Beijing, PRC.

p.169「みなさんの反応は」: Author interview with Bryan Foster, September 19, 2011.

p.169 ヨーロッパで同じ放送が: 同上。

p.169 報道陣は: "Chou's Chaps Doing Us Proud," *Daily Mail*, April 5, 1961.

p.169「はっきり言って」: Dunn, interview.

p.169《デイリー・エクスプレス》紙の: Desmond Hackett, *Table Tennis Topics*, May 1961.

p.170 通訳があいだに: Dunn, interview.

p.171 イギリスでは: Brownell, *Training the Body for China*, 291.

p.171 ソ連トップの: "Sidelights on the Table Tennis Meet," *China Reconstructs*, June 1961.

p.171 ニュージーランドチームは: Foster, interview.

p.172 貧しくて: "My Boy Chaung Tse-tung, By His Mother, Le Chung-Ju," *China Reconstructs*, June 1961.

p.172「卓球のことなど」: Author interview with Xu Yinsheng, May 4, 2011.

p.173 中国にはこれといった: Suyin, *Eldest Son*, 292.

p.173 今や: "So Gentle Jap Rocks Diane," *Daily Express*, April 14, 1961.

p.173 注意を求める声が: "Chinese Crackers As They Win the Swaythling Cup," *Daily Express*, April 10, 1961.

p.173 荘は、「日本人選手に」: Guoqi, *Olympic Dreams*, 71.

p.173 会場は: Author interview with Yao Zhenxu, November 9, 2011.

p.173 中国は世界チャンピオンに: "Chinese Crackers As They Win the Swaythling Cup."

p.174 コントロール・ルームでは: 同上。

p.174 北京の街では: Author interview with Shen Ji Chang, November 7, 2011.

p.174「全員が」: Dunn, interview.

p.174 決勝戦で: Chargé d'Affaires in Peking to Alec Douglas-Home, FO 371/158437.

p.174 帰国を前に: "Behind the Championships," *Table Tennis*, May 1961.

p.174 彼は立ち上がり: Hua Wen, "New Horizons for Table Tennis," *China Reconstructs*, June 1961.

第二十五章　予期せぬ影響

p.175「あの国の政府に」: Chargé d'Affaires in Peking to Alec Douglas-Home, letter, undated (presumably April 1961), FO 371/158437, National Archives, Kew, UK.

p.153 娯楽など：Zheng Chuan Qiang, interview.
p.153 練習が終わると：Author interview with Qi Da Zheng, November 8, 2011.
p.154 北京を訪問していた：Suyin, *My House Has Two Doors*, 318.
p.154 夕食のさい：同掲書, 306.
p.154 世界卓球選手権が：Becker, *Hungry Ghosts*, 199.
p.154 人々は：Suyin, *My House Has Two Doors*, 362.
p.154 外交部の庁舎に：同掲書, 388.
p.154 周恩来の官邸ですら：Becker, *Hungry Ghosts*, 240.
p.154 それでもなお：Program for the 1961 World Championships in Peking.
p.154 傅は日本や：Author interview with Shen Ji Chang, November 7, 2011.
p.155「私にとって」：Qiu Zhonghui, interview.
p.156「私たちに」：同上。
p.157 すると賀龍は：Author interview with Zhuang Jiafu, November 10, 2011.

第二十二章　ピンポン・スパイ

p.158「最もよく研究したのは」：Author interview with Liang Youneng, November 7, 2011.
p.158「彼はびっくりして」：同上。
p.158 自信たっぷりに：同上。この章の大半は、荘家富との詳細なインタビューにもとづく。

第二十三章　陽気な軍歌

p.164 外国人客の：Frank Dikötter, notes for the World's Greatest Famine：Witnessing, Surviving, Remembering conference, 29, Laogai Research Foundation, Washington, DC, February 15, 2012.
p.164「とてつもなく」：Author interview with Alan Tomlinson, September 10, 2011.
p.164 最初の食事のさい：同上。
p.165「騒音が聞こえるのは」：“Chou's Chaps Doing Us Proud,” *Daily Mirror*, April 5, 1961.
p.166 気流速度は：“Sidelights on the Table Tennis Meet,” *China Reconstructs*, June 1961.
p.166 建物への入口は：Program for the 1961 World Championships in Peking.
p.166 スタジアムを眺めていた：“Chou's Chaps Doing Us Proud.”
p.166「絶対に」：Tomlinson, interview.
p.166 モンタギューは：“Ban That Shames Us All,” *Daily Mirror*, February 22, 1966.
p.167 また、中国に：Lescot, *Before Mao*, 299.
p.167 また、メスのトンボの：Yuan, *Born Red*, 90.
p.167 二本足のもので：Cao, *The Attic*, 90.
p.167 北京では：ちなみに、オナモミはマジックテープを生み出すヒントにもなった。オナモミの鉤型の棘を模したナイロン製マジックテープは、スイス人技術者によって1940年代に発明された。
p.167「何をしているんですか？」：Author interview with Qiu Zhonghui, May 4, 2011.

p.144「誰が」: Author interview with Robert Oxnam, May 19, 2011.
p.145「(中国チームは) 非常に」: Author interview with Zhuang Jiafu, November 10, 2011.
p.145 その年: Sports column, *China Reconstructs*, January 1956, 30.

第二十章　犠牲

p.146 一九六〇年は: Wu with Li, *Single Tear*, 108.
p.146 ところが: Dikötter, *Mao's Great Famine*, 288–90. (邦訳、フランク・ディケーター著、中川治子訳『毛沢東の大飢饉 史上最も悲惨で破壊的な人災 1958–1962』草思社、2011年)。この文献では、中国の労働改造所における死亡率にはかなり地域差があるとしている。最低は北部の4～8%、最高はゴビ砂漠付近の約70%である。
p.146「汚れたぼろきれを」: Wu with Li, *Single Tear*, 146.
p.147 イギリスの歴史学者: Jasper Becker, notes for the World's Greatest Famine: Witnessing, Surviving, Remembering conference, 6, Laogai Research Foundation, Washington, DC, February 15, 2012.
p.147「果敢に」: "Scientists Learn from Peasants," *China Reconstructs*, October 1958.
p.147 彼の目には: Zhisui, *Private Life of Chairman Mao*, 280.
p.148 穀物は: 毛沢東はこの演説を1958年10月におこなった。Frank Dikötter, notes for the World's Greatest Famine: Witnessing, Surviving, Remembering conference, Laogai Research Foundation, Washington, DC, February 15, 2012.
p.148 中国政府は: McGregor, *The Party*, 259.
p.148 世界選手権が始まるころ: Frank Dikötter, notes for the World's Greatest Famine: Witnessing, Surviving, Remembering conference, 11, Laogai Research Foundation, Washington, DC, February 15, 2012.
p.149 飢饉の時期: 同掲書, 20.
p.149 当時の国防部長: Domes, *Peng Te-huai*, 86.
p.149「政治による統制は」: 同掲書, 92–93、Peng's letter より直接引用。
p.149 二日のあいだ: 同掲書, 44.
p.150 主治医によれば: Zhisui, *Private Life of Chairman Mao*, 374.

第二十一章　卓球チームに栄養を

p.151 ヤギ肉が: Author interview with Wang Dinghua, November 9, 2011.
p.151 屋内には: Author interview with Qiu Zhonghui, May 4, 2011.
p.152 月に一度: Author interview with Li Furong, May 2011.
p.152「みんなが」: Author interview with Han Zhicheng, November 8, 2011.
p.152 極度の緊張を: Author interview with Zheng Chuan Qiang, November 9, 2011.
p.153「もしも試合に」: Author interview with Liang Youneng, November 11, 2011.
p.153 すべてが: Yaping, *From Bound Feet*, 25.

p.129 ルイセンコは、人は：Clark, *J. B. S.*, 174.

p.129 記録によると：Box 11.5, Montagu Collection, Labour History Archive and Study Centre, Manchester, UK.

p.130 モンタギューは、「ルイセンコは」：同上。

p.131 毛沢東はみずから：Becker, *Hungry Ghosts*, 66−71.

第十八章　兄弟の訣別

p.132 そして："Peking Ovation for Tibetans," *Daily Worker*, May 1, 1959.

p.132 そのうちに：Suyin, *My House Has Two Doors*, 266.

p.133 建国十周年の：Brownell, *Training the Body for China*, 131.

p.134 首相の："May Day," *Daily Worker*, May 1, 1959.

p.134 モンタギューは「国家間の」："International Lenin Peace Prize Presented to Ivor Montagu," *Moscow News*, May 1, 1959.

p.135 緑茶や：Evans, *Coloured Pins on the Map*, 46.

p.135 二人は：Author interview with Wang Ding Hua, November 2011.

p.135 心のこもった祝辞を："International Lenin Peace Prize Presented to Ivor Montagu."

p.136 ソ連側のアドバイザーは：Hung, *Mao's New World*, 46.

p.136 毛沢東を：Montefiore, *Stalin*, 523.

p.136 毛沢東は中国沿岸部を：Burr, *Kissinger Transcripts*, 197.

p.137 前年の秋：*Moscow News*, September 30, 1959.

p.137 その年の夏に：*Moscow News*, April 29, 1961.

p.137 一九五五年四月に：Tien-min, *Chou En-Lai*.

第十九章　準備

p.138『水滸伝』の中で：Nai'an and Luo, *All Men Are Brothers*, x.

p.138 練習の妨げに：Jiang, *Small Ball Spins the Big Ball*, chap. 6.

p.139 紀元前一四一年に：Chang, *Wild Swans*, 267.

p.139 報道員や："Millions Take Up Table Tennis," *China Reconstructs*, March 1960, 35.

p.140 食べ終わると：Chen, *One in a Billion*, 78.

p.140「春節」：Author interview with Xu Shaofa, May 2011.

p.140「新生活は」：Author interview with Xi Enting, May 6, 2011.

p.141 気分のいい晩には：Author interview with Han Zhicheng, November 8, 2011.

p.141 サザン・プレイグラウンド：Author interview with Marty Reisman, March 7, 2012.

p.142 卓球のラケット以外に：同上。

p.142「当時は誰もが」：同上。

p.143 賀龍はこのやりかたを：Author interview with Wang Ding Hua, November 2011.

p.115 数週間後：Zhiyi, *Champion's Dignity*, chap. 4.

p.116 その年：de Beauvoir, *Long March*, 374.

p.116 一九四八年の：Lijuan, *He Zhenliang*, 111.

p.116 パリでの：Suyin, *Eldest Son*, 55.

p.116 ミシュランタイヤ工場の：Lescot, *Before Mao*, 278.

p.116 人生のあらゆる部分で：同掲書, 277.

p.117 人を殺すのが：Bosshardt, *Restraining Hand*, 120.

p.117「妻たちのことには」：Smedley, *Battle Hymn of China*, 158.

p.118 ところが：Frank Dikötter, notes for the World's Greatest Famine: Witnessing, Surviving, Remembering conference, 9, Laogai Research Foundation, Washington, DC, February 15, 2012.

p.118「容さん」：Zhiyi, *Champion's Dignity*, chap. 3.

p.119 その年の七月：スティーヴン・チョンはカナダ屈指の経済学者となり、1982年に香港へ戻る。

p.119 本当は：Steven Cheung, *Remembering Rong Guotuan*, Chung Lau, trans., http://home.covad.net/chunglau/021002.htm.

p.120 彼らは米と野菜の：Li, *Bitter Sea*, 231.

p.120 まず：Zhiyi, *Champion's Dignity*, chap. 5.

第十六章　ゴールデン・ゲーム

p.121 中国には：Author interview with Xu Yingsheng, May 2011.

p.122 ニューヨークの自宅の：Tim Boggan, speech inducting Dick Miles into the US Table Tennis Hall of Fame, transcript, http://216.119.100.169/organization/halloffame/miles2.html.

p.122「正直言って」：Author interview with Marty Reisman, March 7, 2012.

p.124「いったい」：Reisman, interview.

p.124 周恩来は：Author interview with Zhuang Jiafu, November 10, 2011.

p.124「私は国務院総理」：同上。

p.125 中国に卓球という："Playing the Numbers Game," *South China Morning Post*, July 31, 2008.

p.125 三月二十五日：Frank Dikötter, notes for the World's Greatest Famine: Witnessing, Surviving, Remembering conference, Laogai Research Foundation, Washington, DC, February 15, 2012.

p.125 党の集会で：Dikötter, *Mao's Great Famine*, 134.

p.125「中国を訪れる」："How China Gets High Farm Yields," *China Reconstructs*, April 1959.

p.125「鉄と竹のカーテンの」："Jung Kuo-tuan," *Daily Mirror*, April 2, 1959.

p.126 三カ月後："First National Games," *China Reconstructs*, December 1959, 34–36.

第十七章　お膳立て

p.128《デイリー・ワーカー》紙に：*Daily Worker*, November 7, 1948.

p.128 一方のルイセンコは：Becker, *Hungry Ghosts*, 64.

第十三章　アジアの台頭

p.101 一九四九年：Jojima, *Ogi*, 15.（城島充『ピンポンさん』講談社、2007年）
p.102「卓球は女子が」：同掲書, 13.
p.102 一九二九年に：*ITTF Handbook*, 4.
p.102 そのかわり："The Game in Japan," *Table Tennis*, October 1936.
p.103 一九四七年："Latest News from Abroad," *Table Tennis*, November 1948.
p.103 マッカーサーはその後：Hung, *Mao's New World*, 162.
p.103 それらを：Jojima, *Ogi*, 18.
p.103 試合の途中で：同掲書, 36.
p.104「人間の細胞は」：同掲書, 58–59.
p.106「ラケットに」：Author interview with Marty Reisman, March 7, 2012.
p.106 五分後："Shizuka Narahara," *Table Tennis News*, November 1953.
p.107「弾丸のごときフォアハンド」：Leslie Nakashima, "Survivor of Atomic Blast Seeks Table Tennis Title," *Coshocton Tribune*, January 3, 1952.

第十四章　小型戦闘機《トルネード》

p.108 それまでの：Jojima, *Ogi*, 107.
p.108 友人たちと街頭に立ち：同掲書, 120.
p.108 さらに：同掲書, 120.
p.110 彼は日本の：Ogimura, *Ichiro Ogimura in Legend*, 92.（荻村伊智朗『笑いを忘れた日　伝説の卓球人・荻村伊智朗自伝』卓球王国、2006年）
p.110 日本の発展は："World Championship Report," *Table Tennis Topics*, April 1954.
p.110 途中で：Ogimura, *Ichiro Ogimura in Legend*, 102–4.
p.111 イギリスの新聞は："World Championships," *Daily Express*, April 15, 1954.
p.111 次の対戦相手は：Editorial, *Table Tennis*, April 1954.
p.111「賢く」：Jojima, *Ogi*, 138、*Daily Express*, April 1954 の引用による。
p.111 ずらりと並んで：*Times of India*, April 16, 1954.
p.111 少なくとも：Ogimura, *Ichiro Ogimura in Legend*, 105.
p.112 そのころ：*Nippon Times*, May 3, 1954.
p.112 それをベンチにいた：Ogimura, *Ichiro Ogimura in Legend*, 158.
p.113 決勝戦が終わると："The Crowds Were Screaming," *Daily Mirror*, April 9, 1956.

第十五章　偵察

p.114 当時：Zhiyi, *Champion's Dignity*, chap. 4.
p.115 彼は地元の魚屋に：Li Yu-wen, "Table Tennis World Champion," *China Reconstructs*, July 1959.

p.91　一九三七年八月：Unsigned letter, August 9, 1937, HW 15/43, Montagu Files, National Archives, Kew, UK.
p.91　モンタギューの母親は：Michael Davies, "Ping-Pong Diplomats," *The Observer*, April 3, 1977.
p.91　彼女は「残虐行為」：Letters to the Editor, *The Times* (London), February 27 and 29, 1932.
p.92　アイヴァー・モンタギューは：Jarvie, Dong-Jhy, and Brennan, *Sport, Revolution and the Beijing Olympics*, 56.
p.92　一九三五年当時：Morris, *Marrow of the Nation*, 120.
p.92「中国にも」：Suyin, *Eldest Son*, 220.
p.92　中国が真に：Jarvie, Dong-Jhy, and Brennan, *Sport, Revolution and the Beijing Olympics*, 69.

第十二章　トロイのハト

p.93　カーテンの裏側へ：Editorial, *Table Tennis*, October 1954.
p.93　モンタギューの善意の："Life Members," *Table Tennis*, February 1958.
p.94　一九五一年に：Minutes of the Annual General Meeting of the ITTF, Vienna, 1951, 4, ITTF Archives.
p.95　中国は、ぜひとも：Brownell, *Training the Body for China*, 300.
p.95　モンタギューも：コミンテルンは、1943年に正式に解散した。
p.95「スポーツ交流は」：Montagu, *East–West Sport Relations*, 22.
p.97《デイリー・ワーカー》紙は："The Germ War Cannot Be Denied," *Daily Worker*, October 6, 1952.
p.97　国際赤十字社も：Guillemin, *Biological Weapons*, 99.
p.97　博物館から："Investigator for Reds Admits No Proof of Germ Warfare," *Washington Post*, September 27, 1952.
p.97　夜になると：Starobin, *Paris to Peking*, 173.
p.97　"平和"：Philip Deery, "The Dove That Flies East: Whitehall, Warsaw and the 1950 World Peace Congress," *Australian Journal of Politics and History* 48, no. 4 (2002): 436–57.
p.98　故宮の黄金の屋根の："All Peking Cheers the Fighters for Peace," *Daily Worker*, October 14, 1952.
p.98　モンタギューの耳に："Peking Is Gay for National Day Festival," *Daily Worker*, October 1, 1952.
p.98　また、三度の食事は："In a Peking Street Market," *Daily Worker*, October 15, 1952.
p.98　そこには："Pilgrims to Peking," *The Economist*, October 11, 1952.
p.98　モンタギューは立ち上がって："7000 at All-China Final," *Table Tennis*, December 1952.
p.99　彼の報告は：Michael Davies, "Ping-Pong Diplomats," *The Observer*, April 3, 1977.
p.99　こうして台湾は：台湾側の典型的な取り組みについては、以下を参照。the 1959 *Honorable General Secretary Report* from the ITTF Museum.
p.100　参加する権利は：Lijuan, *He Zhenliang*, 46.
p.100　このやりかたを：同掲書, 160.
p.100　ある人物は：Yaping, *From Bound Feet.*
p.100「二十ヤードばかり」：Ivor Montagu, "Sports and Pastimes in China," *United Asia—The Chinese Scene* 8, no. 2 (1956).

available at http://www.ittf.com/museum/archives/index.html.

p.79 やがてMI6は：Reports to H. A. R. Philby, November 26, 1946, and December 3, 1946, KV2/599, National Archives, Kew, UK.

p.79 モンタギューのせいで："Shock Squads of Young Tories Told to Convert East Whitehall Files Reveal Conservatives Were Encouraged to Disrupt Soviets with 'Inspired Speeches and Awkward Questions,'" *The Independent*, July 26, 2001.

Part.2 東洋

第十一章 卓球場の山賊

p.84 故郷のミズーリ州から：Snow, *Red Star over China*, 41.

p.84 ようやく："Behind the Red Star over China," *China Daily*, October 22, 2006, http://www.chinadaily.com.cn/china/2006-10/22/content_713979.htm. ピンポン外交の結果、黄華は中国初の国連大使に就任した。

p.84 ひげの奥の笑顔は：Suyin, *Eldest Son*, 57.

p.85 らっぱが鳴ると："Behind the Red Star over China."

p.85「おそらく」：Snow, *Red Star over China*, 114.

p.85 最初の週：同掲書, 116.

p.86 同じ年：1930年代、2人は一緒にスターリンとレーニンを褒め称える詩の翻訳をしていた。以下を参照。http://www.guardian. co.uk/books/2009/may/22/unpublished-auden-poems-film-archive.

p.86 毛むくじゃらで：Auden and Isherwood, *Journey to a War*, 31.

p.87 その後さらに：Program Notes, World Table Tennis Championships, Bombay, 1952.

p.87「卓球という」：Snow, *Red Star over China*, 281.

p.87 トランプすら：同掲書, 282.

p.88 中国人民解放軍：Snow, *Red Star over China*, 338.

p.88 一九三〇年代後半には：同上。

p.88 クラーク・ケント同様：Smedley, *Great Road*, xx.

p.89 しばらくのあいだ：2人はそれぞれ1924年と1925年にヨーロッパから帰国した。当時のドイツ、フランス、イギリスにおける文化を享受した2人がアイヴァー・モンタギューによる初期の卓球普及活動に触れていた可能性は高い。

p.89 行く先々で：Smedley, *Great Road*, 267.

p.89 縫製工場を：同掲書, 251.

p.89 アメリカの極東研究者：Belden, *China Shakes the World*, xii.

p.90 卓球が毛沢東にとって：Jonathan Spence, "Portrait of a Monster: Review of *Mao—The Unknown Story*," *New York Review of Books*, November 3, 2005, http://www.nybooks.com/articles/archives/2005/nov/03/ portrait-of-a-monster/?pagination=false.

p.90 アイヴァー・モンタギューの著作と：アメリカでは23,500部売れるが、同一世代のチャイナ・ウォッチャー全体に悪影響が及んだ。

p.91「いりません」：Sues, *Shark's Fins and Millet*.

p.68 イギリスの科学者が：Venona decryption, October 11, 1940, HW 15/43, Montagu Files, National Archives, Kew, UK.

p.68 彼はすぐに：Venona decryption, October 2, 1940, HW 15/43, Montagu Files, National Archives, Kew, UK.

第九章　卓球のゆくえ

p.69 ある英国空軍パイロットは：Leslie Bennett, "Chiselling through the Tropics," *Table Tennis*, May 1948.

p.69 ある選手いわく：Chris Clark, "They Knew What They Wanted," *Table Tennis*, January 1947.

p.69 その対策として：Alan Duke, "Table Tennis as an Escape Aid!" *Table Tennis Collector* 54 (fall 2009).

p.70 彼は会議の途中で：Montagu, *Beyond Top Secret Ultra*, 49.

p.70 ユーエンは妻への手紙で：Ewen Montagu to Iris Montagu, letters, August–December 1940、Macintyre, *Operation Mincemeat* の引用による。

p.70 ユーエンは、つねに：Montagu, *Beyond Top Secret Ultra*, 68.

p.70 アイヴァーは、「今回」：Macintyre, *Operation Mincemeat*, 88.

p.71 パブでの気軽なおしゃべりで：Report from Hunton Bridge Station, Watford, UK, May 1940, HW 15/43, Montagu Files, National Archives, Kew, UK.

p.72 また、ラジオが：Report on Ivor Montagu from Watford C Division, November 21, 1940, HW 15/43, Montagu Files, National Archives, Kew, UK.

p.73 ソ連が：Montagu, *Man Who Never Was*, 131.

第十章　ユダヤ人問題

p.74 スコットランドの：Bergmann, *Twenty-One Up*, 88.

p.74 信号士官の資格：同掲書, 94.

p.75 彼がドイツ軍で：同掲書, 102.

p.75 戦前の卓球は：Ivor Montagu、Reid, *Victor Barna*, 107 の引用による。

p.75 そのうち一度は："The Inspiring Zoltan," *Table Tennis*, May 1951.

p.75 父親と姉は：Matthew Surrence, "Table Tennis Champion Retires His Game But Not His Memories," JWeekly.com, August 30, 1996, accessed July 2010.

p.76 ある日：Charyn, *Sizzling Chops and Devilish Spins*, 23.

p.76 ユーエンの子供：Author interviews with Jeremy Montagu and Jennifer Montagu.

p.77 各部屋に水道は：Ivor Montagu to Hell Montagu, letters, Box 11.1, Montagu Collection, Labour History Archive and Study Centre, Manchester, UK.

p.78 彼はまた：Hell Montagu to Ivor Montagu, letters, Box 11.1, Montagu Collection, Labour History Archive and Study Centre, Manchester, UK.

p.79 ソヴィエト社会主義共和国連邦の：Notes from London ITTF Conference, March 19–23, 1946,

Vivian, March 3, 1942, KV2/599, National Archives, Kew, UK.

p.63 二人は：Montagu, *Youngest Son*, 167.

p.63 MI5は：Conversation between Lady Swaythling and Lord Semphill, February 9, 1941, transcript, National Archives, Kew, UK.

p.64「当省では」：Letter from Ministry of Labour and National Service, May 8, 1941, HW 15/43, National Archives, Kew, UK.

p.64 アイヴァー・モンタギューへの：Letter to Ministry of Labour and National Service, May 21, 1941, HW 15/43, National Archives, Kew, UK.

p.64 二月：Captain Barratt to Major Cumming, letter, February 22, 1942, HW 15/43, Montagu Files, National Archives, Kew, UK.

p.64 モンタギューのような男は：Unsigned letter from MI5 regional officer in Cambridge, UK, to Major Valentine Vivian, March 3, 1942, KV2/599.

p.64 モンタギューは分隊長の：F. Wilson to Ivor Montagu, letter, March 1942, HW 15/43, Montagu Files, National Archives, Kew, UK.

p.65 正式に定められた：Ewen Montagu to Ms. Filby, letter, February 3, 1979, RNVR 97/45/2, Imperial War Museum Archives, London.

p.65 この作戦の目的は：この尋常ならぬ逸話の全貌については、Macintyre, *Operation Mincemeat*（邦訳、マッキンタイアー『ナチを欺いた死体―英国の奇策・ミンスミート作戦の真実』中央公論新社、2011年）を参照。

p.66 するとチャーチルは：Macintyre, *Operation Mincemeat*, 124.

p.67 クレーメルの：Top secret Venona intercept from London to Moscow, August 16, 1940, HW 15/43, Montagu Files, National Archives, Kew, UK.

p.67 まもなく彼は：モンタギューがノビリティで、彼の友人ホールデンがインテリゲンツィアであった可能性もある。ホールデンの父はホールデン卿、モンタギューの父はスウェイスリング卿であり、息子たちはいずれもインテリゲンツィア（知識階級）に属していた。マッキンタイアーは『ナチを欺いた死体』で、モンタギューをインテリゲンツィアとしている。一方、Nigel Westはホールデンがインテリゲンツィアだったと確信している。MI5の公認歴史書『The Defence of the Realm』の著者Christopher Andrewは同書の中で、「モンタギューとXグループの他のメンバーとの関係もノビリティの正体についても、それをくつがえすようなさらなる重要情報は提示されず、いまだ謎のままである」と書いている。これはつまり、モンタギューがインテリゲンツィアとしてXグループを率いていたことを意味するのだろう。歴史家で元GRUの長ボリス・ヴォロダルスキーは、ホールデンがインテリゲンツィアであった可能性が高いと示唆している。いずれも解読されたわずかな暗号電文からの解釈であり、GRUが歴史家に門戸を開かないかぎり錯綜する謎は解けないだろう。

p.67 三つ目は：West, *Venona*, 54–60.

p.67 ソ連ははじめから：Venona report, July 25, 1940, HW 15/43, Montagu Files, National Archives, Kew, UK.

p.67「折を見て」：Venona decryption, August 16, 1940, HW 15/43, Montagu Files, National Archives, Kew, UK.

p.68 クレーメルは：Venona decryption, September 6, 1940, HW 15/43, Montagu Files, National Archives, Kew, UK.

NKVDやフランス侵攻中のファシスト軍、フランス政府に目をつけられていたかもしれないが、モンターニュ付近のある医者は彼の死を自殺と確信していた。

p.52 ある朝：Interview with Sidney Cole, IWM, 15618 (Reel 4), recorded 1978.

p.52 数年後：Miles, *Dangerous Otto Katz*, 171.

第七章 疑惑

p.54 ホールデンはがっしりした：Montagu, *Youngest Son*, 233.

p.54 彼はモンタギューが開く：同掲書, 233.

p.54 イートン校で：Clark, *J. B. S.*, 21.

p.54 陸軍元帥ダグラス・ヘイグは：West, *Venona*, 77.

p.55 オックスフォードで：Clark, *J. B. S.*, 41.

p.55 ある実験の結果：同掲書, 61.

p.56 なぜなら：同掲書, 123.

p.56 われわれがこれらの：Letter to Major Valentine Vivian, November 9, 1932, KV2/599, Montagu Files, National Archives, Kew, UK.

p.57 経由地のモスクワで：Ivor Montagu, "Like It Was," unpublished autobiography, 61, Box 2.3, Labour History Archive and Study Centre, Manchester, UK.

p.57 もしそうならば：Letter to Major Valentine Vivian, December 12, 1932, KV2/599, Montagu Files, National Archives, Kew, UK.

p.57 MI5が検閲した：同上。

p.58 ハーネスを装着した：Evans, *Coloured Pins on a Map*, 4.

p.58 のちに：Bergmann, *Twenty-One Up*, 18.

p.59 物思わしげな顔つきをした：Reid, *Victor Barna*, 38.

p.59 カット戦法を選ぶ者は："Ought We To Boo Them?" *Table Tennis*, April 1936.

p.60 だめです：同上。

p.60 一点も入らないまま：Kersi Meher-Homji, "Believe It or Not: A Table Tennis Match That Lasted 59 Hours," The Roar, July 7, 2010, http:// www. theroar. com.au/2010/07/07/a-table-tennis-match-that-lasted-59-hours/.

p.60 パネスが返すのは：Bergmann, *Twenty-One Up*, 21.

p.61 すると少年は：Tim Boggan, speech inducting Ruth Aarons into the US Table Tennis Hall of Fame, transcript, http://216.119.100.169/organization/ halloffame/aarons1.html.

第八章 兄弟

p.62 一九二七年には：Unsigned letter from MI5 regional officer in Cambridge, UK, to Major Valentine Vivian, February 20, 1928, HW 15/43, National Archives, Kew, UK.

p.62 イギリス南東部：Unsigned letter from MI5 regional officer in Cambridge, UK, to Major Valentine

第五章　卓球とトロツキー

p.43 モンタギューには：Ivor Montagu, "Like It Was," unpublished autobiography, Box 2.3, Montagu Collection, Labour History Archive and Study Centre, Manchester, UK.
p.43 試合のレベルが：Henderson, *Last Champion*, 30.
p.44 ある海外の専門家は：同掲書, 29.
p.44 ペリーを安全に：Montagu, "Like It Was," Box 2.3.
p.44 その後：Henderson, *Last Champion*, 30.
p.44 観客は立ち上がり：同掲書, 32.
p.45「まじめに卓球に」：Terry Coleman, "Ping-Pong," *The Guardian*, April 24, 1963.
p.45 その年の七月に：Ivor Montagu to Leon Trotsky, letter, July 1929, Box 4.10, Montagu Collection, Labour History Archive and Study Centre, Manchester, UK.
p.45 モンタギューがのちに：Box 4.10, Montagu Collection, Labour History Archive and Study Centre, Manchester, UK.
p.46 そのうち共産党員は：Carr, *Twilight of the Comintern*, 208.

第六章　文化と迫りくる戦争

p.47 王はみずから："The King and Table Tennis," *Table Tennis*, April 1937.
p.47 その年："HM the Queen and Table Tennis," *Table Tennis*, March 1937.
p.47「冬の晩」："A Letter of Advice from Baroness Swaythling," *Table Tennis Collector* 57 (summer 2010).
p.47 ヒッチコックの：McGilligan, *Alfred Hitchcock*, 76.
p.47 モンタギューはその：同掲書, 157.
p.48 筋運びに関する：Ivor Montagu, "Working with Alfred Hitchcock," *Sight and Sound* 49 (summer 1980).
p.48 その横で：同上。
p.48 彼はちょうど：Ivor Montagu, "Like It Was," unpublished autobiography, 101, Box 2.3, Montagu Collection, Labour History Archive and Study Centre, Manchester, UK.
p.48 アメリカ労働省は：US Department of Labor to New York Police Department, letter, July 7, 1930, Box 1.1, Montagu Collection, Labour History Archive and Study Centre, Manchester, UK.
p.49 パラマウント社は：Montagu, "Like It Was," Box 2.3.
p.49 ヨーロッパに：Ebon, *Soviet Propaganda Machine*, 53.
p.49 このとき：Montagu, *Youngest Son*, 301.
p.49 レーニンじきじきの：ボリス・ヴォロダルスキーは2010年に書いた修士論文で、ミュンツェンベルクはソ連が西側諸国で密かに展開したプロパガンダ活動の事実上の指導者だったとしている。"Soviet Intelligence Services in the Spanish Civil War, 1936–1939."
p.49 偽装組織という概念：Ebon, *Soviet Propaganda Machine*, 50.
p.50「ユダヤ人ならば」：Miles, *Dangerous Otto Katz*, 108.
p.51 手を下したのは：これは通説である。ボリス・ヴォロダルスキーによれば、ミュンツェンベルクは

出される。寄宿生は4人しかおらず、消灯するとすぐ、年長の2人が年下の2人に「変なところにいる、ぼくたちの長年の友人を満足させろ」と命じた（p. 78)。以来、親の強い希望で、ケンブリッジ大に入学するまで、モンタギューは「通学生」のままだった。

p.25 放課後：“Dynamo and Man of Peace,” *Daily Worker*, May 19, 1959.

p.27「ミネストローネと」：Montagu, *Youngest Son*, 134.

p.28 もうひとつは：Swann and Aprahamian, *Bernal: A Life*, 206.

p.30「政治的な」：Montagu, *Youngest Son*, 220.

p.30 言わば：Author interview with Rob Desalle, January 2011.

p.30 長さ九フィートの：同上。

第三章　ローストビーフとソ連

p.32 父親はどうにか：Montagu, *Youngest Son*, 282.

p.32 訪れた撮影スタジオでは：同掲書, 301.

p.33 飼っていた犬は：Ivor Montagu, “Like It Was,” unpublished autobiography, 108, Box 2.3, Montagu Collection, Labour History Archive and Study Centre, Manchester, UK.

p.34 また：“Dynamo and Man of Peace,” *Daily Worker*, May 19, 1959.

p.34 最初に手がけたのは：Ivor Montagu, “Working with Hitchcock,” *Sight and Sound* 49 (summer 1980).

p.35「今夜にも」：Montagu, “Like It Was,” 22, Box 2.3.

p.35 モンタギューはまだ：Crossman, *God That Failed*, 56.

p.36 新たな信奉者：Notes from ITTF Conference, London, March 1946.

第四章　世間の嘲笑

p.37 卓球の世界に入る前：Ivor Montagu, “Table Tennis and South Africa,” *Table Tennis* VIII, no. 6 (February 1950).

p.38 モンタギューの両親は：Michael Davies, “Ping-Pong Diplomats,” *The Observer*, April 3, 1977.

p.39《タイムズ》紙は：“Table Tennis: European Championships,” *The Times* (London), December 13, 1926.

p.39 また別の新聞では：*Singapore Free Press and Mercantile Advertiser*, February 18, 1928.

p.40 びっくりして：interview with Ivor and Hell Montagu, undated, Box 12.9, Montagu Collection, Labour History Archive and Study Centre, Manchester, UK.

p.41「費用はわたくしが」：Montagu, *Youngest Son*, 375.

p.42 アイヴァー・モンタギューの：Ivor Montagu, “Like It Was,” unpublished autobiography, Box 2.3, Montagu Collection, Labour History Archive and Study Centre, Manchester, UK

原註

プロローグ

p.11 中国チームのある選手いわく：Shih Pen-shan, as told to Lester Velie, "I Fought in Red China's Sports War," *Reader's Digest*, June 1967.

Part.1 西洋
第一章 高貴な幼少時代

p.17 彼には：Montagu, *Youngest Son*, 35.
p.17 冬のあいだは：Levine, *Politics, Religion and Love*, 8.
p.18 父親が首相と会っているあいだ：Interview with Sidney Cole, IWM, 15618 (Reel 1), recorded May 3, 1995.
p.18 彼は大きな石を：Montagu, *Youngest Son*, 67.
p.19 モンタギューはのちに：同掲書, 17.
p.19 アイヴァーの祖父：Levine, *Politics, Religion and Love*, 16.
p.19 本当は：Montagu, *Youngest Son*, 20.
p.20 スウェイスリング卿は：Levine, *Politics, Religion and Love*, 14.
p.20 棺を載せた先頭の馬車から：Report of Lord Swaythling's funeral, *Financial Times*, January 17, 1911.
p.21 三兄弟の長男：Author interview with Jennifer Montagu.
p.21 彼が卓球を：Michael Davies, "Ping-Pong Diplomats," *The Observer*, April 3, 1977.
p.22 やけに楽しいこのゲーム：Estes, *A Little Book of Ping-Pong Verse*, 34.
p.23「ピンポンさんの顔」：同掲書, 91.
p.23 その結果：Bergmann, *Twenty-One Up*, 5.
p.24 彼らはどうやら：Steve Grant, "When Ping-Pong Came to Asia," *Table Tennis Collector* (autumn 2008、*Daily Mirror*, February 4, 1904 の引用による。
p.24 のちに彼が："The Death of Lord Swaythling," *Financial Times*, June 13, 1927.

第二章 反骨精神

p.25 司令官はアイヴァーと："Seven Men," *Daily Express*, April 24, 1971.
p.25 王立海軍大学で：田舎でののんびり暮らしながら、モンタギューはロンドンの学校に通っていた。両親は寄宿舎生活を送らせたかったが、寄宿舎に入ってわずか数日で、モンタギューは校長に呼び

University Press, 2010.
Wu, Ningkun and Yikai Li. *A Single Tear*. Boston : Back Bay Books, 1993.
Xiao, Xiaoda. *The Visiting Suit : Stories from My Prison Life*. Columbus, OH : Two Dollar Radio, 2010.
Xinran. *China Witness : Voices from a Silent Generation*. New York : Anchor Books, 2010.
Yan, Jiaqi and Gao Gao. *Turbulent Decade : A History of the Cultural Revolution*. Daniel W. Y. Kwok, trans. Honolulu, HI : University of Hawai'i Press, 1996.
Yaping, Deng. *From Bound Feet to Olympic Gold in China : The Case of Women's Table Tennis*. Beijing : Beijing Publishing House, 2004.
Yu, Siao. *Mao Tse-tung and I Were Beggars*. Syracuse, NY : Syracuse University Press, 1959.
Yuan, Gao. *Born Red : A Chronicle of the Cultural Revolution*. Stanford, CA : Stanford University Press, 1987.
Zedong, Zhuang. *Deng Xiaoping Approved Our Marriage*. People's Republic of China : Red Flag Press, 1991.
Zhisui, Li. *The Private Life of Chairman Mao*. New York : Random House, 1994.
Zhiyi, He. *A Champion's Dignity*. Guangdong, China : Guangdong People's Publishing House, 2009.

アーカイブ

British Library Newspaper Archive, Colindale, UK.
Imperial War Museum Archives (IWM), London.
Labour History Archive and Study Centre (People's History Museum), Manchester, UK.
Marx Memorial Library, London.
Ministry of Foreign Affairs, People's Republic of China.
National Archive on Sino-American Relations Records, 87260 Bimu C539 2 ; Bimu C539 Outsize, Bentley Historical Library, University of Michigan, Boxes 1－20.
National Archives, Washington, DC.
National Archives, Kew, UK.
National Committee on United States－China Relations.
Nixon Presidential Library and Museum.
William J. Cunningham Papers (courtesy of William J. Cunningham).

映像

China Central Television (CCTV) coverage of both the US trip to China in April 1971 and the Chinese trip to the US in 1972, courtesy of the National Committee on United States－China Relations.
The Glory of China's Table Tennis Game (1959－1999). Beauty, Culture, Communication, Guangzhou, China.
My Way, New Tang Dynasty TV, 2009.

———. *Red China Today*. New York : Vintage, 1971.

———. *Red Star over China*. New York : Grove, 1968.

Snow, Helen Foster. *Inside Red China*. New York : Da Capo Books, 1979.

Spence, Jonathan D. *Mao Zedong*. New York : Lipper/Penguin, 1999.

———. *To Change China : Western Advisers in China*. New York : Penguin, 2002.

———. *The Gate of Heavenly Peace : The Chinese and Their Revolution, 1895–1980*. New York : Penguin Books, 1982.

Starobin, Joseph. *Paris to Peking*. New York : Cameron Associates, 1955.

Su, Yang. *Collective Killings in Rural China during the Cultural Revolution*. Cambridge, UK : Cambridge University Press, 2011.

Sues, Ilona Ralf. *Shark's Fins and Millet*. Boston : Little, Brown and Company, 1944.

Suyin, Han. *Eldest Son : Zhou Enlai and the Making of Modern China, 1898–1976*. New York : Kodansha International, 1995.

———. *The Crippled Tree*. London : Triad Grafton, 1989.

———. *My House Has Two Doors*. London : Triad Grafton, 1988.

———. *Phoenix Harvest*. London : Triad Grafton, 1986.

Swann, Brenda and Francis Aprahamian, eds. *J. D. Bernal : A Life in Science and Politics*. New York : Verso, 1999.

Syed, Matthew. *Bounce : Mozart, Federer, Picasso, Beckham and the Science of Success*. New York : HarperCollins, 2010.

Tien-min, Li. *Chou En-lai*. Republic of China : Institute of International Relations, 1970.

Topping, Seymour. *On the Front Lines of the Cold War : An American Correspondent's Journal from the Chinese Civil War to the Cuban Missile Crisis and Vietnam*. Baton Rouge : Louisiana State University Press, 2010.

———. *Journey between Two Chinas*. New York : Harper & Row, 1972.

Tyler, Patrick. *A Great Wall : Six Presidents and China : An Investigative History*. New York : PublicAffairs, 2000.

Uehara, Hisae, Motoo Fujii, and Koji Oribe. *Ogi's Dream*. Tokyo : Takkyu Okoku, 2006.

Van Bottenburg, Maarten. *Global Games*. Chicago : University of Illinois Press, 2001.

Vogel, Ezra F. *Deng Xiaoping and the Transformation of China*. Cambridge, MA : Harvard University Press, 2011.

Wenqian, Gao. *Zhou Enlai : The Last Perfect Revolutionary*. New York : PublicAffairs, 2007.

West, Nigel. *Venona : The Greatest Secret of the Cold War*. London : HarperCollins, 1999.

Whitson, William and Chen-hsia Huang. *The Chinese High Command : A History of Communist Military Politics, 1927–71*. New York : Praeger, 1973.

Winchester, Simon. *Bomb, Book and Compass*. London : Viking, 2008.

Witke, Roxanne. *Comrade Chiang Ch'ing*. Boston : Little, Brown, 1977.

Worden, Minky, ed. *China's Great Leap : The Beijing Games and the Olympian Human Rights Challenges*. New York : Seven Stories Press, 2008.

Wright, Patrick. *Passport to Peking : A Very British Mission to Mao's China*. Oxford, UK : Oxford

Montagu, Ewen. *The Man Who Never Was: World War II's Boldest Counterintelligence Operation.* Annapolis, MD: US Naval Institute Press, 2001.
———. *Beyond Top Secret Ultra.* New York: Coward, McCann and Geoghegan, 1978.
Montagu, Ivor. *With Eisenstein in Hollywood.* New York: International Publishers, 1974.
———. *The Youngest Son.* London: Lawrence and Wishart, 1970.
———. *Film World.* London: Pelican Books, 1964.
———. *Land of Blue Sky.* London: Camelot Press, 1956.
———. *East–West Sports Relations.* London: National Peace Council, 1951.
Montefiore, Simon Sebag. *Stalin: The Court of the Red Tsar.* London: Weidenfeld & Nicolson, 2003.
Morris, Andrew D. *Marrow of the Nation: A History of Sport and Physical Culture in Republican China.* Berkeley, CA: University of California Press, 2004.
Nai'an, Shi and Luo Guanzhong. *All Men Are Brothers.* Pearl Buck, trans. New York: Moyer Bell, 2006.
Ogimura, Ichiro. *Ichiro Ogimura in Legend.* Tokyo: Takkyu Okoku, 2009.
Palmer, James. *Heaven Cracks, Earth Shakes: The Tangshan Earthquake and the Death of Mao's China.* New York: Basic Books, 2012.
Peyrefitte, Alain. *The Collision of Two Civilisations: The British Expedition to China 1792–4.* London: Harvill, 1993.
———. *The Chinese: Portrait of a People.* New York: Bobbs-Merrill, 1977.
Philby, Kim. *My Silent War: The Autobiography of a Spy.* New York: Modern Library, 2002.
Pięta, Wiesław. *Table Tennis among Jews in Poland (1924–1949).* Częstochowy,
Poland: Stowarzyszenie Przyjacół Gaude Mater, 2009.
Pratt, Nicholas. *China Boys: How U.S. Relations with the PRC Began and Grew.* Washington, DC: Vellum Books, 2009.
Reid, Philip. *Victor Barna.* Suffolk, UK: Eastland Press, 1974.
Rice, Edward. *Mao's Way.* Berkeley: University of California Press, 1974.
Riordan, James and Robin Jones. *Sport and Physical Education in China.* London: ISCPES, 1999.
Robbins, Mary Susannah, ed. *Against the Vietnam War: Writings by Activists.* Syracuse, NY: Syracuse University Press, 1999.
Ross, Robert S. and Jiang Changbin, eds. *Reexamining the Cold War: US-China Diplomacy, 1954–1973.* Cambridge, MA: Harvard University Press, 2001.
Salisbury, Harrison E. *The Long March: The Untold Story.* New York: Harper & Row, 1985.
Schneider, Laurence, ed. *Lysenkoism in China: Proceedings of the 1956 Qingdao Genetics Symposium.* New York: M. E. Sharpe, 1986.
Sheehan, Neil. *A Bright Shining Lie: John Paul Vann and America in Vietnam.* New York: Vintage Books, 1989.
Shih, Chi-wen. *Sports Go Forward in China.* Beijing: Foreign Language Press, 1963.
Smedley, Agnes. *The Great Road: The Life and Times of Chu Teh.* New York: Monthly Review Press, 1956.
———. *Battle Hymn of China.* New York: Alfred A. Knopf, 1943.
Smith, Andrew. *Moondust: In Search of the Men Who Fell to Earth.* London: HarperPerennial, 2005.
Snow, Edgar. *The Long Revolution.* New York: Vintage, 1973.

Jackson, John. *Ping-Pong to China*. Melbourne : Sun Books, 1971.

Jacobson, Howard. *The Mighty Walzer*. London : Vintage, 2000.

Jarvie, Grant, Dong-Jhy Hwang, and Mel Brennan. *Sports, Revolution and the Beijing Olympics*. Oxford, UK : Berg, 2008.

Jiang, Qian. *Small Ball Spins the Big Ball : Behind the Curtain of Pingpong Diplomacy*. Beijing : Dongfang Publishing, 1997.

Jicai, Feng. *Ten Years of Madness : Oral Histories of China's Cultural Revolution*. San Francisco : China Books, 1996.

Jinxia, Dong. *Women, Sport and Society in Modern China : Holding Up More Than Half the Sky*. London : Frank Cass, 2003.

Jisheng, Yang. *Tombstone : The Great Chinese Famine 1958–1962*. New York : Farrar, Straus and Giroux, 2012.

Kahn, E. J. *The China Hands : America's Foreign Service Officers and What Befell Them*. New York : Viking Press, 1975.

Kissinger, Henry. *On China*. New York : Penguin, 2011.

———. *White House Years*. Boston : Little, Brown, 1979.

Kolatch, Jonathan. *Is the Moon in China Just as Round? Sporting Life and Sundry Scenes*. New York : Jonathan David, 1992.

———. *Sports, Politics and Ideology in China*. New York : Jonathan David, 1972.

Lescot, Patrick. *Before Mao : The Untold Story of Li Lisan and the Creation of Communist China*. New York : HarperCollins, 2004.

Levine, Naomi. *Politics, Religion and Love : The Story of H. H. Asquith, Venetia Stanley and Edwin Montagu*. New York : New York University Press, 1991.

Li, Charles N. *The Bitter Sea : Coming of Age in a China before Mao*. New York : HarperCollins, 2008.

Liang, Lijuan, *He Zhenliang and China's Olympic Dream*. Beijing : Foreign Language Press, 2007.

Liu, Peter (Liu Naiyuan). *Mirror : A Loss of Innocence in Mao's China*. Bloomington, IN : Xlibris, 2001.

Lung, Ho (He Long). *Democratic Tradition of the Chinese People's Liberation Army*. Beijing : Foreign Language Press, 1965.

Macintyre, Ben. *Operation Mincemeat : How a Dead Man and a Bizarre Plan Fooled the Nazis and Assured an Allied Victory*. New York : Harmony Books, 2010.

MacMillan, Margaret. *Nixon and Mao : The Week That Changed the World*. New York : Random House, 2008.

Mann, James. *About Face : A History of America's Curious Relationship with China, from Nixon to Clinton*. New York : Vintage, 2000.

Masterman, J. C. *The Double-Cross System in the War of 1939 to 1945*. New York : Avon Books, 1972.

McGilligan, Patrick. *Alfred Hitchcock : A Life in Darkness and Light*. New York : HarperCollins, 2010.

McGregor, Richard. *The Party : The Secret World of China's Communist Rulers*. New York : HarperCollins, 2010.

Miles, Jonathan. *The Dangerous Otto Katz : The Many Lives of a Soviet Spy*. New York : Bloomsbury, 2010.

Cowan, Glenn. *The Book of Table Tennis: How to Play the Game*. New York: Grosset & Dunlap, 1972.

Crayden, Ron. *The Story of Table Tennis: The First 100 Years*. Hastings, UK: Battle Instant Print, 1995.

Crossman, Richard, ed. *The God That Failed: Six Studies in Communism*. New York: Columbia University Press, 2001.

de Beauvoir, Simone. *The Long March: An Account of Modern China*. London: Phoenix Press, 2001.

Dikötter, Frank. *Mao's Great Famine: The History of China's Most Devastating Catastrophe, 1958–1962*. New York: Walker & Co., 2010.

Ding Shu De, Zhu Qing Zuo, Wang Lian Fang, and Yuan Hai Lu. *The Chinese Book of Table Tennis: The Definitive Book on Techniques and Tactics from the World's Top Table Tennis Nation*. New York: Atheneum, 1981.

Domes, Jürgen. *Peng Te-huai: The Man and the Image*. Stanford, CA: Stanford University Press, 1985.

Ebon, Martin. *The Soviet Propaganda Machine*. New York: McGraw-Hill, 1987.

Estes, Dana. *A Little Book of Ping-Pong Verse*. Boston: Colonial Press, 1902.

Evans, Roy. *Coloured Pins on a Map: Around the World with Table Tennis*. Cardiff, UK: Aureus, 1997.

Foote, Alexander. *Handbook for Spies*. Darke County, OH: Coachwhip Books, 2011.

Grant, Steve. *Ping-Pong Fever: The Madness That Swept 1902 America*. Self-published, 2012.

Guillemin, Jeanne. *Biological Weapons: From the Invention of State-Sponsored Programs to Contemporary Terrorism*. New York: Columbia University Press, 2004.

Guoqi, Xu. *Olympic Dreams: China and Sports, 1895–2008*. Cambridge, MA: Harvard University Press, 2008.

Guttman, Allen. *Games and Empires: Modern Sports and Cultural Imperialism*. New York: Columbia University Press, 1994.

Hahn, Emily. *China Only Yesterday: 1850–1950, A Century of Change*. Garden City, NY: Doubleday, 1963.

Haldane, Charlotte. *Truth Will Out*. New York: Vanguard Press, 1950.

Haynes, John Earl and Harvey Klehr. *Venona: Decoding Soviet Espionage in America*. New Haven, CT: Yale University Press, 1999.

Henderson, Jon. *The Last Champion: The Life of Fred Perry*. London: Yellow Jersey Press, 2009.

Heng, Liang and Judith Shapiro. *Son of the Revolution*. London: Fontana, 1988.

Holdridge, John H. *Crossing the Divide: An Insider's Account of Normalization of US–China Relations*. Lanham, MD: Rowman and Littlefield, 1997.

Hong, Guan and Huang Weikang. *Apocalypse of Pingpong: Zhuang Zedong in the Culture Revolution*. Nanjing: Jiangsu Art Publishing House, 1986.

Hua, Huang. *Memoirs*. Beijing: Foreign Language Press, 2008.

Hung, Chang-tai. *Mao's New World: Political Culture in the Early People's Republic*. Ithaca, NY: Cornell University Press, 2011.

International Table Tennis Federation. *ITTF Handbook*. Baden, Switzerland: International Table Tennis Federation, 1937.

Itoh, Mayumi. *The Origin of Ping-Pong Diplomacy: The Forgotten Architect of Sino–U.S. Rapprochement*. New York: Palgrave Macmillan, 2011.

参考文献

書籍

Andrew, Christopher. *The Defence of the Realm*. London : Penguin, 2010.

Auden, W. H. and Christopher Isherwood. *Journey to a War*. New York : Paragon House, 1990.

Becker, Jasper. *Hungry Ghosts : Mao's Secret Famine*. New York : Owl Books, 1998.

Belden, Jack. *China Shakes the World*. New York : Monthly Review Press, 1970.

Benton, Gregor, and Lin Chun, eds. *Was Mao Really a Monster?* New York : Routledge, 2010.

Bergmann, Richard. *Twenty-One Up*. London : Sporting Handbooks, 1950.

Bo, Ma. *Blood Red Sunset : A Memoir of the Chinese Cultural Revolution*. New York : Viking, 1995.

Boggan, Tim. *History of U.S. Table Tennis, Vol. VI : 1970–1973*. Self-published, 2006.

———. *History of U.S. Table Tennis, Vol. V : 1971–1975*. Self-published, 2005.

———. *The Grand Tour*. Self-published, 1972.

———. *Ping-Pong Oddity*. Self-published, 1971.

Bosshardt, R. A. *The Restraining Hand*. London : Hodder & Stoughton, 1936.

Braun, Otto. *A Communist Agent in China, 1932–1939*. Stanford, CA : Stanford University Press, 1982.

Brownell, Susan. *Training the Body for China : Sports in the Moral Order of the People's Republic*. Chicago : University of Chicago Press, 1995.

Burr, William, ed. *The Kissinger Transcripts : The Top-Secret Talks with Beijing and Moscow*. New York : New Press, 1998.

Bush, George, H. W. *The China Diary of George H. W. Bush : The Making of a Global President*. Princeton, NJ : Princeton University Press, 2008.

———. *All the Best, George Bush : My Life in Letters and Other Writings*. New York : Scribner, 1999.

Cao, Guanlong. *The Attic : Memoir of a Chinese Landlord's Son*. Berkeley : University of California Press, 1996.

Carr, E. H. *Twilight of the Comintern, 1930–1935*. New York : Pantheon, 1982.

Carter, Carolle J. *Mission to Yan'an : American Liaison with the Chinese Communists, 1944–1947*. Lexington : University Press of Kentucky, 1997.

Chang, Jung. *Wild Swans : Three Daughters of China*. New York : Touchstone, 2003.

Chang, Jung and Jon Halliday. *Mao : The Unknown Story*. London : Jonathan Cape, 2005.

Charyn, Jerome. *Sizzling Chops and Devilish Spins : Ping-Pong and the Art of Staying Alive*. New York : Four Walls Eight Windows, 2002.

Chen, Kai. *One in a Billion : Journey toward Freedom*. Bloomington, IN : Authorhouse, 2007.

Clark, Ronald. *J.B.S. : The Life and Work of J. B. S. Haldane*. Oxford : Oxford University Press, 1968.

Clodfelter, Micheal. *Warfare and Armed Conflicts : A Statistical Reference to Casualty and Other Figures, 1500–2000*. Vol. 2. Jefferson, N.C. : McFarland, 2002.

《口絵写真クレジット》

p. 1 の3枚すべて、p. 2 上：the People's History Museum 提供
p. 2 下、p. 6 上／下：the ETTA 提供
p. 3 の3枚すべて、p. 5 上／下、p. 7 上／下：the ITTF Museum 提供
p. 4 上／下、p. 8 上、p.12 下：Eastfoto 提供
p. 8 下：William J. Cunningham 提供
p. 9 上／下、p.10 上：Getty Images 提供
p.10 中、p.11 上／下、p.12 上／下：©Malcolm R. Anderson
p.10 下：Newscom 提供

［著者紹介］

ニコラス・グリフィン

Nicholas Griffin

作家、ジャーナリスト。ロンドンに生まれ、18歳の時にニューヨークに移る。英国「タイムズ」紙、「フィナンシャル・タイムズ」紙、「フォーリン・ポリシー」誌などに寄稿。政治からスポーツ、自然科学まで幅広くカバーする。小説作品に『The Requiem Shark』『The House of Sight and Shadow』『The Masquerade』『Dizzy City』、ノンフィクションの作品に『Caucasus』などがある。現在フロリダ州・マイアミ在住。

［訳者紹介］

五十嵐加奈子（いがらし・かなこ）

翻訳家。東京外国語大学卒業。主な訳書に『365通のありがとう』『ダウントン・アビー　華麗なる英国貴族の館　シーズン1・2公式ガイド』（ともに早川書房）『レゴブロックの世界』『レゴ ミニフィギュアの本』『レゴ アイデアブック』『レゴ プレイブック』（すべて東京書籍）などがある。

ピンポン外交《がいこう》の陰《かげ》にいたスパイ

二〇一五年八月一〇日　第一刷発行

著者　ニコラス・グリフィン
訳者　五十嵐加奈子
発行者　富澤凡子
発行所　柏書房　株式会社
〒一一三－〇〇三三
東京都文京区本郷二－一五－一三
電話　（〇三）三八三〇－一八九一（営業）
（〇三）三八三〇－一八九四（編集）
組版　高橋克行　金井紅美
印刷・製本　中央精版印刷株式会社

ISBN978-4-7601-4620-8